岁月无悔

一个儿科医生的回忆录

张有楷／著

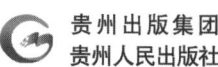

贵州出版集团
贵州人民出版社

图书在版编目（CIP）数据

岁月无悔:一个儿科医生的回忆录/张有楷著.
--贵阳:贵州人民出版社,2017.6
ISBN978-7-221-14008-1

Ⅰ.①岁…Ⅱ.①张…Ⅲ.①回忆录－中国－当代
Ⅳ.①I251

中国版本图书馆CIP数据核字(2017)第040212号

岁月无悔 一个儿科医生的回忆录

张有楷 著

出 版 人	苏 桦
责任编辑	彭 建 程林骁
版式设计	陈 电
出版发行	贵州出版集团 贵州人民出版社有限公司
地　　址	贵阳市观山湖区会展东路SOHO办公区A座
印　　刷	贵州新华印刷二厂
规　　格	787×1092mm 1/16
字　　数	327千字
印　　张	18.25
版　　次	2017年11月第1版
印　　次	2017年11月第1次印刷
书　　号	ISBN978-7-221-14008-1
定　　价	40.00元

目 录

序

一个儿科医生的美丽人生
　　——读张有楷大姐回忆录《岁月无悔》　/ 陶兴明　　01

意蕴如诗　文如其人
　　——读张有楷医生回忆录《岁月无悔》　/ 韦安礼　　01

第一篇
我的童年

家庭出身　　03
马武屯小学　　04
大伯家的樱桃　　05
一根玉米秆　　06
童年趣事　　06
进城　　09
艰难生活　　10

第二篇
职业人生

第一章　军旅生涯里的职业成长　　15
大学毕业　　15
告别母亲　　17
报到前　　19
正式入伍　　20
快乐的新兵连　　22
温暖的大家庭　　28
一夕巨变　　33
一封揭发信　　35
上司有苦衷　　37
沉重一击　　38
两个精神病人　　39
护送首长　　41
当回老师过把瘾　　42
红宝书　　44
世外桃源　　46
下连队锻炼　　48

打石渣	51
蛇	52
团卫生队	53
结婚　探母	56
云南民工	59
借调传染科	60
发现包块	63
聚餐	64
甘蔗惹的祸	66
我有好人缘	68
人品问题	70
做了母亲写过检讨	71
医患关系	73
读书与救治病人	74
"三忠于"是什么？	75
相依为命	78
战友情	79
论朋友	82
分道扬镳	84
部队转移	85
惜别	87
真诚交谈	89
最后一次谈话	90
联系车自己走	94
难忘的告别晚宴	98
第二章　地方医院的苦乐年华	**100**
回故乡	100
第一站	103
必须走好自己的路	103
随军入川	106
进入角色	108
我的两位上司	113
改做儿科医生	116
儿科队伍很棒	118
罢工大半天	122
巡回医疗	123
政策立场	125
好事一桩桩	126
回部队会诊	128
病情逆转	130
蒙被综合征	131
两次轮到门诊	131

癔症	135
话别老院长	136
进修前后的那些事	137
肠原性紫绀症	141
一次不同寻常的骨穿	142
狂犬病	143
第一次职称改革	144
迟到的正名	145
母校五十周年校庆	147
我们是主力军	149
重返故乡路	150

第三章 在故乡医院的岁月 157

报到上班	157
别样的考核方式	158
误会	159
四季豆中毒事件	160
太阳从西边出来	161
服从上级调配	162
苦尽甘来	163
创爱婴医院	166
瑞氏综合征（RS）	167
接任科主任	168
儿童医院正式挂牌	172
药品推销商	173
邀我讲课	174
狠抓业务学习	175
胸有成竹	176
第一次申报课题	177
流行病学调查	178
为了专业发展	179
评上三甲医院	182
参加评委会	183
处分的对错	184
会诊	185
急性细菌性心内膜炎	186
全力扶持年轻人	187
上法庭	189
儿童群发癔症	191
掌握医疗原则	192
石骨症纠纷	193
我有失误	194
优秀教师有感	195

参选贵阳市首届十佳女杰	196
退休前后	198
第四章　退休生活也精彩	199
求恩医院	199
大坳医院	205
无理取闹	207
岁月安然	209
坚持走路锻炼	210

第三篇

我的生活

第一章　部队大院的那些人和事	215
邻里纠纷	215
一只母鸭子	217
红色飞盘	218
地震	219
也曾宿醉	221
幸运的雇主	222
骨折	224
声带手术	225
宠物狗	226
宠物猫	227
支左与画家	229
告别大院	230
第二章　家人与朋友	232
三个孩子	232
两位同父异母哥哥	244
姐姐张有瑜	246
姐夫郭文瑞	248
弟弟张有宜	248
母亲	249
婆母	251
老伴	252
我的几位好友	254
师姐王玉珍	261
痛失三位年轻医师	262
三次返川	265
后记	269

一个儿科医生的美丽人生
——读张有楷大姐回忆录《岁月无悔》

陶兴明

去年,因为撰写《张有谷将军传》一书,有幸认识张有谷将军的小妹,张有楷大姐。有楷大姐七十多岁,满头银发,但身体硬朗,性格开朗豁达,十分健谈。当我们谈完了张将军的话题后,大姐拿出她自己写的二十多万字的个人传记《岁月无悔》,要我为之作序,我既感到意外,又感到荣幸。

当我翻开那一页页朴实的文字,被大姐坎坷的人生经历深深地震撼着。有楷大姐的自传,几乎横跨了一个世纪的岁月。她怀着对军队、对故乡、对母亲、对自己一生崇尚并为之奉献的医疗卫生事业的眷恋,对那份过往岁月中留存给自己的艰难与幸福作了一次回顾与梳理。从"我的童年"到"家人朋友",从"铁道兵的艰苦军营"到"转业地方医院工作",从"各种特殊病例的救治"到"成为一名受人尊敬的儿科专家",有楷大姐一路走来,一路荆棘,一路春光地活出了精彩。这样的精彩正是那样的年代所历经的艰苦岁月,练就了大姐坚强的意志和倔傲的性格。

有楷大姐1941年出生在贵州省平坝县夏云镇马武屯村一个官宦书香之家。祖籍安徽桐城,曾祖父以上是武官出身,后弃武习文,家父张在兹毕业于贵州省师范专科学校,民国时期曾任过两届省参议员,系贵州法政专科学校学监。大哥张有谷,1922年就读于云南航空学校,是国民革命军最早的空军飞行员之一,参加过北伐战争、中原大战,经历了"西安事变"。抗日战争期间,历任空军总指挥部参谋长、中央航空学校教育长、空军军士学校教育长、航空委员会军令厅副厅长等职，参加和领导淞沪、武汉、衡阳诸战役之空战，并亲自驾机与日机进行空战，战功卓著。1949年11月，时任国民党云南省保安司令部参谋长的张有谷率两千余人、十七架飞机起义，被任命为中国人民解放军云南空军司令。1950年，张有谷担任中国人民解放军空军第七航校副校长，培养了第一批像王海、张积慧那样的优秀飞行员。二哥张有民，1933年考入北京大学地质系，是著名地质学家李四光先生的学生。参加过"一二·九"运动，抗日战争爆发后，奔赴山西抗日前线，参加了共产党领导的"山西牺牲救国同盟会"。同年经蒋南翔介绍，加入中国共产党。1936年，中共贵州省工委遭受重创，省工委书记林青被国民党当局杀害。为了保护组织，中共贵州省工委决定，党的工作向地下疏散转移，时任省工委书记的邓止戈，经北大同学张有民介绍，转移到桐梓县，得到张有民的堂兄、桐梓县县长张有年的帮助，安排到桐梓县政府兵役科任科员。1939年3月，张有年调任安南（晴隆县）任县长，邀邓止戈同到安南。邓被安排任安南县政府第一科（民政科）科长，为安南共产党的地下活动创造了有利条件，使地处偏僻西南一隅的晴隆县，出现了中国共产党领导革命斗争的星星之火。1949年10月中华人民共和国成立以后，邓止戈调任重庆市委书记，1956年张有民被打成"历史反革命"判刑坐牢，后因李葆华调任中共贵州省委书记，才得以平反并恢复工作。

有楷大姐三岁多时，父亲离世，母亲带着她和姐姐及不满周岁的弟弟在农村度过了她的童年。当时家境虽不好，但她仍以优异的成绩考进了当时贵州省唯一的一所医科大学——贵阳医学院。那时的大姐，正值花季的青春少女。大学毕业后带着青春和梦想，投身到铁道兵这支她曾经流淌过鲜血与汗水的军营。在铁道兵七师，她整整干了六年。转业地方后，无论在四川省达州地区医院，还是在贵阳市妇幼保健院，以及后来工作过的几家医院，她始终恪守一个医生的职业操守，抢救和治愈过无数鲜活的生命。正是这种平凡而又充满传奇色彩的特殊经历，才使她成长为一名享受国务院特殊津贴的儿科专家，贵阳市"十佳女杰"。

从书中朴素平实的文字叙述中可以看出，大姐写这本书不是为了名利，更不是为了立传，这仅仅是一个逐渐步入晚境的老人，在日常生活中安详梳理一生而已。我想，人生的经历对于每个人来说，永远都是一笔弥足珍贵的财富。包括发生在有楷大姐身上的那些特殊经历，没有辉煌，没有荣耀，只有那个特殊年代的特征与烙印。既有荒谬和正义，也有迷茫与坚持。值得尊重的是，大姐这一生，始终保持着一颗真实的心灵，在生活中找到自己应有的位置，并紧跟不断变化的时代节奏，走好自己的每一步。字里行间，真实地记录了大姐一生中的爱与恨，苦与乐，曾经的光荣与梦想。

大姐的笔触是直面人生的。在官场上，她敢于直言；在医疗救治上，她敢于担当；在对疑难病症的治疗上，她敢于探索，勇于实践。总之，无论在哪一个岗位，她都会尽职敬业，全身心投入，在这个岗位就干好这个岗位的事。生活中，对于自己所受到的种种伤害和内心的矛盾，包括初恋，以及对婚姻和组织家庭的渴望，这些如此私密的事件，大姐也是完全敞开了自己的心扉。正是这种直面人生的豁达心态，为她最终赢得了年老不衰、磨难不怨、身心健康的幸福恩赐。

这本书的难能可贵之处，就是书中每个章节的时间顺序脉络极为规则。这对于一个年逾古稀的老人来说，能够在漫长的岁月中回过头去，能够一下子就找到时间铺设的源头，并让它引领和调动那些不着痕迹的生活细节，再用不着雕琢的语言将它们整齐地填满空白。这是一件多么浩繁庞杂的工程。如果不是在人生道路上每走一步都付出了心血和热情，我想这是很难做到的。

一个人一生中究竟会经历多少坎坷和挫折，除了当事人外，谁都难以预料。生活如此错综，众生何其芸芸，稍不留心，就有人像流星一样从身边滑过，等我们回头重新审视，那些伸手可及的人和事都已成回忆。很多记忆会被锁住，压抑在心底成为郁结，这时选择释放是最好的方式。大姐把自己的人生经历，家庭和事业感悟灌注笔尖，与纸笔相依相伴，搀扶着走过孤寂和落寞的日子，同时也排解了些许剪不断理还乱的愁怀。全书有对历史事件的真实回顾，也有对情感琐事的真实描写，让我们深深感受到那个浓烈悲壮的特殊年代真实地存在过。这不仅是对那个年代以及那代人的人生感悟和历程的回顾，更是对那一代人青春若得若失的感叹。大姐生活境遇的转折中，确实遇到过正直善良、关心帮助她的人，但不难看出，一个人生命中最为可贵的人，其实就是自己，只要敢于面对，不气馁，不放弃，就能主宰和驾驭自己的命运。古今中外，无不如此。大姐的传记，是她与自己心灵的对话，无需解说。

以此书为向导，我不得不说，有楷大姐是一个对生活充满激情和追求的人，她是一个内心特别强大的女性！至今，虽年逾古稀，但她依然坚韧不拔。因为那是一段刻骨铭心的经历，他们的人生，他们的青春，他们的无奈与叹息，都随着那段历史慢慢老去。"当我回过头来，揭开我们所有的记忆，你会看见那些若隐若现的划痕，那些深深浅浅的脚窝里盛满了我们的青春与热情。当我们从梦中醒来，却发现自己的青春已然不知所往。所能默写的只是无能为力的苍白呓语，所能证明自己生命的，只有染霜的银发。"大姐将所有的沧桑搓成几缕无须羁绊的思绪，让苍老的印记存留在自己无际的思绪中，让这些不老的记忆相伴此生。

大姐很喜欢用这种方式来诠释自己的心灵，因为那是属于她自己的文字和记忆。虽然知道自己的文字很难达到写书的水平，但总觉得把自己想写的东西记录下来，让那些刻骨铭心的记忆永远存留，让那些为国家和民族流洒过血汗，甚至付出生命的亲人、同志和战友的灵魂得到安慰。这，不失为一件有意义的事。撰写《岁月无悔》，大姐的心境是恬淡平静的，"每一次的回忆与写作，总能把我带入一片宁静的天空，那里有我的爱，我的事业，我熟知的人和事，有我的快乐与痛苦。每次伤心，我都会沉浸在自己的世界，淋漓的哭；每次快乐，我都会在自己的世界，尽情地笑。"由此认识到，这代人的无怨无悔，这代人的人生观和价值观，这代人的牺牲和奉献精神。让我们站在历史与现实的交汇点上，对他们产生强烈的共鸣及由衷的敬佩。

编写本书，大姐是认真的。"我喜欢一个人走路，月光下或夜色朦胧里两旁路灯照亮，脚下宽阔的小路清晰可见，我的心淡定而愉悦。行走时心里常常会愉快地想着许多令我快乐的事情，一瞬间会闪出我要写的东西，真是美妙极了。这种感觉真令我愉悦。每天行走时我与路旁每棵树往返相遇，看见每棵树一天天长大，尤其那些常青树、杨梅树、香樟树、大花玉兰、山茶树，常年枝叶繁茂，我们彼此熟悉着，冬去春来，四季变化着，我逐渐变老，这是宇宙人世间不变的规律。我与树都懂得。"大姐硬是凭着自己的这份执着和惊人的毅力，把一生的经历撰写成文，收集在这本集子里。

大姐的书就要出版了，这是自费的。这本传记不会给她带来一分钱的效益，却能带给我们不以金钱而论的受益，希望大家喜欢它。这本书不仅是有楷大姐一个人的心路历程，更是一代人的命运，是我们这一代曾经迷恋过的希冀和期盼。即使我们的梦想已经迈过年轻，也要透过曾经的青春风采，展现自己最美丽的人生。

"成功的花，人们只惊羡她现时的明艳！然而当初她的芽儿，浸透了奋斗的泪泉，洒遍了牺牲的血雨。上帝在敲开苦难之门的同时，也敲开幸福之门。"正因为如此，经历了无数次磨难的有楷大姐，才会有现时的儿亲母爱，兰桂峥嵘，琴瑟和鸣。

在此，衷心祝愿大姐夕阳灿烂！艰辛已经过去，幸福已经到来，就让我们把曾经的一切停滞在时光的深处，充分享受生活的赐予。

是为序。

意蕴如诗　文如其人

——读张有楷医生回忆录《岁月无悔》

韦安礼

2016年3月20日，星期天，我们在四弟杨宏家聚会，围坐攀谈。贵州省人民政府原副省长肖永安关切地问张有楷医生："张医生，你今年多大岁数哪？"

"七十五啦！"

她爽朗清脆的声音，很有磁性，大家目光均聚焦于她。

"我看不像。看上去还年轻，不像七十五高龄的人。"肖副省长惊叹。

"真的不像。要比实际年龄小十几二十岁。"坐在肖副省长左边的总参谋部的杨尚非少将恭喜般地补上一句。

张有楷医生一身素衣，精神饱满，白净的脸庞上泛起些许红云，一头银发，深度眼镜下闪耀着聪慧的眼睛，整个人像一株婷婷的玉树，令众人赞扬。

第一次和张医生见面，她给我们的印象就是这样的美好。

之后，她恭谨谦虚地请我为她的回忆录《岁月无悔》作序。我心存顾虑，怕写不好，辜负她的盛情。尤其这些年，见某些达官贵人以及"名人"为作者作的一些序，与原著相去甚远，却能在红尘中借风起浪搞闹开去。我是庶民一个，只会说实话，只会说读书心得，不会追风赶时髦去说些与作者原著无关紧要的话，因此甚为顾虑。但又想，我面对的是德高望重、奋勇当先的张有楷医生，她如此诚心相嘱，并说她早在网上认识了我，从别人口传中认可了我。短时间简单交谈中，她还对我为人处事的品质以及书法等方面，给予了认可与鼓励。在这样的情况下，恭敬不如从命，才答应了为回忆录《岁月无悔》作序。

医学我不懂，但还是答应为她的书作序，除上述原因外，还有下述三个原因。一是听四弟杨宏介绍，张医生是大家闺秀，是医学专家，博学多才，德高望重。但她却几十年如一日钻研业务，从不间断。并能用她自己所学到的高超医术，热心服务于病人并传授给学生，分享给同行。这样的专家确实值得我们尊重与学习。二是我可以通过阅读原稿，扫除我的医盲缺憾。三是我以往曾经为多位文友的著作写过序言，具备一点写序的基础知识，借此机会，也可"跳槽"尝试一次为纯文学作品以外的著作作序，找到一些新鲜感受，也是此生的一大快事。

接到张医生书稿，读时，遵其所嘱，尽所能，认真细读，前后花了十天时间。其中有四个整天。由于她的人生辉煌灿灿，叙事语言朴实生动，读后，确实受益匪浅，收获颇丰。对她的故事，我现在几乎可以脱稿讲出来，一些哲理警句，非常动人。尤其是她"泰山压顶不弯腰"强硬的独特性格以及精神魅力，令我十分敬佩！

全书分为三篇，共六章，一百几十个故事。把这些故事串起来，就是实实在在的张有楷医生鲜活的人生，也是那个年代的一个侧影。

她的回忆录，具有多方面的生活价值和一定的文献价值！是难得的一部立言、立德、立业的好书，是家庭教育的好书，是有志医护人员应该读的好书，是交朋结友的好书，是历史学家及医护学家应该阅读的好书，也是不失文学艺术的好书。总之，是可读性较强的好书。

张医生出生于战乱时期的1941年，在乡下生活，幼年丧父。母亲是父亲的妾室，虽然聪慧手巧，勤劳善良，但是，由于她出生贫穷家庭，没上过学，没有文化，在张家做丫鬟，之后成为张氏妾室，育有五个儿女，其中一男一女夭折，最后剩下两女一男。尽管这样，母亲在张氏家庭中仍无地位。新中国成立后，家庭成分被划为地主，因而受到牵连，从此，他们母子四人的境遇可想而知。尤其是张医生的母亲，为了养家糊口，含辛茹苦，历尽艰辛。

"书中自有黄金屋，书中自有颜如玉。"张医生受到同父异母两个哥哥和叔伯兄姐的影响，"从小就暗下决心，一定要好好学习，长大后做像模像样的人儿，为自己的母亲争口气。"努力读书的目标明确了，既为自己，又为家人，更为母亲和报效国家！

有志者，事竟成。小学时期她的功课年年都是班上的前三名，因此获得学校奖学金。学校还免去她的学杂费和书本费，也由此帮助母亲减轻了一部分经济负担。小学毕业后，先进入贵阳女子中学，继而改读贵阳一中。在中学期间，她一直是优秀生。尤其在女子中学那段时间，贵阳市举行中学生歌咏比赛，她是合唱队指挥，在老师的精心帮助指导下，她们女中过关斩将，一路领先，最终荣获贵阳市中学生歌咏比赛第一名，为学校夺得了光彩与荣誉。

她在一中，认识比自己高两届，品学兼优的学生会主席丁廷模。"近朱者赤"，学生会主席是学生的领袖，这时，追求进步的张有楷，将丁廷模学长作为自己努力学习的榜样。

1960年考进贵阳医学院。1965年毕业。在学校的推荐下，经过接兵部队严格考察，她顺利过关，被部队接收入伍，成为一名光荣的中国人民解放军战士。去了云南铁道兵七师，当了铁道兵军医，实现和履行了自己的梦想和诺言。为自己、为家庭、为母亲争了光，为报效祖国迈出了坚实雄壮的第一步。"谁言寸草心，报得三春晖。"在部队，她作为实习军医，津贴一个月是40.5元。第一个月她领了津贴，就把30元寄给母亲！以后，在正常的年月里，她每月都如此。子曰："孝当先。"我们的张有楷军医做得多好啊！有其母，必有其女。张医生母亲是个善良、勤劳、心灵手巧的人，她在母亲的呵护下慢慢成长，一言一行都像她母亲。母亲对女儿循循善诱，爱中有严、严中有宽的教育，为她插上雄鹰的翅膀，给展翅飞翔打下深厚基础。在平坝乡下读小学时，放学了，别的同学都走石板路、直路、旱路回家，她一个女儿家，却喜欢一个人走弯弯曲曲的水田坎回家。她在田坎上看大人插秧，观风景，甚至捉蝗虫、抓黄鳝回家喂猫喂八哥。凡是男孩做的事，她都能做，凡是男孩玩的东西，她也能玩，但母亲见到便引导她做"淑女，好好念书。"

张有楷大学毕业后，先后在云南铁道兵部队医院、四川达州地区医院、贵阳市妇幼保健医院工作。退休后接受外聘，先后去了两家私立医院上班，继续从事她的儿科专业。尤其在大圫医院，她很开心，自己的专业能够得到开展，老板尊重她，她和同行同事相处也很愉快。因此，她在大圫医院一干就是十多年，直到今天，她仍然尽心尽力地在这家医院愉快地工作着，并利用她的影响，向党委、政府汇报民营医院带给基层广大群众的好处和存在的困难问题，呼吁国家要大力扶持和帮助本地人创办的、口碑好的基层私家医院。她不仅医术高明，医德高尚，还做到了为民所急，为民所想，为民所诉，为党分忧，不愧为优秀的共产党员和医学专家。

张有楷一生的医疗生涯，涉足云、贵、川三省六个医院，其中包括退休后受聘的两家私立医院。无论是在部队或地方医院工作，还是在公立医院或私立医院工作，她都以精益求精的高度责任心，"妙手仁心"的人道主义精神，进行救死扶伤，深得患者、家属、领导及同行的信任和钦佩。

在部队工作的六年中，在"文化大革命"极"左"路线影响下，她受到不公平对待。钻研业务，有人说她"只专不红"；写了入党申请书要求进步，遭到讽刺说："你张有楷要入党，除非太阳从西边出来。"个别极"左"者，常背地里向领导打"小报告"诬陷她。领导听信非言，三天两头没完没了地找她麻烦，指责她这也不是那也不是。在部队六年，她一直拿的是每月40.5元的实习生津贴。但她仍然孜孜不倦、用心钻研业务，一心扑在工作上，热情认真地为伤病员精心医治。

热爱自己专业，尤其是爱读自己所学的专业书籍。但从"文化大革命"开始，极"左"派当政者规定属下只能读政治"红宝书"，不许读业务书，许多人把业务书清除出办公室。张有楷视业务书为手术刀、为良方妙药，她就顶着不收书，仍然把它们留放在办公桌抽屉里，一有空就拿出来读。她不但向书本学，还向有实践经验的老军医们学。学他们的医德医风，学他们的医疗方法和高超技术。

当兵六年期间，无论下放还是在师部医院，她都认真向老一辈的军医学习。有人说她"根不正，苗不红""只专不红"，但她从不放弃做一个军医的职责。看看她下放连队的表现吧，某一天，她正满头大汗专心捶石沙，突然隧道里发生塌方事故，人命关天！这时她不要谁对她下命令，不需要经过谁的批准，丢下手中铁锤奔向事故现场，参与抢救受伤战士。在抢救过程中，她亲眼看到团卫生队老军医熟练的抢救技术，让她由衷敬佩。回到师部医院，通过对两个精神病战士和云南民工的诊治过程，我们可以看到张有楷医生的高尚医德和深厚情感。

张医生在达州地区医院工作时，她爱人还是军人，他们家就住在军营里。一天儿子哭着回家，她教育孩子说："哭啥？男孩子动不动掉眼泪没出息！"她家，不仅男孩子不能随便掉泪，连女人也不轻易掉泪。这是她家的传统。当年当兵时，孤独的母亲送她也没掉泪。她八年后去看下放在乡下平坝老家接受贫下中农管制的母亲，这是母亲最无助、最需要儿女在膝下孝敬的时候，但张医生匆匆来匆匆去，"驿外断桥边，寂寞开无主。已是黄昏独自愁，更著风和雨。"按理说，这个时候，母亲应该心痛流泪，但母亲仍没流一滴眼泪。这个传统孕育了张有楷的坚强性格，在部队受委屈时，她一样挺起胸膛昂起脑壳做人，从没在欺压她的人面前低过头流过泪，这样的观念也传承给了下一代。"十年育树，百年育人。"她的孩子们在她循循善诱的教育和培养下，两个儿女都已成材，小儿子当兵，把他的青春献给了祖国的国防事业。女儿成为博士，留在大学教书。说起她培养女儿，有一段故事也是读者们，尤其是母亲们可以借鉴和学习的。

女儿大学毕业，分配到大学当教师，报到后就被派到贫困县支教。那边远的学校，孤零零地挺立在城郊的荒山下。放学了，其他老师和学生都回城里的家，学校里就剩下女儿和另两位青年夫妇。学校把一楼的保管室分出一间给她女儿做卧室。这间"卧室"，从窗外往里看，室内一切被窗外人看得清清楚楚。而另一对青年夫妇又住在大楼的另一端。这个环境，对一个青年女教师来说，存在着不安全的隐患。作为母亲的张有楷，十分为女儿担心！凭张医生的条件，她完全可以为女儿另选一个好的去处，可以不叫她下到这样艰苦不安全的山区。但张医生没有那样做。她全力支持女儿服从组织安排，到艰苦的地方去接受锻炼。给女儿买了厚厚的窗帘，帮她牢牢地挂好。这就是一个明智伟大的母亲！所以女儿没有在困难面前退缩，而是迎难而上，最终考上了博士。

张医生对婆母孝敬，在他们家也成了良好的家风。困难时期，物资供应紧张，张医生省吃俭用，每月给婆母买上两袋牛肉干私底下孝敬老人。一天，丈夫买回甘蔗，只分给孩子们吃，没有分给他母亲，老人家躲到屋里生闷气。张医生看到了，立马拿起剩下的一根甘蔗大声说给老人听到："这根是留给我和婆母的。"她把甘蔗削去外皮，切成小段送到婆母屋里，婆母的气立刻得到消解。

对保姆小凤，张医生视如己出，开口闭口就是"我家小凤"如何如何好。所以失去双亲的十五岁的小凤来到她家，好像是回到了自己的家，视弟妹们如同自己的同胞弟妹，勤劳做事，认真负责地照看着张医生的儿女。

张医生的朋友大体分为三个方面，一是同学，二是军旅知己，三是地方医院同行。不管是哪方面的朋友，她都以真诚、尊重和友好的态度相待相交。一经为友，终生挂念，一世不忘。其情其意历经岁月和苦难，历久弥新，醇厚深沉。

张医生工作年限最长的是在四川达州地区医院和贵阳市妇幼保健医院。无论在哪家医院，由于她的医术好，服务好，工作不久就有同行走近她，与她合作，结为朋友，互相学习。这些美好回忆她都情真意切地在本书中作了详细的叙述。

张医生的回忆录《岁月无悔》，全书写了她的"童年""职业人生""我的生活"三大部分。每个部分都以她为主，带出了相关的人和事件。读后，能从中了解她的人生的经历、职业、事件和各个不同时期所带给她的喜与乐、福与冤。她是一位有理想、有抱负、肯学习、肯钻研、悟性高、有主见、个性强、很坚强、有爱心的人，是一位成功女性。她追随共产党的理想矢志不渝，所以她用行动粉碎了"她要入党，除非太阳从西边出来。"的偏见断言。由于她矢志不渝，变不可能为可能，后来不仅入了党，还被评为优秀共产党员，成为贵阳市"十佳女杰"、评审团专家、优秀教师、屡获科研成果奖的成功女性！

读完张医生的《岁月无悔》，她豪爽、刚强、直率、真诚的性格和智慧聪敏的才华，深深地留在我的印象中，让我对她肃然起敬。我们做人做事都该像她那样。

我不懂医学，边读边思考，书中叙述和描写，有时像小说，把人物刻画得很生动，性格鲜明，各人一面，独具风骚。善者爱，恶者恨。如她描写的陈培生军医时这样叙述道：她是位女性，广东人，讲一口广普话，把"是"说成"细"。因她说话快，做事动作更快，大家叫她"小鸟"。她是一个纯朴、善良、活泼、诚实的人，字写得漂亮，说话幽默，主动做张医生的"高才生"，虚心向张医生学习如何和病人建立友好关系的好军医。总之，在张医生笔下，小鸟是个活泼可爱的聪明人，很可爱，令人喜欢。

在写作过程中，张医生喜欢刻画人物，几笔勾勒，一个活鲜鲜的人物就站立到你的眼前，在"我的师姐"这篇中叙述道："师姐是个坦坦荡荡的人，她的爱除了给病人、给工作、给朋友，全给了家人。她勤俭持家，穿着朴素，孝敬父母，支持爱人工作。她把爱人打扮得帅气十足，总是西装领带，庄重稳妥。从她身上看不到一点官太太架子……她个子比较高，平时穿着又太朴素，她带的三军医大实习医生对她开玩笑说：'王老师，你脱了白大褂，好像个工人师傅。'她笑笑而已。她转头悄悄问我：'我像工人师傅吗？'我笑着大声地回答她：'像极了！'她追打我，我大声叫着：'好痛啊！是像嘛！不只是像，就是个真正的工人师傅！'她追着笑着要打我。她是师姐，站着让她打吧！站住了，她又不打我了。"

张医生性格刚强、聪明敏锐、勤劳善良、敬业肯钻、逆境乐处等等优点，从头到尾贯通全书。其完满形象，无隙可乘！这既是作者的本能反应，又是作者笔下生花带来的结果。其他不必赘述，仅举她在逆境中怎样快乐生活一节，就足以看出她的乐观精神和文字才华。她因为家庭出身不好和"只专不红"等"过错"，在部队那些年，受到严重打击和排斥。那种打击和排斥，一般的人是受不了的，往往只能消极对待，一蹶不振。而张医生却与众不同，她精神抖擞，"破帽遮颜过闹市，躲进小楼觅好诗。"在那样一个特殊时期，她不仅获得了精神支柱，而且也将这种精神写进了《岁月无悔》里。"每天吃过晚饭……挑粪去浇灌那些蔬菜，我最乐意干这个活。这个年代与农作物打交道比与人打交道简单多了，快乐多了。因为那些蔬菜，不知道谁是'根正苗红'、谁是'黑五类'，更不懂阶级斗争，只要有肥料浇灌，薄肥勤施，蔬菜一天一个样，长得绿油油的，十分喜人。很有成就感。有时还带上医院那条大狗（不是我带上它，是它跟着我）。这条狗很聪明，从我初到医院上班起，它就喜欢跟着我。中灶食堂常用排骨炖南瓜，吃剩的骨头我曾拿去喂过它。趁此机会摸摸它的头，还给它起名叫'黄豹'，从此，只要叫它'黄豹'或'豹子'，它就会高兴地摇着尾巴走过来。有时中饭后回宿舍午休，它会送我并卧在门外等我。"从这些心境的叙述中，我们可以读出张医生是个热爱劳动的勤劳人。她通过劳动和养狗来消除心中的烦闷，同时，张医生情感丰富，文字功底深。张医生因"根不正，苗不红""只专不红"和家庭出身不好等问题，一直得不到转正定级，在那样一个年代她的压力有多大是可想而知的。但她很坚强，自寻其乐，以情寄物，物知她心，她心中就有了伴，就不会产生孤独寂寞感，就有了极大的精神支柱，激励着她昂首挺胸直腰做人，勇敢地撑起属于自己的那片光明的天空！她的精神，就像凌风寒梅傲霜吐芬芳，清香四溢，浸入我们的肺腑肝脏！

  前面我说过，张医生的《岁月无悔》好读，我喜欢。是由于她叙述流畅，文字清新，言简意赅。一些诗一般的好词语，可以作为示人的警句，如在"一夕巨变"中："我们是一群热血青年，一群充满快乐的单身汉，生活在铁道兵这个大家庭里，我们是多么幸福！"在"林丽娜"中："她面对坏人敢于冲上前，喊出正义！……有她这样的朋友，我感到骄傲。"好多好多……举不胜举！请读者自己去多领会好了。

  人是社会的一个细胞，是一个分子。人生活在社会中，每一个人都会被打上社会的烙印。《岁月无悔》不仅是作者个人的纪录，也是时代的纪录。它既是作者人生留下的烙印，也是这个社会一个部分的烙印。正如戴明贤戴老所言，"官修正史着眼于全国性的大事大人物，官修方志是以补充地域性的中等人与事。而芸芸众生的蚁民，总是付之阙如的。但黔首黎庶同样是构成历史的元素，是金字塔的底层，没有他们，金字塔尖会坍塌，甚至根本尖不上去。"因此，本书不仅作者及家人和朋友值得读，医护人员值得读，还有教育学家、社会学家、历史学家也可以读一读，也许能从中摘取些许资料，充实那个年代的特殊记忆。当然，文学家要读它，你也不后悔，它会添补给你不少的创作素材。因为她的故事丰富，因为她笔下的每个人物形象鲜明，因为她的语言流畅生动。读时，或为她乐而乐，为她的痛苦而泪花遮眼。我想，《岁月无悔》里这些丰富的素材若能改编搬上屏幕，也是一部好的影视剧！

  张医生高尚的医德、精湛的医术、良好的医风，一辈子兢兢业业从事救死扶伤的伟大工作，这奉献精神是高尚的共产主义精神！借此机会，回忆一曲久唱不衰的《护士之歌》，作为我小小的一份礼物送给她，作为读《岁月无悔》的一次印痕，一点收获，一个感谢！并以此赞扬她的精神和品德：

"晚霞映在西山，
月亮已升在东方。
是谁呀穿着白色的衣裳，
站立在窗前轻轻放下了窗帘，
遮着了投进的月光。
啊，是你呀我们亲爱的护士，
值班在病房。
我们亲爱的护士，
她有远大的理想。
盼望着英勇的战友，
重新向高空飞翔！
月亮已落下西山，
东方已投出晨光。
是谁呀迈着轻盈的步伐，
巡视在病房听着均匀的呼吸，
静静地伴到天亮。
啊，是你呀我们亲爱的护士，
值班在病房。
我们亲爱的护士，
她有远大的理想。
盼望着英勇的战友，
重新向高空飞翔！
晨曦泛起白光，
太阳已露出脸庞。
是谁啊用那温柔的双手，
轻轻抚摸他那紧皱的眉头，
抚平了心灵的创伤。
啊，是你呀我们亲爱的护士，
值班在病房。
我们亲爱的护士，
她有远大的理想。
盼望着英勇的战友，

重新向天空飞翔。

是为序。不，是我读《岁月无悔》的心得罢了。

注：序作者系中国作家协会会员，中国现当代文学研究会、中国现当代少数民族文学研究会常务理事，北京燕京文化研究院特约作家，世界华文诗社理事等。有专著《作家就在我们身边》《桃花依旧笑春风》等十余部。曾多次获文学奖。入选《中国当代青年名人大辞典》《贵州新文学大系》等。代表作《天安门看龙》《榕树》。

第一篇
我的童年

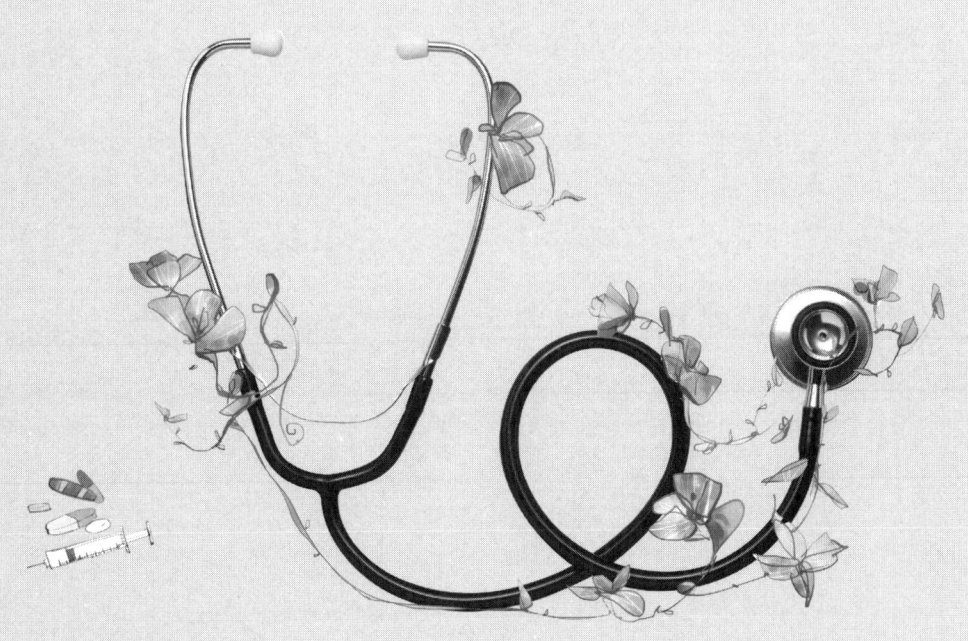

家庭出身

1941年我出生于贵州省平坝县夏云镇马武屯村。祖籍安徽桐城，乃官宦书香之家，曾祖父以上是武官出身，从曾祖父开始习文，家父张在兹毕业于贵州省师范专科学校，民国时期任过两届省参议员，担任过贵州法政专科学校学监、平坝东先学校总理事等，生前有多本著书《读书管见》《家政汇偏》《实用杂俎》《还读笔计》《家庭模范》等传世。父亲为人豪情仗义，正直厚道，热心乡邻，曾多次捐出银两修建公路、桥梁和学校。治家严谨，家风良好，在四邻乡镇口碑极好。家父娶妻两房，一房孙氏，小脚走路不便，极少串门，虽没有念过书，但为人厚道善良，从不在妯娌间说长道短，符合当时"女子无才便是德"的德性要求，很受族系尊重。她生下两子都在外读书谋事远离故土，对我母亲的五个孩子极好，尤其善待我两个兄弟张有庸、张有宜，可惜张有庸患病年仅十五岁夭折，夭折前在省城贵阳读高中。家母是平坝十字路人，幼小丧父，十六岁时母亲的继父将她送到张家做丫环。虽出身贫寒也没有文化，但母亲从小聪慧灵巧，做人诚实勤劳，有一手好针线活，精通绣花裁衣，被父亲纳为妾。母亲在张姓族中没有地位，之后生下两男三女，其中一男一女幼年夭折，活下来的只有我们姐弟三个。父亲1945年冬季离世，当时母亲还很年轻，姐姐六岁，我才三岁多，弟弟不满周岁。父亲离世后，母亲带着我们孤儿寡母更显世态炎凉，但在我心目中母亲坚强而自重，除管好自家三个孩子，她大部分时间都在田园菜地干活，这对我幼小心灵触动极深，以致我从小就暗下决心一定要好好学习。长大后做个像模像样的人儿，为

我的童年

自己母亲争口气。对读书的热情也有一半是受同父异母两位兄长及叔伯兄姐们的影响，叔伯兄姐们都是贵州大学或贵阳女师毕业生，每每放假回家，个个器宇轩昂，穿着谈吐不凡，让我十分羡慕，对读书充满渴望。

1947年我蒙学于马武屯小学。学校校长就是家父堂伯兄弟六叔——张郁兹，家里的花园正对他的书房，记得未上学前每年栀子花盛开时节，我都会摘下很多花大声叫他："六叔，送你栀子花！"他总是高兴地伸出双手接住，连连夸我。上学后见到六叔反倒害羞和害怕了。

马武屯小学

马武屯小学山明水秀，校园四周全是高大挺拔的大树，尤其是大操场的四周长满红杉、红松、梧桐、香樟、桑树，有些树需几个小朋友手拉手才能围拢来。2002年陪姐姐和姐夫曾回了家乡一趟，见校园里那些百年美丽的参天大树都没了，据村里人说是1958年全国开展大炼钢铁时被砍伐光了，咳！百年大树毁于一旦，真是可惜哟！只能留在童年的记忆里了。

上学时同班小朋友多系家族中侄儿侄女或远亲乡邻，一群人中算我辈数最高，加上性格开朗顽皮，做了大伙的孩子王。常常带着一群小朋友爬桑树采桑叶喂蚕、爬茶树摘茶泡茶片吃，在茶树上边吃边往口袋里装。夏天还下田抓黄鳝，黄鳝是横着睡在田泥里的，只要看见水田里有个圆圆小洞，用右手中指伸进洞里往前捅去，就能抓住黄鳝，回家喂猫喂八哥。阴历六月六爬岩摘野地瓜，野地瓜像拇指大小圆圆的，十分香甜。我还喜欢带着大家滚铁环、踢毽子、打陀螺、弹弹子、捏泥巴、荡秋千等等，母亲常说我没有淑女样。每天上学其他小朋友们都沿着围墙壁下走石板路，我却偏要绕道从田埂小道上走，尤其是芒种插秧季节，看着插秧的大人弯着腰、左手拿把秧苗、右手取几株秧苗往软软的泥田里插入时，一排排一行行插好的秧苗美妙极了。秧苗一天天长大，心里格外欢喜。秧苗长大蝗虫也多了起来，放学时还可以抓上两只关在笼里玩玩。记得有一次放学路上，遇秧田放水滑了一跤，满屁股稀泥回到家，被母亲打了几个手心，自己知错不敢哭出声来。换好衣服马上做作业背书图个表现，母亲很快消气了。

大伯家的樱桃

　　1948年的5月樱桃成熟，我和大伯家的孙女张世兰约好放学后一块去她们家后花园偷摘樱桃。我和世兰同年出生又在同一个班读书，虽是姑侄辈分关系却相处甚好，世兰站在树下双手提起衣襟等待，我灵活地爬上高高的樱桃树，麻利地边吃边摘还一边往她撩起的衣襟里丢，世兰家的樱桃又大又甜。我俩正吃得欢，突然听到"吱呀"一声开门声，世兰惊恐万分地喊："孃孃，快下来，我家奶奶来园里了。"我一听吓坏了，赶紧往下梭，树下园子里栽种有一片四季豆，四季豆苗正在长藤时节，地里插满了尖尖的细竹竿。心慌意乱的我一心想着赶快梭下树逃跑，哪里来得及在意脚下的四季豆爬藤竹竿，慌乱之中只觉得右脚被狠狠地戳了一下，钻心地痛，也顾不上查看，我俩没命地朝花园后门飞奔。

　　回到家定下神后发现右小腿被竹竿尖头刺得很深，还在不断出血。我不敢声张，只能忍着痛悄悄用草纸压住伤口，希望能止血，疼痛很快消失了。当时乡里还没有电灯，因为不喜欢在桐油灯下读书写字，所以抓紧时间写大字背书（背书是我的强项）。晚间洗脚时我小心翼翼地提裤角，旁边的母亲对我磨磨蹭蹭非常不满，一边大声斥责："你们慢吞吞干啥？都几点钟了？"一边蹲下把我的裤子使劲往上一掀，我痛得"哎呀"大叫起来，原来裤子被渗血粘住了。母亲问站在旁边的小妹咋回事？小妹是我家请来专门做饭的小保姆，她是苗家姑娘，平时对我极好，当时这事她一点也不知晓。我立即讲明原因，母亲听后生气地一顿教训："洗完脚乖乖去跪在搓衣板上，女孩子家不好好念书，像个儿马婆①！还偷吃大伯母家樱桃，平素怎样教育你的。你看你姐文文静静，谁都喜欢她。"母亲边责怪我边用凉茶替我洗伤口，接着用家里人喝的白酒淋了伤口，我强忍着疼痛不敢叫出声来。正在此时大伯母端着满满一筲箕红樱桃进了屋，她把樱桃放在方桌上说："都是些孩子骂她干什么，樱桃在树上烂了还是烂了，我们这把年纪谁还稀罕它呀，爱吃的人都在外读书去了。"母亲谢过大伯母，送走她后还真没有打我，心里既惭愧又感谢大伯母让我逃过一劫，以后再不敢偷吃人家东西了。

---

① 贵州土话，"野小子"的意思。

一根玉米秆

　　因我出身庶房，尤其父亲去世以后，个别叔伯兄姐对我明显不同。暑假的一天，三叔家女儿张有桃家，外侄都回到外婆家来度暑假，家里十分热闹。她给玩耍的所有小朋友每人发一根玉米秆吃，发到我时故意大声说："（施）舍你一根。"她轻蔑的口吻和鄙视的眼神刺痛了我，接过玉米秆，我狠狠地甩在地上，大声吼道："我才不稀罕哩！"万万没想到那根玉米秆正巧甩在她脚背上，她的脚背立刻就破皮出了血，她恼羞成怒，骂骂咧咧追打我："有人养无人教的死丫头……"我跑回家关上腰门却隔着腰门上的敞口不甘示弱地瞪着她。母亲见我俩隔着半扇门相互吹胡子瞪眼睛，赶紧询问缘由，桃姐愤愤不满地答道："问你自家姑娘去。"说完扭头就走。我道出缘由，母亲没有吭声强忍下来。倒是一直站在旁边的老古（我家专门负责挑水和打理菜园花园的长工），开口说："明天我到山那边去帮你砍一背筐玉米秆回来，你照桃孃样子发给所有小朋友吃，看她还说啥。"第二天老古真的帮我砍了满满一筐玉米秆回来，我照老古说的去做，给所有小朋友每人发了两根！当时我特别有成就感，心里乐滋滋的，从心里敬佩我家长工老古，他说话算话。老古最喜欢我的弟弟，每天总用肩膀扛着他到菜园里去干活并带他玩耍。尤其栀子花盛开的日子，被老古扛着的弟弟就能够摘许多栀子花带回家来。我家菜园周边只种玫瑰花和栀子花两种，其他都用来种蔬菜、蒜苗和葱。栀子花树长得又高又大，有好几棵顺墙排成一排。每年栀子花开花时节，每间房里都放着许多栀子花，满屋飘香，使人宁静而清醒，更能专心读书做作业。

　　玫瑰花是母亲用来制作玫瑰糖的，平时不准人摘，待花开繁时一片片摘下用小簸箕接着，再用红糖腌制后洒点白酒封罐。大年初一开罐时香气逼人，糖引子芯里添加上一些腌制糖玫瑰，做出来的汤圆又香又甜十分好吃。

童年趣事

　　儿时有很多好玩的事，追忆起来真有意思极了。

　　第一件：养蚕

　　自进校读书后每天一放学抓紧时间背完书做完作业，就和姐姐张有瑜一块养蚕。冬季,母亲把一张装着蚕卵的小纸头折好放进我俩内衣口袋里,纸里的蚕卵小小的黑黑的,像一粒粒小小圆圆的黑苏麻。几天后取出来一看,所有的蚕卵变成了一条条黑黑细细的小蚕虫。母亲教我们将这些纤细的小蚕用鸭毛小心翼翼地轻轻刷在嫩嫩的桑叶上,那些翠绿的桑叶既是小蚕的新家又是小蚕的食物,它们整日整夜不停啃食那些嫩叶子,小蚕长得很快,需不停地将它们分装到更大的簸箕里。蚕每天要吃大量桑叶,所以桑叶就供不应求。姐每天放学后会请同班男同学爬树摘很多桑叶带回家,仍然供不应求。家里的老古也帮忙采摘桑叶。每天放学回家,跨进大朝门时就能闻到空气里充满蚕沙的味道,如果静静站在簸箕旁边能听到蚕子啃食桑叶发出的"沙沙"声。在喂蚕过程中桑叶不可沾水,我和姐姐用布擦干水再撒给蚕子吃。

蚕子长大了,变得又白又胖,亮晶晶圆滚滚的,吐丝时,我们用新的竹扫帚倒着放靠在墙壁上,把蚕子一个个捉放到扫帚上,蚕子开始在扫帚上吐丝,用丝把自己裹成一个个白色或者淡黄色的椭圆丝球。几天以后竹扫帚上挂满了白色或淡黄色丝球,看着像棵小树开满了白花、黄花,美极了。还可以把蚕放在一块平板上,蚕会来来回回的吐丝,几天以后一块厚薄均匀的蚕丝板就织成了。每年我们会留下一部分蚕丝球,放在家中做蚕种,下年那些裹在丝球中的蚕蛹会咬破丝球化蛹成蝶,在我们特意准备的宣纸上产下蚕卵,又一轮养蚕开始了。

第二件:过年

腊月中旬家家户户杀猪、宰羊、杀鸡、杀鸭、烟熏腊肉、做血豆腐、舂打糯米糍粑、小米粑、高粱粑。我喜欢跟母亲去赶场买年货。五叔忙着帮各家写对联、帮各家更换门神像。家家户户要买许多爆竹烟花备着除夕放。每个小朋友都有过年穿的新衣服。真是又欢喜又热闹。除夕夜堂屋蜡烛点得通亮,把老祖宗们的像照得通红,祭祖完后大家才开始吃年夜饭。大人个个吃肉喝酒,吃完饭后守夜。我家大钟响了十二响后由大母亲给每个人发压岁钱,此时才可关门睡觉。

大年初一不扫地,也不往外倒垃圾和水,家家户户都起床很晚。起床后母亲给我们换上新衣服,我的阴丹蓝上衣左胸上有母亲绣的一朵小刺梨红花,心里感觉美极了,我爱母亲。早晨吃玫瑰糖汤圆,中午和晚上吃大年除夕剩的年夜饭,因为除夕要剩许多菜饭寓意年年有余。初二去伯伯叔叔家拜年,记得四叔和五叔喜欢我和姐姐,压岁钱给得最多。母亲说是因为五叔家哥哥多姐姐少,我抢着问:"四叔家也有哥哥和姐姐,为什么也发得多?"母亲说:"准是你家四叔喝酒多高兴了。"年后最喜欢的就是天天吃母亲做的鸡辣椒,做工和口感与现在商场超市里成批卖的

鸡辣椒完全不同。记得腊月中旬我家要杀二十只鸡，去除内脏洗干净后放进一口大铁锅中煮熟，再一只只捞起放在一个大筲箕里晾着。煮鸡剩下的汤同时用来熬煮猪皮，熬煮之前先将猪皮烧刮去一层，洗干净切成细块，放入鸡汤里熬成皮冻汤。那些煮熟的鸡用手撕成小块，不许用刀切，放入皮冻汤中搅拌均匀，再加上新制好的红油辣椒和盐，搅拌后还要用小火熬煮一会，香喷喷，地道的鸡辣椒就制成了。等鸡辣椒冷却后，母亲将鸡辣椒分装入三个大土坛子内，像一般泡菜坛那样与空气隔离，每次取食时打开坛子，用干净的木勺捞满满一勺盛在土碗里，吃米饭时，鸡肉的香、辣椒的干香、白米饭的清香，真是不可比拟的美味，这是我母亲的味道。

第三件：清明节

张氏家族每年要上坟两天，第一天是大众坟，凡是张氏族人都得参与，据说来自全国各地。那场景热闹非凡，人之多……那是为祭奠从安徽桐城迁来的第一始太祖公。各家带上好吃的供品：糕点、水果、香肠、腊肉、清明粑、米饭和酒还有烟花爆竹。家族中凡有生了儿子或者考上学校的，就会给家族中上坟的每个人发送红鸡蛋，这样好事年年均有发生。每年我们都会领到好几十个红鸡蛋。红鸡蛋是用蓳菜红上色，圆圆的鸡蛋染成红彤彤的颜色，非常漂亮，我总是欢天喜地地捧在手里左看右看。坟头都在山坡中腰或山下。第二天分别上各家爷爷奶奶的坟。上坟路上遍地是金灿灿的油菜花，有时会采上一簇插在头上，美滋滋的感觉。那时不懂事只知好玩。轮到跪地作揖磕头时被告知哪位是大太祖、哪位是二太祖、三太祖……只听见旁边大人口里念着，保佑保佑等吉祥的话语……我最爱吃母亲做的清明粑，有咸的和甜的两种。咸的是腊肉、豆腐干、香椿做馅，甜的是红糖苏麻加玫瑰，两种都好吃。母亲做的清明粑比场坝卖的糕点香多了，清明粑要吃半月左右哩。现在凡是清明节总让我回忆起母亲做的清明粑的味道。我们的后代已经没有吃清明粑的习俗了。

第四件：端午节

端午节，是另一番热闹的情景，家家户户包粽子，有红豆的，有绿豆的，还有腊肉的，家家户户门前挂上菖蒲艾叶，我家老古挖的菖蒲艾叶最多，夜间母亲用它们煎水让我们姐弟洗澡除百病。尤其三叔家最热闹，出嫁的樱姐、梅姐、瑾姐、桃姐，她们都会带着自己丈夫和孩子回来，一大家子人欢欢喜喜过节，端午节是我家三叔娘最高兴的日子。

我和姐姐要做许多香包和菱角，我做的菱角有大中小三种，都一律用红丝线缠裹，把它们挂在蚊帐上许久不准取下来，夜里睡觉时香包散发出的香味，我现在还记忆犹新哩。

第五件：中秋节

中秋时节，各家种的梨子熟了，石榴也熟了，一一摘下，不准许家里小孩子先吃，而要耐心等供奉完老祖先后才让吃。大人们忙着去赶场买月饼、糕点、在家炒葵花籽、花生、玉米花。晚上在老祖宗神像下点燃蜡烛上了香，供上所有贡品，供完老祖先后我们就拿着果品、月饼、葵花籽……小伙伴们都坐在院坝里看月亮数星星吃月饼，边吃边唱着童谣。有时还围坐成一圈击鼓传手帕，谁输了谁就表演一个节目；有时会玩抢羊羊、老鹰抓小鸡、藏猫猫等游戏，要玩到很晚很晚才回家睡觉。

进城

1949年10月1日中华人民共和国成立，我们家住宅成了乡政府，入驻很多解放军。那时我们小不懂事，喜欢在解放军战士后面追逐，要与他们玩耍和学习唱歌，感觉解放军对小朋友挺好。

1950年，我同父异母的二哥张有民和嫂子杨征敏将我们全家接到贵阳，长工老古留在马武屯守家。从此我们开始了城市生活。

这个时期的二哥家住三板桥25号（现在的汉湘路），那是二哥工作单位教育局分配的职工宿舍。这时的二哥家中已有三个孩子，老大、老二、老三，他们的年龄和我们三姐弟上下相差一至五岁。当时的二哥二嫂负担不轻，后来二嫂又连生了两个男孩，突然加上我们一家人，现在回想当时是很艰难的，真是不易。二嫂杨征敏是贵州毕节人，出生于毕节一方大地主家庭，任职小学教师。二嫂是个心直口快的人，她将我和弟弟送入冀鲁豫小学读书（现在的贵阳市富水路小学），姐姐进入印刷厂当学工，母亲给全家人洗衣、煮饭、打扫卫生。我每天要早早起床背上书包将我的小侄儿张世望送进托儿所，然后用小跑步速度经过金沙坡左转直奔学校。打钟上课的刘师傅总是看见我急匆匆地跑进校门，他几次都讲同样的话："小同学慢点跑，我多敲几下钟估计你进了教室再停敲钟。"当我跑进教室坐在自己的座位上喘气时，还能听见两三下敲钟声，从心里感激刘师傅。

姐姐工作认真，为人善良而且酷爱学习，表现特别好，师傅们都喜欢她，进厂不到一年就加入了共青团，1955年加入共产党，当时她刚满十八岁。我在学校

表现也不错，五年级时全市小学生举行演讲比赛，学校选我去参加，演讲主题简单明了——"好好学习做个有用的人"。我自己先写好讲演稿，再由我们的班主任，也是语文教师雷宝荃老师指导修改。比赛结果我获了全市第一名，当我上台领奖时，第一次感觉我长大了，今后会成为一个有用的人，可以为母亲争气了。

艰难生活

　　1953年二哥一家调往昆明，当时教育局还留楼上一间和楼下一间堂屋给我们母子四人居住，其余房间分配给了教育局的其他职工。没有二哥的资助，生活变得很艰难。母亲开始想方设法找工作赚钱，母亲没文化工作不好找，还是姐姐印刷厂的同事帮忙将孩子送来请母亲带。我和弟弟每天放学回家，给同院坝住对门的杨太太①家抬两桶水，可以收入四分钱，加上姐姐微薄的工资勉强维持生计。我努力读书争取年年考前三名，这样可以免交学杂费和书本费。次年的1954年，贵州省邮电局要扩大建设急需要人，省印刷厂分流一批女青年到邮电局，姐姐也在其中。与姐姐一起分去的同事都分在报务班学习发报，因姐姐出身成分不好只能分配到邮电诊疗所当助理护士。姐姐表现突出，上班不到一年就分到职工住房。我们搬进了圆通街29号邮电局的职工宿舍，房子很小约有十四平方米，我和母亲住大床，小弟住小床，姐姐只能住诊所集体宿舍。几家共用厨房，各家有一个小灶，大家共用一间厕所。当时我开始懂事了，每天看见姐姐辛苦工作，下了夜班睡不好觉，我曾多次想过，小学毕业后考进一所有住宿生的学校去读书，让姐姐下夜班回到家里能安静休息睡觉。

　　1954年我考入贵阳女中，这是一所全日制重点女子学校，可惜没有住宿设备。我努力读书，成绩优良，当时实行苏联的五级记分制，除了体育成绩三分外基本每科都是五分。并且担任少先队大队长，积极参加学校合唱团，豆蔻年华时的我是一个十分阳光向上的少女。当时学校合唱团参加市里组织的中学生合唱比赛，我校参赛的两首歌是《苗家姑娘》和《金山上的花》。为了唱好这二、三声部合唱的两首歌，音乐老师刘文芬下了不少功夫，每天下午抽出一个小时来练唱，指定我当合唱队指挥，练完歌让我留下，专门辅导如何指挥好四分拍的

---

① 阿姨的意思，当时凡结婚的女人统称为太太。

歌，指挥时右手怎么做到强、弱、次强、弱，刘老师费尽辛劳，最后苍天不负有心人，我们学校获市一等奖。之后初中二年级的下学期我加入共青团，介绍人是团支部书记张逢黔同学，她是南下干部子女，年龄比我们大一些，文文静静的，对人对事十分有原则，这使我从心里敬佩她。自加入共青团后开始懂得学习的意义，开始萌生出信仰和人生追求，不像儿时读书只为母亲争口气，这时对自己的未来充满信心。

1955年姐姐考上遵义护士学校，这样她就不是邮电职工了，我们的家只能搬出邮电宿舍，母亲在贵阳市通善巷一个居民家楼上租了两间房子。这房子的对面就是贵阳市一中，从家到学校就隔着一条南明河。为方便上学我从贵阳女中转到贵阳一中，每天渡船到对面上学感觉挺新鲜。

三年后的1958年，姐姐护校毕业被学校保送贵阳医学院继续攻读医学本科。这时经人介绍认识了我现在的姐夫郭文瑞，他在贵州省军区干部处做干事。他俩恋爱两年后结婚。当时是1960年，弟弟初中毕业考进职业学校，我参加高考考入贵阳医学院临床医学系。在这种状况下母亲认为没必要花钱租房子住，干脆出去做了住家保姆，赚钱供我和弟弟上学，母亲曾先后在贵州省医学专科学校宁校长家、贵州省军区刘震国政委家做过保姆。

1963年姐姐大学毕业，分配到贵阳市妇幼保健院儿科做儿科医生，同年生下儿子郭健。为了带自家外孙，母亲结束保姆生涯，在贵阳市纪念塔附近彭家巷21号租了二楼的两间房。这时弟弟已从技校毕业分在铜仁103地质队工作。次年姐姐随姐夫调往北京，在解放军总参下属一所幼儿园做了儿科保健医师，家中生活才算安定下来，母亲脸上开始有了笑容。母亲带自己外孙虽很辛苦，但她乐在其中。每周末我从贵医回家帮母亲打扫卫生带带侄儿，直到1965年6月从贵医毕业，7月开始离开母亲走上工作岗位。

第二篇
职业人生

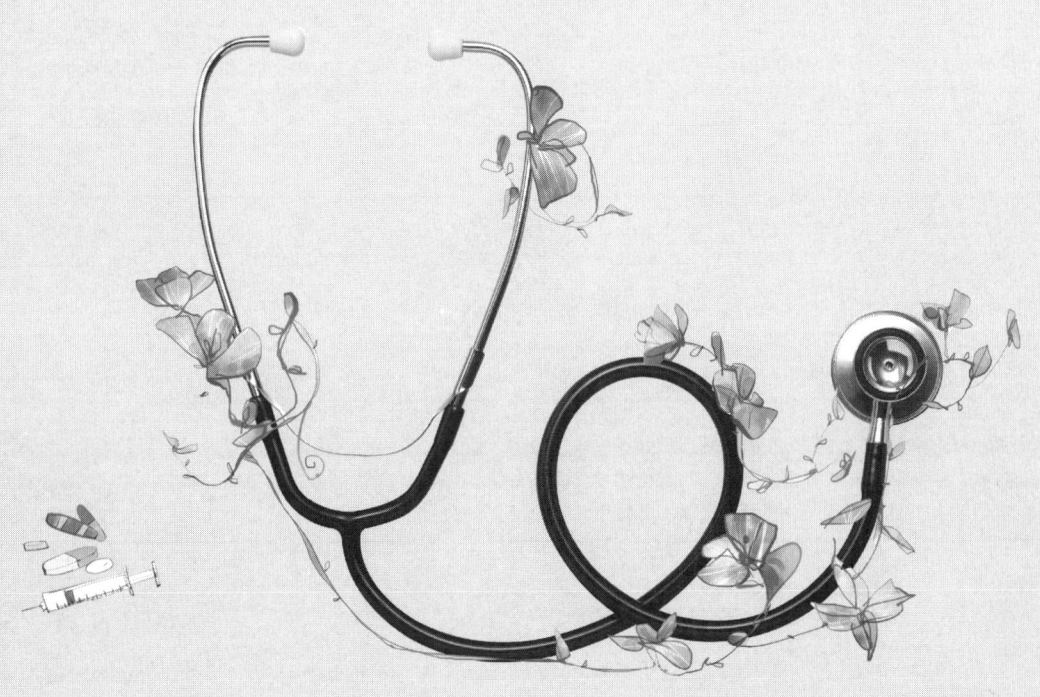

职 / 业 / 人 / 生

第一章　军旅生涯里的职业成长

大学毕业

1960年考入医学院，当时家境虽不好，但一晃五年就过去了。

那天学院大礼堂里五百多人座无虚席，大家在等待毕业分配名单的公布，五年的校园生活即将结束，我们即将进入社会自食其力，大家的心情格外兴奋，整个会场喧哗吵闹，嬉戏声、打闹声充满礼堂，热闹非常。突然台上的扩音器咚、咚、咚……被学生科长敲响，他对着扩音器大声宣布："请大家安静，现在是两点半钟，大会正式开始。"整个会场立刻安静下来，没有交头接耳，没有窃窃私语，大家双眼瞪着台上的人，准备聆听主席台上领导的讲话。主席台上坐着张子凡书记、孟副院长、基础部主任和几位不熟悉的领导。张书记讲完话后，由孟副院长讲解今年的分配方案，共分五批次。具体由学生科长一个个宣布名单：

第一批名单是分在省级单位的人员。

第二批名单是分在市级单位的人员。

第三批名单是分在地区县级单位的人员。

第四批是分在部队当兵入伍的人员。

第五批是分在省内外军工系统的人员。

五批人员中都没有听到自己的名字，我开始心慌了，最后终于念到了我的名字，我是最末一个。"张有楷，铁道兵西南工地指挥部。"听到宣布我的名字时，既万分兴奋又非常忧愁，按捺不住两种矛盾心理，瞬间思绪万千。我的分配结果完全属于照顾关系，那时我的男朋友也是后来的丈夫就在那儿工作。能与自己相爱的人一块生活和工作是一件多么美好的事，但我要离开省城，离开母亲去到安顺，这是我难以割舍的。姐姐去了北京，弟弟去了铜仁，现在我将要去安顺，将来家中只

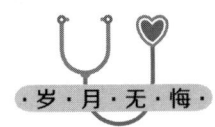

剩下一老一小，万一他们有个头痛脑热没人照顾怎么办？再猜想工地指挥部，若是整天背着药箱四处游走发发药片擦擦紫药水，当个"万金油医师"就难受了，那五年临床医学就算白学了……"喂，想啥？"突然有人拍打我肩膀大声问。我回头一看是同宿舍的张先云同学，她是贵阳花溪人，个子不高，一双大眼睛，花溪口音与市内有很大区别，平时我们相处较好。我回答她："能想啥，分配呗！"我们一块走出大礼堂。

毕业典礼结束后，每个人各有去处。那些分到省会贵阳市各医院工作的同学获大家祝贺，还友好地调侃他们留洋了，暗指留贵阳了。有几个同学，比如肖麟生、陈珊琳、陶寿竹、施直政等，平时学习成绩优秀，表现也不错，只因为出身成分不好，被分到边远的县城。这种情况数不胜数，同学们都有想法和看法，在那特殊年代多数同学都只能认命。我们一班的学生干部团支部书记、组织委员、班长、生活委员，他们都是三代贫下中农出身或三代工人阶级家庭出身，因为出身成分好，都留在学校工作。留校同学中，我们班的团支部书记吴仲明同学来自县城农村，他家三代贫农，个子中等，戴副眼镜，平时说话不多，对同学十分友善真诚，凡有事找他帮忙，他都会竭尽全力帮助。除开毕业实习的一年，五年里他将我们一班团支部带得团结上进。他个人学业也十分刻苦，我对他印象十分好，分配留校大家心服口服。但有些留校同学平时成绩平平，个别人还补考过，既没口头表达能力，外表形象也与大学教师相差甚远，只因出身成分好就留校工作，这种情况大家心中是有想法的。但内心还是羡慕他们出生在一个好家庭里，从小我就想当一名人民教师，如果能够留在学校的话，既当教师又做临床工作该有多好！站在讲台上对着数十数百个学生讲大课，肯定会一年比一年讲得精彩。像鲁迅先生那样，学生挤满教室，有的连坐位都没有还站着听，甚而站在教室外面长廊上将头从窗外伸进来听，那场景多令人羡慕！做梦都想有这么一天。可惜自己的家庭出身不好，在那个年代要留校当老师，做梦去吧！当时属于国家统一分配，服从分配是天经地义，当时的口号是：一颗红心时刻准备着，党指向哪里就奔向哪里。正如歌词所唱："我们像一群白色的鸽子，我们有一双坚强的翅膀，假如祖国需要我们去到哪里，我们就展开翅膀向哪里飞翔……"

我痛恨自己的家庭背景，但家庭出身无法选择，于是心里默默祝福留校的同学，希望他们能够通过自己的奋斗，成为真正的人才。我天性好强，又不想听天由命，只好下定决心，无论到哪里工作，一定努力进取与时代合拍，学医就是全心全意为病人服务，我要努力做个合格而称职的好医生，一定让病人满意。医生注定是我的终身职业。

告别母亲

　　1965年7月2日上午，正在家里帮母亲干家务剁糟辣椒，听见楼下院坝有人叫我的名字。从窗口往下看是送信的邮递员，直奔下楼，见是一封挂号信，"铁道兵西南工地指挥部"很大的一排字跃入我眼帘，一下激动起来，本以为是姐寄来的生活费，却是我的命运在敲门。拿着信就往家里跑，母亲看到我兴奋的样子，放下手上的活路，站在我身旁，我大声念着

与母亲的合影

信："张有楷同志，七月七日报到，带上生活随身用品，七月六日家门口上车。"母亲笑了，眼里闪着喜悦的泪花。

　　姐姐早我两年毕业，她每月寄回二十元钱帮补家用，这下子我也有了工作，母亲负担会减轻许多。看得出她比我还高兴，用带着肥皂泡沫的手背擦了擦眼泪，一边解开系在身上的围裙，一边对我说："这个月还有一斤肉票把它用了，今晚好好庆祝一下。"

　　我说："妈，别买肉了，把买肉的钱给我买些书吧！"

　　母亲虽然嘴上回道："你有那么多书满满一箱哩，还买啥书，等你挣到钱再买书吧。"母亲走到床边打开床头柜抽屉，从抽屉里取出一个纸包递给我，我打开那个包了一层又一层的小纸包，看到包里装着许多零钱，我数着，母亲说："别数了，共有九元钱，拿去买书吧。"看着那些零钱我心里突然难过起来，近几年家里生活困难，这些钱是母亲一点一点积攒下来的，我怎能用它去买什么书呢？我对母亲说："不买了，还真不知道买什么书呢。"母亲说："做医生的当然是买医书啰，买最好的。"我说："医生有内科医生，有外科医生，有妇产科医生，有传染科医生，有儿科医生……"不等我说完，母亲抢着说："难怪每次带小健儿看病时，总叫挂儿科号，有时夜里背他去，还叫挂急什么科？"我说："急诊科。""对，对，是叫挂急诊科。"我说："虽然很快要开始工作了，还不晓得分到哪科当医生呢？所以不能先买书的。"母亲听完我的话，似乎明白了许多，把钱接了过去，再次放入床头柜抽屉里。

　　母亲牵着我侄儿郭健上街买菜。我想着就要离开家，以后没有多少机会帮

母亲做家务活，于是我把家从上到下彻底打扫了一遍，没有上过油漆的木地板擦得贼亮贼亮的，全家的床单、被褥全部拆下来浆洗，提着大木盆和搓衣板，到彭家巷口的水井边把所有衣物清洗得干干净净，将它们晾到院坝里。随后开始整理第二天要带走的东西，把所有读过的书统统带上，内科、外科、药理、生化、病理、解剖学等。带上自己所有的衣服，其实也没有几件像样的衣服，当时家境条件不好，整个学生时代冬天从不穿棉衣。我把书和衣服统统装进一只大纸箱里，书放在下面，衣服放在上面，整个箱子塞得满满的，箱子很重。邻居杨伯伯和杨妈妈到我们家来帮助我，他们用绳子将纸箱捆绑得结结实实，一番折腾后他们满头是汗。

晚饭母亲做了几个菜，请杨伯伯和杨妈妈过来一块吃。杨伯伯在酒厂上班，是搬运工师傅，中等个子，身板硬朗，为人淳朴厚道，每天喜欢喝点小酒，可能与干体力活有关，我母亲说酒可以舒筋活血解除疲乏，杨伯伯酒后还喜欢哼几句京腔。杨妈妈高个头，胖乎乎的，平时总是笑眯眯的，最喜欢帮助人。母亲与邻居相处十分融洽，与杨妈妈更投缘，她们经常一块上街买菜，母亲外出办事常把小侄儿郭健托她帮助看管。有时母亲因带外孙忙家务，杨妈妈赶早场买菜总帮母亲带回来。我们两家相处极好。杨伯夫妇没有儿女，杨妈妈特别喜欢我，夸我能干。那天母亲陪他们多喝了几杯，大家都为我走上工作岗位由衷感到高兴。

7月6日上午九点左右，汽车真的来了，窗下有人叫着我的名字，我下楼迎来两位男兵，母亲给他们上了茶，没讲上几句就催着走。他们帮忙提着那只大纸箱，我跟着下了楼，母亲和郭健也跟着。杨妈也赶来送我。当时我穿了一件蓝白相间的小格上衣，黑色长裙，白色短袜，黑色带绊皮鞋。

街口停了一辆吉普车，他们把我的东西放入后备箱，上了车，我坐在司机背后，健儿哭着跳着要跟我走，母亲和杨妈妈拽着他，母亲淡淡地看着我，只说了一句："多给家里来信。"我点着头，强忍着眼泪。坐在车上看见杨妈妈用自己的围裙擦着眼泪和母亲站在一起。小侄儿仍哭着跳着。

车开动那一刹，我向她们挥挥手，看见侄儿哭跳得更厉害，我的心更难过起来。车上我一直在想：解放后母亲做过多年保姆，因姐工作变动又不断辗转搬家好几回，由汉湘路教育局宿舍到圆通街邮电局宿舍，再到通善巷，最后是彭家巷，母亲一生勤劳、善良、忠厚，用一生心血哺育我们三姐弟，而我们长大后个个离她而去，每次送走自己的孩子，她从不掉一滴眼泪，她心里比谁都明白那是孩子的前途。

报到前

　　离家了，汽车把我送到贵州安顺东南面一个郊区，一路上我晕车厉害，几次请司机停车，在路边呕吐不止，胃中翻江倒海直到吐出淡淡红色液体，可能胃粘膜受到少许损伤。好不容易熬过三小时左右，远远看见一个高高的大铁跨栏，矗立在公路转弯的尽头，"铁道兵西南工地指挥部"红色挂牌模模糊糊地映入眼帘。司机说了一声："小张同志，马上就到了，我还是头一回看到晕车这么厉害的。"汽车开过铁跨栏，慢速转入右边有几栋白墙黑瓦房的院坝里，很像过去的四合院，只是房子比较高而已。

　　司机和他的朋友下了车，叫我在车里等着，他们下车朝一栋楼房走去。不一会，便看见我男朋友笑眯眯朝我走来帮我开了车门，我跳下车，司机帮我把那个纸箱卸下，搬到男友的单身宿舍里。男友看我脸色苍白疲惫不堪的样子问我："是不是生病了？""晕车。"我跟随他走进宿舍。宿舍又脏又乱，一跨进屋一股浓浓的烟味，他笑着说："不好意思，有点乱。"我顺手打开窗透透气，胃里空空的直冒酸水。坐下休息半小时左右才缓过来。当时很想帮他简单收拾一下，但一点力气也没有。到饭点他带我上食堂吃中饭，因晕车我只要了点酸汤泡菜。饭后他带我去看了一下今晚我住的招待所，招待所房间很干净，白色床单白色被褥，房里安置两张单人床，各有床头柜，有点像病房，只是少些特有的消毒液味。

　　下午两点正，男友去上班了，借此机会我独自一个人四周转了转。周边环境很宽阔，也很干净，有篮球场、网球场。网球场旁边有一个较大的宣传栏，看着那个大网球场，想起男朋友讲过："许多首长喜欢打网球，而且打得很棒！尤其是雷震超司令员。"我又朝那些房子走去，想知道卫生所设在哪里，顺便看看明天报到的地方。我问了一位站岗士兵，他指着另一栋楼房说："一楼卫生所，二楼干部处。"顺着指的方向走去，进入一楼就嗅到酒精碘酒味，知道是卫生所了。进门左手边，各室门上分别挂有内科、外科的牌子，还有换药室、手术室，药房也比较大。内科诊室里坐着两位穿白褂的医生，背对我的那位医生，手里拿着一张家人的照片，和另一位谈论着老婆和孩子。没有见到一个病人，让我想起送我来的汽车司机说过的话："张同志，你能到指挥部工作，前世修来的福，工资高病人少，卫生所医生过的是神仙日子。"离开卫生所时我有些失落感，病人少能学到什么！五年大学算白读了，心里怪怪的，有种说不清的情绪。

　　男友下班带我四周转了一大圈，四周群山环抱，全是绿色。我们沿着一条小

路爬上山顶。沿路上，太阳被树叶遮挡，我们很快到达山顶，在一棵大树下坐了下来。我们第一次靠得那么近，近得能清楚地听到他的心怦怦的跳动声，我们谈到工作、谈到未来的生活……时间过得好快，不知不觉间夕阳西下，山的那边彤红，我们牵手下了山。

他带我进食堂吃过晚饭，饭后帮他打扫房里卫生，他提着清水倒着脏水。帮他把所有脏衣服洗净才回招待所休息，回到招待所已夜里十一点钟，抓紧时间洗漱完毕上床休息。这一夜却一直没有睡好，在床上翻来覆去，想着明天报到、想着那卫生所里没有病人，想着卫生所是否只有我一个女医生等等。

正式入伍

第二天，我早早起了床，换了一身淡色裙装，提前十分钟到二楼干部处报到。我坐在走廊一头长椅上等待，看见一个战士开了干部处的门，不一会手里拿着一块毛巾出来，走向另一头有水龙头地方，来来回回三趟，偶尔好奇地朝我看一眼，他肯定是提前来打扫室内卫生的。两个穿干部服装的同志走进去。我稍等了一会，起身朝干部处走去，门开着，轻声问道："可以报到了吗？"那年轻一点的回答我："开始报名登记了。"我把介绍信递给他后，他给了我一张表，要我及时填好，拿着表我朝靠窗的桌椅走去。这时陆陆续续来了许多人，房间靠墙放了两长排桌子，很快坐了好多人。我认真按表的要求填写着，填到一处要求写上入伍时间，我有点纳闷不知道怎么填写，不自觉地小声念了出来，邻座的小伙子立即回答："当然是填今天。七月七日。"听他这一说，我激动不已，心中喜悦难以言喻，心跳得很厉害。我入伍了！不是做梦吧？我要成为一名铁道兵战士！会是真的吗？这意味着我要成为一名军医，将来要为战士们看病，多崇高的职业啊！我的家庭出身能在部队做军医会让多少人羡慕啊！想到这里暗下决心，一定要努力奋斗，做个称职而优秀的军医！填完表仔细检查一遍后把表交了。这时接表的同志对着大家说："凡填完表的同志请到门外宣传栏去看看，上面贴有两个通知。"

离开办公室来到走廊上，仍然抑制不住心中的喜悦，满脸在笑。上楼来报到的同志都用奇怪的眼光看着我，这时才发现自己的失态，暗暗令自己镇静下来。走出大门看了宣传栏的通知，要求大家下午两点到后勤处领取军用品，第二天七月八日上午九点穿戴齐整，背上背包、水壶到指挥部操场集合。

　　下午大家都去排队领了适合自己身材尺寸的军服、棉被、解放鞋、水壶、领章、帽徽。最让人高兴的还是那闪闪发光的红五星和红领章。男友帮忙将所有的东西提到招待所。一路上我问他："当兵的事为什么不早些告诉我？"他回答："组织上叫暂时保密，因为家庭出身成分的关系，要报总部审批，如果批不准，就留在指挥部卫生所工作，反正都是做医生工作。"听到出身成分心里一阵刺痛，我知道自己特别敏感这个出身问题。他回答："总部批了想给你一个惊喜不好吗？反正都当兵，从今天开始我们是战友了。"看得出他也很兴奋。他接着说："今晚我请客，请食堂多炒几个菜，把处长和处里几位同志一块请过来庆贺一下。"

　　因为自己出身于地主家庭，能被批准参军做军医工作纯属个例，我想当时是因为自己男朋友表现优秀吧，婚前他已提升机要科科长。也可能是因为我学医不是战士，加上铁道兵部队不像其他兵种那么涉及国家机密，不管怎样，铁道兵总部最终批准我入伍，接下来我会加倍努力工作来证明自己没有辜负上级主管部门的审批。独自下定决心。

　　晚上我穿着一身学生装，在食堂那么多军人里很是显眼，许多人都朝我看，有些羞涩拘束，他们处里来的同志与我的男友大声开着玩笑。张处长叫我坐在他旁边，悄悄对我说："小张，明天你这身衣服就该换成军装了，穿军装更好看，你看我这一穿就三十几年了。你和小朱恋爱快两年了吧，你们的介绍人还是我的老战友哩。"处长接着说，"我老战友的爱人身体怎样？听说前一段还住院治疗。"我一一作了回答。处长感叹："人这一生很难讲清楚，小柴年轻时活跃开朗，跳舞唱歌样样会，人也长得漂亮。"我回答："柴阿姨现在挺好，在家服中药调理。"

　　菜上齐了，大家陪处长喝了些酒都很高兴。倒是我男友不会喝酒，喝了一点就满脸通红。处长笑问："小张，你俩啥时请我们喝喜酒？"男友傻乎乎回答："明年吧。"

　　饭后男友陪我散了一会步，送我回招待所，叫我早点休息，明天要坐车去参加新兵训练。他还强调叫我不要怕吃苦，有时间多写信联系。就这样我成了一名"光荣的铁道兵军人"。

快乐的新兵连

一生中最难忘的兴奋和喜悦。

1965年7月8日上午九点整，大家准时到了指挥部操场，人好多，大家的年龄都差不多，有学医的、学工的、学电力的、学通讯的穿戴都一样，军服、军帽、解放鞋、背包、水壶，排着队依次上了大卡车，开往贵州威宁进行新兵训练。

车里的人来自五湖四海，有说上海话的、有说东北话的，还有说河南话和湖南话的，贵阳人却只有我一个。我安静地坐着听他们大声说着话，时而朝窗外望去，那一座座山，一层层梯田，田里长满了快成熟的谷穗，金灿灿饱满的谷穗随风摇摆，车外这些景象快速向后移动着。慢慢我开始了晕车反应，感觉胃部阵阵不适，酸水直往上涌，我闭上眼睛极力克制呕吐的冲动，用右手按着胃部。旁边一个湖南姑娘问我是否胃痛，我回答是晕车。她从自己包里拿出两片药递给我。我把药片含在口里，居然不敢用水壶里的水吞下，害怕会吐出来。暗自庆幸没吃早餐，不然呕吐起来就尴尬了。终于熬到中午到达贵州威宁，这里是贵州最穷困的地区之一，新兵连就设在这偏远山区。很大一块平地，平地上建有十多栋平房，平房附近有一个大的训练操场，我们的汽车就停在大操场里。四周大山环抱，满山葱绿，空气清新，周边没有老百姓居住，是专门用来训练新兵的地方。

大家下车后站在操场里，等着新兵连连长点名分排。我们女兵三十人分一排，其他二排、三排全是男兵。负责我们一排的排长是个东北人，个子挺高，一米八左右，有点黑，浓眉大眼，两只眼睛炯炯有神，看去很帅气很阳光。他命令我们按高矮顺序排好进入一、二、三栋平房。每栋房进住十人。我们将背包按序放在通铺床位上。刚放好行李就听见哨子声，通知立即回到操场，在第八栋平房外就地吃中饭。第一次在室外蹲着吃饭感到很新鲜。因晕车我只用榨菜汤泡饭，特意多捞些榨菜吃了半碗。刚吃完饭紧接着各排进行分班，每个排分为三个班，实际上一间平房内十人就是一个班。班长由新兵连派来的老兵担任。我们一班的班长是贵州遵义人，讲着遵义味很浓的普通话，这样在这里总算碰上老乡了，心里乐滋滋的。

新兵连一开始就学习整理内务——铺床、叠被、打背包。这听起来很简单，做起来要多难有多难，因为是通铺，一个挨一个，被子叠成正方形，要求有明显的棱角线，叠好后需用手拍打，否则四边线条不挺直就是不合格。就这样认真练习了两个多小时，叠了又折，折了又叠，学员个个满头大汗。再怎么练习与班长相比较，依然差距甚远，不愧是老兵！叠的被子又快又漂亮，像一块切整齐的豆腐块，方正有棱角。晚饭后没有别的安排，我们集体淋浴，有说有笑，大家讲着含有乡音的"普通话"挺有意思。熄灯号吹响后我们依然讲着悄悄话，那一晚大家都非常兴奋。

第二天进入正规军训，各班长整理好队形，向排长报告。各排长点名完毕，向连长报告。连长转向大家，敬了个军礼，大声高喊"稍息"并开始训话，开门见山一句废话也没有："新兵训练很严格、很辛苦，不要认为你们是士官兵，来到我们新兵连的个个都是新兵，一切按新兵进行训练。看似简单，做到每个动作都规范，都符合要求，是有难度的，要求大家必须下苦功夫认真练习。训练中间会适当安排学唱军歌，学习整理内务，叠被和打背包。"话毕向大家敬礼，我们从稍息状态转为立正姿态。看着连长右转大步走出操场，有模有样，英气逼人。连长是河南人，中等个，口才极好，训练场内讲军规一条是一条，句句讲得铿锵有力，模样十分严肃。训练场外他却喜欢说笑，常常让大家笑痛肚皮。

连长离场后，各排长开始点名，点到谁，谁就大声回答："到！"如果回答声音不够洪亮，他会再点一次。我们的排长不喜欢笑，大家觉得他有点凶。点完名他说："我们排是女兵，女兵也不可能搞特殊，与男兵同样要求，希望大家认真训练。内务整理、唱歌应当是你们的强项。有啥问题可以问你们班长，他们都是优秀的老兵。"说完敬礼离开操场。我们在班长带领下，开始了列队练习，立正、稍息、向左转、向右转、向后转、齐步走"一、二、一""一、二、一"；跑步跑班长口令"一、二，一二"；齐步走的口令是"一二一""一、二""一二"结束口令"立……定"。各种口令声在大山中回响。

每天中午休息两小时，下午接着练，一般只练一两个小时。有时候三个排集中在一栋空房里，这栋房很大，是留着下雨天室内训练用的。大家坐在长条矮凳上，学唱军歌，有时候则回宿舍练习叠被打包和整理内务。

每栋房里都有一台三层的格子架，一层架上放漱口杯，杯内的牙刷和杯柄方向必须一致。二层架子放脸盆，三层放其他盆具。架子侧面靠墙拉了一根钢丝，用来晾洗脸毛巾。

学唱的第一首军歌是《我是一个兵》，第二首是《铁道兵志在四方》，两首歌由新兵连的文书教大家唱。

文书唱："我是一个兵。"

大家唱："我是一个兵。"

文书唱："来自老百姓。"

……

文书认真地教，大家认真地唱。连长笑眯眯地走了过来，拍着文书的肩膀说："文书同志，他们是些谁呀？都是些大学生，你明天把词谱抄写下来贴在宣传栏里，把宣传架搬过来，他们会自己唱的。"后排有两个男兵同时大叫了声"报告"，还未等连长表态，其中一个抢着说："还是文书教唱好，有气氛、学得快。"大家异口同声说："同意。"连长笑了，文书也笑了。

我们就这样天天进行着训练，学会了许多军歌，除了《我是一个兵》《铁道兵志在四方》，还有《打靶归来》《游击队之歌》《三大纪律八项注意》《团结就是力量》等等。其中我最喜欢《铁道兵志在四方》这支歌，每次唱起它都让人激情满怀、无比兴奋。我直到现在歌词还记得清清楚楚：

背上了那个行装扛起那个枪，
雄壮的那个队伍浩浩荡荡，
同志呀！你要问我们哪里去呀？
我们要到祖国最需要的地方，
离别了天山千里雪，
但见那大海呀万顷浪，
才听塞外牛羊叫，又闻哪个江南稻花儿香。
同志们哪迈开大步呀，朝前走呀，
铁道兵战士志在四方！

背上了那个行装扛起那个枪，
雄壮的那个队伍浩浩荡荡，
同志呀！你要问我们哪里去呀，
我们要到祖国最需要的地方，
劈高山填大海，锦绣河山织上那铁路网。
今天汗水洒下地，明朝那个鲜花齐开放。
同志们哪迈开大步呀，朝前走呀，
铁道兵战士志在四方，
铁道兵战士志在四方。

上述歌词读过的人都会喜欢，都会感到精神激昂向上，敬佩铁道兵的辛苦、铁道兵的伟大、铁道兵的无私，为祖国架桥梁铺建铁路做出的奉献。

训练时，正值盛夏，太阳高悬头顶，但有山风阵阵吹来，训练又多集中在上午，所以不觉得太热。周末放假一天，有请假外出三个小时的自由，但不能一个人单独行动。我们总是结伴进城，逛街买一些小零食，一路有说有笑，轻松愉快。河南小朱姑娘还会唱河南梆子，那些有关爱情的戏剧唱词，把大家乐得前仰后合。

训练起来时间过得真快，一晃就一个半月过去了，每个人的脸色变得黝黑而健康，今天连长通知大家暂停训练，回宿舍打背包返回原地集合，时间只有五分钟。大家奔向自己的宿舍，快快打上背包，立即跑回操场。连长站在操场边上，盯着自己的手表，发出口令："各排整理好队伍，待命。"

各排点名报数后，分别向连长报告，全体到齐。

连长面对大家敬了军礼，大声喊："稍息，今天通报两件事：第一，今天检验一下，通过一个半月训练收获怎么样？结果大家表现不错，除了一排有两个女兵来迟二十秒钟外，全体准时到达操场；昨天上午我和几个排长一块检查了各班排内务整理和卫生状况，一排最好，三排基本合格，二排差劲，洗脸毛巾双折叠搭在钢丝上，看去参差不齐，漱口杯方向不一致……"突然一声响亮的"报告"打断了连长的讲话，不等连长表态，喊报告的同志抢着说："我们班有两个左撇子。"大家"轰"地一下都被逗笑了。又响起两个异口同声的"报告！"。连长指示："请讲！"两个报告者异口同声道："坚决改正！"我悄悄转头看了一下，就是新兵营里那两个最爱讲调皮话的高个男兵，其中一个好像是学桥梁工程专业的。连长接着讲："第二件事，下一轮是体能训练，更辛苦，要做好思想准备，知难而上。女排做得到吗？"我们大声回答："做得到！"小朱河南音调最响亮。

散会后大家叫小朱唱一曲河南梆子，她大方地高唱起来，很多男兵围过来听，看得出大家都很喜欢她。护士专业的她爽直、大方、活泼又单纯，真的好可爱。

吃中饭时，我们排长走了过来，小朱站起面对排长说："排长对不起，今天我迟到了，给俺排丢脸了。"排长笑着回答，"下次提速就行了，我今天不是针对这件事来的哦，今下午全连开会，小结前一段训练情况，各排在一块要相互拉歌，希望女排主动些，唱歌可是咱女排强项。拉歌的词你准备一下。"我们第一次看见排长笑着对人讲话，排长离开后，小陈对小朱说："小朱，你面子大耶，排长只对你笑哦！"大家看着小朱笑出声来，小朱脸红了。吃饭的人都朝我们这边看。

下午阴天，我们坐在操场里，各排围着自己的排长坐。这时小朱领着大家喊："二排、三排，唱支歌要不要？"大家一块喊，"要！要！要！"很快二排、三排一道唱起了《团结就是力量》，小朱再喊，"唱得好不好？"大伙一块回答："好！好！好！"。"再来一个要不要？"不等我们回话，他们两个排联合向我们女排进

攻，两个排齐喊："女排来一个，女排来一个！"一齐鼓掌。我们唱了《打靶归来》，彼此拉着歌，几乎把所有学的军歌都唱遍了，才回到总结的主题。

以排为单位总结。我们排发言挺积极，一个接着一个，排长专注记录着每个人的发言，意思都大同小异，都表示通过训练，改变了过去在校园的散漫作风。既然当了兵，就要遵守纪律、要讲团结、要讲互助、要令行禁止，站有站相、坐有坐相，这样走起路来昂首挺胸、大步朝前，多有精神啊！通过训练我们已基本像一个兵。排长听完大家的发言，很高兴站起来，笑着对大家说："咱们唱支歌吧！"他领着大家唱起了《团结就是力量》。刚唱完小陈同志悄声说："这是第二次笑。"接着小陈同志又说："唐伯虎三笑点秋香。还差一笑呢。"此话一出，所有人逗得大笑开来，排长感到奇怪，以为自己衣服哪里不对，低头腾出拿着记录本的双手整理一下自己衣服。

进入第二阶段，体能训练。科目是：五公里行军、短距离小跑、雨天室内单杠、双杠、仰卧起坐。这些天总是下着小雨，都集中在室内反复单杠、双杠，轮流做仰卧起坐。腹肌似乎被拉伤，走路时很痛。终于雨过天晴，我们第一次参加五公里行军。这天太阳很大，刚吃完早饭，命令下达：五分钟打包操场集合。部队朝南方向绕着公路走，经过东边又回到原处，恰好是五公里多一点。刚开始大家非常兴奋，大声唱着军歌，一小时后，每个人汗流浃背，只听见脚下嚓、嚓、嚓、嚓的声音有节奏地响着，我们不断喝水，一军用水壶的水也在行军途中不知不觉快喝完了。中午饭时大伙狼吞虎咽，觉着特别香。下午学习时事。实际是让我们调整一下，今天确实有点累。我们很喜欢短距离小跑，跑时脚下的声音配上班长"一二""一二"的喊声，又好听又轻快，跑跑停停也不觉得累。就这样反复训练着，喜欢着。

某天夜里连里来了一次突然袭击，半夜睡得正香。突然听见紧急集合哨子声，大伙弹簧似地跳下床，各自打上背包往操场跑。连长发出指令："今晚夜行军，向东边公路出发。不许唱歌、不许讲话。"只听脚下嚓、嚓、嚓的脚步声。那晚月亮高悬，繁星满天，月光下路边树影向后移动，蛙声、蟋蟀声、成百上千的虫鸣、唧唧、咕咕、啾啾，与远处潺潺的流水声相互交宕，偶尔听见石蛙发出很响的鸣叫，整个夜空真是美妙极了，第一次半夜见风景，阵阵夜风吹来泥土和小草的香味沁人心脾，夏日傍晚的味道使我们已不觉得紧张，反倒觉得清凉快乐。

行军两小时后我们满身灰尘回到连队时天快亮了，天地一片宁静，群星随着晨光的显露而渐渐隐去，山的那边笼罩着浓雾，浓紫、淡黑、浅绿和白色。大家各自拍打一下衣裤灰尘倒在木板床上，才感觉疲惫。有的人很快入睡，听见了呼噜声。

不久进入射击训练阶段，此时感觉体重轻了，人黑了，身体结实了。射击训练主要是静态紧张，每天右侧身站着，举起右胳膊，握着五四小手枪，一举就是半小时，刚开始举着的手会发抖发颤，手臂感觉酸痛。步枪练习是卧倒在地面上，瞄准靶心和扣动扳机。两种练习互相配合，可以缓解肩膀酸痛。

实弹考核时手枪的成绩普遍低于步枪成绩。我的手枪射击最差，一半子弹飞离靶心很远。扔手榴弹训练，需要掌握两点：一是扔出去要有一定的抛物线，二是要克服害怕的心理。通过多次扔弹练习，考核结果个个成功扔出手榴弹，每颗手榴弹都在山间炸响。我们心里乐开了花。

两个多月的军训生活结束了，开了总结会，会上有人哭了，将近三个月相处，从陌生到熟悉，一下子要离开新兵连都有些不习惯。告别晚餐很丰盛。连长端着酒朝我们女兵桌走来，"小张同志。""到！"我站起来。连长说："坐下坐下，酒席上不分上下。"我仍站着，"听你贵州老乡讲，你们贵州人喜欢吃甜酒，有一天你老乡还真请我在街上吃过甜酒粑，俺吃来吃去怎么就觉得像吃甜稀饭，不咋样嘛。"我说："连长那是做得不地道，如果做得好，不仅有酒味，还又甜又香又醇。"连长又转向广州小陈说："小陈同志，你们广东除了天上飞机地上坦克不能吃外，吃的东西算国内第一多吧？"小陈说，"那细（是），说明俺家乡物产丰富啊！"说话时把"俺"有意加重。接着又说："连长，听说你们河南人怕吃鱼，真的吗？是怕鱼刺卡住喉头吧？"连长连连点头："是，是，是。俺们河南人是不喜欢吃鱼。"小陈回答："难怪今天晚餐这么丰盛却没有鱼，就是连长你不吃鱼，害得大伙没得鱼吃啰。"小陈故意将最后一个啰字拖得很长。连长连声说："是没买到，没买到。"连长举杯对着女排大声说："敬俺女排一杯！酒席上提意见不算数哦。"连长举杯一饮而尽。连长还未转身，几位男兵一哄而上，围住连长，"连长偏心女排，要罚三杯！"这下可把连长震住了，这时小陈悄悄对我讲："别惹他们，他们酒量大着哩。尤其那几个东北小子。"偏偏有个酒量大的女兵小沈站起来大声吆喝："谁怕谁！我代表女排敬所有男同志一杯，包括连长在内。"话音刚落举起杯一饮而尽。这下可不得了，男兵们再次哄上来围住小沈，要求一对一，这还了得，还是女排一排长好，他上来帮小沈解了围。我们女排排长也是东北人，酒量也大，那晚他喝了不少酒。大家都很尽兴，气氛十分热闹亲切，后来听说有人醉了，包括女排排长。

第二天吃完早餐，我们就分别坐上几辆大卡车，与新兵连的全体人员挥手告别，每个人心中自是依依不舍。那位老乡班长走过来与我握手话别。我上了开往

铁道兵七师的大卡车，其他几辆车分别开往铁道兵一师、五师、六师。所有大卡车慢慢起动时，大家同声喊着："再见！再见！"

七师的师部医院建在云南省永仁县一个叫甘坝子①的地方（和师部距离比较近）。

温暖的大家庭

我的职业人生开始了，有多少梦想藏在心里……

新兵训练一结束坐上大卡车的一刹那，内心无比激动，想到自己马上就要上岗成为一名崇高的治病救人的军医，就对未来充满了期待和热望。

汽车开到铁道兵七师师部，按不同的专业送往各处。学医学和护士的一共三十六人都分到七师师部医院，其他学工的送往各个团，我们再一次高喊再见！汽车开到医院才几分钟时间，正好下午两点，远远看见那大门外站了许多人，鼓声阵阵，锣鼓喧天，那是医院领导和同志们出来夹道欢迎我们。汽车慢慢驶入医院大门，在一条路道上停了下来，见很多同志围了过来，有序地协助我们卸下所有行李，整齐地堆放在一起，然后带我们到食堂吃饭。这餐饭大家吃得很香！个个狼吞虎咽，可惜我晕车只吃了一点点。饭毕我们领取了各自的行李，卫生员们抢着帮忙，带我们进入事前已分好的宿舍。宿舍是三人间，门外贴有名字，进屋后发现自己的床靠窗，三间床相互距离半米左右，房间十分宽敞，这让我非常满意，再不用像新兵连那样睡通铺了。我的邻床是沈华芬护士，再邻床是陈琴琴军医，我们抓紧时间铺好床，集体进入淋浴房，洗好的衣服暂时晾在宿舍里，大家感觉像是回到家里一样。

夕阳已西下，医院卫生兵领着大家三三两两四周参观。医院全是平房，一排一排的绿顶白墙，四周有墙围着，视野宽大平坦，难怪被称为"甘坝子"。医院有一个大篮球场，球场边是行政办公房，它的对面是广播室和后勤用房。我发现医院内养了许多大花狗，它们都趴在大门附近，我们走过时它们有的只用双眼懒洋洋看一看，有的下颌挨着地面闭着双眼睡觉。带我们的同志讲，"这些狗是养来护院的，它们只认穿军装的，见了老百姓会大声狂吠，你们新来一定要穿军装戴军帽，否则会吓着你们的。"有人悄悄讲了一句："狗眼看人低哦。"离去好

---

① 坝子是云南土话，意思是平坦之地。

远了，我转头去看那些狗，其中一条与其他狗不同，黄毛黑斑，头有点大，像只豹子，显得尤其可爱。

今天感觉真好，好像回到自己家——温暖。这一夜我们睡得好沉。

第二天吃过早餐，通知到医院办公室集中。政委、院长、政工干事都到了，大家围着办公室大长桌坐好后，政委、院长分别讲了话。政委姓张，山东人，大概有四十来岁，中等个不胖不瘦，满脸麻子，肯定是小时候患过天花病，留下满脸的麻子点。院长姓金，福建人，年龄与张政委相当，个子矮而且胖。政工干事姓杨，河南人，中等个不胖不瘦五官精致，一脸的严肃，给人印象十分精干、稳重。张政委和金院长分别讲了话，讲话内容大同小异，首先都对我们的到来表示热烈欢迎，强调我们是新鲜血液，未来医院的发展全靠我们；强调我们要虚心向老同志们学习，要全心全意为广大伤病员服好务；强调我们要团结，要服从上级指挥等等。坐在我旁边来自四川的唐林久悄声对我说："哇，这么多强调，还得下点功夫嘞。"隔壁小朱也悄声回应："有啥可怕，工作起来不会比在新兵连艰苦吧，还吃中灶食堂呢。"唐笑她："去，去，去，你只晓得吃。"院办政工杨干事走了过来，他俩才停止了议论。最后点名分科，我分到内科，其他人，有的分在外科，有的分在传染科，只有唐林久一人分在牙科。分到外科的几位都是大个头的男生。其中一位姓刘的开了一句玩笑："怎么不分一个女同胞过来，男女搭配，干活不累！"他的话引起大家一阵哄笑。金院长走了过来看他一眼说："讲得对，分到各科的护士全是女同志呀！你们外科不也是几个女护士吗？"气氛显得十分融洽。

我的职业人生开始

分到内科的十四个人一起走进内科办公室，给我的第一印象是，办公室大，办公桌大，两台并列陈放的病历架也大。接待我们的是内科陈主任是福建人，他中等身高，不胖不瘦，笑眯眯的，感觉和蔼可亲。他一开始就对我们说："欢迎你们，初来彼此不熟，工作一段就认识了，来了八名医生六名护士加上我们原有的，我们内科不愁了。"他指着身旁的两位，看上去年龄比我们大一些的军医说："这是战云高主治军医，这是张野主治军医，他俩是你们上级医师，有关业务方面的问题就向他们请教。"介绍完转向两位主治军医说道："你们开始分组吧，我要去院办开会。"之后，我们医生分为两个大组，四个人一组，每组一个上级医师负责。我和陈培生（广州人）、陈琴琴（东北人）、刘冀（河北人）一组，上级医师是张野

（福建人），高个帅气，浓眉大眼，讲着一口比较标准的普通话。他的声音浑厚有磁性，眼神充满慈祥和友善，第一印象就觉得他是个和善、可亲、可敬之人。

我们每人分管十二张床，当天我开始了人生第一次由自己抱着病历夹进入病房查房，穿着新领的白大褂，戴着自己的听诊器，一种医生职业的神圣感和骄傲真是美妙极了，这种感觉终生难忘怀！由此刻起暗下决心，一辈子的职业就是做个好医生。查完病房回到办公室，不清楚的地方就问张野军医，有问有答，他的态度，他的声音，他带着微笑专注的样子，让我终生难忘。

原来科里将近一百张床位都由张军医和战军医两人带着几个医助及一个军医管理，不难想象他们每天工作量有多大，心里十分佩服。自我们来后，只留下一位医助，其他四个医助下调团营工作。

刚开始因为不熟悉业务，我有点紧张无措。张野军医观察得十分清楚，总是对大家说："不要紧张，谁初做医生工作时都一样，你们很快就会熟悉的。不懂的问题直管问我就行。"我们四个都很用功，头几天我们都是很晚才回宿舍，回宿舍前还彼此交换想法。

广州陈培生军医长得小巧玲珑，讲一口广普话，把"是"总说成"细"。我发现她的字写得很漂亮，平时说话很快，动作更快，彼此熟悉了大家就给她取了个绰号叫"小鸟"，从此，除了护士卫生员外，大家都称呼她小鸟。她直率、真诚、医学功底扎实。每天做完病历和病程录这些功课，我俩都要交换病历，互相探讨一些有关病理方面问题。从讨论中发现她基础知识学得比我扎实，因此非常喜欢她，可惜她和我不住在一屋。以后的日子我俩回宿舍最晚，时间长了我俩友情越来越深，用她的话说"咱俩臭味相投。"另一位陈琴琴军医，两只大眼睛，讲话总带微笑，脾气挺温柔和我同组同宿舍，她比我们大两岁，为了与小鸟区分开，大家称呼她大陈军医。

通过几周接触，上级张野军医确实是个好老师，在他带领下，我们很快掌握了部队常见病和多发病的处置方法。他认真修改我们写的每一份病历，每一份病程录，每一份出院录。他认真负责，严谨细致的工作态度，让大家从心里敬佩他。记得刚来时他修改我的第一份病历，我仔细数了一遍，共有七处修改，有些不好意思，直接请示他："张军医，我可以重新抄写一遍吗？"他回答："应当重新写一遍。"并认真对我强调："写好病历是基础，你是科班出身，你们这批本科生未来之前，因病人多医生少，你们接手的病历写得都十分简单，严格讲是极不规范的。以后病历上凡出现三处有我的修改，都得重写，多写几份就好了。"从此，我在写病历上狠下了一番功夫，尽量用对医学术语，小鸟书写的病历经常受到张野军医和陈主任的表扬，写病历方面我认真向小鸟军医学，她写的每份病历我都拿来读过。

部队病员多，病种多，学到的知识自然就多。因为病员来自祖国大地的四面八方，比如江苏兵，患日本血吸虫病多，在张野军医指导下，我学会了直肠镜下取活体组织，操作时肠镜下看见肠粘膜完好无缺，病变段有的只表现苍白，有的表现充血水肿，但用活检夹轻轻碰肠粘膜就极易出血，血吸虫侵犯肠粘膜表现溃烂呈葡萄状，表面看粘膜完整，但粘膜下层溃烂。用活检夹采取少许粘膜送去检验，结果发现大量日本吸血虫卵。广东、广西兵患华支睾吸虫病多，在张野军医指导下我们还熟练掌握胆囊引流，胆汁中找到华支睾吸虫卵。四川兵患肺吸虫病多，有的四川战士入院时，腹部发现皮下包块，有的发现心包积液，张野军医带我第一次做心包穿刺时的情景，到现在还深深印在我的脑海里。只要诊断明确对症用药，效果特别好。

每天工作忙而有序，日子过得真快，瞬间进入次年。

通过一年多的临床实践，我们掌握了大量临床知识，送走了一批又一批病人。我们也在两位上级医师的带领下，团结奋进，好像一座森林，更像一个温暖大家庭，内科经常受到院里表扬。大学毕业一年多，我过得特别充实，特别有意义，特有丰收的喜悦。这一年我被评为院里的"五好学员"。当朱教导员将奖状颁发给我时，我内心的激动无以言表，举手敬军礼时感觉右手有些发颤，下决心将来一定加倍努力做个优秀的职业军医，对前程充满信心。

一年多来，我们不仅业务水平有所提高，同时政治觉悟水平更有明显升华。我们一块入伍的绝大多数是共青团员，医院政工科杨干事负责分管共青团，常组织我们学习党的知识，我们内科是一个团支部，我被大家选做团支部宣传委员。我把内科的共青团黑板报办得有声有色，充满活力充满朝气，曾多次得到院党委的表扬。黑板报刊登的文章由各组军医护士负责供稿，更多是住院病员给我们投的稿，病员点名表扬很多青年医生和护士，尤其表扬卫生员的最多。据统计受表扬的卫生员多是留队老兵，都是共产党员。也有的卫生员入伍时间才一两年，他们工作认真踏实，有的为重病人倒大小便、洗衣服、背病人拍胸片、喂病人吃饭等等。审稿时我特别受启发，联想到自己毕业实习在省人民医院一年，从来没有给重病人喂过水喂过饭，当时认为那是护士干的工作。在这审稿的过程中深受他们的事迹感动和教育，下决心要向他们学习。也在这一年我向党组织递交了入党申请书，开始朝我人生信仰迈开大步。

医院每周四下午安排的是由各科政治教导员负责组织政治学习两个小时，内容多是当时军队报刊，有时也学马列主义理论。大家过得充实、阳光、向上，感

到各方面收获满满！

我们还有丰富的文化生活。根据个人爱好自由参加，有歌队，有舞蹈队，有对口秀，有乐器队。利用饭余时间还组织开荒种蔬菜。军医还要轮流到附近连队出诊看病和宣讲卫生课。

为了第二年庆祝"八一"建军节，各科室专门抽出医师和护士组成舞蹈队和合唱队。我和小鸟因歌唱得好，个子又小，适合参加合唱队。合唱队共十人，小朱护士当领唱。我们排练三支歌：《铁道兵志在四方》《我们是神枪手》《护士之歌》。每天抽出两小时排练，伴奏是全院选出来的，有手风琴，小提琴和黑管，整个乐队很棒。大家排练十分认真。

每次排练完，外科刘一龙军医都要用手风琴拉上一首《莫斯科郊外的晚上》或其他苏联民歌，我们这代人是唱苏联歌曲成长的，因为那个年代中国和苏联是同志加兄弟，毛泽东和斯大林关系密切。只要刘军医手风琴一拉响，大家也跟着唱起来。杨干事总是微笑看着大家。杨干事不多话，给人印象十分严肃，办起事来十分认真仔细，一板一眼一丝不苟，可能与他长期做政治工作有关吧，背地里大家称呼他"严肃兄弟"。

我科卫生兵史伯安，还自编自导一个小品，名叫《服从命令听指挥》。他很有天赋，一直是院宣传队主角。后来因父亲在"文革"时期受到牵连，三年后复员退伍了。

正式表演那天，各科都出有节目。内科小品和小合唱最受欢迎。小品一开场，病人睡在床上缩成一团团，床边站着一个卫生员，手里拿着夸大了的注射器，病人死活不接受让卫生员揭开被子打针，病人哭兮兮说一口武汉话："干么子非要挨针嘛！吃药不是治病么？"卫生员回答："毛（没）得用，我是服从医嘱哩。"讲的是湖南话。病人说："那你就服从我一回吧，我在连队可是个班长，领着十个人打风枪，那风枪比你手拿的针重多了。你们穿白大衣，我们穿风枪衣。我从小就怕挨针。"他们的对话将全场逗得大笑。这时军医和女护士上场。面对病人讲一口武汉腔，护士给病人介绍："这是管你的军医，医嘱是他开的。我们是服从他的指挥。"军医和蔼可亲对病人讲："你的病情打针好得快些，你是班长来到医院应该服从治疗才是。"女护士讲："咱们都是老乡，爷们些行不！让老乡我来帮你打吧。"他轻轻揭开被子偷看了军医一眼（军医相当副连级干部），又见眼下老乡是个女的（护士相当排级干部），因怕羞双手拉着被子把脸捂上连声说："我打我打你走开，我一看见女的就全身发麻，比打针还害怕。"再次引来一阵哄笑，结果他老老实实让卫生员打了针，还连声说："好痛！好痛！我是服从命令听指挥才忍痛打针的呀！"卫生员回答他："这就对了哟，再痛明天仍要继续打。"病人回答："我算栽在你们手下了，以后我不再生病了还不行么？"湖南音和武汉口音再次引来全场哄笑。

我们合唱队，有领唱、二重唱、男女混合唱、把三首歌唱得好极了，每支歌都赢来全场热烈掌声。一开始出场就赢来热烈掌声，演唱时全场安静极了，小朱护士悠悠清脆的领唱声，回响在大厅里，《护士之歌》她领唱真够水平的，带动所有听众的情绪随歌声悠悠飘扬在大厅中，为整个歌队带来加分和掌声！院里指定国庆节到师部演出。可惜国庆节正赶上"文化大革命"前奏，《护士之歌》属于"大毒草"受到批判。从此歌队、乐队、都解散了，重新选人成立了"毛泽东思想宣传队"。

一夕巨变

我们是一群热血青年，一群充满理想的快乐单身汉，生活在铁道兵这个大家庭里，我们是多么幸福啊！

万万没想到工作才一年多，即1966年10月，一夜之间像变了个天似的，四处贴满了标语口号，"以阶级斗争为纲""打倒一切牛鬼蛇神""要斗私批修""清理阶级队伍"，破除"三家村、四家店"……操场上安装上高音喇叭，每天上午工间操时间改学跳"忠字舞"。晚饭后整个操场大喇叭高呼着各类革命口号。当时形势逆转得确实过速，把人弄得糊里糊涂什么都分辨不清了，一夕巨变让人惊恐万分。面对当时形势，我感到十分恐惧。记得除了上班时间安静外，耳朵总听见一遍又一遍重复同一首歌曲：《我们心中的红太阳》。刚开始我们这批大专生都很幼稚和无知，连什么是"三家村、四家店"都不晓得，因为我们都是从医学院校走出来的学生，很少有时间接触社会科学及人文科学。

每天上午的广播体操时间改跳"忠字舞"，每天晚饭后也要跳。但凡听见广播里放出《我们心中红太阳》歌曲时，不论官兵一律到操场上集合排好队，由宣传干事教大家跳"忠字舞"。要做到人人参与，人人舞动，气氛十分热烈，当时规定人人必须学会跳，否则就是不忠。

科里的上级医师，一个个分别被领导找去谈话，回到科里很少说话更谈不上面带笑容了，大家都变为沉默的人。科室气氛变了，变得死气沉沉，过去那有

说有笑的上下级关系全消失得无影无终，人人小心翼翼，以防因言获罪，都在自我保护，感觉心累极了。教导员发给每人一本"红宝书"。紧接着又时兴"早请示、晚汇报"，大背"老三篇"。科里还格外增添一部电话机，办公室里就有两部电话机了，每个电话机旁边的墙上贴满了毛主席语录，全是大红纸写的，方便大家接电话时不接错对方喊出的革命口号。过去看惯了医院走廊"静"的大黑字体，今天变成大红色的革命口号一时之间难以适应过来。每天早上交班朝会上，也需先读一段毛主席语录再交待病人病情。形势发展过快把人弄得眼花缭乱，什么都分辨不清的我很难马上适应。除了上述变化外还发现科里同行们把专业书统统捆绑藏起来放回宿舍。

　　有一天，陈主任看我不开窍好心告诫我，"小张，当前的形势下你要少看业务书，多看毛主席语录，这是当前必须要做的头等大事。"当时我很幼稚，想法简单天真，心里想"花几天时间就把'老三篇'背熟了，看业务书怕什么？医生再忙也要看专业书的。"初开始我只觉得奇怪不以为然，书仍放在办公室抽屉里，收病人时我总是习惯性地翻阅它们。

　　好朋友小鸟军医悄悄对我说："大家都装书了，你也装起来吧。"我小声回答她："暂时不装，我离不开书，来了新病人怎么办？你看张野军医魂不守舍的样子，莫非事事请示他吗？"小鸟回答我："还好你的抽屉在转角处，旁边两屉是装科室出院病历的。我旁桌是个'顶极左派'我不敢不收。"她指的"顶级左派"姓刘，湖南人，一双小小的眼睛，笑起来眯成一条缝。"文化大革命"前那些日子，她和我处得还算可以，"文化大革命"开始以后全变了，为了迎合当时形势需要说话言不由衷全是假话，经常打小报告整人，竟看领导脸色行事，背后有人称她是个"马屁精"。自"文革"开始后，我就离她远远的，不过我还是挺佩服她一夜之间就跟上了形势。"文革"前她与我走得很近，因为我的男友是湖南人，用她的话我算半个老乡，"文革"开始后她竟突然不理我了。

　　小鸟问我："你不收书不害怕吗？"我回答："害怕！我比谁都害怕！看看再说吧！你要看书时到我这儿取，我的书抽屉多数时间不上锁，不过也给你一把钥匙吧。"我边讲边从军装口袋里拿出一串钥匙取出一把交到她手里。其实我发现小鸟很少来翻我的书，倒有几次撞见已经捆上业务书的人来翻我的抽屉找书看，肯定是遇到病人的病情需要来找有关资料核实的。其实我打心眼里瞧不起这种人，她们言行不一致，医学上称为双重人格，属于不正常的精神病态。从此我天天锁上抽屉就是不让这种人看我的书，慢慢地我开始变得不太合群，尤其是对讲假话的那些人根本瞧不起。也从那时开始感到自己好像看透了些什么，不再那么胆小怕事，有点听天由命的意思，甚至有些我行我素起来。心想"怕"是不能解决问题的，抽屉上锁让这些人看不着我的书，否则倒便宜了她们而害了自己，我又不是傻瓜。

一封揭发信

一天，没有任何预兆突然通知张政委要找我谈话，虽说是谈话，但整个过程更像是犯人受审。张政委桌子上放了一个信封，杨干事正襟危坐在政委旁边。张政委指着信封态度万分严肃地说："你自己打开看看。"我从信封里抽出信签，仔细看了一遍，那是一封针对我家庭情况的揭发信，当时我内心感到震惊、愤怒、迷惑不解，瞬间五味杂陈，思绪难平。我只模糊记得，我们张氏族中有加入共产党的、有加入国民党的、有抗日英雄、有被打成右派的，但因不清楚谁是谁，统统没填在档案内。既然档案已随我到了部队，参加造反派的同学怎么会接触到我的档案？一封子虚乌有火药味十足的揭发信，言辞激烈不说还如此用心险恶，太多疑问和困惑在我脑中掠过。当时我的面色肯定很难看。稍镇静了一会儿，我认定信中的内容全是胡编乱造，全是诬陷。信中说我全家人都是反革命。信中特别强调，我是混入部队的阶级异己分子，建议部队将我清除出无产阶级革命队伍。部队的某些人拿着这封信压根没打算查明事实以正视听，以为捡到一根可以挥舞整我的大棒。

我的出身成分从来没有隐瞒过，从小学、初中、高中、大学，都登记是地主家庭出身。小学、中学阶段因年龄小不懂事，成天无忧无虑过日子。除了帮母亲做家务活外，只知道把学习搞好。我正常加入少先队，还当了好几年少先队大队长，直到我加入共青团为止。从小喜欢唱歌还当过中学歌队指挥。整个中小学时代，我充满阳光！我充满上进！我充满快乐！一直是个优秀学生！小学五年级演讲比赛还拿过贵阳市第一名。1958年开始大炼钢铁，开始讲"唯成分论"，开始提"红专"论。对学习好的同学"拔白旗"，我和几个好朋友就被拔过"白旗"，尽管如此我还不以为然。直到1960年考进大学，尤其开展"四清运动"前后才深刻体会自己家庭出身不好对自己一生会带来多大的影响和伤害。从此才有自知之明，产生自卑感，慢慢脱离群众。曾经还听了一位叔兄的建议，果断与自己当时的男友分手……

张政委奇怪地望着我，并大声提醒我，"你在想啥？信里内容都看完了吧？白

纸黑字，你还有什么想法？"我此时已镇定多了，立刻回答他："如果真像信中所述，入伍审察我档案的人也一定是反革命。否则一个刚走出校门的青年女学生，从小学接受党的教育，怎么一下子就成阶级异己分子了？还混进了解放军队伍里来！莫非我是特务？"张政委没有讲话直瞪着我看。

我又仔细再看了一遍同学的签名，是有很多同学签了名的，当然不是全部。那些签名直到今天我都记得清清楚楚。最可怕的是，其中看到我最要好的朋友也签了名，当时大脑瞬间变为一片空白，好长一阵才缓过神来，心想"文化大革命"真是伟大！一夜之间就把全国人民的意识形态都扭转过来了。难道列宁同志讲的"推翻一个政权容易，推翻意识形态难"的真理错了吗？现在每个人只要一开口发言，总是先讲这几句套话作为开头语："现在形势一片大好！一天比一天好！"我跟不上千篇一律的这些套话假话的形势，要嘛直接发言，要嘛干脆不讲话。不怪领导总是指责我跟不上革命大好形势，不暴露活思想。看来我当时有点笨，对革命要改变自己命运的大好形势跟不上趟。与大部分人比较起来确实差距显得特别明显！我是否应当改变一下自己？眼前一片迷茫。最后我补充说："张政委，这封信您不应该给我看。""为什么？""将来迟早我会下到地方工作，我还要面对这些同学的。"张政委严肃回答："看来你离队思想挺严重嘛。才当兵两年就想到离开部队了。告诉你，军装不易穿，也不易脱。"此时进来几位后勤部首长，此次谈话算暂时告个段落。我离开办公室时，看到他把信放入抽屉里。还说了一句："暂时谈到这里，回去好好工作。这封信暂由组织保存。"

离开办公室后我想，这封信莫非要放入我的档案不成，太好笑了。一封造反派信又没有盖上公章，顶屁用。即便放入档案我也不怕，那时我头脑十分清醒。只可惜中途来了人，否则我会与张政委继续辩论下去。一路上，想了很多，时代真的变了，我怎么就成了反革命？连自己好友都这么背叛我。实在令我想不通。童年我们一块在红旗下成长，从小开始接受党的教育，忠于祖国、忠于领袖、忠于党。我俩一直是好朋友啊！大学虽不同班，但我俩吃饭时间总凑在一起，三年困难时期，有时我还将自己的饭分给她吃。同学们都称我俩是鸭子的脚板一对。怎么说变就变了！想到好友的背叛，我只感觉难受极了。往日的友谊就这样结束了吗？什么是友谊？友谊这两个字在脑海里变得模糊起来。我也曾经想让自己换位思考一下，如果自己在当时那种大环境下会选择背叛朋友吗？我的回答是肯定的，我不会签上自己名字，就是把我打死也不会签名的。再仔细想想其他签名的人，大学同学五年与同学相处算比较融洽的，没有利害关系更没有利益冲突，为什么分别一年多后会来信揭发我，瞎说我是混入革命队伍的异己份子，他们是嫉妒还是阶级仇恨？因为我出身成分不好，阴差阳错当上兵，自毕业后除了当兵的同学没有返校闹革命外，其他同学统统返校参加"文化大革命"运动。大家聚在一块，除了参加劳动外，还天天学习政治、学习阶级斗争，从而阶级觉悟提高后，自然而然想到我这个出身成分不好的人，居然穿上军装，戴上五角星军帽，由此心理不平衡，自然产生忌恨？想到这些我慢慢冷静下来，也是从此刻起，我开始萌芽离开部队的想法，这种想法日益加剧。我心里十分清楚，自己不是阶级异己份子，在红旗下长大，从小有理想、有信仰、有追求、有抱负。时间是可以检验人的，人生很长，是红是黑，将来历史会证明自己的，这种想法让我坚定和安心许多。

上司有苦衷

我的上司张野军医身体状况逐渐变差，"文化大革命"开始以来变得不爱讲话，有时坐着阵阵发呆。逐日发现他面色苍白，双眼睑及颜面浮肿，通过检查，确诊患了急性肾小球肾炎，住进医院接受治疗。因有个别领导说他"小病大养"，住院治疗才一个月就出院投入了工作。看得出他不愉快内心很苦。我们是下级，大家都不像从前那样坦率地与他说话，很多问题都不敢直接问他，只是尽心尽力默契地与他配合工作，大家心里都不好受。尤其是我，全科都知道张野军医一如既往对我很好，很多工作分给我去做，来了特殊疑难病人，总令我站旁边听他分析，我从内心尊敬他。看他不愉快，身体又未痊愈，大家都替他担心。临床上碰到问题时我们医生之间互相商量着处理，尽量少去打扰他，多数是他主动过来看我们的治疗方案，随时给予纠正，随时把好关。上下级之间好像隔了一层帘。

某天上午收治一个民工病人，云南本地人，由两个民工用担架抬着来的，病史很简单，但他起床突然四肢软弱无力爬不起来，感觉四肢酸痛，别人扶他也坐不起来，病人神志清楚，心肺正常，腱反射引不出，神经系统检查未发现异常。我正在专心给病人体检，纳闷是啥病，这时张野军医走了过来，我简单向他汇报了病史和体征，他指示："开单抽血化验他是否低钾？同时给他做心电图。"他转问病人："过去发生过几次？昨晚喝酒了吗？"病人回答："发过好几回了，白天劳累了喝了点酒。"病人抽完血后，由一个民工背他去做了心电图。结果心电图有

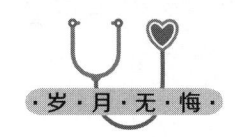

异常，T波低，可见U波。不等心电图结果出来，张野早给病人服用10%氯化钾口服液20毫升，半小时后病人可以站起来了。张军医告诉我："这个病人考虑家族性周期性低钾性麻痹，临床比较多见，是常染色体显性遗传病，多见青壮年，发病男多于女，饱食、酗酒、剧烈劳动、感染等多为诱因，常在睡眠中或清晨醒来时发病，你看这个病人今天早早就被抬来了。"抽血结果血清钾浓度降低，证实张野军医诊断正确。张野军医叫我回去认真翻书看并指示我："这个病人可以不收住院，开三瓶氯化钾口服液带回家，开三天病假条令其好好休息。"

当天晚上我和小鸟去陈主任宿舍借来内科书，我俩把低钾性周期麻痹反复看了两遍，还把高钾性周期麻痹和正常血钾性周期麻痹都看过一遍。用张野军医的话说"要学会鉴别诊断。"后两种麻痹临床少见，而且发病早，多在十岁前开始发病。显然这个病人就是张野军医诊断的家族性周期性低钾性麻痹。

沉重一击

根据部队一般惯例通常分到部队的大学生，实习期满一年就该转正定级。我们1965年分来的这批大专生，因受"文化大革命"影响，拖到1967年3月才完成该项工作。万万没想到，全院一起来的三十多人都转正定级了，唯有我一个人留在原地。未获转正的理由，仅仅是我出身成分不好，加上只专医学业务不紧跟政治形势，是个"只专不红"的典型，并通知我作好下连队锻炼的思想准备。

不予定级对我是个沉重打击，自尊心受到重创。在部队这两年，我和大家同样的付出却没有得到同等的回报，只因为我无法改变的家庭出身！加上一条"只专不红"的罪名，这样的境遇使当时的我承受了很大的压力，但我逼着自己尽快调整心态，拿出勇气直面人生！面子与生命相比，面子算不了啥！生命是最宝贵的。当时找到的最佳方法就是把自己整天泡在病房里，和自己管的病人打交道，把学到的知识用在病人身上去，对病人有好处，对自己业务提高更有好处。张野军医不是一直教导我们与病人多作思想交流吗？借此机会多与病人交谈，从交谈中了解病人思想，对症下药，病情好得快，医生得到病人信任是最大的安慰。当时病人对我的信任和尊重，大大挽回我的自尊。偶尔出诊汽车营，到了汽车营与营里的干部战士交往，除了看病，我们有说有笑，倍感尊严和自信。在内心自己认定自己是一名合格的军医。我的命运不可由几个人主宰，出身、成分、血统我无法改变，学好自己专业才是硬道理。几个领导如何看我随他们吧，他们不能代表组织，也不能代表公平正义。国际战争双方开火，还不攻击身背红十字药箱的人哩！何况我现在还穿着军装，什么红？什么专？让它见鬼去吧！最坏的结果不就是脱军装走人嘛！下到地方不也是在党领导下当医生！我一边暗下决心，一边为自己打气，激励自己要坦然面对，天塌不下来的，要做到不卑不亢去迎接每天的工作，而且要快乐。自己是学医的，明白如果心里总是郁郁寡欢会影响一生的健康，那样太不合算，自己还年轻，一定要坚强，何况我周围还有那么多好战友及病人，他们从来没有小瞧我，他们都喜欢我，对这点我自信无疑。但面对现实，面对前途还是常常感觉茫然。

两个精神病人

刘冀军医因休探亲假，将两个精神病人转交我代管，一个有迫害妄想症，另一个有暴力倾向。前者不吃东西，认为东西里有毒；后者犯病时专门打人，他住的房间设有铁窗，每天三顿饭从铁窗送给他吃，每天服药由卫生员送到他手里，看着他把药吞下再离开，如果他拒绝吃药，卫生员会对他说："不吃药就接受电疗。"当时电击治疗精神病很时兴，电击疗法很痛苦，病人怕电疗立即将药片乖乖吞下。每天他睡熟了，再由卫生员去帮他倒大小便。我仔细观察他，他多数时间比较正常，回答问题很切题。

自接管这两个病人后，我的精力除了查其他病人外，剩余时间都重点放在这两个病人身上。因为铁道兵战士平日的劳作很苦很累，我从心里热爱他们，由衷地敬重他们。接管这两个病人后我反复看他们的病历，第一个病人是施工现场桥梁垮塌，他当场目睹副排长牺牲；第二个病人是因目睹一位老兵半山腰检查未爆炸炮眼时突然发生爆炸，绳子断裂滚下山坡当场牺牲。他俩都是受到强烈刺激而发生精神异常的，我想尽一切办法像对待自家兄弟一样接近他们。

第一个病人不吃东西是害怕东西里有毒，是一种典型的迫害妄想。入院已五天，天天靠输液和吃冬眠灵怎么可以？当时部队医院条件不可能具备静脉营养，医院仅有一点血浆要留给外科急救重伤病人用。我向病人提出自己想法："我用大碗盛上饭和菜，我吃一口喂你吃一口好吗？"他点头同意我的这种吃饭方式。点头的同时我发现他笑了。这一招真的管用！第一天我用大碗盛上米饭另一碗装上菜，不用筷子只用勺。我吃一口然后喂他一口，每天都这样吃。发现他吃药也很顺从。坚持了两周后，我试着打两份饭菜，他看见我端碗吃饭，也像正常人一样端起碗大口吃起来，看他吃饭很香的样子，我会把自己碗里的饭分些给他，他

高兴地伸过碗来接。他对我十分依赖。陈主任看到我们吃饭的情景很受感动。他指示我，让病人慢慢适应自己单独吃饭，只有这样才能证明他确实开始好转了。开始病人有些不适应，非让我陪着他吃不可，以后逐渐地能单独吃饭，住院三个月他出院归队了。陈主任说："他属于一过渡性的反应性精神病，这种病预后较好。"送走他，我好长时间不能适应，总感觉他还在房里等我，有时会梦见与他一块吃饭的情景，十分亲切。

  第二个病人，他每天看着我在隔壁吃饭，老叫我："军医姐姐，你为什么不和我一块吃饭？"送饭的卫生员对他说："和你吃饭，你不把张军医打扁才怪！"他回答："我不打军医姐姐。"有一天晚饭后，我正在菜地里劳动，"黄豹"跟着，四处撒着尿。远远听见有人大声喊："张军医，你管的病人正在操场打人！"当时我心里害怕极了，丢下粪桶直奔操场，看见我的病人站在操场正中间，手里拿着一根木棍乱舞，值夜班的卫生员在他旁边躲闪着，操场上跳舞的人都吓坏了四处跑。我当时顾不了许多，直接朝他俩走去，并叫着病人的名字。他调头望着我，说道："我不打军医姐姐，我不打军医姐姐……"我在叫他名字的同时，叫他把木棍交给我，他顺从地将木棍递到我手里。我伸手紧拉着他的手，他乖乖地缓步跟着我回到了病房。操场上所有的人惊呆了。我把他带进病房后关上铁门的那一瞬间莫名地放声大哭起来。因为我害怕极了，如果病人真的打了人或一棒打了我，两种结果都严重。"黄豹"看见我哭还吠了两声，我才发现它一直跟在我们后面。此时陈主任已赶到病房，他误认为我被打了，叫我赶快离开病房去外科检查一下伤了没有，我连声回答主任，他谁也没有打。陈主任命令卫生员把病人锁在房里。我调头望着病人，心里说不清道不明，五味杂陈极其难受。看见他双手扒着铁窗，连声叫着"军医姐姐别哭。"这天晚上我没有睡好，一直回想着当时的情况很后怕……

  当天晚上全科开了会，在毛主席像前，值班卫生员作了深刻检查。他认为："病人近半月来精神很正常，总是要求自己上厕所，每天打开门都陪他一块去的。今天也同样陪着他，他解完了小便，一出厕所就直奔工具房，工具房门是大开着的，他顺手拿起一根木棍就往操场跑，我没有拉住他，结果事情就发生了。直到张军医赶来时，为了保护张军医，我一直陪在张军医旁边，还好没有伤及任何人。今天是我值班，我会作深刻检讨的……"当天晚汇报时，陈主任及值班的军医和上级战军医都做了自我批评。我也表示了自己有错，去浇菜时应当关好工具房的门。

  第二天，这个病人就被转往云南大姚精神病医院继续治疗了，说心里话，十分难过，因为我有信心治好他的病却未能如愿。

护送首长

某天杨干事通知我，叫我到院长办公室去。我去了，办公室里有院长、政委，还有一位不认识的首长。院长见我进来，开门见山对我说："这位参谋长住的是干部病房，他指定由你护送他到指挥部。"听后愣了一下缓过神来转向参谋长："首长，我没有转正定级，还是指定其他军医送吧。"首长坚持："就指定你有困难吗？"不等我回答，边讲边指着桌上放的病历："这是我1965年住四十三医院的出院病历加上你们七师医院病历，简单摘录汇总一下，把我护送到指挥部你就完成任务了。"（当时的指挥部仍在贵州安顺）首长的话像命令，我没有申辩余地，只能照着办。首长讲完上述意思转身离去。院长对我指示："参谋长住院两周，桌上的病历是我院的治疗情况，你可以摘录详细些，四十三医院那份应该是既往病史，可以简单点。"我坐下专心摘录病历，很快完成。院长给我定了两条规矩："第一，车上尽量少与首长说话。第二，送到后立即返回。"他的话令我反感极了，这个规矩应该当着参谋长的面讲嘛，叫我怎么配合？是否当天回来，那是指挥部首长说了算，院长是管不了的。之后将摘录好的病历放在桌上转身离开办公室。回科室向陈主任作了汇报。陈主任吩咐我带上急救箱，带上一个氧气袋备用。他说："参谋长是高血压伴冠心病，目前病情稳定不用害怕，路上估计不会发生什么意外。口服药参谋长自己带有。"我禁不住问陈主任："参谋长为啥指定我护送？""前几天你冷静处理精神病人的情景，那么多人亲眼目睹，你让大家刮目相看，参谋长在众人前直夸奖你，指定你护送是好事一桩。"

次日我和参谋长及他的警卫员上了吉普车。氧气袋放进后备箱，药箱放我右脚边。警卫员坐前排，参谋长坐司机背后，我坐参谋长旁边。一路上参谋长有说有笑不像个病人。因为我晕车，如果总是回答参谋长的问话就会吐。首长笑着问："张军医，是我护送你还是你护送我呀？"把司机和警卫员都逗乐了。参谋长继续说："张军医，你那天操场上牵着那个精神病人，乖乖！把全场人都惊呆了，大家担心他会打你一棒哩。结果没想到他却乖乖跟着你回了病房，没有两刷子是镇不住的，大家都反映你挺不错。""谢谢首长。"这时我的胃翻腾厉害也强忍着。

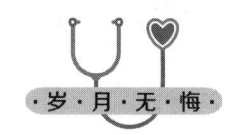

当时指挥部仍在安顺，简称西工指。终于把参谋长送达目的地。下车我第一个呕吐开了，全是胃酸。我对首长说："首长，请司机马上送我回医院。"参谋长听后，哈哈大笑，"好好休息，明日上午派车送你。我的司机也还得休息啊。"首长吩咐警卫员带我到小灶食堂进餐。小灶是首长吃饭的地方，可惜我晕车，否则我会好好享用一顿美食大餐。这时我只要了一碗粥加点咸菜。警卫员笑着说："张军医，那么多好吃的，怎么吃咸菜？""太晕车了。"饭后他带我住进干部招待所，休息一阵就好多了。

借此机会来到机要处拜见我男友的上司张处长，他热情接待了我。在这之前我的男友已调离机要处。我问到男友调离机要处的原因，他回答我"革命形势"所定，他们也都不舍得的，叫我们正确面对。我很感动张处长的真诚，我回答处长："我们都会记住机要处全体战友，尤其不会忘记张处长的，无论在哪里都是干革命工作。"他还详细问了我男友的近况，我一一作答。最后他邀我陪他进晚餐，我说："张处长，事先与警卫员约定好的，在干休所进餐。"张处长表示理解，我们握手告别。

回招待所不一会警卫送来一碗肉丝泡菜面条，这是我事先讲好的。他看我吃得很香，高兴地笑。次日早餐后，坐车返回医院。上车前我请警卫员转告首长我归队了。

回到医院，我向陈主任汇报护送参谋长一路顺利，任务已完成。陈主任微笑着说："你的病人盼着你哩，老问你上哪儿去了，小陈军医帮你查过病房啦，你回宿舍洗洗休息一下，明天上午再上班吧。"紧接着主任问我："你上院办汇报了吗？""没有。"之后按照主任说的去了院办，院办只有杨干事一人，我暗暗高兴，简单汇报了出诊情况，杨干事做了笔录。刚出办公室正巧碰见张政委，他问了一声："任务完成啦？""完成了，详细情况杨干事已作笔录。"

当回老师过把瘾

当天中午吃饭时，好友小鸟军医坐我对面。我俩边吃边讲悄悄话。

"参谋长由你护送，那'顶极左派'讲怪话。"

"我也不想护送，我最晕车你是晓得的，护送病人关她屁事！纯军医管的病人，不是她刚满产假也轮不着我送。""你管的病人很依赖你，今天我代你查房总问你上哪去了？一副不信任我的模样，连那个广东兵我的老乡也这样。把我的嫉妒心都提到脑门上来了你知不知道。（广普话是你机不机道）快介绍一下经验让我学两手行不行。""我有什么经验嘛！只是平时多与他们交流，把他们当做自家兄弟，其实他们都挺可爱的。""这是理论，你要教我方法。"看她那么恳求我就开玩笑逗她，"你蛮谦虚嘛，要学有个条件，你所收的新病人写完病历后乖乖送来我读。"

她用右食指点了一下我的脑门。"我哪份病历你少看过！拜托，别卖关子好不好？"我说："你明天下夜班辛苦一下，我查房你跟着我看看就好了，看我是如何面对这些可爱的战士病人的。"她仍开玩笑说："好吧，让你明天当回老师吧。"一提到老师我兴奋了。小鸟又再一次用右食指点了一下我的脑门，"看你得意忘形的样子，收到我这样的高才生算你有福气耶！"我笑着尖叫了一声。"哪有学生这么对老师的？"这一叫，邻桌几个外科医师好奇转向我俩，小鸟做了个怪相。

第二天她真留了下来和我一块查房，还抢着帮我抱病历哩，我哪敢这么做，自己拿上病历心里踏实。她看我每查一个病人直叫着病人的名字，针对不同病种问着不同的问题。比如肺炎病人，问他昨晚睡得好吗？咳嗽少些了吗？吐出的痰颜色有啥变化？胸部还痛吗？病人认真回答我提出的问题。问完后认真进行体检，最后告之今日治疗计划有无变化，病人有时也会提问："张军医，今天还抽胸水吗？"我会明确回复并做详细解释："今天不再抽水了，胸水已吸收，目前是恢复期，要多喝水，治疗完多下床活动，坚持做扩胸深呼吸运动。"查到最后一位病人时我叫到他的名字，他立即坐起来大声答应："到！两位军医好！"他是前天收的病人，是个广东兵，我看小鸟开过的医嘱，今天上午做胆汁引流。我仔细检查腹部胆囊的大小，按压他右上腹时他感觉有点痛，病人没有黄疸。黑白B超证实胆囊增大没有结石。我详细讲解今日胆汁引流如何操作的全过程，鼓励病人配合操作，病人很听话，直点头答应配合。

查完病房后，小鸟对我连讲两声："佩服！佩服！你前天收的病人还是我的老乡，昨天代你查房时他一副不信任的样子，把我气得。今天你能直呼其名，真令我吃惊，事隔两天你还记得他的名字，令我佩服得五体投地！"

我如实告之："昨晚我来过办公室，还看了你下的医嘱，顺便强记下他的名字。"她表示惊讶！"哇！昨天我代你开了胆汁引流医嘱，只通知他明天早晨不吃早餐不饮水，等医生来作胆汁引流，没有详细解释什么。"

我进一步解释："记住病人名字，他会感觉你尊重他，你看当时我叫他名字

时，他像一个战士那样大声回答："到！"而且还立即坐了起来，用双手整理一下军帽。详细解释病情会增加他对你的信任度，进行操作时他会积极配合。其实是我们医生得到的好处最多。"

小鸟用广普话连声说"细，细。"（是，是。）小鸟军医很聪慧，写一笔好字。她书写的每份病历我都看过，她的病历经常得到陈主任和张野军医表扬。

我俩互相学习，互相帮助，彼此取长补短，相互都有提高。两人之间可以毫无顾忌地讲心里话，彼此勉励，彼此欣赏，友谊逐日加深。

红宝书

某天上午，刚查完病人，护士长通知我去朱教导员办公室有事。我故意慢慢做事，等到十一点钟，才朝朱政教办公室走去。心想谈话再长也要准时去吃中饭的。

在门外喊了一声"报告"，朱政教应了一声"进来"。我们的朱教导员，山东人，初中文化，长相还算可以，但不属于帅这一类。"文化大革命"时期表现"极左"，在我心目中他只会领着大伙喊几句革命口号而已，"文化大革命"一开始他就盯准我不放，对我吹毛求疵。平时我对他总是敬而远之。

朱政教说："张军医，请坐下来我们认真谈谈。"他的桌子对面摆了一张铁靠背椅。"近来有人反映你成天抱着课本书不放手，这不是学校，要认清当前形势，发给你的红宝书不读啦？"

"红宝书我已背熟了。"

"红宝书要求天天读、天天看、时时不离手，要用它来指导思想、指导实际行动，这叫活学活用，光背熟有啥用？还有人反映你看业务书时一看见领导来了，立即换成红宝书，有这种事？"

"没有这种事，全是无中生有。看业务书是为了病人，我怕什么？当医生不看专业书才叫怪。教导员如果您是医生您也会看医书的。您是科室抓政治思想抓阶级斗争的，你可以经常到医生办公室来看看，如果你经常深入科室，肯定会发现我不是在写病历就是在看业务书。你也算是领导吧，你来了看我会不会立即将红宝书放上桌面。为什么只听别人说？再说我们只有两个院领导，他们常来科室吗？为什么要专门盯着我不放？我现在还不算是阶级敌人吧！教导员，不要总拿我来说事。其实我最不会耍两面派，我是一个诚实的人。一点假话也不会说，更不会拍马屁，领导平时教导我们要实事求是，乱反映情况就不是实事求是。""张军医，谁叫你说假话了！你要时刻牢记伟大领袖毛主席的教导，要斗私批修。要虚心听取别人批评，改进自己的缺点错误嘛。你看你天天抱着业务书不放，不是连转正定级都没有拿到手吗？"

"每个人都要斗私批修，因为是毛主席说的话。我认为，同事之间有不同的意见可当面提出来，何必通过领导来转达，转达是会变味的。再说，我没有转正定级，不是我不合格，我认为自己很合格，表现也不错。去年不是还评上'五好学员'吗？这张五好学员的光荣证书还是您亲手发到我手里的。你不会忘记吧？短短几个月就什么都不是了？今年你反复说我'根不正苗不红'。是的，因为出身成分而遭遇的政治歧视，我没有办法改变，多数人心里都十分清楚。"我的驳辩引得他很不愉快，我也没法叫他愉快。

"你平时不暴露思想，从来不向领导汇报个人思想和科室情况，这些没有说错吧！"听此番话让我万分惊讶！"科里的情况怎么也轮不到我这个'根不正苗不红'的人来向你汇报，在科里我算老几？一个没有转正定级的人。再说，我对谁有意见当面就说开了，不需麻烦领导来转达。您说我不暴露思想，我有啥思想可暴露的？至于开会很少发言，是因为我不喜欢讲假话，不喜欢违心奉承，更不喜欢千篇一律的套话。"

沉默好一阵……

"谁叫你讲假话了！发言当然叫你讲真实思想了。"

只要提到转正定级的事，我就会激动。再继续谈下去受伤害的是我自己，自尊心虚荣心一股脑涌上来，会很难控制自己的情绪，再怎么表达只会是对牛弹琴，牛当然指我自己。其实当时对定级转正之事我已不抱期待，因为在我心里早已给自己定级了。在内科，除了小鸟军医谁能与我比？突然间觉得自己很清高并自豪起来。又沉默了一阵，"今天的谈话就到这里，希望你今后加强政治学习，多读毛主席的书，把红专摆正。你没看见你们科有的医生，查房前先给病人读一段毛主席语录吗？你应当向这些好同志看齐嘛。"

我听着，心里反感着。真搞不懂，读几段毛主席语录与病人病情有何关系。可是当时有部分知识分子为表示自己很"革命"就这么做了。做了就做了嘛，还要向领导汇报，反而成了大家的学习典范。把我们认真查病人的医生，倒说成是不革命的人了，什么年代啊！

"回去后好好想想，最好写个思想汇报交上来，尽量写深刻一些。一句话，你是怎么想的，又是怎么做的，写清楚就行。今天就谈到这里吧。"他见我发呆想事，便打发道。

离开办公室一路上我都在想,今后我该怎么办?为什么就是我一个人事事不对劲?问题到底出在哪里?今天他提到叫我写思想汇报,"文革"前我写入党申请书后,每月写一份思想汇报,那段日子才称得上真实啊!"文革"后根本轮不到我写汇报了。科里大事小事拿我说事,最近一次是晚汇报上,为两个卫生员争抢用陶瓷做的毛主席头像章,不小心把头像摔成两半的事,要我讲讲具体情况,因为我当时在场。我说他俩出于热爱领袖才争抢像章的。话刚出口立即遭到教导员反驳,要我从思想深处认识摔坏领袖像章的严重性和带来的恶劣影响,甚至提升到是立场问题,好像他们是故意要摔坏头像似的,两个卫生员当时被吓哭了。

当天在食堂吃中饭时,与牙科唐军医同桌。他问:"听说上面找你谈过话?""你啥都知道。""看你那无精打采的模样!咋啦?""我哪里无精打采了,我正思考我欠领导几张思想汇报哩。"他大声说:"老实说,又被哪个龟儿子告你状了?叫你汇报啥?""小声点。"此时来了一个老左派,大家没吭声。各自埋头吃饭。我俩走出食堂,涮碗时他对我说:"咋个想就咋个做,不能把这家伙丢掉就行。"他左手将自己的饭碗举得高高的,我懂得他的意思,他指的是自己学的专业,不管谁说啥,不能把它丢掉。他的出身成分好,是城市贫民,但有瑕疵,这是领导说的。平时大大咧咧,因出身成分好,没有人找他碴。他一直讲真话,有时他对不满的人还可以骂上几句。因为牙科只有他一个军医带两个卫生兵,平时三人处得像哥们,全院算他过得最舒坦。洗完碗他故意大声说:"光杆司令一个,没人告老子鸟状,逍遥啊!张军医拜拜。"边说边做着怪相。接着又补充了一句:"我们是好战友,是同志加兄弟,有苦水直朝我吐出来,老唐替你分担,比你捂着掖着舒坦得多,听见没有?张军医再见!"他哼着样板戏。水池边"左派"也正在洗着自己的碗,唐对我讲的话是有意讲给他听的。

世外桃源

部队一直有着自己的优良传统,喜欢开垦土地种蔬菜,解决当时蔬菜匮缺问题。

我们师医院开了一大片荒地,种了芋头、三月瓜、空心菜、南瓜,每年的南瓜丰收显著,士兵食堂中灶食堂两库房里堆积成山,餐桌上经常有这道菜,我尤喜爱吃。每天吃过晚饭，大家轮流挑粪去浇灌那些蔬菜。其实我是最乐意干这个活的，那样一个年代与农作物打交道比与人打交道简单多了，快乐多了。因为那些蔬菜不知道谁是"根正苗红"、谁是"黑五类"？更不懂阶级斗争，只要薄肥勤施就行，蔬菜就一天一个样，长得绿油油的十分喜人，挺有成就感。另外，对着那不会说话的天空、不说话的云朵、不说话的小路、不说话的遍地小草和野花，何尝不是我内心的自我对话和当时的心境，蔬菜小花像懂我心事似的，我爱它们，它们也喜欢我。除了值夜班不去浇灌它们，我几乎天天去，除了浇灌蔬菜，我还会除去杂草让所有蔬菜呼吸到更多空气。有时还带上医院那条大狗，不是我带上它，是它喜欢跟着我。这条狗很聪明，从我初到医院上班起，它就喜欢跟着我了。中灶食堂常用排骨炖南瓜，吃剩的骨头我都拿去喂它，借此机会摸摸它的头，还给它起名叫"黄豹"。因为它身上的毛与其他狗不相同，黄毛多黑毛少，从此只要叫它黄豹或豹子，它会高兴摇着尾巴走过来，有时中饭后回宿舍午休，它会送我并卧在门外等着，这是全院共知的事。寝室邻床沈护士对动物毛过敏，看得出黄豹也不喜欢她，有时小沈护士叫它名字时，它那漫不经心的表情，连尾巴都不摇一下，这往往引得小沈生气。小沈护士总说："它像是你的警卫。"我回答："言重了，它啥都不懂。"这条狗，在我最艰难的时期，带给我许多快乐，它表现忠诚，没有阶级歧视，大凡我劳动时多有它的陪伴，每每四处撒尿，四处奔跑，最后远处坐下等着我。傻乎乎的样子挺惹人喜爱。

晚饭后这个时段浇菜，我可以远离高音喇叭的噪音，逃避跳那所谓的"忠字舞"，与喧嚷隔绝而获得静谧空间的自由。这个清静的环境，我把它视为"世外桃源"，只有这个时候，才是我喘息的私密空间，也是我一段生命里再也追寻不回的记忆。也只有这个时候，我可以小声哼哼自己喜欢的歌曲，想想自己的终身大事，是否该嫁人了，不能因为阶级斗争不组织家庭呀！于是经常争取做这份劳作，我知道有的人怕臭不喜欢挑大粪，这样我可以轻而易举拿到这份工作何乐而不为。其实我真就这么喜欢挑粪吗？实质是逃避现实的具体表现罢了，因为不喜欢那份太热闹场景。那种闹热场面，现代人还可以从反映"文革"时期电影中看到。现代青年难以想象"文革"时期带给老一代的伤害何其惨也！我相信"文革"在中国永远不会再现，反动的"四人帮"将永远被钉在历史的耻辱柱上。

下连队锻炼

1967年初夏的某天晚饭后，我在菜地刚好浇完水，听见有人叫我，掉头一看又是院办杨干事。"张军医，金院长找你有事。"我心里打鼓似的，快快将粪桶和瓢冲洗干净，放进工具房里。朝院长办公室走去，路过大操场，看见许多人，有工作人员、恢复期的病员等等，在高音喇叭下跳着"忠字舞"。说心里话，跳舞很正常但我总感觉不严肃！各种姿态都有，有的与舞曲合不上拍。按理应当排成方队，前面应当站着宣传干事教大家跳才对。宣传干事以为大多数人都会跳了，可是病员出出进进不断换新，只能跟着别人乱舞，显得不严肃。

走进办公室，院长和杨干事已坐在那里等候，院长叫我坐下来谈，坐在他们对面心里惴惴不安，今天又有哪桩事碰到鬼了惹他不顺眼了！如果院长再提什么转正定级之事，我会跳八丈高的，什么修养就顾不得那么多了，尊严最重要。正想着对策，院长开了腔："张军医，今天找你谈话应该是政委的事，因政委休假未回来。就由我找你谈了。根据伟大领袖毛主席的指示："要到广阔天地炼红心，组织上确定你第一批下连队锻炼，当然不只你一个，共下去四位同志，指定郑东萍护士当组长，她虽是护士，军龄比你们三人长，是共产党员。明天你把病人交给张野军医暂时代管，这是与你们陈主任商量后决定的。后天一早出发，要去多长时间，要看你们在下面的具体表现，要取得连队认可。一句话，要安心下去锻炼，尤其是要从思想深处好好接受改造。你们的表现情况由组长每两周交一份书面材料，有特殊情况随时电话汇报。下连队锻炼是桩严肃的事，你们是第一批，务必认真执行。"听完他的话，我立即表了态："一定写好交班记录，后天准时出发。"

下连队锻炼是多好的事啊！当我迈出院办门时心里乐滋滋的，这段时间动不动就找去谈话，谈话中永远离不开"红与专"，耳朵都打起茧疤了，精神压力够大的，正好下连队锻炼，恰好可以缓冲一下，不仅可以"改造思想"，同时还可以让自己精神稍微松弛一下，否则我真要崩溃了。当时下连队，也符合毛主席1965年的"六·二六"指示精神。当时毛主席指示，广大医务工作者要下到基层，为广大的基层人民服务，当时基层主要指的是广大缺医少药的农村。下到连队劳动对我而言，一点也不可怕！与连队干部战士打交道又不是第一回，我管的病人都是些战士，他们那么纯真那么可爱。下到连队和他们吃住在一起，互相学习，有说有笑，战友情谊深着呢！相信自己会做得很好的。想到那种"惊弓之鸟"的日子现在可以暂时逃避一下，有一种得到解脱的愉悦感觉。还真要感谢这两位院领导让我第一批先下。路上碰见郭管理员，他问道："张军医，好长时间难得见你这样高兴，有啥喜事说来俺听听，莫非要结婚了？"我学着用河南话对他说："俺有喜事不告诉你，比结婚还喜呢！""你定级了？"他提到我的痛处，但我一点不怪他，虽然我自己也把定级看得很重要。"才不是哩。""好呀，这也不是那也不是，今后不许到俺媳妇那里找饼吃。"管理员家属是河南农村的，她做的大饼非常好吃，平时我们相处友好，常到他们家玩。他老婆长得很漂亮，身材婀娜窈窕，两只大眼睛，鼻梁直挺，嘴唇轮廓分明，看去清秀甜美。小鸟军医常说她不像北方人，倒像江南美女。为此管理员很得意，常在相处好的同事面前夸自己媳妇，美滋滋的样子。小鸟军医碰见他时总是调侃："再夸一遍行不？"大伙哈哈大笑，气氛十分友好。他们夫妇对我好是没得说的。小鸟军医对此还表示有点不服气，她开玩笑说："可惜我不喜欢吃什么饼，否则定会取代你的位置信不？"我回答："不信，喜欢也得分个先后次序，何况在吃饼问题上志同道合。""所以嘛，我事先已强调饼呢。"

　　分到医院的贵阳人只有我一个，当时年轻气盛还有点不知高低，爱说爱笑。"文革"开始后，管理员像兄长一样呵护我，包括他的爱人也是这样。记得公布军医转正名单那天，他爱人专门到科里找我，非得要我去他们家吃饭不可，我去了。她边煎饼边对我说："俺不懂你们那些事，只听俺那口子中午吃饭时讲了许多医院对你不公平的事，他叫俺今天给你煎肉饼吃。"这时管理员已进门，他取下帽子坐在我对面，心平气和对我说："张军医，俺知你不快活，这没啥稀奇，定级是早晚的事，大伙心中都有杆秤，你张军医在大伙心目中算这个。"他右手伸着大拇指，接着说："俺虽是外行，心目中也这么认定你。"听他这么一说我反而流泪了，瞬间我止住眼泪。"我会正确对待的。""这就对啦，俺就相信你能很快跨过这坎的。"那天晚上的谈话和吃的肉饼让我终生难忘。人在最逆境时得到心灵的抚慰是最温暖和宝贵的。

　　第二天我照常查房，查完最后一个病人时，看见张野军医朝我走来，伸手要接过我的病历夹，我没有递给他。他的肾炎还处在恢复期，贫血没有纠正，脸色苍白。看着他的样子，我的心好痛，我们并肩朝办公室走去，路上他对我说："小张，下到连队好好干，你还年轻，不要怕吃苦，尽量与战士们打成一片，凭医生直觉，一旦发现病号早通告卫生员，第一时间得到营部军医处理。另外随身带一本'红宝书'就够了，争取好好表现早些回来。"听了他的话，我好感动，

像得到自己的兄长的呵护一般，感觉心里暖暖的。他还担心我会带上那些专业书呢，我哽咽回答："我会好好干的，专业书我一本也不会带，您也要多保重。"

　　小鸟过来坐在我旁边修改医嘱，悄声问："啥时出发？"接着说："你走后我搬到你的位置用你书桌，反正我有你的钥匙，回来后把书桌还给你，让我远离那个顶级'左派'，我也放松一下啰！"说完此话时她还伸了个懒腰。我也悄声告诉她："明天一早坐救护车出发，你不怕影响就搬过来，反正空着也空着。""我就是怕左派刘才想到此策，我怕什么影响！"我把另一把钥匙也交给了她，她大声说："我有的呀！""我没看见你来开过箱，还以为你把它给丢了呢。"我们彼此还有许多话要讲，但都沉默着，我知道她舍不得我走，但我俩又不可能同时下到连队去，她装成不在乎的样子故意大声说："争取早些回来，下批就该轮到我下去了。"我也大声回答她："去多久不是我说了算，我还想去一年两年呢！""哇！你不想结婚啦？再等上两年你就嫁不出去啦，晚上你在宿舍等我。"像命令似的，讲完她离去。看着小鸟拿起病历走开的模样心里甜滋滋的，好朋友就是好朋友，关键时刻总是给予对方力量！她一点不忌讳别人怎么看她与我的友谊。在那以"阶级斗争为纲"的年代是难能可贵的。自己出身成分不好，身上早已贴上标签，有的人为了表明自己进步，会离我远远的。但我又偏偏不贱看自己，虽然自己活得比别人累一点，不论做什么都总是跑到最前头。如果是现在，保证年年评上先进。正如小鸟所说："你是光明磊落的，咱俩友谊千岁。"我笑小鸟连那个字都不敢说还千岁呢！她明白我的意思立即回答："这叫政治敏感！战友学着点。"讲此话时她表现出趾高气扬的得意模样，今天我还记忆犹新。

　　去连队锻炼的四个人，都给了大半天时间作准备。次日早餐完，我们上了医院救护车。开车前我去看了一下我的朋友"黄豹"，它对我摇着尾巴，歪着头用双眼瞪着我，我边摸它的头边对它说："黄豹，我要下连队去了，可惜不能带上你，回来再陪我好不好？"它肯定不懂我在叨咕什么，但它友好地看着我，尾巴摇个不停。看见我上了车，它坐在原处没有动。部队养的狗一般不会追赶汽车的，"黄豹"更有这好习惯。坐上救护车，车开动了。我仔细看着我们的郑东萍组长，中等个，北方人中算矮个的，很和气的样子，五官清秀，唯牙齿长得不齐整，她头发很黑很密，扎着两条马尾辫，把军帽压得很低，给我第一印象是个好相处的人。她比我们这批人早入伍一年，和我们内科纯素芝军医是同年入伍的。出发前纯军医向我介绍过她。说她心地善良特爽直，工作十分认真负责任，是个可深交的朋友。

打石渣

救护车把我们送到三十一团一营一连，连队住在云南金沙江边一个大山脚下，分配给我们的任务是打石渣，用铁锤将大石块敲成核桃样大小的石头和石渣，每人一天敲一个立方就算合格。一个立方是什么概念，我们一点不知道。反正坐下来使劲敲打就行了，石渣用于修建隧道。云南太阳是很灼人的，紫外线特强，每个战士都晒得黑黑的挺健康的模样，当天给我们每人发了一个宽边大草帽，还给每人发了一双很大的帆布手套。我请文书用红色油漆在我的草帽边上写了"不爱红装爱武装"，他们三个也分别写了"为人民服务""要斗私批修"等字。

下到连队几天后我们的右手打起了水泡，卫生员用紫药水帮我们擦擦，水泡破了慢慢变成茧疤。一个月下来，我们基本达标，都打到一个立方。我很多时候帮着她们打。相处一个多月下来，彼此间多了一份理解也很团结，相互帮助有说有笑。她们三位是护士，年龄比我小，我想我比她们多了几年学历，有些地方要多让着点、帮着点，不和她们斤斤计较。我们的小组长确实正直，典型的东北人，共产党员，外科护士，她的爱人是飞行员。她的东北口音特重，她把那里总说成"旮旯"，把葵花籽说成"毛壳"。说真的我很喜欢她，她也挺喜欢我，每天都主动与我说话，和我挨着坐，边说边打石渣。有一天傍晚我俩在江边散步，她提到我的定级问题，安慰我不要背思想包袱，定级迟早会解决的。同时还谈到家庭成分，叫我正确对待家庭出身问题，家庭出身不能自己选择，重在自己表现等等。通过谈话内容，我猜测，下来前领导肯定专门找她谈过我的问题，否则我们不在一个科室我的情况她不会这么清楚，说不定院领导叫她重点盯着我，看我表现是否"反动"什么的。领导们万万不会想到通过锻炼相处，我们反倒成了最好的无话不谈的战友。

某天我们坐在大树下打石渣，隧道发生小面积坍塌，看见两辆团部救护车开过来，也许出于职业习惯，我不加思索地放下手里的铁锤，本能地向救护车招手，团卫生队都晓得我们是师部医院下来锻炼的医护人员，于是救护车停了下来，我上了救护车，她们三个也跟着上了救护车。车开到隧道口停下，看见几个受伤战士躺在那儿，全身稀泥浆和血混在一起，这时团部一位男军医熟练地用生理盐水冲洗伤口，很快作简单包扎，指令同车来的卫生员将受伤战士一一送上救护车。看着这位军医熟练的动作，我们都跟着操作起来，最后背出来的一个战士，臀部裤子已被撕开一个大口子，大片血迹和泥水混在一起，我用剪刀剪开他

的裤子，露出的伤口较大，大量渗着血，团部军医立即走了过来，迅速用几大块纱布加压包扎，指令用担架抬上救护车。处理完毕，团部军医正要走进隧道，看见连长和指导员从隧道里出来。连长说："我们已仔细查过，没有伤员了。"团部军医跳上救护车开往团卫生队。这位军医给我留下极好的印象。

指导员将我们四人送回我们住的连队。铁道兵当时作业环境十分差，不是机械化，全凭手工操作，战士双手握着水风钻对着石头打眼孔，由机械装砂，电瓶车将石渣送出。尽管我们没进过隧道，但从他们出洞时的穿戴看去，胶鞋和塑胶裤子全是泥浆，满脸是汗和灰浆，不难想象他们劳作有多艰苦，自然而然从内心生出对他们的敬重。

蛇

我们四个人住在一营卫生所隔壁，房里安了两张上下铺床。我和郑护士睡上铺。大学五年我都睡上铺，好像又回到学生时代一样倍感亲切。夏天云南金沙江边很热，气温高达三十九至四十摄氏度。某天夜里，我们淋浴后洗完内衣，熄灯号已吹响，正上床休息。

月光透过窗外那棵大桂圆树，树影泼洒在我的蚊帐上，风吹动树叶一片片，一闪一闪的挺漂亮。正欣赏着，突然看见一根皮带样的东西挂在我的蚊帐拉线上摇甩，一晃一晃的，我对下铺的小李护士说："小李护士，你怎么把皮带挂在我的蚊帐上啊？"她俏皮地回答："张军医，我的皮带和裤子正乖乖地在板凳上睡觉哩！"话音刚落，我看见皮带掉在下面的一头自动卷曲起来，从这一头拉线往另一头拉线朝窗外移动着，于是立即反应过来是条蛇不是皮带，大声惊呼："是条蛇！"大家吓得下床往外跑，我从上铺踩滑了脚，摔了下来感觉好痛，事后发现是右小腿前胫骨处擦伤，还渗着血，当时大家都只穿着内衣和内裤，因为太紧张了，啥也顾不上了，一个劲往外跑，我们的叫声惊动了卫生所徐军医，他平时对我们很友好，出来连声说："不怕，不怕，你们回屋穿上衣服，我马上过来处理。"大家用双手捂着自己胸脯不敢动。

徐军医转身顺手把路灯开得很亮，东萍组长也把屋里的电灯打开了。我们跟随组长进屋后上下左右看了又看，把自己的衣裤抖了又抖，穿好走出门外。看见徐军医手里拿着两个酒瓶，他说这是兑了雄黄的酒，他对着房的三边墙脚淋了酒，又走进我们房内，四边墙角也淋了酒，他说："没事了，安心休息吧。"我们担心蛇再进来，把门和窗都关上了，一点风不透好热好闷，嗅到一股浓浓的酒味很呛人。据说雄黄酒淋过几个月蛇都不会再来，这让我们相信无疑，后来才知道其实没啥用，这已是后话了。时间长了，我们与徐军医的关系很熟了，他还经常拿蛇来和我们开玩笑。徐军医是扬州人，讲话轻言细语，常用雪里红菜打汤下米饭。他对病号很关心，凡是到卫生所来就医的战士，像对自己亲人一样，是个好军医。

我们窗外那棵桂圆树成熟的时候结满了累累桂圆，徐军医叫卫生员爬上树，摘了一筐又一筐的桂圆送给我们吃，桂圆剥了外皮露出白嫩的果肉，香甜，水又多，好吃极了。我是第一次吃到这么新鲜桂圆肉，因为我们贵阳不产桂圆。

团卫生队

某天中午我们和几位战士蹲着吃饭，正吃得香的时候，看见旁边几位战士站起来叫"首长好"。是连长带着两位军官朝我们走过来，连长说："这位是咱一团王团长，这位是宋政委，这位是团卫生队长。"王团长发话："明天开始，你们四位女同胞到卫生队报到上班，把师里的好思想、好作风、好技术带到团卫生队来。"然后转向卫生队队长说："你今天回去安排一下，她们的住宿和工作，就这样定了。"然后对着大家说："你们吃饭吧。"他们还没转身我们的郑护士叫了一声："报告，团长、政委，我们是来劳动锻炼的。"宋政委笑着回答："上卫生队工作也是锻炼嘛，锻炼不光只打石头呀，放心吧，我和团长商量过，已请示过师里首长，师里同意我们团的安排。"

第二天我们赶到团卫生队，队长很爽直，对我们说："你们原来干啥的就干啥，我们团卫生队没有师部医院分科那么细，这儿来的病员都得马上诊治。"之后发了白大褂，口罩，我们就这样投入了工作。

我一直跟随前天隧道门口抢救操作熟练的那个军医姓李，大家都称呼他老李军医，河南人，高个偏瘦，五官长得蛮帅，讲话幽默，工作不忙时，他讲笑话会把大伙笑得前翻后仰，他却一本正经。医术嘛团卫生队数第一。在随后的工作中他坐门诊我坐门诊，他出诊我也跟着出诊，他进手术室，我就当助手。一周下来

我们配合十分默契。跟他三周下来，我又学了不少知识，收获挺大。基层医生不简单，必须是全科医生，样样都要会，而且要胆大心细。对他医术我佩服得五体投地，心里想自己运气真好，又碰上一位好军医。

有天我随老李军医去二营出诊，他背上药箱叫我跟着走，对我开玩笑说："你当尾巴吧，要爬过一座山，山上会碰上老蛇，你不是很怕蛇吗？"我好奇地问："您怎么知道我怕蛇？"他笑着回答："全团干部都知道啦，据说那天晚上，你们四人够狼狈的，不过女孩都怕蛇，何况在晚上，蛇还挂在你蚊帐上。"他边讲边递给我一根竹条，叫我拿着它打蛇用。他走前我紧跟着，还真害怕会有蛇出来。我们刚走到半山腰就碰到一个战士，慌慌张张大声喊着："李军医，我们炊事班长不行啦！快救救他吧！吃野果中毒快不行了！"边讲边用手指着不远处，我们跑了几步看见炊事班长躺在草丛中，满脸涨得通红，用手指着喉咙张着大口喘不过气来，两脚直蹬地，难受极了。我看见老李军医立即蹲下，很快打开药箱取出大棉球和剪刀，棉球熏着酒精将班长颈部简单擦擦，也擦了擦自己的手，用剪刀将颈部剪开了一个小口，用把镊子用劲分开颈部肌肉，硬是把气管剪开一个小口，他用左手从他口袋里取出一支钢笔，迅速用牙咬掉笔套，正好留下一个口，将笔管对准剪开的气管口插上，笔管绞上胶布，命令前来报告的战士背上班长，我们一块小跑转回卫生队，班长颈部的血将四处染红，当时我害怕极了。我们一块进入手术室，李军医口头医嘱令卫生员："立即肌注庆大霉素24万单位和地塞米松20毫克。"又令另一位卫生员打开气管切开包。只见他熟练地帮这个班长清创、止血、接上氧气管，整个操作过程干净利索，二十分钟后拔除氧气管换用鼻导管，接着逐层缝针。做完手术对我说："这个记录由你来写。"我很高兴但又有点紧张，第一次看见气管切开，而且还在这种特殊状况下，李军医似乎看出些什么，立即把书借给我看。之后我如实记录了前后经过，同时按解剖层次写完，他看后很满意地笑了，还大声发感叹："还是读书多好啊！解剖层次记录得清清楚楚，张军医留下来吧。你教我理论，俺带你操作，保证不用一年你比俺强，咋样？够意思吧？"我专心听着，心里想我运气真好，走到哪都能碰上好老师。我认真回答他："李军医，气管切开术我是首例，不是您借书给我看我还不懂呢。再说我是下来学习锻炼的，从内心讲我不想回到师部医院去，但一切听从上面安排，我一点自由都没有。"

那位班长只住了七天院，吃了七天病号饭，连点滴都没有挂过就好了。他颈部缝线还是我拆的，后来留有一条小小疤痕。如果换在今天，医院肯定要输液消炎甚至还可能要输血哩。

通过这个病例，我佩服战士的坚强和勇敢，佩服李军医的果断和医术，更佩服他做职业军医的担当。记得当时看见班长颈项上的血和李军医满手的血时我害怕极了。事后我问李军医："你怎么就肯定他是喉头水肿而不考虑他是被野果卡住咽喉？"李军医哈哈大笑回答我："炊事班长不是小孩，再好吃的野果也不会狼吞虎咽到把整个咽喉卡住，而且他当时不是吸气性呼吸困难嘛，满脸涨红四肢乱蹬，俺当时只想让他能换过气来救命为主，药箱里又没有地塞米松针剂，所以顾不了那么多，运气还真他妈好，正好俺口袋恰巧带上钢笔，也正好离俺卫生队不远，否则炊事班长够呛。"

喉头水肿原因很多，可分感染性和非感染性两类。显然炊事班长不是感染所致，因为好好的人带着战士上山玩耍，不会发生上述情况。那就要考虑非感染因素了，非感染因素多了，比如全身性疾病，像心脏病、肾炎、血管神经性水肿等等，当兵的人不会有这些病。局部损伤或机械伤；纵膈或颈部肿物；过敏反应等。前面三种原因都不去考虑，班长上山吃野果，基本可以考虑野果引致喉头水肿，喉头水肿分四度，该班长当时的表现，是最严重的，如果不果断处治会猝死。通过这件事我深刻意识到基层医疗工作多么重要；更明白，做个好医生一辈子要待在临床第一线。

有天下午，李军医带我做完一台阑尾手术下来，脱了手术衣，我正准备写手术记录。他突然小声问我，"张军医，俺可不可以问你一个私人问题？""当然可以，问吧！""为啥你的工资比护士还低？你不是大学生吗？"我将个人处境全盘托出，当我讲完后，只见他用右手用力锤了一下墙，"俺就觉着不对劲，你的未婚夫咋想的？小张军医，干脆申请调到俺卫生队来吧，俺保证你不会受这种窝囊气，俺卫生队长好着呢。""哪能这么自由，如果真这么做，还不一定放我呢。"他接着讲，"如果你同意，俺向团部汇报，顺便将你未婚夫从三十三团调过来，你看行不？""李军医，谢谢您。师医院那两个领导不好对付，我是下放来锻炼接受思想改造的。"他哈哈大笑连声说："俺卫生队成了劳改队了！""我们来卫生队前，不是都在打石渣吗！是你们团长、政委叫我们来的。"他生气地说："俺今天讲的话，你认真考虑一下。"我很快写完了手术记录，老李军医的话时时响在耳边。

最终我们还是回到师部医院。虽然下去的时间太短了，但连队干部战士那种不怕苦不怕死的精神深深印入我的脑海，老李军医的形象一直在我记忆中闪光！在他那里学到书本上所没有的知识和精神，使我终身受益。

结婚　探母

　　连队劳动锻炼归来，我们都明显晒黑了，每个人右手都留有茧疤，但我的内心强大多了。三个月时间不长，但我对铁道兵干部和战士充满敬意和热爱，暗想以后我会全心全意，更好地为他们服务。回到医院，感觉变化更大，气氛更加紧张，人人都谨言慎行，发言时斟言酌词，生怕说错一句话、念错一个字，政治学习时都害怕被点名读报，因为前段时间有位军医念错字，据说是一篇批判王光美有关"桃源村的调查报告"其中"不清不楚"错念成"一清二楚"。还好他"根正苗红"，只受了点批评，晚汇报时要求他今后加强政治学习，很快就过了关。如果换成是我怕三天三夜都过不了关的。今后千万要躲开这种差事。同时还发现全医院的女医生和护士，都剪了长发，有的比男兵还短，我觉得不好看，不男不女的。可是这叫剪掉资本主义尾巴，称作"革命头"。院内的墙上贴满了各种标语口号。晚饭后，扩音器高声放着革命歌曲和样板戏，一部分人跳着"忠字舞"，场景十分闹热。

　　看着我的长辫子不想剪掉。小学，中学十二年，因忙家务活和学习，我都是短发，上女子中学时有的老师叫我"假小子"。大学快毕业时才开始留长发，拍毕业照时还是扎两条小马尾，好不容易长成长辫，剪掉多可惜。怎么办呀？我只好主动向男友提出要结婚。绝不是迫切追求什么幸福，我认为因脆弱而结婚是可耻的，加上身处当时那个年代，如果女方向男方提出结婚要求，是很害臊和丢面子的，我虚荣心又很重，非常矛盾。但这是当时没办法的办法，可以说完全是一种精神自救，最后决定就当一回厚脸皮吧。其实我逃避现实的做法完全违背了我的本性，但当时我确实没有别的路可走，没有别的办法可想。如果结婚申请能够被批准，就可以享受一个月的婚假，这剪头的风气也许在这一个月内就过去了。暂时躲过这一阵风，再看看形势而已。于是提起笔就写，不写理由，只提结婚。小鸟知道后，特别支持我："怕剪头发吧！结婚去吧，回来时换顶一号军帽把辫子塞进军帽里就是啦。你和郭管理那么志同道合，他会给你想法换一号军帽的。"同时她还得意地说："因广州太热，自己从来就是短发妹妹，从小就是革命头哦。"

　　男朋友收到信后当然高兴，很快递

结婚照

了结婚申请报告,虽然几经周折,终于批准我们结婚了。当时很简单,两人用的被子临时上街买。我们一块到永仁县民政科登记,发给我们一张纸,上面印着结婚证书几个字,贴上我俩双人照,盖上钢印就算办完手续。记得登记那天,天上下着毛毛雨,没有买到雨伞,回到医院时,我们全身湿透像对落汤鸡。按部队规定,我们回家休假一个月。

回到家乡满大街都是宣传车,一辆接着一辆。每辆车上都装有高音喇叭,都高声喊着打倒当权派!很多商铺门上贴满了各单位写的大字报和批判稿,有的还是揭发批判当权派的大字报。用当时人们不离口的话来说就是:"革命形势大好而特好!"

辫子藏在军帽内

我们回家住夫的兄嫂家,也是我毕业的学院。哥嫂是学院教师,哥哥家中排行老四,是基础部主任,也是教微生物课程的老师,认识他弟时我已大四,很快进入临床实习了,没上过他们的课,据学妹们反映他很厉害、很凶,专业基础好,还懂两国外语。婚前和丈夫谈恋爱时最怕遇见他,但心里崇拜他。"文化大革命"初期,造反派说四哥年轻时参加过什么"三青团",定为历史反革命,知识分子把尊严看得比命重,结果四哥不堪忍受割腕自杀了。回到学院看见我的老师们,那些才华横溢的教授们,金大雄先生、李桂贞先生、孟庆华副院长等等,他们胸前挂着牌,牌上写着"反动学术权威"几个大黑字,都在工人师傅监督下劳动改造。开饭时拿着碗,踏着步,口里反复念着"我是反动权威"。尤其看见孟庆华副院长,他的脸被造反派学生用黑炭画得脏兮兮的。两年前毕业典礼大会上的他,是那么端庄儒雅。中国人本性善良,为什么人性一夜间被扭曲成这样?批斗他的那些人都是他的学生呀!自古以来中国传统,一日为师终身为父,为什么今天会变成这样?几个人的号召(四人帮),一夜之间就改变了人性!难道人们没有思想吗?人们已没有做人底线了?这一切只等历史来定论吧!1981年党的十一届六中全会彻底否定了"文化大革命",历史已充分证明"文化大革命"在理论和实践上是完全错误的。

我的婚假基本上是待在家里度过的,每隔一天上街买一次菜。在家帮婆母做些家务。她老人家刚失去儿子,还带着三个倒大不小的孙子。我们的嫂子每天坚持上下班。当时我好佩服嫂子,知道她心里很苦,当时那种情况下,她是全家人

的精神支柱，所以她知道自己千万不可倒下。因我与嫂子年龄悬殊十多岁，第一次相处，不可能做到与她促膝交心，所以一点也不能分担她的痛苦。四哥走后她是这个家的中流砥柱，可以想象她当时有多么坚强！表面看我们嫂子温文尔雅，脾气十分温和，但她内心很强大！为了这个家她坚持每天按时上下班，那个年代很多人都没有正常工作。知识分子在当时分三种：最好的每天坚持正常上下班；好一些的待在家里不去闹事；坏一些的却去干伤天害理的事。在我的记忆中，打倒"四人帮"后，嫂子是第一批过关的共产党员。凭什么？凭她的人格！

　　我们结婚在家，婆母给我们烧红烧肉和粉蒸肉，炒黄辣椒，是湖南沅陵特产，婆母做得特别好。当时前两个菜是很奢侈的，把全家的肉票都用上了。"文化大革命"期间工人不做工，农民不种地，学生不上课，全国人民都在造反闹革命。物质匮乏，买啥都用票。我俩结婚回来真是占了大便宜，却苦了全家人。小侄儿朱劲松当时才六岁，很聪明，我们都十分喜欢他。后来他毕业于北京邮电大学，从事教育工作几年后改行经商，现定居新西兰，是位成功的儒商。

　　婚假期间爱人陪我到平坝乡下看望过我的母亲，对此我衷心感谢我的爱人，永记一辈子。母亲在"文革"时期因地主婆的身份被驱赶回到平坝马武屯对面一个叫阿花山的村里。因母亲出身贫寒，乡里农民没有打过我的母亲。母亲住进一间茅草房里，是我弟弟请当地农民兄弟帮助盖建的。母亲制衣衫的手艺很高，她做出来的衣衫很受当地老人们喜欢。公社在茅草房旁边给她分了一块土地，母亲种上各种蔬菜。我仔细观察发现母亲回到农村后心情舒畅，爱心满满，她为许多老人做了老衣，这种老衣是老人去世后要穿的衣服，一般中国农村都沿袭这个习俗。

　　我们夫妇俩陪她老人家住了两天。临别时母亲没有眼泪，只叮嘱我们在部队好好干。回城的路上我大哭了一场。在母亲面前，能对她讲些什么呢！

　　婚假满三十天，我们按时回到部队。

　　回部队医院的当天我去找郭管理员领了一顶一号军帽，真的能将两条辫子塞进军帽内。当时已进入十一月，天气不热，大家平时都是戴着军帽上班的，第二天进到病房谁也不在意。终于算是躲过剪发这一关了。

云南民工

1967年冬末，病房连续收了几个麻疹民工，为了不让麻疹传播开，医院在内科下风侧临时搭建三间病房和一间医护办公室，共十八张床位。当时建房是采用拼装式活动房，速度相当快，几天就装好了。出于好奇，我和小鸟还跑去看了房屋的建造过程。先由机械营用机器将地面弄平，接着汽车运来很多铁架、楠竹及板块，是战士带着民工建设，不到四天活动房就建成了。院里研究决定派我专门去管这批麻疹病人，张野军医朝我走来小声问："小张，你小时候患过麻疹吗？""患过。我有个姐妹死于麻疹。""院里指定内科和传染科各抽调一个医生组成一个医疗小组，专门管理治疗这批麻疹民工。他们都是云南本地人，是部队临时招来的民工队，他们患了麻疹自然由部队负责医治。因为是呼吸系统传染病，不能全由传染病科收治，那里多是消化道病人，痢疾、肝炎、伤寒等，又都是些年轻战士。我们内科也不能收治。所以医院临时决定，成立专门治疗小组，这次指定派你去，对你来讲是件好事，可以多学一门知识。你不要有思想负担，传染科派的是朱军医，他是位老同志，临床经验很丰富，还懂中医，有啥事你可多向他请教，他为人挺好。"张野军医的话让我信服，他总是关心和庇护我。我乖乖去了。

很快十八张床住得满满的，有时还临时加一两张床在过道上。病人入院时病情都很重，基本都有高烧、流涕、干咳、眼结膜充血，双眼敷满脓性分泌物，流泪畏光、皮疹，有的伴剧烈咳嗽，胸片显示是肺炎。他们的卫生条件极差，入院时身上异味很重，头上长有虱子。我们小组医护人员，凡接收新病人时，会用温热水轻轻帮他们擦身，换上病号条子服，个个将头发剃光。当时有个卫生员最会剃头。老乡们个个都很本分淳朴，治疗上特别配合。每天服三次中药，有肺炎的输液，当时药品是红霉素和庆大霉素，病人发烧那些天胃口特差，只能喝点粥吃点云南大头菜，有的人一点也不吃，只靠每天输液维持营养。但只要体温开始下降，个个都开口进食，皮疹逐渐消退，留下棕色色素斑及沉着点，他们彼此嬉闹对方像花豹儿。老朱军医也参与他们开起玩笑来，笑说他们："你们大哥别说二哥，大家都差不多，个个都是花豹儿。"病房一片欢笑声。

工作期间我和朱军医分工明确，每隔一天的下午分别去到民工队住宿处，也是他们施工的地方，帮他们消毒，利用中间吃饭休息的时间给他们讲卫生课，消除他们恐慌情绪。指导他们平时多开窗多喝水。朱军医友好提醒我，"你讲卫生课时不要讲得过深，只讲些简单易懂的就可以了。"他提醒得对极了，第一次讲课我还认真备了课，结果讲课时发现有的老乡在打瞌睡，开始还以为他们太累

了，原来他们是听不懂。朱军医是位老军医，经验丰富，杭州人，胖胖的，对人诚恳实在，老乡们都很喜欢他。自他提醒我改变方式后，老乡对我亲近多了。老乡们问我："你们军医怎么不怕传染？还不戴口罩？还帮我们擦身换衣理头发。"我告诉他们："我们小时候已患过麻疹，一般患过一次麻疹可以终身不再患，当然也有患过一次再患第二次麻疹的，那是极罕见的个例。"

　　将近两个月时间，病人陆续出院。麻疹算是得到控制没有扩散开。这批病人中只有十人左右并发肺炎和喉炎，肺炎病人分别住了三周时间都痊愈出院了。在这期间，我和朱军医合作得十分愉快，每次出诊时他总叮嘱我注意安全。两个月后小组解散分别回到自己的科室，朱军医还送给我一枚毛主席瓷像章，我小心保存着，从来不敢拿出来佩戴，因为担心失手摔坏，曾经的教训让我记忆深刻。

　　回到科室小鸟问我："谈谈有啥体会？"我回答："烧三天，出三天，免三天。有并发症的再加两个三天。"我还告诉小鸟："云南老乡真能吃苦，只要体温下降就能吃饭，只要开口吃饭身体恢复就很快。每送走一个病人，病人总是真诚表示感谢。他们文化程度虽不高，但给我留下最深印象是淳朴、勤劳，实实在在的中国农民，他们都出院后病房也都撤了。不久后有个老乡挑来两大箩筐红樱桃，但当时谁都不敢收下，老乡急了连声说："是自家的樱桃树结的，今年长势特别好。家人吃不完烂掉怪可惜的，公社又不准许拿到市场去卖，如果发现有人拿东西偷偷出去卖，定为走资本主义道路，要挨批斗的，你们就收下吧。"为此事朱军医还专门请示过院领导批准。樱桃个大水多，又红又甜。我们两个科室的医护人员都吃上了。与朱军医相处两月，我挺佩服他的，他虽没上过大学，但西医中医都懂，开的中药方子挺管用。可惜时间太短否则可以向他学习中医。

借调传染科

　　1968年过完春节，医院领导找我谈话，这次谈话不是指责，是谈借调传染科帮助工作的事，借调多长时间没具体讲明。在谈话结束回科路上，我一直瞎猜这事是否老朱军医建议的，他怎么不替我想想，这个科负责人可是金院长老婆，我最大缺点就是不会迎合对方，不讲假话。当时阶级斗争那么剧烈，怎么倒霉事尽摊到我头上啊。当我接到正式通知后心里非常恐惧，怕金院长老婆整我就惨了。好朋友们都提醒我多加小心。尤其小鸟直接说："有些事情你要学会忍耐，凡事退一步海阔天空。据我了解他们科病历没有我们内科写得好，你去了肯定数第一，遇到问题到我宿舍来一起商量应对，既然是借调肯定会回来的。""不调别人怎么专调个有问题的？"我的话刚出口，小鸟大声反驳："拜托，请你别这么说，谁说你有问题呀，你自己承认有问题了？不会是举手投降了吧？这不是你的性格啊！别想得太多啦，高高兴兴去上班吧，你别忘了张野军医的爱人陈军医也在那里嘛。朱军医不是也好相处吗？今天中午吃饭时我们还坐老位子我替你出点主意。"听小鸟讲了这么多后心里踏实了许多。好战友就是好，全是真心话，她明显是在给我打气嘞，好像她比我大似的，其实她比我小三个月。在内科写病历谁也比不上她，我使劲追赶着，也才勉强算个第二名，这第二名还是我和小鸟自定的。中午饭时，我俩对坐，她悄悄讲："如果换成是我才不理她，各干各的。她算什么！要文化初中水平，成天喳喳呼呼，老远就能听见她的声音，是院长老婆又有啥了不起，我才不稀罕哩！在临床上只比我们多混了十几年，是呆子也学会治几个传染病，还把自己看成是个人物。"我也小声说："我和你不一样，家庭出身把我害苦了。""拜托啦，别再提这个行不？你就高高兴兴上班去，露几手让她刮目相看好不好？"小鸟一番话让我深受启发。第二天我去了传染科，心想今后多做事少讲话就可以了。我被分在重症肝炎组，刚好与张野军医爱人一组，我对肝炎病很陌生，陈军医耐心教我、指导我，并借书给我看。去的第一天，她亲自教我学习洗手法，并示范给我看，一步一步她边操作边讲解，强调道："只要洗手规范，肝炎是不会传染给医生的，我干了十多年也没染上。"她像老师，更像一位大姐姐。

接下来我开始专心致志攻读传染病学，尤其是重肝发病机理和临床表现及治疗，我管了不到三个月，送走了四个重肝病人，对他们的离世，医生心里只有痛，他们都很年轻。每天走进病房那一瞬间，看见重肝病人皮肤黄得像橘皮，在阳光下简直是鲜黄色，反射到白色墙壁上呈现一片浅黄。他们一点胃口也没有，成天靠输液维持生命，肝脏萎缩加剧，接着肾功能衰竭而死亡。面对这样的病人，医生束手无策，内心只有痛。送走的第四个病人，还是我贵州老乡，他是遵义人，离世那天正是我值班，我多次进病房看望他，他正处在临终前的兴奋状态，总是对我重复下面几句话，"老乡军医，我不行啦，你听见没有，今天老鸦（乌鸦）总在房子上面哇，哇，哇叫个不停，按我们贵州人习俗，老鸦叫就一定有人死的。"我叫他别胡思乱想，其实我心里清楚，他真的不行了。待下午我再进病房看他时，他已经进入半昏迷状态，时清楚时糊涂，最后已经不认识我了。我将病人情况告诉上级医师，她进病房看过病人后指示，告知医院通知所在团

队。我一直守在他床旁，眼睁睁看着他离世，之后替他洗脸处理好五官，由卫生员用担架抬出病房。我的眼泪汩汩流出又不能拭去……

某天上午处理完病人洗手脱了隔离衣，拿着书提着小板凳到外面草坪上看书。早上的太阳暖暖的，天空斑斓清澈，一朵朵白云在蓝天上慢慢漂动，云南春天是很美的，草坪青草葱葱，草坪上少数干黄的枝条随微风摇摆着，可见只只小蝴蝶阵阵飞过。我正专心看着书，听见一位卫生员叫我，抬头看，对面通往外科一条小路上，站着我科卫生兵小黄，他双手端着治疗盘叫我过去有事，我随手把书放在坐凳上，朝他走去。"有啥事？今天病人少我已处理完。"他用嘴朝我坐的方向努了一下大声说："张军医，你仔细看看，你凳子右边是个啥？""是马尾草呀！""春天哪来的马尾草，再仔细看看。""唉哟！我的妈呀！是条蛇呢！"我大声吼了起来，这时我全身毛骨悚然，小黄得意地笑了连说："有事吧，如果当时说出有蛇盘在你旁边，说不定你会吓得把书摔在蛇脑袋上哩！""怎么办呀？我的书！"我看清楚了这条蛇，和草一样，它盘卷着，头向上伸展，舌头一伸一伸的，离我不到一米远。"它出来晒太阳还陪你看书哩。"我拍打小黄肩膀，叫他快些想法去拿我的书。"张军医别慌，等我回科叫上人把它笼上，今天中午炖来改善生活。"果然他们用大铁筒将蛇盖住了，在附近老乡那里借来一根水烟袋，不知怎么弄，很快将蛇镇住了。中午他们开心地吃着露天炖煮的蛇肉，蛇肉白白的，嫩嫩的，管理员也来和他们一块吃。

云南蛇真多，还总是让我碰上。一天上午十一点钟左右，我正收新病人，那天天气也好，太阳光把病房照得通亮，阳光下病人皮肤发黄显得格外清楚，病史问完正做体检时，我看见窗外许多藤蔓随风吹动摇摆着，据说到夏天许多牵牛花爬满窗呢，不对！是条蛇！因为我看见了它的眼睛，我吓得惊呼起来，病人也看见是条蛇，病人反倒安慰我："军医不用怕，它不会进屋的，它也怕人呢，在连队我们经常打蛇吃。"这时我看见蛇顺着窗缘爬走了，发出吱吱吱声响。

传染科工作期间，我处处小心翼翼，真正做到了少讲话多干活。尽管万分小心但还是会出点纰漏，有一天我洗完手，已脱下隔离衣，顺便用脚尖钩开抽屉，取出"红宝书"后，用脚背关上抽屉。因为我的抽屉是最下面一个，离地面只有五厘米左右距离。这个动作被院长老婆撞上，她严厉指责我，怕传染怕死，这是资产阶医疗作风的具体表现。令我当天晚汇报时做出检讨。晚汇报时我只讲了过程，最后表态今后一定用手拉开抽屉。心想没有今后了，因为那个抽屉只装有一本"红宝书"。自发生此事后我从内科病人某团俱乐部宣传干事那里要了一本新的毛主席语录。从此我有两本"红宝书"，在传染科使用这本，可以大大咧咧用手打开抽屉取用；另外那本"红宝书"把它放在宿舍里，每天三餐饭前从宿舍拿书进食堂就方便了。我好盼望早日回内科上班，那里有好朋友和我喜欢的上司。其实这个科医师、护士、卫生员都挺好相处的，他们对我都很友善，处处都在帮助我。对我那顶"只专不红"的传闻各有看法，护士长就说我不怕脏不怕累，掌握病人治疗熟练程度比较快，来病人时医嘱下得干脆利索，很少追补临时医嘱，连卫生员都喜欢与我合作上夜班。

三个月相处下来，彼此增加了友谊和了解，当要离开时他们还有些舍不得，我感到心满意足，除了学到知识还多了一个科室的同行认识我了解我，起码不像少数领导人把我说得那么坏，成天只会"只专不红"。

1968年4月，张野军医夫妇回福建老家探亲，把儿子接回部队，他们的儿子才五岁，皮肤黑黝黝的，一双大眼睛亮晶晶的，挺逗人喜爱，只会讲福建话，听不懂普通话。正因陈军医回来，我才得以回到内科，这样我心里踏实了许多。

发现包块

1968年5月我和小鸟一块淋浴过程中，发现自己右侧乳房有橄榄大小一个圆形包块，小鸟替我触诊好一阵，确认是个包块。她陪我去找了外科王主任，王主任看后建议我到昆明四十三医院进一步诊治，有可能要做手术切除。还帮我开了转院证明，这样我去了昆明，因武斗厉害，整个医院一片混乱，连碘酒酒精都没有。我只能回到贵阳，住进四十四医院。当时贵阳武斗与昆明同样厉害，医院秩序也混乱，许多老军医被划为"反动权威"，被发配当清洁工人，成天扫地抹桌子，有的当护士使用参加倒夜班。管床医师都是年轻的造反派。具体管我的医师是位造反派小头目，就是当时的左派。上夜班的老主任，看体温表有些困难，我一个个帮着他看。此举被管床军医发现后叫我注意自己身份，站稳无产阶级立场，少管闲事，那些都是"反动学术权威"。住院第五天轮到我手术，术前的晚上，有麻醉医师来病房看过并做了我的思想工作，安慰我不要害怕，他采用的是硬膜外麻醉。这个中年军医态度挺好，举止端庄文明。我顺便问了一句："明天谁帮我手术？"他回答："应当是你的管床军医吧。"次日上午进入手术室，麻醉十分顺利。操刀者果然是年轻的管床军医，我心里对他有些不信任，但又不能表达，只好由他做了。半小时已过去，清楚地听到他说："边缘不清楚，已靠近胸大

肌了，赶快叫某老家伙洗手上台。"我问："我出血很多吧？请快想办法处理！"他回答："现在非常时期哪里有血供应！"我看见值夜班的老军医洗手上了手术台，心里才算安静下来。只听见递手术刀的声响，不一会完整取出了包块，真得感谢这位"反动学术权威"。术后送我回病房。半小时后管床医师进来，直接对我说："今天手术情况请不要对谁谈起。"我也不客气回答他："反正包块已取出，我感谢都来不及，我会对谁说去！"他是来威吓我，害怕我讲出去他丢了面子，住院八天拆线，十天病理报告结果：慢性囊性乳腺病，随后办理出院手续。三个月随访血常规一次，半年随访术后包块情况。当时一个小小手术，因操作不熟练造成流血过多，出院时我血色素才八克。幸好中途请了"反动权威"上台帮忙，否则更惨。拿了病理报告后我背了几天思想包袱，囊性乳腺病容易恶变的！从书上看恶变率是30%~50%。再仔细想想听天由命吧，自己是医生经常触摸一下，一旦发现包块再做手术。别认定自己就属于那50%，更不要去想那是乳癌的前期病变。我们张氏家族没有肿瘤家族史，兄姐们都是长寿的，个个活到八九十岁。

聚餐

1968年夏季的一天，张野军医的爱人邀我上他们家吃晚饭。我问："有什么特殊原因吗？"我想会不会是张野过生日。她说："随便聊聊，是张野提出来要你来家聚聚，我那口子真把你当成张家妹子哩，自你手术回来后大家一直忙，他常叨念这件事。"听完她的话，我很受感动连声说："我一定来，一定来。"下班后直接去了他们家。陈军医做了一桌丰盛的菜，有鱼、虾和好几种新鲜蔬菜。我在陈军医家小伙房里看帮不上忙，此时张野大声喊着我，"小张，你过来吧，陈主任也在这儿。"我拿着碗筷在餐桌上一边摆放一边回答："好的，马上就到。"进了内屋陈主任笑眯眯地对我说，"小张你面子大，今天张军医不知是请你还是请我？"我回答："请主任也请我，今晚吃饭时我敬主任一满杯。"陈主任笑眯眯地说："小张明知我不会喝酒，把问题转就到酒上。今天我舍命陪君子，就和小张喝一杯。"张野军医旁边坐着只是满脸微笑。此时陈军医大声喊着："开饭喽。"

大家入席坐下，张野军医说："今天不谈政事，也不谈工作，开心喝酒吃饭，陈主任以茶代酒。"我说："不行，不行，主任刚才讲过要喝酒的。"看着张军医这么高兴，好长时间没有这样了。他的妻子陈军医更高兴，许久没有看见张野笑得如此欢快。陈主任与他们是老乡，现又是邻居，两家人常来常往。陈军医给每个人杯里斟满了酒，我先站起来，举杯对着陈主任："这一杯酒敬陈主任，祝主任身体健康，感谢主任平时对我的教导和关照，我干了，主任随意。"今天我才知道陈主任平时不饮酒。陈军医替我斟满酒，我举杯对着他俩："谢谢两位老师的盛情邀请，我今天像回到自己家里一样，感谢两位上司长时间来，手把手教我，指导我。"说完举杯而尽。

今天大家都很尽兴，边喝酒边聊，陈军医对我说："小张你也该考虑要个孩子了。你最近复查过手术后情况吗？"我回答："不等三个月就验过血了，血色素已上升到十克。其他指标都正常（大家都知我术后回来有贫血）。"主任插话："小张年轻，平时多注意饮食吃好点，很快会恢复的，现在看她面色不像贫血样，挺正常的。"张军医说："小张，用最时髦的话讲，做到革命生产两不误。"陈军医接着说："是的，你尽快要个孩子吧，目前这种形势下，武斗厉害，你又不爱上街，成天瞎忙个啥？该想想自己的事情了。"张野说："你是该要个孩子了，大家对你印象蛮好，我们又帮不了你什么，我们自身都难保你是看到的。"陈主任笑容满面地说："小张，你的两位老师说得对，你该考虑要个孩子，你看他们三口之家，其乐融融，看到儿子再大的烦心事都丢到脑后去了。当医生大半辈子我带人无数，一批又一批，你算得上好苗子，但也不能只顾工作呀。"当时我好感动，只低头慢慢吃着碗里陈军医一次次夹给我的鱼和虾。陈军医悄悄对我说："小张，你今后常来家里玩，你来了他们有多高兴，大家都非常关心你，我看见他们高兴，脸上有了笑容，我好满足。近一年来我那口子就很少笑过，在家里也很少说话，因为这样我才坚持把儿子同同接过来。"我点头答应她："我会经常来的。"

这餐饭吃了将近一个多小时，他们的儿子张同同很乖，吃完饭后自己蹲在一旁玩着小火车，时不时听见阵阵小火车发条发出"吭哧吭哧"音响，我们发出笑声时，他用那双扑闪扑闪的大眼睛看着我们，因为他听不懂大人们为什么笑……今晚聚餐令我难忘。

某天大家刚吃完中午饭，我正走在食堂与宿舍的路上，听到广播里发出："内科张野军医的儿子张同同不见了，请大家帮忙找找，如果找到请通知院办。"同同的失踪把张军医夫妇急死了。全院同志一块出去找，连邻近的汽车营也调动起来了。我陪着陈军医，她不说话只是哭。我比她小又没有孩子，也不知用什么办法劝她安静下来，只会说"同同会找回来的。"其实我心里也没底，时间一小时两小时地过去，真是急死人了。将近三个多小时后终于传来好消息，孩子找到了，大伙才松了口气。后来才知道张同同确实被人拐走了，因为他听不懂当地话只会哭，拐

者认为他是聋哑人，就把他扔到离医院大约五公里岔路口上，他站在路边大声号哭。真是有惊无险！晚上我们科很多同志都去看望张野夫妇，陈主任也在。同同看见我立刻朝我跑过来，拉着我的手，进屋陪他玩小火车，孩子就是孩子，哭过后一切事像没发生过似的。我将火车发条用力扭紧，火车跑得远远的，他乐得又跳又笑。陈军医进来连声说："你真该快些生个孩子，你看孩子多么喜欢你。"同同不让我回宿舍，张野用福建话叫同同称呼我为姑姑，他真的叫了，我和同同拥抱在一起，等他睡了我才离开。回科室路上我一直在想，如果张野是我哥有多好，我从心里喜欢他们一家人，连同同都很黏我，真的好温暖。

甘蔗惹的祸

　　1968年9月，正是盛夏，云南的风很大太阳也灼人，我和外科吴锡元军医出诊归来路过好大一片甘蔗林，在大风的驱赶下宽阔的甘蔗叶起伏波动着，发出哗哗响声，阳光照射下闪耀着时浓时淡的绿光，那挺拔壮实的赤红色蔗秆，配上那湛蓝色天空，远远看去，一望无边的甘蔗林像一张张美丽的油画，美不胜收诱人极了！我两人满头是汗将帽子取下用手拿着。吴军医还对我开玩笑说："还是两条辫子好看，我们科护士个个头发比我的还短，倒男不女的不好看。"我也笑着回答他，"那叫革命头啊！最时髦最好看的。""你也会讲假话了，革命头好看你为啥不剪掉，你的秘密谁不知道。"说着说着已走近甘蔗林。正好看见两个守甘蔗林的老乡，坐在地边抽着水烟袋，吴军医上前问，"老乡，你们的甘蔗卖吗？"老乡顺口回答："卖。你居各自选。""你居"代表您的意思。"我来帮砍给是。""给是"表示就是。一口云南当地话。我们各选了两根，还是吴军医付的钱。共四分钱。我们坐在一棵高大挺拔的木棉树下啃吃起来。老乡走过来友好地问："给甜？"我们回答："甜，甜，甜极了。"老乡听到我们的回答，笑眯眯地将水烟袋在抬起来的左脚上磕着，一副满足的模样。吴军医对我讲，"张军医，云南这个地方真不错，满地甘蔗一分钱一棵，我们上海吃不上哟。""我们贵州甘蔗没有云南甘蔗粗和甜，而且质地比较硬，小时候我们没钱买甘蔗只能啃包谷秆和高粱秆，它们也很甜。尤其是高山地带的包谷秆是最甜的。""包谷秆也能吃？""这你就不晓得了吧！你们上海人很多农作物都不认识，会将小麦当葱吧！"我在乡里长大，从小吃包谷秆高粱秆感觉它们又甜又香。"谈着谈着甘蔗也吃完了，该往回走了。

我看见许多蚂蚁排着队朝木棉树下的甘蔗渣匆匆赶去……

戴好军帽回到医院,记得当时我还丢掉了两只发夹,好不容易将双辫塞进军帽里。回到医院我正在水池边洗手,听见有人叫我,回头一看又是院办杨干事。"张军医,院长找你。"我到院办时吴军医已坐在那里了。

院长对着我说:"张军医,你先汇报一下今天出诊情况。"我详细汇报了今天看了几个病人,没有外伤的战士。路上还买了甘蔗。话音刚落,院长急着说:"张军医同志,你讲讲三大纪律八项注意是什么内容?"他故意将同志两字拖长,我一一背了出来。院长说:"我知道背书对你们来讲是件非常容易的事,因为你们是大学生嘛,但接触到实际就离谱了。不拿群众一针一线,你们今天做到了吗?张军医同志,哪次会议上,你们教导员都会提到你的名字,你当兵已经三年了,不是还没有转正定级吗?你应当好好表现,不要让我们当领导的为难嘛!"他的话明显伤害了我,我立刻站起身来大声回答他:"金院长,你今天找我来,是汇报出诊情况,怎么扯到转正定级的事上来了?你是在别人伤口上撒盐!既然您提到了我的最痛处,我也说几句大实话,定级转正不是我不合格,这是大家心知肚明的事。包括你也在内,明明是我的家庭不合格,用张政委的原话是'根不正苗不红',你们是典型的血统歧视。如果再这样继续下去,我一辈子永远也转不了正,定不了级,当一辈子名不正言不顺的军医。我哪里差了?谈不上为难谁。父辈是黑的,永远变不成红的。我无法改变自己的血统!"当时我几乎要疯了,长时间的内心压抑,正想找地方释放一下,我像机关枪那样啪啪啪地讲出那些话。还不知这位老院长领导听清楚否?院长听了我这些驳斥,又看到我如此火冒三丈,看来院长还是听懂了我的意思,他转向吴军医问道:"张军医讲的都是事实吗?"吴军医回答:"都是事实,全是真话。"院长纠正说:"我指的是甘蔗问题。"吴军医猛醒似地说:"我们每人用了两分钱买的甘蔗。"院长没有再说什么,两眼直瞪着我,我也直看着他。最后他补充:"你们回去好好想想,每人写一份检查材料交上来,写得详细深刻一些,少讲过程多写认识。你们这些大学生,理论一套一套的,实践起来完全是两码事。"这次汇报不欢而散。

我们离开院办后吴军医问:"是谁看见我们吃甘蔗的,报告打得很快嘛,这个检查怎么写嘛?我们是花钱买的呀!"我回答:"你如实写吧,院长叫写深刻一点,你最好能把它上纲上线。"吴军医发出惊讶:"啊!怎么上线啊!"我慢悠悠说:"我嘛,可以暂时不写,如果下次出诊,还有甘蔗的话,我还要多买几根背回来请大家吃。看他能把我杀了不成?"吴军医小声说:"我也不写。我们外科的同志经常说到你,说你特别有个性。用我们王主任的话说:"因为贵阳人只有她

一个嘛。"我说:"别提个性了,我吃亏就在个性上。你与我的处境不同,我不写检查绝不是违抗指令,更不是自暴自弃,这是自己的秘密。如果我写了,今后会没完没了叫写'他妈'检查。买甘蔗吃又不犯王法!用三大纪律八项注意来吓唬人。讲老实话,今天是针对我,是我把你连累了。"吴军医回答:"张军医别这么说,买甘蔗是我的主意,当时口渴极了。"我回答他:"吴军医,你悟性也太差了,甘蔗不是问题的问题,问题是针对我而找茬的问题。这年代当领导的不找出点问题就显得没政治水平。如果我出生贫下中农,我肯定是顶呱呱数第一。"我讲此话时一点不谦虚,正好又违背了骄傲使人落后的教导。"今天你是听到的,明明是要我来汇报出诊情况,又扯到'他妈'定级转正上来了,牛头不对马嘴让我好反感。真'他妈'没水平,明明想让我在你面前难堪,他也太不了解下面的情况了,我和全院同志关系好着哩。你看到当时我那么激动,从医学角度讲,今天我的肾上腺皮质功能又亢了一回,我还觉得可惜哩!"吴军医说,"哇!张军医想不到你也会讲'他妈的'?"我回答:"狗急了还会跳墙哩!'他妈的'不算下流话吧?"他大声笑了起来。他这一笑也把我也逗乐了。吴军医诚恳地补充了一句:"张军医,咱们都是好战友,我劝你还是要现实一点,识时务者为俊杰嘛,何必与领导较量。"我回答:"我不是不现实,更不是与领导较量,而我是太真实!一句话个性把我害惨了。""你既然提到我们是好战友,以后别在我面前提什么'识时务者为俊杰'之类的话。我永远做不到口是心非、随波逐流。"看我还很激动,他友好表示:"我不是为你好嘛!"讲着讲着已经早过开饭时间。我们直朝食堂走去,我的胃早已咕咕叫,我们都没带毛主席语录就进了食堂。今天又吃上自己喜欢的排骨炖南瓜。"吃着又香又好吃的南瓜菜怒气烟消云散。饭后捡上两人剩下的骨头去找"黄豹",吴军医笑我像个小女孩。

我有好人缘

1968年我怀孕了,还好妊娠反应不大。前七个月照常参与各项劳作,后来肚子一天天长大,行动开始力不从心,只好申请退出每天挑粪浇菜的劳动,开始了早进病房、晚归宿舍的生活。我的同行们忙于革命宣传活动,毛泽东思想宣传队经常下到连队演出,这种情况下我代班的机会较多,代班收的病人自然由我写病历和记病程录,这是我求之不得的好事,各忙各的对大家都好。因为我大着肚子领导也很少找我的麻烦，这是我最希望的，因此我每天忙而快乐着。科里的卫生员和护士个个对我都很友好，样样争着帮我干，这段日子舒心极了。小鸟军医帮我最多，有时连肠镜都是她帮我做的。她边看边陈述，我只管笔录。取下来的活体组织都由她帮忙送到检验科，这一切真令我感动。

  因为江苏兵多，经常要为病人做肠镜检查，每次检查完，都由卫生员帮忙冲洗钢管，擦干放入消毒锅里消毒备用，之前都是谁操作谁清洗。连卫生员史伯安这个高干子弟都帮我，前面提到过他，因父亲是驻某国外交大使，"文革"中受到冲击。他帮我时，我笑他帮我干脏活。他回答："我有苦恼就只对你倾诉，我当然帮你了。"他是一个好兵，应该算是"根正苗红"，又单纯又可爱，因家庭条件好，在吃苦方面与一般农村兵差了许多。比如每天早操点名他总是最后一个到。冬天有一回出操翻单杠，他总翻不过来，原来他把裤子穿反了。他当兵比我们这批士官兵早半年，很有文艺天赋，入伍后，他是医院宣传队主角，演啥像啥，能歌善舞，一口标准的普通话。因"文革"受父亲牵连，让他退出了宣传队，为此他还背了很长时间思想包袱。我问他为什么不好好念书？他回答："我妈妈也这么说我，现在后悔已来不及了。"我鼓励他，"你还年轻，将来还可以再继续上学念书，当下好好当兵，将来考个医科大学。"他说："大学不是都停办了吗？"我回答："可能会是暂时的吧。"他悄悄对我说："这可是毛主席的话哦！要求全国人民走上海机床厂道路，你忘啦？"我只好不再说了。他又悄悄对我说："咱俩的话你要保密哦。""是的，尽管放心我绝对保密。"

  某天早请示刚结束，接着开朝会，教导员最后还讲了话，话的内容是当前大好形势下要求大家业余时间抓紧学习红宝书，还表扬了几位活学活用毛主席语录的好同志。话音刚落史伯安连打了几个大喷嚏，全科人大笑起来，教导员奇怪地瞪着大家说："严肃点，有什么好笑的？"每个人都了解他为什么打喷嚏，是他在否认教导员的话，否认他表扬的那几位"左派"代表。他具有一种特异功能，凡他不满意的人和事，他就会打几个大喷嚏来表示他的不赞同。这是全科人心知肚明的。说真话他虽是个高干子弟，但为人正直、善良，是个有血性的小男孩，全科人都喜欢他。当兵满三年后他复员回到了北京。次年我还收到过他的一封来信和邮来的三包糖果，知道他分配到一家国营企业北京无线电厂。当天我就给他回了信，鼓励他好好工作，虚心向工人师傅学习，并提醒他，不要放弃复习功课，他肯定知道我指的是什么——考大学。

人品问题

　　人性很难说明白，俗话说："江山易改本性难移。"指人的本性改变比江山的变迁还要难，可是在"文革"时期，有些人会突然变得让人识别不清她的嘴脸，一夜之间本性就移了。因为我的出身和血统加上没有被转正定级。个别人乘人之危，落井下石。这样的人偏偏就让我碰上，她可能认为我不敢申辩，一切都会逆来顺受，居然在钱的问题上栽赃陷害我，现在想起来真叫恶毒。

　　借调传染科三个月，我才回内科上班，科里一位护士回湖南探亲休假。她家住农村，兄弟姐妹多，经济有些困难，于是她找我借钱："张军医，今天发工资你能否借给我三十元钱，我回来后还你。"当时我没加思索一口答应了她。因为我没有孩子负担，母亲又在农村接受改造，虽然比别人少两张钱，每月十元够我花销的，当时武斗严重，物资匮缺，从"文革"开始后因心情不悦朋友少，又上不喜欢吃零食。所以开销不大，科里人都知道我每月可以有三十元钱存入银行。

　　一个多月后这位护士探亲回来，工资早已发过。出于情面我不好开口催她还钱。过了两次领工资时间，迟迟不见她把钱还我。第三次领工资时我提醒她把钱还我，万万没想到她一口咬定探亲归来当晚就还钱了。这让我大吃一惊，大声吼出："李护士，你根本没有还钱给我。你是在哪天在哪里还钱给我的？有谁可以证明？"她回答："当晚回来就把钱送到你宿舍亲自交到你手里的。当时只有你一个人待在宿舍里。"我很生气再次大声对她说："你回来那天是我当夜班，可以翻看排班表，那天晚上有重病人我根本没有机会回过宿舍，沈华芬护士可以作证，你好好想想是否记错了！"因为她是预备党员，平时我们相处还比较可以。她将还钱的事主动向党支部作了汇报，讲得有板有眼。教导员居然相信她的汇报，找我去问话。一开口就明显站在她那边，叫我仔细想想是否把还钱的事忘记了，如果忘记想起来就好，如果人家确实还了非说没还，那就是人品问题。当时我对教导员的说法反感极了，教导员的意思有两种状况，要么是我忘记，要么是我栽赃这个护士。于是当场就表明："我记忆力很好，三十元钱对我现在暂算不了什么，因为我不缺钱，但是我的人品和名声是最重要的。"教导员回答我："我不是在分析问题吗？我是就事论事嘛，张军医你回去好好回忆一下，想起了再来找我行吗？"我不想再与这位领导耗下去，转身走出了办公室。陈主任私下问过我并表示会认真进行调查的，安慰我别背思想包袱。我把情况告诉小鸟，她比我还愤怒，帮我出主意，她说："干脆把事情公开。"我问："怎么公开法？"她回答:"就在今天晚汇报上讲出来让全科知道她是怎么样一个人!哼!一个小人!"我告诉小鸟,"陈主任叫我暂时不吭声,还叫我不要为此事背思想包袱。"小鸟说:"为你名声不能等得太久,你想想她回来工资早发过,她们家是很穷的,哪能一回来就还钱了,经不起推敲的呀!耶,你不是有个存折吗?拿来我看看。"小鸟的话猛然提醒了我。我用右手拍了一下自己的脑门,喊了出来"还是你聪明啊!我怎么就没想到自己的存折呢!好战友,你真是雪中送炭啊!"立即打开抽屉翻开存折一看,除了她借走那个月没存钱外,前面后面每个月都有三十元存入。聪明的小鸟帮了我一个大忙,还陪我拿着存折去见了陈主任。陈主任看了我的存折先是笑了笑,连声说:"张军医还是个富人呢!我缺钱用时还有借处啊。"然后转入正题。"小张你把折子拿给教导员看,再详细把过程重述一遍,我和教导员找李护士谈谈,也许是她记错了,如果真是她记错了,还钱时你接着就行,不要讲不利团结的话。"我心里想,我们主任太了解我了,是的,还了就罢休。陈主任处理问题有水平,看在主任面子上,我是不会讥讽这位护士和教导员的。几天后李护士当着教导员和陈主任的面把钱还给我,连声说:"对不起,是自己记错了!"我从教导员桌上拿起存折,啥话也没说只冷眼看了他一眼。心想你也只有这点水平,按你平时不离口的话,"根正苗红"也有品行问题的时候,"记不住"这句话应当是她不是我。既然钱还了,我就当她是真"记不住"了。当时三十元钱不是个小数目,占全月工资四分之三,关键是差一点为此三十元钱栽了我的名声,又会莫名其妙多一条整我的材料——人品问题。次日中午我又将这三十元钱存入银行,还是小鸟陪我一块去的。我从心里感谢小鸟关键时刻又救了我一回。

做了母亲写过检讨

1969年,部队医院还住在云南永仁县甘坝子,十月怀胎预产期快到了,就提前半月请假回贵阳生产。当时全国武斗越演越烈,根本买不上火车票,我是坐汽车营的顺风车回贵阳的。开车的是一位排长,沈阳人,很年轻帅气,刚结婚不久,他讲话很幽默,一看见我就大声惊呼:"张军医,不止一个呀,肚里还揣着一个小宝宝哩,今天咱只能开慢车了。"昆明到贵阳山路弯弯,按常规开车中途要在沾益县休息一晚,第二天再继续走,但因武斗厉害我们的车就没停过。李排长累了就在车里

小憩一会，饿了啃饼干喝喝水，我只能喝点水吃泡姜。一路上我不敢往车外俯瞰，山路崎岖，悬崖峭壁。坐在车上我用双手直撑在屁股两侧，缓冲对腹中胎儿的震动。经过昼夜的颠簸和折腾，终于回到贵阳。贵阳当时很乱，大街上随时可听见枪声，司机将我送到贵阳医学院嫂子家里。

当时贵州军区四十四医院，医疗秩序极乱，许多老军医被停职接受批斗，我只好住进贵阳医学院产科，也方便我的婆母及嫂子照顾一下自己。因为是第一胎，一、二产程都长。阵痛把我拖得疲惫不堪，宫口开全无力娩出，情急之下医生将我会阴侧切，用胎儿吸引器助产，途中又改换产钳，儿子出来时有中度青紫窒息，吸氧后才有改善。产后我没有奶，眼睁睁看着儿子哭闹，心里特别难受，开始懂得做母亲的心思。当时物质供应匮缺，没有奶粉供应，每天由我婆母将大米淘洗干净，将米放在擂钵里舂细，调成稀糊状喂养。回部队后托人在北京买了大量代乳粉，大儿子是吃代乳粉长大的。

五十四天产假很快结束了，提前四天上火车站买票，武斗期间根本无票可买，大家凭力气挤上车，也可以从车窗往里爬。当时我把儿子托给婆母和嫂子照管。我从火车头烧锅炉处爬上火车，司机看我是个女兵，没有为难我。我坐在司机指定的通道上，烧锅炉师傅不时与我聊上几句，他用大铁铲不断往锅炉里送煤，不断用搭在颈肩上的毛巾擦着满脸的汗水，时不时又喝几口苦丁茶，不停地忙碌着。我见这位师傅身体好壮实，一趟车下来消耗很大，蛮辛苦的，我对他充满敬意。下车时他提醒我到站台外面洗洗脸，他笑着说："女兵同志，你脸花着呢，外面去洗把脸吧。"我礼貌地回答他："谢谢师傅，我会洗的。"下车后我到水池边简单洗洗。

回到部队晚了三天，朱教导员通知我写检查后再上班。

认认真真写了检查，把详细过程写得清清楚楚，还加上自我批评及诚恳的表态。领导两次退还我的检查，特别强调所谓林彪副统帅对毛主席的指示："理解的要执行，不理解的也要执行。"再三要求我写深刻些，尽量少写过程多写想法，要将想法与当前斗争形势紧密结合。我想没有过程怎么来的想法，为了过关只好在原来的材料上，瞎编一些想法硬性上纲上线，现在还记得其中一句："超假三天，完全不符合现代阶级斗争形势下军人的要求，请予严格处分必要时开除军籍。"完全是气话、空话、套话、假话，这一次我算称得上当一回"识时务者为俊杰"了，检查终于过关。这是我在部队第一次写检讨，因为我的确迟到了三天，但相信这是我第一次写检讨，也是最后一次。小鸟看我过关了，高兴得悄悄来祝贺，同时还送我一袋红糖和枸杞叫我补一下身体，当时第一次看见枸杞，红红的，还不知道怎么吃。小鸟告诉我生吃熟吃均可，与红糖一块泡着吃也行，还说广东人用枸杞叶当菜肴上席，枸杞根是中药材等。她叫我谈一下做妈妈的感受，她这一问我反倒哭了，想到儿子天天吃米糊的样子心里很不好受。小鸟安慰我："拜托别哭了，哭多了伤肝伤神伤眼，你是医生赶快给我打住吧。我不再问了行不行？"她接着说："明年我争取也生个孩子（她将"子"声总讲成"几"）。"是呀，小鸟军医已结婚三年了，也该有个孩子了。她逗我说："如果生了孩几，我不会哭，我会成天乐呵呵的过日几，你也乐呵呵吧。"她的话让我破涕为笑。

医患关系

我的检讨过关后回到科室上班，仍在张野军医指导下开展临床工作。做母亲后多了一份牵挂，张野军医经常鼓励我，"孩子像一棵小树苗，只要有人看管，他会自然健康长大，安心工作，明年又可以回家探亲了。"张军医的话总是温暖的。是的，明年又可以看到儿子了。既然上了班，工作是第一位的，时刻提醒着自己，要牢记张野的话，努力工作，细心观察我管的病人，详细做好记录。好在我管的病人都十分合作，实施的治疗方案都予配合，治愈率也比较高。记得当时有个病人是河南人，三十五团的木工班长，他患了急性肺炎伴右侧胸腔积液，入院时高烧、咳嗽、胸闷、进食少。我曾在他的胸部做过三次穿刺抽胸水，每次操作他都鼓励我，说自己不怕痛，叫我放心大胆操作。面对这样的病人，医生怎能不感动？他住院四周，与全科医护人员处得十分亲切，恢复期经常帮卫生员打扫卫生，全科室医护人员都十分喜欢他。记得入院时他发着高烧一点东西都不想吃，我曾几次喂他吃过稀饭，后来提起这事他还挺害羞。住院将近一月痊愈出院归队，出院那天在班人员都来送他，彼此都有些依依不舍，那年代医患关系十分融洽，亲如兄弟。

木工班长出院后半月，托他们的排长给我捎来两个精致的相框，和三副粗、中、细织毛衣针，每副四根，做工精细让我好喜欢、好珍惜。他真不愧是木工班长。此事不知啥时候被朱教导员知道了，大会小会批评我搞资产阶级医患关系，随便接纳病人的礼物，指令我写检查。我不认为这是什么资产阶级医患关系，我和病人关系很正常。用当时最时髦的政治术语说："同志加兄弟，阶级感情深着哩！"这个检查我肯定不会写的，因为第一回写检查时我已认定，是第一次也是

最后一次，这一次我就是不写看你拿我怎么样！最后不了了之。心想：作为领导随意给一个好医生妄下结论，时间久了你会失掉下属信赖的，有何威信可言？我们全科都晓得我没有写检查。

最有意思的是，从此不断有人向我借毛线针去织毛衣，我暗地里好笑又得意。因为借毛线针中的一个人，就是打小报告汇报我收取木工班长礼物的人。该人很聪明又会来事，见人说人话见鬼说鬼话，对战士病员不屑一顾，对干部一副奴才相，根本不像一个知识分子，更不像一个共产党员，就因祖宗三代是城市贫民"根正苗红"。她管的病人对她意见最多却从不自找原因，反倒说我资产阶级医疗作风严重。说实话她最适合去管干部病房，因为她看见穿四个口袋的官，就笑脸相迎，说话还嗲声嗲气，一副典型的奴才相。只可惜她资历浅，医术水平更差，这样的人我从心里瞧不起她，毛衣针嘛我就不借给她，她拿我一点办法也没有。

读书与救治病人

某天上午我们全内科在班医护人员，站在门口与病人握手告别，欢送他痊愈归队。这是我们内科的优良传统，是良好医患关系的表现。

他就是半月前某团卫生队急救车送来抢救的危重病人宋毕勇，来院时已休克，发着高烧，呼吸急促，面色青灰，血压很低，双下肢冰凉伴有大理石花纹，病情危急。在张野军医指导下，护士为病人做了物理降温，立即给他上氧，左侧上下肢建立起静脉通道，右上肢绑上血压计。一支静脉抗炎，另一支静脉纠酸扩容。护士动作迅速，很快完成张野军医的口头医嘱，左上肢输上红霉素和庆大霉素，左下肢输上2:1全钠液500毫升液体。病人经过上氧、纠酸、扩容、抗感染，血压慢慢回升，面色逐渐转红。张野军医说："这个病人是感染性休克，是肺部感染严重引起的，临床上是常见到的。病史中大家要注意一点，病人在疲劳情况下有野外睡眠史，此种情况下抵抗力下降最易患上肺炎。入院时表现休克，治疗上必须争分抢秒。"

通过上述处理，见病人慢慢缓过气来，张军医才开始进行全面体检。接着开单查血常规，抽血送培养，开单指令床旁透视，透视结果证实为右侧大叶性肺炎。血象高、中性粒细胞高，正好用上红霉素、庆大霉素两种抗生素。这个病人得到及时抢救和治疗，病情逐渐好转，第二天体温开始下降。入院时病人进流食，第四天开始恢复正常饮食。住院半月恢复健康，各项指标正常，胸片肺炎吸收，痊愈出院归队。病人年轻病情逆转很快，体温下降到正常时，就对管床刘冀军医诉苦，"刘军医，不能总让俺天天喝粥呀！俺要吃馍吃面条，饿死俺了。"他是河南兵，住院第四天根据病情好转情况和病人要求，就给他开普通病号饮食。我们医院病员来自大江南北，当时病号伙食是保证了的，有米饭，有馒头，有面条加上几种炒菜和汤，菜里都有猪肉片。

感染性休克我是第一次遇见，这个病人虽不是我管，但我自始至终仔细观察并做了笔记，结合病人情况和张野军医对病人的分析和处治的全过程，再去看书，感觉收获特大，让我深刻体会和认识到，当医生不仅必须具备深厚的理论功底，还应具备丰富的临床经验，这样遇见重危病人时才能沉着冷静地进行正确指挥从而制定出正确的施救方案。此后我更加倍努力读医书，像海绵吸水般顽强，根本顾不了我头上那顶"只专不红"的"紧箍儿"。套用现在流行的阳明思想，我当时做到了"知行合一"。

"三忠于"是什么？

20世纪"文革"时期是"以阶级斗争为纲"的年代，上面有个不成文的规定，凡要外出上街的人员，都必须佩戴三枚毛主席像章。我喜欢戴解放军总政治部统一发给干部的那枚庄严、高雅的红色横条徽章，徽章上面写着"为人民服务"五个金字，这五个字是毛主席亲笔所书，我天天戴，从未摘下来过。当时不喜欢上街是因为街上武斗厉害，有需要用的日常用品就请人代买，也就不用摘下"为人民服务"的徽章而换戴三个毛主席像章了。有些人不仅胸前戴上三枚像章，而且还要选三枚最大的带上，走起路来叮当响觉得特神威！不上街买东西这件事也有人找我茬，向上面打小报告说我不喜欢上街，不喜欢戴像章，我不好申辩只能沉默面对。难道佩戴像章就表示"三忠于"？我的思想深处不认可这种形式。用现在时髦话讲，当时那些做法简直是做秀走形式。我也常常反思过自己，我是否比别人笨？连这个最简单的形式都不会走一下？相处好的战友笑我傻，少数"左派"认为我是立场问题，当时领导总批评我跟不上"革命形势"。现在回想年轻时候的我真是有点笨，有点傻，有点脱离群众。如果当时自己能做做样子也就混过去了，但这是我的秉性，一辈子难改掉的。

有一天师后勤部下来一个通知，每个人蚊帐上要印上"忠"字，忠字外面一个圆圈围着，实际上就是盖个大红色印章。我拒绝在我的蚊帐内盖章，这下可惹大祸了！轩然大波，就像一颗定时炸弹。当天下午，我被送到师首长处进行交待。大家都意识到问题的严重性，我的好战友们都为我捏把汗。其实当时我心里也害怕，但我佯装镇静，暗暗安慰自己听天由命吧！死就死吧，但又想到儿子没妈了！会给儿子带去一生的灾难。

到了师部，由一位警卫员带着我进到师政委办公室，原来是师部首长杨政委找我谈话。杨政委旁边还坐有一个干部。首长客气地叫我坐下后开门见山直截了当问我，"张军医同志，据医院汇报，你拒绝在蚊帐上印'忠'字？你也太无法无天了！你胆子够大的。"

我回答："忠什么？"首长听到我的问话惊讶得脸都变了色，直瞪瞪地看着我，从他表现的惊愕，我猜想首长心里一定觉得，我这个兵当得够窝囊的，啥年代了还不知道忠于谁！此时他稍提高了嗓门问："今天忠于谁你都不知道呀？"我立即回答："我知道忠于领袖毛主席。""既然知道！那你还敢反对？这是会掉脑袋的呀！真还有这么回事！你仔细好好想想，然后才回答俺究竟是为什么反对！"听到会掉脑袋的话吓死我了！政委还提醒我，叫我慢慢想好再回答他。我没有踌躇，没有啥好想的，怎么想就怎么说呗。我回答他，"夏天很热，四十度我们都只穿内衣睡觉，这个样子对领袖不太严肃吧！"我看他双眼还是直瞪瞪地看着我，那严肃的表情让我终生难忘。"你真是这样想的吗？""是的，就这样想的。"沉默了片刻，他没有再说什么。最后对我说"回去好好上班工作。不要有啥思想负担。"我看首长旁边坐着的同志，也愣愣地看着我，他手上的笔好像只写了几个字，似乎也没记录些什么。

走出办公室心里直纳闷，这次谈话时间最短最干脆，又想着杨政委那句话："会掉脑袋的！"我觉得不会这么严重吧！我只是讲明内心真实思想而已，但还是心有余悸，在那你死我活的阶级斗争年代，有的人怎么死的都不知道，感觉害怕极了。

坐上杨政委的车回去，车在医院门口停下，下车时正碰上外科和口腔科两位军医，看见他们在大笑，当时我还没缓过神来，还想着与首长的谈话内容："会掉脑袋的。"听到刘军医的声音，"张军医艳福不浅嘛，坐二号首长的车嘞。"听到刘军医的话，我故意不理他们，明明是在讥讽我。我走在他俩中间，我问唐军医"笑啥？这么高兴？不会是来接我的吧？"刘军医大声说，"想得美！你问他我们笑什么。"唐军医用右手挡住嘴，小声说，"刚才我对刘军医说，广播室的窗口对着院办，我想当个播音员，老子只要看见那两个'龟儿'中的任何一个，一跨出门槛，老子就赶快放'忠字'舞曲。"我问："为啥？"刘军医忙说，"你傻啦，平时不是绝顶聪明吗！想想院办门口不是有三级台阶吗！""哦……"我一时还是不明白。唐军医望着我傻乎乎的表情，大声喊叫："摔死那龟儿子。"我恍然大悟。马上与他俩哈哈大笑开来。我的紧张情绪缓解了许多。唐军医问我"谈得怎么样？"我回答他："咋个你啥都晓得？"他回答："我听你们科一位护士讲的，你们科很多人为你担着心呢！我晓得后也替你捏把汗。今天我是故意叫上刘军医来大门口等你的。"听他的话我好感动。我坦率告诉他，首长讲会掉脑袋的。他俩异口同声讲出："不会吧！张军医，会没事的。"从他俩表情看，他们和我一样心中也无底，佯装镇静。我回答："有事我也没办法，真的掉脑袋了，你俩千万站稳立场啥都不说最好。"从内心讲，对当时的许多做法大多数人是有看法的，是发自内心反感的，只是不敢讲出来而已，真正大喊革命口号的人实际比谁都差劲。那些年，凡听见"忠字舞"曲，除了在室内工作人员外，室外的都得参加进去舞起来。当官的都很胖，在台阶上跳舞会摔跤的！不难想象当时上下级关系是极不正常的是很紧张的。记得刚到医院时我还真把他们当首长看。"文革"开始以后，我和他们一样都不喜欢这两位"左派"领导，平时只会讲大话，讲空话，言不由衷，装模作样！特别那个政委，只会带着大家呼口号，给人印象就只有他一个人最革命。对人特别吹毛求疵，拣根鸡毛就能当令箭使。我从心里小看他，不过恨他的人不止我一个。拍马屁的人始终是少数。他更不喜欢我，"只专不红和嚣张"总挂在他嘴上讲，平时事事瞄准我尽找我的茬。

　　刘军医又讲了一件事，"有一天，咱吃完晚饭正涮碗就他妈开始放舞曲了，咱碗里盛满水，咱一抬腿，碗里水泼洒满地，把正在那旮旯吃饭的大花狗吓得夹着尾巴往路边跑去，这条大花狗就是你平时最喜欢的那条'黄豹'。它认为咱要踢它呢！"我说："你的舞姿也太差了。"刘军医认真回答："咱只会打篮球，平时就没有认真好好学过跳'忠字舞'，咱们东北人，人高马大跳起舞来真不好看。"

　　他俩出身成分好，是三代工人阶级家庭出身，医术都不错。我们虽不同专业，从新兵连认识起，一直都是好朋友，尤其是唐军医，他一直把我看着是半个老乡，用他的话讲，四川和贵州都属大西南。在出身成分上他们没有歧视过我，彼此之间可以讲些心里话，有时讲几句牢骚话出出闷气也有，但绝不会被对方出卖。在那个以阶级斗争为纲的时期是极宝贵而难求到的友谊！我们彼此都十分珍惜。

　　今天晚汇报结束没看见小鸟，原来今晚是她上夜班，正想着她她就来了，拽

着我往内科病房走，边走边问我今下午谈话结果，我如实告诉她，她安慰我会没有事的。她又接着问："晚汇报教导员没为难你吧？""没有。"她推了我一下高兴地说："回去好好休息吧，今晚没理论这事肯定没问题。"我说："无声胜有声，我担心会出事。"她说："不会有事的，你的回答准确到了极致。我看师首长们会去想，会去分析的。"我也纳闷，怎么今天晚汇报教导员没有为难我呢？这与他平时的工作方式和思维逻辑极不相合，是挺反常态的。晚上没睡好，翻来覆去还想着那句话——"会掉脑袋的"。

相依为命

"文革"形势越来越紧张，我与丈夫很少见面，但一直保持频繁通信。他的哥哥朱清于"文革"中因青年时代参加过三青团，是国民党的所谓"外围组织"，被当时学院造反派定性为"历史反革命"，身为大学教师一向又很清高的他，受不了种种侮辱而割腕身亡。我丈夫是他亲弟弟，顺理成章受到牵连，次年就由西南工地指挥部降级下到铁七师三十三团一营做副教导员工作……

以后的日子里，因为我俩同在一个师，我们见面的机会反倒多了起来。其实我丈夫出身成分不差，是城市贫民。从小参加革命，还参加过抗美援朝，回国后还被部队送去沈阳机要学校读了两年书，算个中专生。一直从事机要翻译工作，二十七岁当了机要科科长。算他运气不好赶上"文化大革命"，大学老师的哥哥又遭坐牢自杀，这下可好，我的出身成分不好，加上他哥哥又"出问题"，双重压力够他受的……我们夫妻只能相依为命了！身处"文化大革命"时期，无法逃脱时代的洪流，只能接受洪流的冲洗。我俩不怨天尤人，学会认命。记得他当时总对我说："形势太紧张，看来我们不会留部队多久，要听组织的安排叫走就走叫留就留。当下我们要做好自己本职工作。"他不断勉励我。说真话我不以为然，因为早已听天由命。我是心疼他一直在机关工作突然下到部队，丢了自己机要翻译工作，一切都得从零开始，但他却比我做得好，表现很坚强，虚心向连队老同志学习。有时我们单独相处时，我常调侃他："你是好样的，始终是中规中矩做人做事，我要向你学习哦。"他总批评我："你有点过分，都到这个份上了应当夹着尾巴做人。"他还经常讽刺我说："你口口声声谈什么与时俱进，俱进得天天被上面找谈话受批评。"提到此话我开始反驳他，"我自己认为对的我就坚持，我管他是哪级领导！"夫妻嘛，总是争争吵吵过日子的。看问题处理问题方面难免有些分歧，可能和性格有关吧，我夫比我温和许多。

战友情

　　一天张野的爱人陈军医告诉我："陈主任和我们两口子即将要离开部队了，上级已找张野和陈主任谈过话了。"听到此消息，我当时很震惊，希望不是真的。但冷静下来一想这也是必然，因为在他们的血液里，早已刻上了父辈们的烙印。在那"以阶级斗争为纲"的年代里，岂能容得下出身成分不好的人，更何况我们主任第一军大毕业后曾在国民党军队中任过一年军医职务。说他是"反动军阀"这个帽子够大的。我对陈军医说："我也会离开部队的，只是时间早晚的问题。大家都顺其自然吧！陈军医，到时候我来帮您们打包、装箱。什么时候打包请通知我一声。打包算是我的强项，新兵训练时还经常得到口头表扬。"陈军医说了声"谢谢。"两眼闪着泪花，我清楚他们夫妇俩不愿离队，对部队感情极深。但我又能讲些什么呢？我的心比她还难受，因为我将失去我最崇拜的上级老师张野，她心里是明白我的。

　　近来大家都知道，我们的两位上司即将要离开部队，气氛变得怪怪的，压抑极了。除了开朝会交班时医生护士交班外，平时很少有人在办公室里说话，大家默默地工作，偶尔看见有人低声交头耳语，多数人心里清楚，他们的离去对我们内科工作是一大损失。我们这批年轻医生更感到恐慌，担心来了危重病人自己没有能力处治。但谁也不敢正面说出来。因为每句话都与政治和阶级斗争紧密相连和挂钩。这几年我比谁都有深切体会，我整天埋头工作，除了上面找谈话我讲出自己的不同意见，就说我"嚣张"。

　　某天朝会刚结束，教导员和院长一块进到办公室来。平时院长是不亲临科室的，一般只听汇报。今天来是为宣布一位新同志接任我科陈主任的工作。我们这个组三个人暂由另外大组战云高军医一人全盘代管。新来的主任姓薛，山东人，是个老革命，卫生员出身，个子不高，初中文化，主要负责行政管理工作。

　　这几天我有些心神不定，总想为张野夫妇做点什么，今天我下夜班后直接去了他们家。事先没有预约，也没有电话，到时见他们家的门半开着，我叫了一声陈军医就直接进到屋里。他们确实在整理行装，东西不多主要是书，他俩的书加

起来有两大木箱。另两箱是他们的衣服。清理书时，张野送我一本《战地急救手册》。他语重心长地对我说："小张，这本册子送给你，今后用得上，你会经常轮流出诊，难免会碰上外科病人，不能因为自己是内科医生而弄得措手不及，可以先暂作急救处治。"我双手接过这手册，很珍惜这本手册，更珍惜这份友情，书我一直珍藏着，还经常拿出来读。那天在他们家，中午饭是我帮忙做的，家里有排骨有南瓜是中灶食堂炊事班长送来的。我不会做菜，但他们儿子同同很喜欢吃。吃饭时我对陈军医耳语："明晚的告别晚宴我不想参加，我担心会哭影响不好。大家都晓得我们关系好。"陈军医望着我，两眼闪着泪花小声说："还是去吧，一切都要学会面对现实，去参加对你也是一种能力的锻炼。坐位离我们远点就是。"张野看见我俩这个样子，反而笑着大声说："看你俩怎么啦！真是女人泪多，又不是永别！当兵嘛，铁打的营盘流水的兵。谁也不会一辈子留在部队，好好吃饭，明天好好告别！我啥都不怕就怕你们女人的眼泪。"我俩悄声讲话都被张野听见了。接着他又说："小张，你平时很坚强嘛，今天怎么啦！我们走了，你要安心留在部队好好工作，遇上问题找大伙商量，医疗问题多请示战云高军医及新来的薛主任，出了状况个人是承担不了的，这一点你应当向小陈学习，你俩不是好朋友吗？现在大家好好吃饭。你看我儿子吃得多香。"他看着同同的碗，改讲福建话，见同同直点头。陈军医给我翻译："今天菜是张姑姑做的，好香是吗？所以我儿子吃得好多是不是？"

  第二天上午得到通知，下午四点正，各科主任护士长，后勤管理员，内科除值班军医外全科军医护士参加，准时到医院大办公室开座谈会。大家心里清楚是"欢送"陈主任和张野夫妇离队。

  后勤部李政委和部长早来了，欢送会开得挺有意思，除了各级领导发言外，没有其他人讲话。陈主任很有修养，和平时一样笑眯眯地说："希望留在部队的新老同志好好干。"好一阵过去，院长看着大家只顾低头嗑葵花籽，整个会上只听见嗑瓜子咔咔声，又等了一阵还是没有人发言，只好叫管理员通知食堂开饭。

  这顿晚餐倒是很丰富，做了好多的菜。是"文革"期间从未有过的，算是对老同志离队的厚待吧！张军医第一杯酒敬了领导，第二杯酒敬了大家。小鸟悄声对我说："今天我好想发言，又担心自己讲错话更会担心哭鼻子。"我强忍内心波澜不回话。她又说："你看对面那个'顶级左派'吃得好香。"我悄声回答："等着瞧，她哭鼻子的日子在后面哩。"是的，前段时期她出了医疗差错，不是张野发现早担当过来，她是要上军事法庭的。"小鸟又说："她自以为了不起，平时不把上级医师看在眼里，成天跟着教导员屁股后面转，混了个预备党员，哼，我一点不羡慕。这种人我根本瞧不起。典型的马屁精，一点人格都没有。"此时我看见朱军医手里拿着酒杯，朝张野夫妇和陈主任走了过来，"祝三位明天一路顺风。"举杯饮尽。紧接着不断看见多位军医离开自己坐位走来向离队的三位老军医敬酒，其中外科王主任声音最大，他说的是："谢谢三位多年合作，下地方后继续好好干，后会有期。"原来他们是老乡关系。看见和我一块下放锻炼的组长也过来敬酒，此刻我对她肃然起敬。随口小声说了句："好样的够意思！"小鸟问："啥意思？""你想想她是共产党员，听小道消息她马上要提外科护士长了，能与离队人敬酒够有胆量的。"此时我俩已按捺不住一块走到他们身边敬酒，小鸟刚举起酒杯话还未出口，就眼泪汪汪哭开了。陈主任起身解围。张野与我俩碰了杯，并对我俩说了一句："谢二位高足。"我与陈军医碰了杯说了一句："保重，话在酒中，你明白我的。"我们四人一饮而尽。回到坐位我俩没有再讲话，我内心在流血。小鸟一直在流泪。我悄声对她说："别再哭了，很多人看着你哩。你只有哭的本事吗？"她用胳膊使劲撞了我一下。这餐饭吃了一个小时左右，我见张野有些醉意被政工干事扶着……

  熄灯号吹响我和小鸟还在外边散步。小鸟后悔没有对上司讲句祝福话，并指责自己关键时刻脑子就短路真没出息。我安慰她："你没讲话张野心里晓得。后天送别时多讲几句，不讲话他们也能理解你的，你不是哭了嘛，比讲出来更说明问题。"小鸟打了我一下大声骂我："你好坏，你讥讽我是不是，这么多年他们对我们那么好，分别时连声感谢都不会讲我真没用。""我迟早也会走的，到时候你别也这样对我。关键时刻又卡壳！"我说，小鸟放声哭出声来连声说："走吧走吧大家都走了！"那天晚上月亮很圆，我俩沿着小路走得很远，慢慢地我们开始冷静下来，小鸟说："今天这么多人给他们敬酒，我担心张军医醉酒，他肾炎还处在恢复期耶。""是呀，看得出今晚他显得特别兴奋，群众关系那么好，我真没想到会有这么多人来给他们敬酒，可惜我坐得太远，否则我会提醒陈军医的，叫张野少喝些。"

  月光下远远看见"豹子"朝我们奔跑过来，小鸟说："你的保护神来了，它不会对我狂吠吧，我没有穿军服哩。""不会的，它早认识我俩了，何况我俩常在一块，'豹子'通人性哩，它心里认可你是我的知音。""豹子"来到我身旁友好极了，直摇尾巴，伸出舌头喘着粗气，我用手摸它头，它用鼻发出咕咕咕声，这是"豹子"示好表示，每次我摸它头时它都有这种表情。很晚了我们往回走，"豹子"随着。

  第三天全科同志都知道陈主任和张野军医一家都得早早出发赶火车。早晨，

我们全科多数同志交班前赶去送别。车停在张野和陈主任家门口，陈军医带着儿子同同坐司机后排位置上，陈主任向大家挥手上了车，张军医上车前向大家敬了一个军礼，我第一次看见我的上司敬军礼的样子，那么庄严、那么坚毅、那么从容、那么强悍！看着他转身弓背进入车里那一刹，我心里一阵难过，我们将永远失去一位好老师。在他心里未尝不留念他的这批下属！他是三代军医家庭出身，自己军医大六年毕业，又在部队干了这么多年，妻子也同行，要啥有啥，工作上得心应手，还读了那么多书。遇上"文化大革命"却因出身成分论影响，他只能脱下军装回老家当医生了，但愿他能找到个好医院大大施展他的才华。

当车子启动那一刹，眼泪夺眶而出，泪流满面的不止我一个，眼睁睁看着车子离医院远去……大家挥着手，没有人喊出再见！这在当时是情理之中,我只听见两位老卫生兵大声喊出："主任，张军医保重！保重！"大伙回科室路上谁也没有说话。小鸟傻傻地站在原处看着前面良久，突然转身抱住我大声哭开来。前面的人转头看着我俩，眼中也都闪着泪花。小鸟又能讲啥呢？大家来时他们正上着车。我知道他们不希望看到今天这样的情景。既往的成功、收获、友情、上下级关系融洽都属于曾经。我内心永远铭记张野教我做人、做学问的原则和方法。他的话永远铭记心中一辈子不会忘记。他说："当医生很辛苦，不能计较个人时间与得失，要多进病房，多接触自己管的病人，结合病人的病情多看书，勤记录病情变化，把书本知识与临床实践紧密结合；临床工作最忌敷衍，最忌当混混，临床工作无巧可取，四个字要牢记于心，认真踏实。"他还强调："要学会与病人沟通、了解病人思想、学会做病人思想工作——让病人信任自己，这样做的结果与用药同等重要；要当一名优秀的医生，得终身勤劳，终身付出，想病人所想，急病人所急。"他的这些话书本上学不到的。

论朋友

同宿舍的陈琴琴军医，大家也称呼她大陈军医，早在1966年4月我俩一起写了入党申请书，我俩私下处得算好的，常说心里话，每次休假回来连她家庭私生活都谈。她丈夫重男轻女思想严重，因生有一个女儿经常为些小事拌嘴，甚至还打过她好几回。为此事我常劝解她。用现在观点看她丈夫有暴力倾向。在工作方面，她常与我讨论病人的诊断及处理，我从来都是毫无保留地讲出自己的看法和意见，因为她令我联想到童年时代的闺密好友邓，她们太相像了。我的闺密出身成分好，品行端正，读书十分用功，但每次考试下来总差别人一大截。我们也常在一起复习功课。因为大陈军医很像我闺密女友，加之同一宿舍，所以对她有一种特殊感情。我对她的帮助和友谊没有吝啬可讲。

某天刚吃过晚饭回到宿舍，看见大陈军医坐床上织着毛衣。我猜她一定是怀孕了，因为她织的是婴儿毛衣，所以还开着玩笑问她："有喜啦？"她微笑不回话。我又说："猜对了吧？"这时隔壁另一位陈娜军医来找我，向我要点洗衣粉，她说："江青同志指示，要文斗不要武斗，这些人怎么胆子这么大，偏偏就不听。街上武斗这么厉害，谁还敢上街！我一点洗衣粉都没有了。"我说："拿去用吧。"边说边递过去半袋洗衣粉，她说："用不着这么多，我只洗四件衣服。"接着她自己用纸包了一点离去。离开时连说了两声"谢谢"。

陈娜军医是上海人，上海铁路医学院毕业，人长得不算好看，个子中等偏胖，戴一副高度近视眼镜。平时胆子很小，不论政治学习或业务学习，她发言声音小到需要非常专心才能听清楚。平时她总说："自己长得像奶妈，从生下来就吃保姆的奶，自己姐妹都十分漂亮，保姆长得很难看，我的长相和保姆一个模样。"医学上有这种说法吗？没有科学考证。当天进行晚汇报时一个接着一个汇报自己做了哪些与"革命"有关的事，做了错事没有？有活思想的统统倒出来。眼看汇报马上结束，教导员指出陈娜军医和我没有暴露真实思想，此话一出口大家感到很诧异！都站在毛主席像下不动。陈娜军医说："今天我确实没有什么要向伟大领袖汇报的。"教导员立即指出："三小时前你和张军医嘀咕什么文斗武斗，让你们偷洗衣粉什么的。"陈娜军医理解为说她偷我的洗衣粉，连忙解释是经我同意过才拿走洗衣粉的，而且只用纸包了刚够洗四件衣服用的洗衣粉。教导员问："怎么文斗武斗还提到江青同志？"陈娜军医把三小时前的讲话一个字不差全重复了一遍，她补充说："张军医和大陈军医可证明。"陈娜军医讲完就哭开了。教导员瞪着我："张军医，你讲讲当时情况。"我心里好反感连忙说："陈军医就是来向我要点洗衣粉，这件小事情可以不必向领袖汇报。"教导员问："你们没有讲到武斗把人变为小偷？"这一问把我弄糊涂了，心想武斗与小偷怎么会联系在一起？小鸟军医调头悄悄对我讲："是否大陈军医向他汇报了你们！"我摇头不同意她的说法。我又补充了一句："当时还有大陈军医在场，问问她不就什么都清楚了吗？"这时大陈军医表情有些异常，假装没有听见似的一声不吭站在原地。大家也站着不动等着大陈军医发表证词。半分钟左右她仍不发表意见，教导员无奈只好下令解散。此事算不了了之。大家心里都有看法，只是不挑明而已。我和陈娜有点窝火，散场时我悄声说陈娜："你哭什么哭，哪来这么多眼泪。""我从小胆

子小泪腺发达，常挨我妈骂没出息。""喂，我可没有埋怨你的意思，本来就没事你这一哭反倒有事似的。"她讥讽我说："我有你一半出息就好了，你看今晚教导员那口气怪吓人的，还提到江青同志。"我回答她："你出身那么好怕什么？何况我们又没讲什么！"

通过这件事我不得不提高了对朋友的防范，也增加了我重新审核朋友的标准。两面派的人不能成为朋友，回想曾经对大陈讲过许多心里话，不过只是些生活小事，没有无原则的话，更没有不利于团结的话。我没有背后讲他人长短的习惯，何况这年头自己又是这么个处境，更不会讲出格的话！所以量实她不敢胡编乱造我些什么。

分道扬镳

我们的友情真的变味了。

有天晚饭后回到宿舍，大陈军医对我说："张军医，今天领导已找我谈过话，最近可要发展我为预备党员。"听了她的话我真为她感到高兴，正要表示我的祝贺时，突然她又说："今后我们暂时少接触些。"我愣了一下，接着心里一阵冰凉，在她眼里我就这么不堪吗？说白了就是说和我接触会影响她的进步，我猜可能是领导的意思吧？她还特别强调叫我理解她。当时我真是挺羡慕她的，但又感觉特别生气。我骨子里是很傲气的，心想我将来也会有这么一天的，我就不信出身成分不好就一辈子站在党外！她这么一说除了别扭，更伤了我的自尊心。冷静一会后直截了当回答她："放心吧，今后我会做到不与你讲一句话，离你远远的不会妨碍你进步的。大陈军医，我除了出身成分不好外，不比谁差。尤其和你比，只要你不找我就行。"她赶忙补充说："你理解错了，少接触不等于不讲话。"听她这一说我更来气。不顾及她的面子大声说："陈军医，我犯贱啦！非与你套近乎吗？这些年算是白相处了，你也太不了解我。按道理你要进步，你有能力的话应当带着我一块进步才叫有水平，你反而怕我影响你。"她听我第二次称呼她陈军医，因为平时友好都称她大陈，于是知道我认真了，再没吭声。从此我俩分道扬镳，这种友谊宁可舍弃不惜，你走你的阳关道，我过我的独木桥。将来看谁会更好！自此次交谈后，每天上班回到宿舍，甚至路上迎面我都不与她打招呼，旁若无人。在病房她收病人，过去总是我们商讨后才下医嘱，现在这种场面没有了。护士总催着她要医嘱，她动作慢反应更慢,因为在大学基础没学好,她曾多次对我讲过。正因为她的直率所以平时很喜欢帮助她。没想到"文革"时期为了"入党"居然叫我远离她,难道我是个"瘟疫"吗?太伤我的自尊心了。其实我内心一点也没有失落感更不会消沉,反倒刺激我更发奋!因为清楚自己除出身成分不好外,其他方面我是很棒的!

我同她又是一块上班,看她收病人时犹豫不决的样子还为她着急,护士长走过来悄悄问我,"怎么啦?最近你们好像不讲话!闹别扭啦?"旁边一位卫生兵小声说,"我知道其中奥妙,陈军医要进步,这段时期只看见她给病人洗衣洗鞋,不敢与张军医"粘"在一块,对吧,张军医?"我埋头专心写着病历。这时好友小鸟走过来谁也不看,边走边说:"活该!"讲完坐到我旁边。其实我内心很复杂,好想像平时那样帮帮她,她是为了入党才不愿与我接触,她的做派虽过了点。但也很真实没有讲假话,在那个年代为了入党与出身成分不好的人必须划清界限,不能打得火热。因为她真实反倒觉得她有点可怜。小鸟悄声对我说:"今天她收的那个病人比较复杂,像个伤寒病人,她肯定拿捏不准。"我求小鸟去帮帮她,小鸟说:"心软了是吧,你和陈娜那件'文斗武斗'之事就是她告的状,你当时还不信。这段时间你们不是分道扬镳了吗?"我没吭声。心里有点后悔不该把当时生气的话告诉小鸟。小鸟是个坦率真实的人,她一直偏向于我。这时小鸟故意大声说:"看在你我战友一场,我去帮她,免得你坐立不安。"她把"战友"两字故意说得很大声。并站起来大声讲,"大陈军医,今天我的空床多,让我收这个病人吧。"正好护士长在,立即把病人改收到小鸟的床位。小鸟接过病历带着病人走进病房,三下五除二,很快下了医嘱,坐在自己位置上专心写病历。看小鸟麻利的动作我暗暗高兴,高兴的同时心里还很得意。当时的心态和表现有点小家子气,不过这也是她逼我的。回过头来看或许谁也没有"不对",只能算是那个时代的畸形产物吧!当时他们有能力调节自己适应形势,不能不算优点和长处。那时如果我学着他们,兴许日子会好过一点。这一切无奈都应当归罪于"文化大革命",归罪于反动的"四人帮"。

部队转移

铁道兵志在四方。

1970年春,随着部队转移,我们医院也从云南转移到四川达州地区,师团大

部队早已于前年开始陆续到达四川修建襄渝铁路。我们医院除几个人留守外,全院跟随师团大部队走。按规定我们医院喂养的那些护院狗一律不带走,因为师部医院进驻四川达州市城内。可惜那些狗,一只只被士兵食堂打死吃了,我没有见到"黄豹",想着它也没了。后来才知道"黄豹"被收潲水的云南老乡要走了,但愿它遇上个好主人。坐上汽车还想着念着"黄豹"。小鸟笑我"拜托,还是想想你自己吧,坐上车你会呕吐死掉的。"是呀,小鸟说得对,我没带晕车药哩。小鸟又大声说:"我为你带药啦。"一边讲一边递给我一个小瓶子,接过瓶子马上站起来,立正举起右手给她敬了个军礼,她一边看着我一边笑:"应该的啦。"她的意思是指敬礼感谢是应该的。自己晕车都由她考虑到,当时接瓶子时只觉一股暖流流遍全身。

我们就这样离开了云南永仁县甘坝子。坐上军车,半天时间到了昆明火车站,简单进了中餐,我只吃点咸菜,之后很快上了军列。所谓军列就是闷罐火车,没有坐位,坐位是自己的背包,没有窗,看不见车外面风景。小鸟挨着我坐,刚开始大家有说有笑,有人还领着唱着《铁道兵之歌》《三大纪律八项注意》,不多久都累了,四处听见呼噜声。

到达目的地时大伙兴奋极了,我却感觉疲倦,双下肢酸痛发麻,小鸟递给我一块糖。经过一晚休息,第二天个个充满活力,充满好奇心。我晕车两天基本没进食,更显得有些倦怠。小鸟总是照顾我,偷偷给我吃些湖南袋装甜姜。她用广普话讲:"前世我欠你的啦,今世补上啦。因为带得太少,拜托你悄悄自己吃吧。"一次次接受她对我的关爱,对她是感恩不尽,我有机会回报吗?

我们师部医院占据了整个地区纺织厂和达州师专,占地面积很大,各科室用房比在云南时宽松许多,正规许多。尤其病房比较规整。师部建在达州东郊外,距师部医院比较近。医院下达通知,住宿人员原组合不变动。这样一来,我们同宿舍的还是原来的三个人。感谢上天,我的床仍靠着窗,这是我最喜欢的。小鸟过来对我说,她们宿舍有一张空床,问我愿不愿搬过去,沈华芬护士悄悄对我讲:"张军医,你最好别去,第一我舍不得你离开,你搬走后我和谁掏心窝话,继续当我心理医师吧。第二上面不是有规定吗,原组合不变你忘啦?"小沈的话我领会了。陪着小鸟朝外走,"她对你讲些啥?神秘兮兮的!"小鸟边走边问我,"小沈说得对,我们不能搬住一块,上面有通知组合不变动,如果我搬了上面又要钻我的空子,对你影响也不好。"小鸟有些不以为然,"我们可以请示主任同意了再搬嘛,这又不是什么原则问题。"我勉强劝说小鸟,"算了我还是不搬吧!"小鸟对我十分真诚,她一点不怕我会影响她的进步,居然还说:"我又没有写什么入党申请书，我们友谊纯属志趣相同，相互欣赏。我就奇了怪啦，你成天与入党较什么劲！"不等我讲她又说，"我看有些人，讲人格论品行差远了，讲学识更谈不上，成天装模作样，跟着教导员屁股打转转，呼口号讲假话，这些人也配入党！"我看她越说越激动，最后她还补充一句："战友，劝你一句，放弃吧，活得自我一点行不行！快活一点有啥不好。"当时我没有再说些什么，因为她此时理解错了，我不是怕自己入不了党，那个年代根本不可能这么想，当时是不想因小事被领导没完没了找去谈话，没完没了的上纲上线，没完没了去面对对我的诋毁，更不想给我的好友带去负面影响。她虽没有写入党申请书，但在大伙心目中，她是好样的，专业水平第一。她看见我沉默不语，忙说："行啦，行啦，不搬就是啦！拜托，别再为难啦。"

惜别

好战友要调走了，我的心好痛。

1970年秋季，医院才转到四川不到八个月，某天值夜班正在专心写病程录，同值班的卫生员走近对我说，"张军医，你的好战友马上调一师医院了，你还坐在这里写些啥？现在没有重病人你去找她玩玩吧，有事我来叫你。"我知道他指的是小鸟。"你瞎说些什么，我怎么不知道？""谁瞎说了，全科都知道了。"突然得知小鸟要调走的消息，我有些恐慌，怎么志同道合的人要调走，事前一点也没跟我提起过？可惜今天夜班，没机会找她算账去。整个晚上心乱极了，总是静不下心来全神贯注写病历，一晚上基本没睡。次晨早请示，朝会交接班我们站在一块，护士念完，我详细交代了三个病重病人，接着主任宣布："陈军医调往一师医院工作，她的病人由新来的朱维新军医接管。朱军医是五师调来的老同志，大家表示欢送与欢迎。"大家一块跟着主任鼓着掌。我看了朱军医一眼，高个有点胖，笑眯眯的很和气的模样。我对小鸟愣了一眼，她领会我的意思，"对不起，昨天我爱人突然拿着指挥部调令来，连我都感到突然，前段时间他在信中透露过，想把我和他调到一块，我也没想到会这么快。昨天他来时已下午了，先到院办交了函，啥都没办就到晚饭时间了。我知道你上夜班没敢来找你，我早料到你会生我的气。还好有三天的时间准备，我们请你下馆子一块吃餐饭表示对你的歉意。"我狠拽着她的手往外走，"叫你老公来找我讨个说法，否则我才不陪你两口子下什么馆子呢！"我俩朝临时夫妻招待房那边走去。她大声喊着沈志坚，

沈志坚，她老公的名字，远远看见她老公从房内出来，双手湿淋淋沾满水，大概才起床正洗漱呢。他笑着直呼我的大名，他伸手过来我们紧紧握着手很久才松开。"你没有变化嘛！"我才恍然大悟。"我们小鸟的爱人原来是你这个左撇子沈志坚呀！你俩真够保密的。"我们高兴地进了屋。"张军医，我的爱人信中没少提到你，咱对你一点不陌生。当年一块新兵训练时分到一师的九个同志，有时大家碰到一块，常问及我爱人时必提到你，对你从心眼里诚服，作为女同志不易呀！你还有了儿子，今天看到你感觉没有什么变化嘛，还像新兵训练时那样鲜活哩。""鲜活啥！已经被整得气都透不过来了。""小陈信中多次提到过，你比谁都硬，一切很快都会过去的。雨过天晴，雨过天晴。"他接着说："这次调小陈到一师，已经是两年规划了，我们还没有孩子，上面终于批准了。这不，咱放下手上工作，请了几天假亲自来接她，怕中途有啥变化，所以得抓紧时间办理。"是呀，他们是该有个孩子了，是应该照顾夫妻关系。现在回忆他们出发前那个晚上，晚汇报后我和小鸟坐在屋外石凳上聊到深夜。

"我走了，你今后注意那两位'顶级左派'，最好离他们远点；另外尽量保住自己的长处，这样他们拿你没办法。""我有什么长处？""病历写得好呀，病人喜欢你呀！""病人喜欢我有啥用！今天插满红旗，第二天全换成白旗。""你呀你，怎么就不明白呢！虽换成白旗但大家心里十分清楚。全科卫生员谁不喜欢你！昨天我去院里办手续时，碰见医务科吴锡元干事，他还提起你，他说："这样对待你是不公平的。""不公平事多着哩，你走后我尽量做到忍耐，但对我来讲忍耐总应该有个度吧。必要时也会抗一抗的。你走了我讲心里话的地方也没了，会闷死的。"小鸟告诉我，"纯素芝军医这人比较好，你可以慢慢接触了解一下，她比我们大些，比较稳重和诚恳，人也挺正直。另外新来的薛主任比较正直，看得出他对你还比较好，每次来了重病人不是指定你收就是指定我收，我走了你负担会重一些，这样也好，全科人看在眼里。"她接着说，"该谈谈我了，我好想要个孩子。"我认真回答她，"调到一个师了，经常住在一起，自然会有的，思想放松怀得更快。"他们夫妇结婚已四年，是该有个孩子了，她丈夫是学桥梁专业的，身体壮实说话幽默，在新兵连总是逗得大家乐。一师和七师一样，修铁路建大桥，看来小鸟老公桥梁专业功底很棒，一师舍不得放他，只能将小鸟调一师医院了。妇随夫调动也是中国传统。

小鸟送给我一枚毛主席像章"无限风光在险峰"，是当时最大最漂亮最稀少的一枚，我想她时还会拿出来看看。我送她一支英雄钢笔，这支笔是我大学毕业时，我同父异母的大哥张有谷邮寄给我的，同时还送了一块上海女式手表，这块表现在我还珍留着，时不时戴一下。分别时，我俩强调彼此多保重，家庭要幸福。

回到宿舍已凌晨两点。与小鸟一别我们就再也没有联系过。"文革"时期谁也不愿写信，既然是知心朋友，岂能写政治口号、假话、空话，所以大家干脆不写，以免招来麻烦。加上她走后不久，我跟着被复员下了地方。现在想起来，"文化大革命"年代，我失去了好几位良师益友。现在都退休了，想联系他们似大海里捞针！万万没想到那一别就成为永别！只能在记忆中留下美好的回忆。但愿小鸟儿女双全，幸福美满，我真的好想念她，多次网上查找他们，却不见他们的踪迹。

小鸟走后，我很失落，闷闷不乐好长时间。还好顶替她的是纯素芝军医，河北唐山人，个子不高，共产党员，性格特温柔，与人说话总带着微笑。小鸟说得对，她对人真诚，过去我们虽不在一组，但同一个科彼此还算知情。记得有一次为毛主席像章摔破事件她找过我，那天晚汇报时因她休探亲假没回来，所以不知情，估计是科室薛主任叫她下来了解情况的，我如实讲了一遍，她表示："你是实事求是，谈不上要写检查。"当时我感到奇怪，时间都过去这么久了为什么再提此事，后来我才知道部队确定我要离队了，有个别领导说我"嚣张"不好管，几次叫写检查，汇报都未执行。摔坏像章之事，再次提到桌面，从中可以看出新来的薛主任，对我的看法有分歧。纯军医对我很好，她的爱人是营长，山东人，与我夫同一个团不同营，所以有一种特殊关系，但因为她是党员，许多消息不可泄漏给我，为此我十分敬佩她的原则性。

真诚交谈

我要脱军装下地方了，无惊有备。

有一天杨干事通知我，"张军医，上级派人找你谈话，想了解你有什么想法。张军医，有什么想法和要求尽管讲出来。"找我谈话的人竟是科里共产党员纯素芝军医。她约我去到她宿舍里，宿舍里只有我们两个人。我们交谈了将近两个多小时，她既然提到我要离队，提到我有什么想法。我知道她是代表组织找我，那就应该真实和真诚地将心里话和盘托出。记得那天一直是我在讲，她认真在听，只偶尔打断一下，最后只表示了个人看法和意见，她表现得十分谦虚，一点不像代表某一级领导找我谈话的样子。

我开门见山直达主题："感谢组织让我下地方，真正符合我的想法和要求。今年我正好三十岁，人生又是一个起点，换个地方对我只有好处，具体有啥好

处我没仔细想过，但有直觉有预感。在部队六年我过得很不愉快，严格讲只有四年半不快乐的日子。这种不愉快始于1966年下半年"文化大革命"，因为我的出身成分问题，让我的人格、尊严遭到打击和诋毁。这是我最接受不了的。出身成分不由我选择，但我认为自己表现是无可挑剔的。组织上这样不公平对待我，我也认命。"仔细想想现在如果不走，我这一生就完了。因为"出身成分"、因为"只专不红"、因为"表现嚣张"、因为"不予转正定级"，这四条罪状压得我透不过气来，恨自己家庭是没有用的。如果继续留在部队只有越陷越深，肯定没有出头之日，我这一生就毁了，更谈不上什么理想、信仰、追求。趁现在自己还年轻，要做到对得起国家、对得起党、对得起人民对我的培养和教育，唯有离开部队换个环境，我可以重新开始。当然，离开部队也是在党的领导下，换个环境我会走好自己的路，做好医生的职业本分，履行好救死扶伤的天职。

  纯军医说："听完你的话，我很高兴，因为全是心里想的，非常真实。你一点不沮丧，更没有半点斗气的成分。这些让我十分佩服。我们都是女人，说实话我没有你这样坚强。我只希望今后我们仍是好朋友。下地方后好好工作，来部队探亲时通知一声，大家会想念你的。我们薛主任对你印象极深，虽然只相处不到两年，从很多问题看法和处理中看得出他对你印象蛮好。比如你喜欢那条狗，有的同事认为那是玩物丧志，是资产阶级作风的具体表现。薛主任不同意这种说法。还反驳他们，说你没有丧志，哪次分给你的工作都是高高兴兴接受，圆满完成任务的。"我回答："谢谢薛主任，也谢谢你。"

  交谈后离开时，我心里坦荡荡的，第一次对党员朋友如此坦诚地讲出心里话，感觉是一种释放，一种说不出的愉悦。这次交谈是我在部队中留下的美好记忆之一。

最后一次谈话

  终于等到领导正式找我谈话了，应当算最后一次吧。去之前我洗脸梳头，仔细梳理好我的两条长辫，戴上军帽，军帽下面有意露出我的两条长辫。

  医院办公室里坐着张政委和杨干事。

  门大开着，我直接走进并喊了一声"报告"。我面对他们站着，两眼直视张政委，他脸上的麻子点真多，难怪很多人背地里直呼他麻政委。我还是第一次这么近距离观看他脸上长的麻子。我见他似笑非笑地指着面对他早已为我准备好的一把靠背铁椅，说声"坐吧。"我按指令坐了下来。

张政委："今天找你来，是执行上级指示与你谈话。组织确定你下地方，意味着你将脱下军装。你有啥想法，有啥要求？可以对组织讲出来。"我心里想又是废话，下地方和脱军装不是一码事吗？

我回答："我已知道自己即将离开部队，我没有想法，更谈不上有什么要求。我只有服从和感激。"

张政委："记得你曾经写过申请要求转下地方工作。"

我答："是的，两年前。"

沉默了一阵……

张政委："要离开部队了，你真的没有想法？"

我答："要离开部队非要有想法吗？服从命令是军人天职！想法只有一个，什么时候我可以走？"

张政委："不急嘛，虽然脱了军装你还可以留在部队当家属，你的爱人不是还在部队吗？"

他的话激怒了我，明明是在羞辱我损我的尊严和人格，尊严是非常脆弱的，经不起任何的伤害。我弹簧似地站起身来，大声回答他："张政委，请尊重我的人格，党培养我大学毕业是为人民服务，是救死扶伤实行革命的人道主义，怎么说到脱下军装，就可以赖在部队做'家属'？你也太小看我了。你的这种想法未免有点可笑！身为政委怎么可以这样说话，你是站在党的立场上讲话的吗？"我说上面那些话时，右手指着胸前佩戴的总政治部发的"为人民服务"的红色徽章，非常激动，真想马上转身离开，但我忍了又忍想再听他下面还会讲些啥？反正是要走的人了，谁是谁非可以在桌面上定板。心想，你这点水平还有资格找我谈话。只是凭着三代贫农的光荣出身，成天只会搬弄教条、领着大伙喊几句"革命"口号而已，成天只会听取"左派"小人物汇报，混上政委宝座。当时的我想法似乎有些肆无忌惮，既然要走的人了还怕谁？何况这些年我没有做错什么！

他看到我很激动，也看出我的极端不满。这时候的张政委脸上的麻子明显的变得青青的，青里透黑。旁边坐着的杨干事手上的笔不停在转动，似乎坐在那里有些尴尬，时不时看我一眼，一句话也不说。大家都沉默了好长一阵。还是我先开了口："张政委，请你还是把我交给上一级党委谈吧。这样耗下去是没有意义的。"

张政委："张军医冷静些，请坐下来继续谈，这次谈话是上级的指示。我也是

在执行命令，你以为我愿意与你谈吗？"听到他第二次强调此话时，我想上级也太为难你了，每次谈话起啥作用，只落得双方不愉快。我没有坐下来，继续站着听他下面还会讲些什么。

张政委："两年前，你申请退役没有被批准，当时组织上认真考虑你不属于五类分子，所以没有让你走。"

我问："今天我走，属于哪类分子？"

张政委："你属于可以改造好的，出身成分不好的一代，但你这几年没有接受改造，大家一直反映你'只专不红'，平时不暴露思想，有时还顶风行事。表现有些嚣张。"

我回答："张政委，这四条罪状对我太重了吧！'红专'问题对我来讲确实老生常谈了，哪次谈话都离不开这一条。其实我也一直在思考：什么是红？什么是专？真的搞不懂，我的职业就是医生，治好病人是我的本分，全身心为病人服好务是我工作的核心。怎么就错了呢？还好哦，我现在还年轻，以后下到地方慢慢去学懂摆正'红和专'。无论在部队或在地方都在党领导下，相信自己有能力做到又红又专的；另外，你提到不暴露思想，张政委，恰好和你讲的相反，我正是太暴露思想了，平时总只讲真话不讲假话。更不会阿谀奉承，溜须拍马；至于你提到顶风行事，平时我只是讲出自己真实想法而已，每次领导找我谈话，总拿我'红专'问题说事，我不就是家庭出身成分不好的问题吗，身为一个兵，加之'根不正苗不红'岂敢顶风行事；你提到嚣张更谈不上了，我有啥资格摆嚣张！如果领导非要在我身上加这么多条罪状，我也没有办法。这几年我学会认命、学会面对现实、学会看好自己的专业，还学会忍耐，但我绝不会为五斗米折腰！我把自己的尊严看得比生命还重要！"我又问："我哪天可以离开部队？"

张政委："很快吧。"他转向杨干事问，"通知内科了吗？"杨答："上周会上精神都知道。"然后转向我说："按部队常规，开一个欢送会，吃一餐告别饭，另外还要领取一点医疗补助费，一个月的生活补助费，组织上还送你一台缝纫机。"

我答："我很年轻，身心健康，不需什么医疗补助费。至于那台缝纫机就不要了，因为我没有同意留下来当家属，家属们不是每天为战士们缝补衣服吗！我永远不会留下为谁缝补衣服的。国家培养我，是职业医生。我终身职业就是个医生。"

我的话不知他听懂没有，"身心健康"，在他心里我的思想不健康哩！成天"只专不红"挂在他嘴上。想让我留下来当家属，真是天下之大笑话！他一点不了解我秉性有多清高，我的理想、信仰高远着哩！你也太小看我了！你将来下地方说不定还不如我呢。我想着，他呆着。

僵持几分钟后我问："我可以走了吗，我要回科室写交班记录。"

他满脸不高兴，因为只隔着一张桌子我看得十分清楚，看见他面肌抽动着，面色发青，满脸麻子总是变着颜色。此时他只能用点头和手势同意我离开，最后还补充了一句："今天暂时谈到这里吧！"我心想不会再有下次了。我立即转身走出医院党委办公室，他们瞪着我看一定惊讶地想，还留着两条长辫子，真要带着资本主义尾巴离开部队嘞。

走出办公室我有说不出的高兴，一想到终于可以脱军服离开部队也算是解脱了。回科室的路上，我沉浸在与张政委对话的激动中。我恨他，因为他侮辱了我的人格，践踏了我的自尊心，他没有资格找我谈话。但想到离队脱军服，又有一种无法用语言表达的解脱的喜悦。当我冷静下来又仔细想想，下到地方，在这样动乱的"革命年代里"，等待我的又是些什么？想来想去又自我安慰一番，古人曰："车到山前必有路。"我正处在三十而立的年龄阶段，人生只有一次三十，脱下军装是我的转折点，说不定会苦尽甘来海阔天空。反正天塌不下来，走好自己的路！人总要往前走的，些许能走向自己理想的明天，虽然明天的路不可知，也许更不平坦！但现在的我再不想留在原地折腾了，再这样折腾下去我就补不上来了！三十而立正当时！没有退路，必须勇往直前！

回到内科办公室打开我的抽屉整理好将要带走的业务书，清理过程中一本《战地急救手册》跃入我的眼帘，心里震惊得痛了一下，这是张野军医离队前送给我的。所有的业务书都捆好了，剩下一本熟悉的"红宝书"，很旧了上下两角都翻卷着，有的页面已经破损，因为每天要翻读五遍，早请示一遍，晚汇报一遍，三餐进食堂前各读一遍。仔细想了一下，还是带上它与我一块下到地方吧，肯定还用得上。将书搬回宿舍，我又返回办公室，走到病历架旁，取下我所管的病历，只有七位病人了，每份病历都写了小结，写了详细的交班记录。写完后又去了一趟病房，最后看看我的病人。他们都是战斗在第一线的战士，我热爱他们，敬重他们。来到病房我没有向他们告别，对我即将离开部队只字未提，因为我怕影响他们的情绪，更怕自己会流泪，平时我常到病房，今天情况虽不同，但一直在提示自己，不能表现出丝毫的异样，所以像平时那样问寒问暖有说有笑。

几年的军旅生涯，最舍不得的是我的病人。病人一直是我的精神支柱，尤其在我最艰难的时期，是他们帮我度过那些日日夜夜，只有他们赞扬我，认可我。是他们每周在我名字头上插满小红旗。我热爱他们敬重他们，因为他们是一线战士，铁道兵修建铁路修建大桥全靠他们。离开病房时心里空落落的，因为心里知

道我是来与他们告别的，今后天涯海角还有机会再相见吗？

联系车自己走

真正要离开部队了，想法很多，暗暗告诫自己一定要走好明天的路……

最后一次看完我管的病人已经是中午，返回医生办公室，拿起电话给汽车营曹营长通电话想马上离开部队，越早越好。电话里传来："斗私批修。"我回答："为人民服务。""请讲。"对方声音很响亮，听声音像个东北兵。

"请找曹营长接电话，我是师部医院内科张军医。"对方大声叫着："营长——师部医院张军医找您。"

片刻就听见对方声音："张军医，有啥指示，请讲。"一口再熟悉不过的山东话，挺亲切的。"我最近要回贵阳，有车顺便带我吗？"

"休假吗？你傻帽吧，贵州冷着哩。"平时我们彼此很熟，说话比较随便和友好。"不是休假，我复员下地方了。""您复员下地方！不是开玩笑吧？你是军医怎么与士兵相同！应当是八月呀？"

"下地方不好吗？组织已找我谈过话了，早几个月不是更好吗！管他是官还是兵。对方声音："奶奶的！怎么会是这样？带的东西多不？"

"东西不多，一个行李，一个书箱。"他没说话，我又把上面的话重复了一遍。"喂——，喂——，听不见吗？"

"明天上午，咱派二连一排长外出办事，咱叫他把你送到火车站，帮你办妥了你上了火车他再去办事，你看这样行不？"

"敬礼，崇高的敬意。"听到对方哈哈大笑，此时电话里传来一声"报告"我心想，有啥事恰在这个时候啊？

曹营长："张军医，二连一排长叫李文民，他认识你，记住，他明天上午到医院来接你，咱有事，挂了。"后又补充了一句："有机会咱到贵阳拜望你，一路顺风，再见。"对方挂断了电话，我久久拿着电话，一股暖流传遍全身。

平时与汽车营上下都很熟，那是我经常出诊的地方，我喜欢那里的每一个战士和干部，尤其曹营长，他开朗率直，笑起来哈哈声最大，典型山东大汉子男人，他把整个汽车营带得活蹦乱跳，朝气蓬勃，每次到了那儿总会感到快乐，感到民主，感到有尊严，可以随便讲话，有时彼此可以开开玩笑，还可以哈哈大笑。

当晚没有睡好，在床上辗转反侧胡思乱想起来……我是否应当参加欢送会？

有必要吃这餐欢送饭吗？更不想领什么医疗补助费和缝纫机，但想到相处好的战友全院各科室都有啊，我就这样不辞而别吗？整晚显得格外长，好不容易熬到天亮。不等吹响起床号，我早早下床整理行装，已是两年没打包了，送别张野军医时打过，新兵连的训练，今天再次派上用场，邻床沈华芬护士问：

"张军医，你今天就走吗？不是已通知全科干部参加欢送你吗？"

"我今天就走，刚好汽车营有车捎我到火车站，顺便送我上火车。"

"我交完班来帮你。"

"谢谢。"

一心只顾着整理行装，捆好包，立即赶到食堂吃最后一次早餐。中灶班长问："张军医，饿了吧？昨晚值夜班不是？这么早就来吃饭，你是第二个，第一个是你们科的沈护士。"

"是的，沈护士值夜班，她赶着交班哩。"吃了一个馒头一碗粥，很快吃完离开中灶食堂，心想这算最后一次早餐吧！将永远离开了。今天早上我没有拿"红宝书"，因为红宝书已打包装进书箱里，要随我下地方了。

八点整，李排长来了，来得真够准时的，不愧为带兵之人。他帮我把行李和书箱搬到车上，搬完后拍拍手，用河南话问：

"张军医，就这点东西？"

"是的，东西多了还难拿呢！"

我们上了车，八点十分，车向火车站驶去。汽车刚开出两公里左右，后面听有辆汽车喇叭长鸣，我们的车靠路边慢行停下。那辆车冲到前面也靠边停了下来。车上下来的是医院的杨干事和郭管理员，管理员朝我窗口这边走来，帮我开了车门，他看着我："张军医，怎么就这样走呢，师后勤首长还要来参加欢送会呢。"他的表情，他的声音，尤其是那双友好的眼神，让我诚服，我只能顺从跳下车。想到我们平时相处那么友好，此时他也是在执行医院领导的拦截任务，不能为难他。他看我下车后不再讲话，接着李排长帮着杨干事和司机搬着我的行李将它们放进医院的汽车里，李排长转身对我说："张军医，有啥事来封信，再见。"他上了自己的车，脚踩油门驶去，扬起一片尘灰。我目送吉普车远去，一直消失在大山的拐弯处……

我们上了医院的汽车，杨干事坐司机旁边，我坐司机后面，郭管理员坐我右侧，司机将汽车直开往师后勤部，一路上谁也没有讲话。到了后勤部，杨干事带我上了二楼，在那里我领了复员证，医疗补助费及一个月的生活补助费。还领了一个大木箱子，里面装着一部崭新的缝纫机，看着这部蝴蝶牌缝纫机我心里好

笑。当官的算盘打错了，张有楷不改行当缝补员，这部缝纫机白送了！既然送了不要白不要，领回家后还可以学一门手艺，可以为儿女缝衣服。我一一签了字加盖了手印。随同汽车又回到医院自己的宿舍里，我的东西都暂时性放在汽车里，今晚我住师后勤部干招所。

　　回想这一生无论走到哪里都会有几个好朋友，同宿舍的沈华芬护士，就一直留我睡她的床，因为她今晚值夜班。另外还有隔壁好友纯素芝军医，她叫我同她睡一张床，好好聊上一晚。我为什么坚持住后勤招待所呢？因为自己的出身成分会影响她们，会给她们带去伤害，小沈护士已写了入党申请书，很羡慕她的"根正苗红"，没有嫉妒也没有忧伤，连自己也觉奇怪，都这样了我还没有自卑感，心里明镜似地"认命"。当然，还有另一个原因，我不想与曾经伤害过我自尊心的人——大陈军医再同住一晚，彼此能讲些啥！莫非还能回忆过去的友谊？莫非讲今后的人生？不讲话会有许多尴尬！真正原因还是我骨子里的清高，所以决定住招待所。马上要离开部队的人了反倒自信起来，相信自己将来会成为一个名副其实的共产党员，会成为一名优秀的医生，深信自己会走得比她们都好都远。一直认定自己是最棒的，一点不谦虚，如果谦虚就显虚伪了。此时此刻离开部队我没有半点留恋，前面的路虽很长，但相信既是条充满坎坷，又是充满阳光的路等我去走。当时的我自信得近乎狂妄！这也算是我的长处吧！凡了解我的战友都不否认我这一点。

　　坐在宿舍里等着今天告别晚宴，宿舍里除了"红宝书"没有任何其他读物，让我回忆起许多往事……

　　记得初到部队领取第一份工资时，心里说不出的兴奋，就像第一次穿上军装时一个样。领到工资立即给母亲汇去三十元，那种喜悦心情无以言表。当兵了，吃的、穿的、住的都是公家的。以后每月可以给母亲按时寄钱，要比姐姐多汇一点，可以让辛苦一辈子的母亲享享福，汇钱当天晚上，还想象母亲收到钱时的样子就让我兴奋得难以入眠。次年"文化大革命"开始，再次年的1967年8月，母亲因清理阶级队伍，被清理下到平坝老家马武屯对面——阿花山接受改造。为了划清"阶级路线"与母亲停止了通信以及汇款，也从这时期开始，养成每月存钱的习惯。还记得当时邮局同志羡慕我有钱寄哩！凡是大学毕业生，大家领一样多的钱，共四十元五角，这叫实习军医工资。

　　转正定级本该1966年9月办理的，因"文革"耽误推迟了半年。1967年4月，所有实习军医办理了转正定级手续，拿六十元五角的定级军医工资，唯我一人仍领着实习军医工资，当时对我的打击很大，自尊心、虚荣心、人格等方面使我变得怪怪的。每月发工资时，总感紧张和不愉快，似乎比别人低一头似的，每次都会比别人晚一步去领取自己的那份实习工资。很多时候还会请好友小鸟代领，慢慢地被细心的管理员发觉。有一天他对我说，"张军医，以后每月工资俺叫小张帮你送到科里来，你只管签字就行，我看谁能把俺怎么样！他奶奶的，你比谁差了！"他的话还真提醒了我，是呀！我比谁差了！我究竟在怕啥？两张钱算什么东西！莫非少两张钱就把自己比下去不成？郭管理说得对呀！我比谁差了！从那天开始，每月初，我理直气壮、心态平和地去领取那份比别人少两张钱的工资。因为领工资的心态转变，更加深了我与郭管理之间的友谊。因工资的事，张野军医曾开导过我，"小张，人生很长，谁也说不准将来是啥样，工资目前比别人是少点，把它看做是暂时的，不要耿耿于怀，绝不可以自卑，要比就比贡献、比有出息、比知识、比丰收喜悦，平时你不是很坚强吗？因为定级的事小陈军医曾为你发过牢骚讲过怪话，陈主任还批评过她。当时陈主任还特别叮嘱过我，叫我多关照你，有空找你聊聊关于转正定级和工资的事情。千万不可消沉下去，转正定级不是我们说了算。你的评语比谁都写得好，评语是战军医（战军医是另一大组的上级医师，共产党员）和主任共写的，我看过，写得非常好，实事求是。今天我只能讲到这些，有些话是不该对你说的，你心里知道就行了。是否可以安慰你，我相信你能理解，也会平稳度过的。"听完张野这席话内心受到很大震动。是的，他处境不比我好，他内心苦着呢。我对他敞开心扉，表明我会正确对待当前的一切，绝不会因工资而消沉下去，并请他和主任放心。事后暗自下决心要锻炼自己的心胸，一定让心胸强大，让心胸开阔。记得下连队锻炼那三个月，不止一个人问到工资问题，我诚实坦然讲出真相，大家并没有因此小看我，相反赢得大家的尊重和信任。下放锻炼时，团卫生队长和老李军医说我最真实。我的锻炼鉴定写得非常好，这些档案里应有保存吧。

六年不给我定级对我精神压力挺大，因为我比别人付出得多，有时思想也难免会患得患失，但总算顺利度过，不论精神方面或学识方面，我能正确评价自己，都是正大于负。用两句话概括，第一句：部队年华我没有虚度，收益满满。第二句：部队把我锻炼得坚强，心胸宽大，是非更能分辨。

还想起1969年我科"特级左派"聂医助，因我生孩子产假超过三天写过检查，居然把我交的入党申请书退还我，他当时说了一句话："你这样的人，不配入党，除非太阳从西边出来。"那时他是支部组织委员。个子不高，河南人，双肩有点塌，一双三角眼，双眉也下斜，"文革"开始后，凭他三代贫农出生，当了几年卫生兵，因为表现好，提干做医助工作。他瞧不起大学生，对我更是不屑，平时总想找茬整我，背地里他被大家称为"特级左派"。其实"文革"前，

他与我同过组，我还想认真带他一下，记得当初我还鼓励他好好干，争取转做军医。（那些年代不兴考试）。自1966年"文革"开始后，他变了，翻脸不认任何老师。但他具备很多长处，记性特好加上口才好，批判问题时革命道理一套一套的，条条都能与"红宝书"恰到好处地对上号。很多知识分子对他都敬而远之，我根本不与他讲话。当然在他眼里我是个"根不正苗不红"的小人物，是一个成天只会低头干活的人。他常批评知识分子不突出政治，"突出政治"已成他的口头禅。"除非太阳从西边出来"这句话对我刺激很大，当时我想：党是中国工人阶级的先锋队。党的最高理想和最终目标是实现共产主义。共产党我是一定要加入的，你算啥东西？你比我只强在出身成分好而已，其他的我们不在一个档次上！入党是我这辈子的信仰和追求，谁也没有资格阻拦我。也是他的这句话，反倒鼓励了我，我就是要让太阳从西边升出来。当时我没有接过入党申请书，只说了三句话。第一句话："请把入党申请书转交教导员处理。"第二句话："下到地方我还会继续写入党申请。"第三句话："我会让太阳从西边出来，到那一天如果你能看到的话最好。"

今天想起对聂医助说的最后一句话是比较言重的，不过也反映了我当时的真实思想。

现在我非常希望他还健在，应当九十好几了，但愿他能看见我的今天，真让太阳从西边出来了，我今天不仅是个共产党员，自入党后年年被评为优秀共产党员，还是享受着国务院津贴的医学专家。现在想想，当时他那顶"特级左派"帽子也是时代的畸形产物。真希望他还健在，我会友好地与他握手问好。应当辩证地看，当年他的话，也算刺激我向上的因素，应当感谢他才对。

难忘的告别晚宴

一个人坐在宿舍傻想着，想到六年领工资前后的思想变化，想到"太阳从西边出来"……

终于等到下午五点钟，听见沈华芬护士叫我"张军医，时间到了，我们一块走吧。"我洗了脸，梳好辫子戴上军帽，这是我第二次在帽子外露出长辫，我俩走进欢送会场。许多同志都来了，大家围着那张大长条桌子坐下，这时看见后勤部李政委，他微笑着对我点点头，右手示意我坐下，我坐在好友外科护士长郑东萍和纯素芝军医两人中间，再旁边是外科王主任。参加欢送会的人有医院领导、各科负责人及我科的所有军医，还有后勤管理员，基本到齐了。欢送会正式开始，上级首长讲话，李政委讲得很简单，只说了几句希望之类的话。接着是医院张政委发表长篇演讲，手上还拿着发言稿，我没有认真听，一直在想：今天我该怎么表态，这样的告别会已参加过一次。那是三年前的1969年，欢送我们科的陈主任和张野夫妇，凡是要离开部队的人都要表个态，而且还要举起酒杯敬"首长"，再举杯敬在座的大家。

正专心想着今天要如何表态，还想着好友小鸟军医不在，否则她会挨着我坐，还会教我讲些什么，呆想着突然被邻座的纯军医用胳膊肘捅了一下，我听见金院长的声音，见他皮笑肉不笑地对着我说："张军医，要离开部队了，你也说几句吧。"我立刻站了起来，将斟满酒的杯子举起，我说："大家下午好，是的，我要走了，各级首长也可以清静了，这么多年来，确切地讲是'文革'这五年，我给各级领导带来那么多麻烦，一次次被喊去谈话，领导们辛苦了。以后我人走了，麻烦也随我带走了。"我举起杯一饮而尽。附近坐的吴锡元军医将我的酒杯斟满，只听见"接着讲，接着讲。"还是金院长的声音。我说："离开部队到地方，也是在党领导下做医生，相信自己会成为一名称职而优秀的医生，因为我还年轻，用我们贵州老家话来说叫'赔得起'，有的是时间去努力、去奋斗、去摆平那个'红与专'的大是大非难题，我将牢牢记住在部队里的日日夜夜，六年时间不短耶，它毕竟是我一生中最美好的青春年华，青春逝去不可重来，但我学到的东西却很多，包括医学知识、军容风纪、生活原则、胆魄及处事能力。虽一路走得很艰辛、走得很疲惫，但仔细总结一下对我来说是一笔宝贵的财富，或许能终身受益，谁能说得准！最后谢谢大家来欢送我。"之后再次举杯一饮而尽。会场安静极了，大家都看着我，各种心态都有吧。这时看见一个外科医生在桌下对我竖起大拇指，我知道他赞同我的说法，赞同我的勇气，平时我们一直是好战友。

讲完话后我没有坐下来，会场内餐桌上真的安静极了，一点声音也没有，没有一个人夹菜吃饭，大家还都瞪着我看，我慢慢转身离席。为什么提"慢慢"二字？因为坐椅一个挨一个，我必须将自己坐椅往后移出，这时我又看见外科王主任朝我竖大拇指，我转身大步朝门外走去。双眼余光告诉我，参会人员的目光全转向我，个个目瞪口呆，都瞪着我离去的背影，扎着双辫美丽的背影，留着"资本主义尾巴"的背影离开了晚宴……

离席后我赶快走进中灶食堂去吃饭，因为我觉得自己好像怀孕了，空腹酒精伤害肚里孩子不合算。值班同志小王奇怪地问："张军医不是欢送你吗？我们做了

那么多好吃的菜。"我简单回答:"我只喝了两杯酒。"小王给我打了许多菜,看着我吃得很香,为了肚里孩子我使劲吃,简直是狼吞虎咽来形容一点也不过分,和平时大不一样。或许因为腹中的孩子,或许因为席上自己讲的那些话,或许出了六年憋着的怨气,或许自己今天的表现很勇敢吧。以上原因都有吧。小王看着我,一边问我,还要不要添加一些喜欢的菜,我才意识到今天有点失常,我站起来说了声"谢谢,我已吃得够多够饱了。谢谢你小王。"我离开时小王说了一声:"张军医再见!""小王再见。"

　　这就是我离开部队时的告别晚宴,真真切切的一次告别晚宴,有时在梦里那一饮而尽的心境,怪怪的、涩涩的……现在回想当年自己太年轻好胜,我不该就这样因对领导不满而离开宴席,应当让他们看看,我有那么多相处得好的同志们,外科的、内科的、传染科的、牙科的、实验室的、放射室的。他们绝对会对我表示友好,像三年前张野走时那样来与我碰杯。

　　后来获知我离开部队后不久,张政委下地方了,金院长调离医院,到师后勤部担任副部长,分管物资调配。金院长唯一的儿子金维佳不知是何原因自杀身亡。站在母亲角度上,我深深为他感到痛惜。

第二章　地方医院的苦乐年华

回故乡

有条新路等我去走……

　　从毕业到部队工作整六年,回想起来真有意思。"文革"前一年的1965年7月,走出院校大门,"阴差阳错"当上了铁道兵军医,当时理想满怀,百倍自信。当实习军医一年评为五好学员,倍感光荣,认真写了入党申请书。次年赶上"文化大革命",简直是天上地下,让我整整当了六年实习军医,这六年算是我人生中最艰难也是最美好的青春年华,其中经历有苦有甜,让人生多了一份精彩与历练。大浪淘沙，把我筛到地方医院从而开始崭新的生活。

当时似梦非梦，总算真的脱下军装下地方了，而且是回到自己的家乡，有一种莫名其妙的兴奋感。同时还要感谢铁道兵七师首长派专人全程陪送我，陪同的杨干事拿着我的档案，由他亲手把档案交到市民政局。在火车上我一直没有搭理他。部队六年虽然一直在一个医院工作，除了领导找我谈话时，他陪坐在谈话者旁边做笔录外我们很少相处。一想起那些年，领导多次找我谈话他都在场。他对我太了解了，在他心目中我算是个"最不革命"的人。

他告诉我，"今年复员的干部只有你一个，而且又是个女同志，师里二号首长指示，要求医院派一名政工人员护送到目的地，安排好工作后再返回部队。"他还告诉我是他主动提出送我的。听他一番话后心里反感透了，部队居然把我当成兵来处理，显得太没水准，我再是出身成分不好也是个干部！他看我没讲话接着又告诉我："在医院里大家对你印象挺好的。包括俺也在内，郭管理员和你相处很好，他与俺是一个村的，他常叮嘱俺多关心你，因分工不同，俺知道你心里对俺是有看法的。关于你的去留问题，上面领导存有分歧，但因为医院张政委已找你谈过话，就算最后确定让你离开部队。"我听完他的这番话，心里更加反感，心想你的话是真是假由你说，相信与否全在我。下地方我是由衷欢喜，再留几年部队我就彻底完蛋了，再奋斗恐怕也嫌晚了。

回到家乡我住在贵医我丈夫的嫂子家里。贵阳市前两年的那种狂躁、动荡、混乱的状况已不存在，街上稍安静了些，广播里播放的"样板戏"代替了口号，一遍遍也听腻了。据说各单位的阶级斗争仍很激烈，人与人之间关系十分淡薄。当时为了找个好单位，短短几天我跑过许多大医院，还包括我毕业的学院，找过我的几位老师，他们告诉我："学院正搞斗批走，搞得人心惶惶。而今眼下，你就找个小单位待下最好。"每位老师的话竟然如此雷同？都劝我要现实一点，好像我是从天而降不知"文化大革命"似的，其实我比谁都体会深刻。只是刚从一个特殊环境下来，加上自己对医生职业的热爱，总想着找个医疗设备好的大单位永远待下去，做一辈子好医生而已。

老师们的话一路上一直在耳边回响。记得某天下午从黔灵山附近一家铁路医院回嫂子家，走到六广门转角处看见一张印有毛主席头像的画报被风从墙上吹落在地上半卷着，我不敢伸手去捡，害怕什么我也不知道，只能下意识远远绕路走开。初到一个地方心理特脆弱，加上六年的经历，已说不清自己，当时只感觉心里空落落的，一瞬间有一种被社会遗弃的感觉，这种感觉来得很强烈，但只是

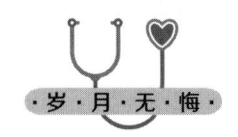

一瞬间而已，很快就消散了。我默默对自己说，下地方工作是自己盼望已久的事！不会穷途末路的，天不会塌下来的，只管走好自己的路。千万不要被老师们的话吓垮了。即使天塌下来还有几亿人顶着呢，我个头又不高。

第六天抱着一线希望再去了一趟市民政局，正好杨干事也在那儿，据他讲，他几乎每天都待在那里。他看见我时，高兴地告诉我，"张军医，你的档案被省邮电医院拿走了，通知你近三天内到邮电医院报到上班去。"杨干事还高兴地对我说："张军医，我的任务完成了，昨天下午来提档案的同志是你将来的院长，他也当过兵，山东人，很爽快。你明天去看看吧，要不我陪你一块去看看吧。"我回答杨干事："谢谢不用陪了。"我联想起姐姐十多年前曾待过的邮电诊所，姐姐是从邮电诊所助理护士考上贵阳市卫生学校的。当民政局的同志告诉我地址时，我已确定就是邮电诊所变成医院了。我再次回答杨干事，"谢谢杨干事，我认识那个医院的地址，在广播电台旁边。"民政局一位同志回答："就是就是。"

当我知道杨干事确实天天往民政局跑，向复转办的负责人推荐我有许多长处和优点，特别强调我年轻有能力，身体健康有发展前途等等。杨干事认真负责的态度及对我的关心和评价，让我感到特别意外和突然，使我改变了对他的看法，我当着复转办的同志不好意思地对他讲出："杨干事，我大后天就去报到上班，回部队后请代我向二号首长问好，代我说声谢谢！并转告首长我会好好工作的；同时感谢您一路对我的照顾。我在火车上的态度请你谅解。你放心回部队吧，我会干好工作的。"杨干事对复转办的同志说："我说张军医是闲不下来的同志，大后天正是周一，她就去报到上班了。"然后转向我："张军医我明天就买火车票归队了，我们在此向复转办的同志表示感谢吧。"他向复转办负责人敬了军礼握手告别。

我和杨干事走出民政局，一路上他讲了许多在部队时的事情，当然都与我有关。走到十字路口处，杨干事突然停下说："张军医在此告别吧！好好干，相信你会成功，火车上你的情绪，对我的冷漠态度，我最能理解，不然就不是张军医了。"说完他对着我笑了一下，我有些不好意思，他把手伸了过来，我们紧紧握着手。我说："一路顺风！谢谢你的一路陪送和大力帮助，我会好好干，一定不辜负你和二号首长期望。请转告二号首长，感谢他的关心。再见！"

分手后看着他的背影消失在人群中，感慨万千，双眼闪着泪花，战友啊，谢谢你这么多年来没有对我另眼相看，为什么你隐藏得如此深！在你的内心深处是赞同我的！我曾经那么恨过你，在火车上我都没与你说上一句话。而你鼎力帮我，介绍我，谢谢！谢谢！我站在街上良久，内心深处第一次这么愧疚。

后来我才知道，当年铁七师杨政委（称二号首长），就是曾经找我谈过话——"会掉脑袋"的首长，对我这次复员下地方比较重视，指定专门的政工干部护送，在那以"阶级斗争为纲"年代，二号首长这样做是要有一定胆量和魄力的，知道后我深受感动，只能好好工作去报答，用实际行动去证明他的关心没有错。

第一站

与一路陪送的杨干事道别后的第三天，正好是星期一，早早来到邮电医院进了院长办公室，简单如实地向院长介绍了自己在部队六年的状况。出乎我意料，他对我表示深切的同情和理解，他说："你的情况我提档案时听与你一块来的杨同志详细介绍过了。你的定级问题，提档当天我已打了报告，六○级和六五级是同一个档次，你每月工资和他们一样。我们是十二号发工资，院里已帮你注了册。"接着说："我带你去领白大褂和听诊器，你先到内科病房上班。我们是病房门诊轮流上。内科暂时由我负责，科里有几位老医生，两位姓傅，一位姓张，有两位是1959年四川医学院毕业的，还有一位贵医毕业，算是你前后同学吧。"我跟着院长领了白大褂和听诊器去到内科病房，见到傅大夫时心里咯噔了一下，她比我想象中出老，面色差，双眼袋发暗，对人有些冷漠，她很礼貌地给我介绍了科里的大概状况，然后分五张床位给我管，就这样我开始了新的工作和生活。人生三十而立，我二十四至二十五岁的青春年华已逝去，三十岁开始人生转折，一切以崭新姿态从零开始吧，顺运三十而立！

必须走好自己的路

病房的工作与部队一样，白班夜班轮流上。不同的是部队年轻病人多而这里老年患者多，比如高血压病、哮喘病、冠心病、慢阻肺等。医院还分给我一间临时过渡房，在二楼药房仓库的隔壁，这间房宽敞明亮，房外面有条很宽的走廊，我们的火炉就安置在走廊上。我把儿子和他奶奶从贵医嫂子家接过来一起住。此时我的内心宁静而平和，对医院的安排充满感激，对自己的工作也充满信心，尊严的拾回深深印及内心。

当时有条件的大单位都成立了毛泽东思想宣传队，省邮电局有自己的宣传队。我科有位师姐，当时她是宣传队成员，在当时的政治大环境里，能参加毛泽东思想宣传队的人，绝对是"根正苗红"、很有政治地位和影响力的人。她个子比我高，五官端正，双眼稍小些，但整个脸型给人印象十分甜美。她说话有些趾高气扬、盛气凌人，她经常参加演出，有时会半脱产。相处中我发现她有点瞧不起我，有一天她竟然当着好多人的面问我，"张大夫，你为啥不继续留在部队工作？部队多好多光荣呀！我做梦都想当兵，可惜我毕业时不时兴这个。"我明显意识到她想当众羞辱我让我难堪，我反感透了。在部队几年我早已适应这种气场，心想就让你过把瘾吧！我又怕什么呢！这些年内心早锻炼得无比强大了。于是直截了当地当着那么多人的面回答她，而且是大声回答她提出的问题："不是我想下地方工作，是因我出身成分不好，不适合长期留在部队工作。"这个回答既令她十分满足，又令她十分惊讶。她万万不会想到我会如此爽快，如此坦然，如此直截了当，如此不回避回答她的问话。她听完我的回答后，立即哑口无言，表情极不寻常，反倒脸红了起来。从此我不得不处处提防她。心想这种人怎么到处都能遇上！生活和工作中，总是提防会活得很累的，这个时候我会反过来安慰和提醒自己，搞好自己专业，其他就顺其自然发展吧，相信天塌不下来。我只差在出身成分不好，其他方面我很自信。一句话，走好自己的路。

　　平时除了自己的值班和夜班外，有时要上替班，有时代夜班，虽然累点，但我觉得很划算，因为多接触老年医学这一块又让我长了不少见识，只要能学到东西是我最大的满足。也许是天生的秉性吧，因为这秉性我在军队戴了将近五年"只专不红"的紧箍咒，因为这"秉性"也使我后半生工作起来底气比较足，那曾经有过的坎坷也变为美好。

　　工作时在医院，下班回到家，看见孩子在眼前蹿来蹿去，心里感到特别幸福。从下地方开始与婆母一块生活，她老人家年纪已近七十岁，但身体健康，又讲卫生，烧得一手好菜，尤其红烧猪大肠最受欢迎。相处好的同事常来我家吃饭。我和婆母之间关系融洽，她又爱自家的孙儿。我常写信鼓励丈夫，安心在部队工作，一家老小都好。年底我生下第二个儿子，当时产假只有五十四天，产假满后开始上班。这时医院分给我一套房子，共两间，有公用伙房，里边各家有自己的灶炉。一个院里共住六家人都是邮电职工，医院的就有三家，其中还有许院长。当时大家相处极好，有事互相帮忙，记得有一年夏天我二儿子因腹泻脱水，半夜三更还是住我楼上的张师傅帮忙背送省医急诊治疗的。

　　看到两个儿子一天天长大，心里十分慰藉。可惜好景不长，不幸的事突然落到我头上。事发当天，我匆匆吃完晚饭，正准备去看院里发票规定要看的样板戏《红灯记》，二儿子手里拿着半个李子啃吃着，看我出门就大哭起来，被李子核卡住咽喉倒地抽搐，面色发青，当时把我吓软了，许院长陪同我把儿子送到贵阳市第一人民医院抢救，当时医院不正规，送去时找不到五官科医生，等医生来时，呼吸心跳已停止。眼睁睁看着儿子窒息死去，死时不满一岁。这突然来的事几乎将我击垮！我号哭至无泪，如果不去看电影，如果他不哭，不会发生喉头梗阻窒息死去。一个失职母亲的悲哀和内疚，好久好久折磨着我，整晚整晚不能入睡，那挥之不去的场景一直困扰着我。儿子爸刚休假离开不到半个月，收到失去儿子电报后又匆匆往家里赶。邻居担心我们会吵架，尤其住楼上的张师傅夫妇都常到我家来陪伴我们。其实孩子爸接到电报立即往回赶是担心我想不开会做出傻事。当时得到医院领导关照，给了整整十天休息。对领导的关心我很感激，努力调整自己，用孩子爸的话说："愧疚没有用，面对现实吧，我们还年轻，以后还可以生养的。"爱人在家待了七天返回部队，我又投入到紧张的门诊工作中。1973年3月我又生下第三个儿子。产期一满就将儿子托出请人带，因当时孩子奶奶年事已高，这么幼小的孙儿不忍心让她老人家操劳。

借产休期间，我曾悄悄抽空到乡下看过一回母亲，公社分配她看守仓库，母女相见都有说不出的高兴。将近八年未见母亲，她已添了不少白发，母亲知道我又生了儿子，高兴的同时她总是叮嘱我注意保养好身体。"妈，这话该我对您说才是。"陪母亲只睡了一夜，感觉温暖的同时也感觉心酸。离开母亲时她再三提醒我，"你在贵阳工作了，一定抽空去看看老邻居杨伯伯和杨妈妈，他们都是好人啊。当年清理阶级队伍说我是地主婆，那些造反派的人一凶二恶的，当天晚上他们俩夫妇还悄悄来看我叫我不用怕，开导我看在三个孩子面上要好好活下去。杨妈妈还担心我想不通会寻短见。"听着母亲的话，再看看母亲表情，让我钦佩，我的母亲是很坚强的。当天吃过中饭我就与母亲告别！离开时母亲依然没有掉泪，还是那句话："好好干，带好自己的儿子。"这次我给母亲留下壹佰元钱。

走出村庄好远，回头还看见母亲仍站在原处对我挥着手。毕业离家时的情景，"文革"结婚后爱人陪我回乡的情景历历在目，看着母亲的样子，我情不自禁地眼泪汩汩流出。母亲老了，她看不清女儿远处哭得正伤心呢。

母亲的叮嘱，抽空看杨伯杨妈的话，时刻响在耳边。借休息天去看了小儿子，陪他玩了一会就匆匆离去。买了两瓶平坝窖酒，到彭家巷看了杨伯夫妇，他们和我母亲一样明显老了许多，尤其杨伯正患着腰痛病，背明显佝偻了，每天喝着治劳伤的药酒却不见减轻。他们看见我像见了自己亲闺女一样兴奋，一直问我

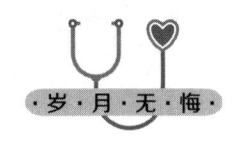

母亲情况，我一一告诉他们。他们对我一家很怀念。杨妈妈告诉我："可怜你妈六七年你姐把郭健儿接走后，神志时清醒时恍惚。你弟弟回来送她去医院看病吃药，稍好些就被遣送回平坝老家去了。"杨妈边讲边擦着眼泪。得知我在邮电医院工作，杨妈叫我经常回去吃饭，叫我把他们看作自家人，我很感动。八年前毕业离家时，还是他俩老替我打包装行李，内心十分珍惜六十年代的邻里情，也将杨伯夫妇视为自己长辈，之后常买了酒带上儿子去看望他们。

随军入川

1974年孩子的爸爸从团里调到专门培训干部的师教导队任教导员，领导考虑让我们一家人团聚，对我做出了随军安排。这在"文革"时期是反常态的，是一件不可思议的决定。记得当时还是由部队出面来邮电医院提档的。当时我提出一个条件："请上级帮忙把我调进大医院，否则宁可不随军，分居两地多年，习以为常了。"档案被提走后很快丈夫来电报告知，我的档案确实送到达州地区医院。不几天又收到第二封电报，催我抓紧时间办理手续到川报到。用了三天时间办了户口迁移，第四天到省委组织部办了干部外迁手续。

与邻居相处将近三年，熟了却又要走了，不知是天意还是巧合，三年前搬来时天下着大雨还伴着春雷闪电，今天也是阵雨。家具虽不多，但书、被子、孩子的衣物一样也不能少，乱七八糟，还有那台缝纫机把我弄得晕头转向，多亏楼上张师傅和隔壁李伯伯来帮忙打包。张师傅用邮政车把行李运到火车站，办理随车托运手续，回来已下午两点，雨也停了。婆母被嫂子接回贵阳医学院。我带着孩子到彭家巷与杨伯杨妈告别，还在他们家吃的晚饭，晚上杨伯用三轮车送我们到火车站。做当兵"家属"不容易！要靠朋友相助，更要靠自己坚强，靠健康身体支撑，否则寸步难行。一路上带着两个儿子又是那个年代，物资匮缺买啥都要票，不用票价格翻倍，经济又不宽裕。两个儿子第一次坐火车高兴极了，小儿子看邻座的一位年轻妇女正给孩子喂着奶就问我："妈妈，小朋友在吃阿姨的肉。"我告诉他，"小朋友吃着他妈妈的奶。"他似懂非懂地对着那小朋友看。把周围的人都逗笑了。不怪儿子不懂，他们都是人工喂养的，因为我没有哺乳过他们。

火车到了重庆站，我们没有出站又上了开往北京的特快，几个站就到达州火车站。火车到站看见孩子爸笑眯眯朝我们走来，牵上两个儿子我们一块走到行李处，等了许久才领到随车行李。坐上部队汽车，住进了师部教导队平房。教导队驻达州市郊区——覃家坝，离我上班的医院很远。一家四口挤在两间平房里，我等着医院通知我报到上班，但到部队将近一个月不见动静，我急了，叫丈夫看好孩子我自己想办法，不能这样等下去。他也急了，连声说："找带孩子的人要等你到医院上班后才能来。"我火了，赶上部队汽车进城，搭了顺风车，自己到医院政工科去问情况。

  州医院政工科长是位中年女同志，南下干部，短发，说话客气。她听完我的自我介绍就立即带我去院长室，院长看见我一身淡蓝色裙装，扎两条长辫，好奇的眼光一直上下打量了我好久，这让我感觉很不自在。院长问："张有楷真是你吗？"当时我好困惑，心想不是我会是谁？院长吩咐政工科长把档案拿来，核对了确实是我本人。他笑了，叫我马上报到上班。我礼貌地回答院长，"部队住覃家坝，上班离医院太远，是否可以找间房子把我一家人安顿下来？"院长立即叫来总务科负责人，吩咐他将托儿所里一间大库房腾出。这位科长姓唐，眼睛很大有些突出，绰号叫唐鼓眼。他问我："有几个人住？"我回答："两个儿子加上一个保姆共四个人。"看他很惊讶的样子还补充了一句："粮票油票要上交集体伙食团的。"我问了一句"不能自家开伙吗？"他说："大家都吃食堂啊。"我把吃食堂的事告诉丈夫。他说："一切按单位规矩办，油和粮部队可以适当予以补助。"

  一周后部队用车把我们送到医院托儿所腾出的库房里，两张双人床一张带三个抽屉的条桌，六条椅子加上锅瓢碗齐全。只有那台"缝纫机"暂时存放在爱人教导队宿舍里。卧室旁边还配有一间小伙房，是原来托儿所烧牛奶用的，不大不小挺合适的，这就是我们的家了。搬家第二天，教导队文书带来一位小女孩姓王，名柒凤，本地人，看样子很小，有哥哥陪着一块来，介绍她才十五岁。看她蛮乖巧的模样，心想她还是个孩子哩，可以帮我带带孩子和做饭吗？

  爱人每周末回家一次，小保姆正好回家休息一天，就这样我开始了新的生活和工作。上班后很长一段时间才知道医院为啥迟迟不通知我上班，原来我是部队随军家属，他们对军人家属存在极大偏见，认为当兵的家属吊儿郎当的多，好好工作的少。有理无理有事无事就请假，部队一调防拍屁股走人，占了医院编制不说，平时还很难管理。我的档案早来了，医院领导根本不当回事，能拖多久拖多久，因为其主观地认为来了个占编制不干活的军人家属。是的，连我自己对"家属"这个称谓都不认同，从转业下地方与张政委最后一次谈话那天开始就对"家属"两字反感至极。院长与我见面后，发现这个"家属"还比较年轻，还算精干吧，于是立即予以拍板安排，而且要求我马上上班。我对这位院长印象极好，我

也想尽快上班进入角色。

　　这家医院，令我十分满意。它的前身是德国人建的教会医院，新中国成立后发展到今天，不仅条件好设备齐全，还是几所大学的教学医院。住院部设有床位一千多张，有大外科：腹外、胸外、骨外、脑外、肛肠外科。大内科：心内科、呼吸科、消化科、神经科、血液科、干部病房。以及五官科、中医科、传染科和儿科。临床辅助科室十分齐全，设备也先进。除儿科病房和门诊部设在城区内，其他各科住院部都在郊外胡家坝，也就是州河下游。门诊部也挺大，各科室齐全，辅助科室也配套，门诊还建有急诊观察室，共设有十多张床位。这令我十分满意，心想一定能学到很多知识，今后努力加油干吧，像海绵吸水那样狠下苦功，我振奋不已。

进入角色

　　六月初上班第一天，医务科长带我领了两件短袖白大衣和听诊器，并把我带到门诊内科介绍给大家。之前院长已找我谈过话，他告诉过我，为了解我掌握临床医学知识基础和熟练程度，先暂时安排我上门诊坐诊，观察一段时期以后再定。院长强调内科门诊老医师多，有处理不了的问题随时请教他们，其中特别提到张永福主任和阮一群医师。

　　院长的想法和做出的安排是正确的。这位院长姓王，不是本地人，五十多岁模样，对人很和善，像个长辈。第一天看到他就让我倍感亲切，并欣赏他果断拍板的做派。他还对我说："这里的病人多，各种病种均可遇见。夜班还要看儿科病人。"当时我惊了一下，儿科病人我可没看过啊！能胜任吗？心里无底。

　　第一周六天安排我上行政班，上下午各四小时，还比较顺利。有些病人见我是新来的医生有些不信任，病人自己将病历从我桌上拿走去到别的诊室看，我不好表示什么，只感觉有点尴尬。上班到周末，内科组长曾修源医生通知我，要求我下周一开始参加倒晚夜班，我表示同意。

　　星期一看了一下排班表，大家也在看。排在我前面的是个儿科医生，看排班表时，有个别医师有异样表情，尤其是原来接这个儿科医师班的同志还笑了笑，表现出高兴的样子。我很敏感，但又不好追问。后来正式倒班后，几轮夜班下来，我才发现其中秘密。原来这个儿科医师动作慢，接班时会留下一批未处理完的病人交到夜班人手里，病历上却一丁点记录都没有记载，夜班病人又很多，大家都挂了号排着队一个接着一个看，她留下的病人拿着各种化验单或胸透报告结果，都催着医生先处理。这类病人处理起来比自己新接手看的病人花的时间更多，插队不说，一切得从头问起，要听诊要写病历。有一次一位女病人拿着血常规化验单，放在我桌上，有气无力地讲："医生先给我看，我高烧三十九度，头好晕。"我抬头看了她一眼，确实是发烧病人，脸红红的精神很软，随即请她坐下的同时在桌上翻找着她的病历，开始问病史时，病人突然晕厥，旁边又没有家属陪伴，我立即起身双手扶住病人，大声叫着急诊观察室护士，带氧气袋过来。并请正等待看病的人协助一下，一位中年男士将这个病人背到观察室。这个病人处理完毕用去半个多小时，再回来接着看其他病人。难怪我刚来上班，就把这位医生排在我前面。有人为她取了个绰号叫"慢痉风"。此时我才切身体会到，每个人初到一个新单位，彼此不了解，"欺生"（欺负新来的同事）是一种常态，难怪几周前看排班表时医生们有异样的表情。现在仔细想想不奇怪，我是新来的人当然逃不过这一关，新同志只能接受。

上夜班抢救病人特别多、多数是有机磷中毒或饮酒过量引起乙醇中毒的，小儿中发高烧惊厥的多见。常见病、多发病还是占多数，一个夜班下来，要看上四五十个病人。夜班医生和急诊室的护士关系特别密切，凡遇抢救病人，医生必须现场指挥及参与，像打仗一样。半年下来，确实长进不小，知识面扩大许多。上夜班能与门诊各科医生，包括外科的、五官科的、检验科的、放射科的、挂号室的、药房的，因业务关系需要相互沟通和交往，融洽相处是必要条件。时间长了大家都亲切称呼我小张医生。这期间结合病人的病情我读了许多书籍，下班在家等孩子睡了我就背书，虽然很辛苦，但读懂了许多危重病人抢救方案，将这些方案施于临床。看见自己抢救过来的病人一个个康复，就会感到苦中有乐，很有成就感，令我整天乐呵呵的，整个人的身心发生了巨大变化。当时年轻，睡上一觉，第二天又精神抖擞。

上夜班抢救病人是常态，几乎天天都有。某天一接班就送来一个服农药中毒的女病人，因夫妻拌嘴，一时半会想不通就喝下半瓶乐果。乐果属有机农药，据她丈夫讲述，她喝了大半瓶乐果。当时病人口吐白沫，神志不清，双侧瞳孔缩小，心率慢而不齐，我立即下了口头医嘱："马上清水洗胃！洗完胃给病人建立两条静脉通道，一条推注阿托品，每十分钟推注一次。另一条滴注胆碱酯酶复能剂——解磷定。"大家忙了一阵，我医嘱下完护士也都执行了。护士忙完后正洗着开口器，这时又来了一位农妇抱进一个正抽搐着的小孩。小孩牙关紧闭，大小

便失禁，农妇哭着喊着："快救救我儿子，被椿卡住啦！"我只明白是被什么东西卡住咽喉，就令护士快上楼叫五官科医生，另一护士快拿开口器，这是刚用过的开口器，还没来得及清洗消毒，当时顾不了那么多，救命要紧，护士只简单用自来水冲洗了一下递了过来。运气还好，这孩子牙未长满，开口器有点大，先用两块压舌板勉强从口腔一侧没有长牙的地方伸入，敲开了口，将开口器强行送进口内，护士帮忙用劲打开，我用右手伸去拿着一根椿尾，拉扯出来才知是一个蒜头，取出来时患儿大换了一口气，患儿妈连声说："活过来啦，活过来啦，感谢医生，感谢医生！"孩子面色逐渐转红。等五官科医师赶到时，问题已解决了。我手指有血，是孩子牙龈碰伤流血所致，五官科医生给患儿开了消炎药，嘱家属坚持服药三天，有何不适随时来五官科就诊。急诊科王护士调侃五官科年轻医师："等你赶来茶早凉了。"这位年轻医师很帅，平时有点小调皮，他笑嘻嘻回答护士："今天我又捡了个炮①。张老师，谢谢你。"这位年轻医师后来调重庆市急救中心医院工作了。

　　通过对这病儿急救，急诊科的护士们对我亲近了许多。这件事让我想起失去的二儿子，更让我想到部队当兵下放锻炼时团卫生队老李军医，为抢救病人他不顾一切的情景。病儿抢救过来了，我却全身是汗。二儿子和老李军医救过的炊事班长，一直在脑海里挥之不去。如果处在今天，哪个医生也不敢这么操作，第一，分科细，咽喉卡异物不属儿内科门诊范围。第二，开口器未消毒有感染的可能，我那样做实际上是违反常规操作规则的。第三，救活过来大家欢喜，救不过来则会引起医疗纠纷。所以时代不同急救病人的方法也不同。这个时代的医院，分科很细、责任明确、谁也不敢去承担那些多余的风险。

　　学医是个高风险职业，任何时代都不可否认这一点，尤其手术科室和儿科专业。

　　服农药的年轻妇女，让我们值夜班的医护忙了一整夜，推了不少阿托品，瞳孔散大，皮肤干燥，心率加快，肺水肿好转，阿托品开始减量，病人神志转清时，总狂躁大声嚷嚷："看不见，看不见，我什么也看不清楚，医生我会变成瞎子吗？"她丈夫急得忙问我会不会变瞎子？我们护士告诉她："明后天就看得见了，以后不要乱服农药了，如果双眼瞎了多不合算呀！你这次吃亏大啦！"她什么也不说。其实护士是吓唬她的，看不见是用阿托品过量所致。这个病人必须留住急诊观察室，至少要住上七八天才可以出院，因阿托品不可过早停用，否则有乐果

---

① "炮"是四川方言，意思是占便宜。

中毒反复倾向。到下一轮夜班查房时，看见她有说有笑，是个开朗的妇女，她丈夫告诉她："八天前是这位医生和另一个护士抢救你的。"她拉着我的手哭起来，把我弄得有点尴尬。她丈夫站在旁边一句话也没说，看得出她平时能干开朗，是个急性子人。夫妻感情蛮好的，这么多天她丈夫一直陪在床旁。查完房她悄悄告诉我："医生，当天我是想吓唬他一下，没想到差些把自己的命丢了，谢谢你救了我。"我也小声对她说："以后别耍孩子气啦，要珍惜生命。"她连声回答："记住啦，记住啦，有空到我家去耍，我家门前有三棵梨树，果子很甜的，又不准卖，只能自己吃。到果子熟后我一定背来请你们大家吃。"

某天查留观病人时，我发现有一个男病人，因吐泻发烧一天，病历诊断为急性胃肠炎，正接受输液消炎治疗。血常规显示白细胞高，中性粒细胞高，仔细检查发现病人右下腹有明显肌卫，但其他体征不明显。我在病历上作了记录，并说明请夜班外科医生来会诊过，病历上也有外科医生记录。次日早晨交班时，特将病人状况重点交给白天接班余冬梅医生，强调这个病人还不能排除有外科情况。观察室余医生上午再次请过外科会诊，外科医生写下意见：继续抗炎治疗。当天接夜班的刘家朴医生第三次请了外科会诊，结果该病人当晚转入外科做了急诊手术，术中发现阑尾已穿孔。周一在胡家坝住院部全院职工大朝会上，王院长点名批评了急诊观察室的医生，因为门诊部设在城内无法参加全院大朝会，只能由高崇礼主任代表门诊部参加开会。周二传达朝会被点名的事，观察室管过这个病人的医生有三个，第一个就是我，第二个是余冬梅医生，第三个是刘家朴医生，大家反映强烈，都很生气，建议高主任将病历调出，病历上有三次请求外科会诊的详细记录，第三次还是内科夜班医生请的急会诊，最后在下一次大朝会上得以澄清和纠正。通过这件事深刻体会到当住院医生必须做到手勤、脚勤、口勤。这也验证了当兵时，上级医师张野军医对我的教诲，多看病人勤作记录，白纸黑字是最好的法律依据，几十年来我体会深刻，尤其现在医患关系紧张的年代更显得重要。

门诊学到的知识真多，尤其是夜班。一接上班就马不停蹄查留观病人，留观病人中有成人、有儿童，也有刚分娩的产妇。这一回上夜班又让我发现一个小女孩，讲话声音嘶哑，肚子很大，走起路来慢悠悠的像一只企鹅，这引起我的注意。追问病史，这孩子已经三岁多，因营养差发育不好，像个两岁的孩子，她的声音嘶哑已经有两个多月，这次因受凉，发烧咳嗽两天，病人今天就诊时来晚了未拍到胸片，暂时收住观察室输液治疗，输完液她妈妈牵着她上厕所小便被我看见。我仔细检查发现这孩子除发育营养差外，心前区明显隆起，心尖区扪不到搏

动，听诊又无杂音，腹壁很薄，肝脏大至平脐，质地偏硬伴有压痛。我对儿科病人不熟悉，通过检查只知道她病情不轻，于是给家属下了病危通知书，说服家长将她转收儿科病房住院进一步治疗。儿科住院部就在门诊旁边二楼上。次日下夜班就去了一趟儿科病房，想追踪观察一下我收的患儿情况。走进病房，看到医生们都在忙着查看自己的病人，听我讲明来意后，一位师姐很客气地将病历递给我，我认真看了一遍病历，知道昨晚患儿进病房后，做了心电图，拍了胸片，查了血常规。今天上午还要做B超。病房初步诊断：慢性心内膜弹力纤维增生症。我又翻看了首次病程录分析，分析很详细，因心脏扩大压迫了喉返神经，所以表现声音嘶哑，临床称为声心综合征。肝脏肿大，是慢性心衰的表现。需要长期服用地高辛药物来纠正心衰，一般需要服用两三年或更长时间，同时服用免疫抑制剂强的松，据病情和心电图好转逐月减量，疗程一年左右。首次病程录中分析得很清楚，当时这位师姐给我留下极深的好印象。

初来新上任的我，今年门诊让我赶上两种流行病，乙型脑炎和钩端螺旋体病。才上班三个多月刚进入九月，正赶上乙型脑炎流行，嘿！来门诊的大多数是儿童，三至六岁不等。患者都有高烧、头痛、喷射性呕吐、烦躁，小年龄组的患儿多表现抽搐昏迷。每天都有七八个作腰椎穿刺的。门诊部高主任说，"乙型脑炎每三四年有一次流行，似乎已成规律了，你小张医生赶上了，门诊算你最年轻，腰穿由你统一来做吧。"当时我心里有些害怕，但又想到只要我认真按规范操作去做就不会出问题，也就答应下来。结果做了两例很顺利，感觉良好，就这样几乎每天都要腰穿七至九例不等的病人。每例操作前，先静脉推注甘露醇或肌肉注射速尿后二十分钟，我就开始进行腰穿，脑积液收取两份，一份送常规检查，另一份送检血清中的特异igm抗体，每操作完毕一例，令其平卧四小时送入病房。那年收治不少乙脑病人，死亡率也高，有的患儿送来时已有脑疝形成，加上经济贫困，放弃治疗的情形常有发生。

钩端螺旋体病，当地老百姓将这病称为"打谷黄"。来看病的大多数是青壮年农民，多数是被家人背来看医生的。大多都有发热、全身肌肉酸痛、四肢无力、兔子眼（眼结膜充血）、腹股沟和腋窝淋巴结肿大压痛、腓肠肌明显压痛，凡具有这些症状不用怀疑，就按早期钩体病收住院治疗。最怕碰上中晚期病人，来就医时临床表现花样百出，有的似伤寒，表现高烧、腹泻、肌痛，一来就低血压甚至测不到血压，表现休克；有的肺出血，碰上这类病人，根本来不及抢救就死在诊疗室；还有黄疸出血型，这种更凶险，全身皮肤发黄，突然发生鼻出血或大量呕血，死亡率更高；有的病人抬到医院时已神志不清，意识蒙眬甚而昏迷。

当年搞得人心惶惶，值夜班的医护人员都十分紧张。尤其是我，一个新来的医师，当兵时没有见过这么多的重病人。某天刚上夜班，就来了一位病人，他是由家人扶着走进诊室来的。我看他面色青灰，坐下一测血压，把我吓一大跳，他的血压基本测不出，再量一次结果相同。立即将病人卧下，见他鼻孔有血，我想完了，可能他有肺出血，一瞬间患者发生大呕血，喷射我一身。我叫家属协助将病人侧翻过来，让血流出口腔，避免呛入气管，刚给病人吸上氧、输上平衡液，正准备将病人送进病房，但为时已晚，病人心跳呼吸停止。类似这样的病人，每天都会碰上一两个。在这样的医院工作，只要上心技术会提高很快，但看见病人危急，医生又无措施挽救病人生命，内心是极痛苦的。现在随着医学技术的发展，预防医学的普及，这种病可能已见不到了。

我的两位上司

门诊坐诊我的第一位老师阮一群医生，他是华西医科大学毕业的，知识渊博，医术很高，人们称呼他"阮半城"，可见他名气大、口碑好，平时对人很和气，碰上疑难问题我总是向他请教，他都耐心回答，还常借书给我看。我对他印象极好，相处自然和谐。

某天上班一进到医院，只见人们议论纷纷，阮医生跳楼自杀了，把我吓得三魂少二魂，当时众说纷纭，有的说他个人历史有问题，有的说是生活作风问题，不管什么问题，都不该采取这种极端方式啊。我只感觉可惜，留下老婆孩子怪可怜，他爱人是卫校教师，平时夫妻感情很好。内科刘家朴医师小声说："死得真冤枉，可惜！可惜！"

二十年后我返达州看望老朋友时，才知道阮医师跳楼自杀的原因。原来在"文革"时期有一位女病人给医院领导写了一封控告信，信中提到胸科门诊时阮医生摸及乳房，告他作风有问题。这条理由让我不能认同。一封简单投诉信能说明什么？法律是讲证据的，就算是"耍流氓"，知错改了就是，不该把面子看得比命重。这也是我们少数知识分子的弱点吧。

此时让我联想到今天这个时代，不知是进步了还是退步了？把老祖宗传下来的基本检查手段：望、扪、叩、听，几乎抛弃了。没有几位医生能做到认真地望扪叩听。对病人只简单问一下病史，接着开各种各样的单据，用老百姓的话说："开单

医生，钱医生。"不等各种检查报告单出来，就先大手大脚开各种贵药，能否治好病却很少去跟踪。西医生开中成药，对中成药成分一点不知晓，哪种药贵开哪种，中成药对肝肾是否有损害不知道。不论中医、西医都开大量抗生素让病人输液，国外评价我们中国是抗生素大国、是输液大国。不知身为医生的同行们有何感想？为什么老百姓称医生为钱医生？开单医生？这个问题涉及面太广，因为涉及个人和医院的经济利益。开单有提成、开药有提成，这已是潜规则，这些潜规则对医院大有好处，因为很多医院以药养院。对医生有小好处，因为医生工资太低，只能靠开单开药提成来养家养孩子。其结果受害的却是广大老百姓。所以国内近几年来老百姓一直称看病难！看病贵！这些问题，应当追向源头，追向卫生部和药监部门的负责人，追向中央有关医改政策。是的，局部看，医院富了，医生富了，却把技术丢了，少数医生离开仪器甚至无法诊治病人。

  国家医保漏洞极大，套用医保现象多有发生，医院过度开单检查、过度治疗病人。有的人用医保卡刷油盐米酱醋茶、化妆品、染发水等。医保改革难度大！再大国家要想尽办法解决好。否则最后还是落在老百姓头上。医院应当姓"医"而不该姓"商"，一旦医院步入商业化性质就变味了，不能变味！因为我们是社会主义国家。

  第二位老师是张永福主任。他业务水平也棒，因为同样姓张吧，我与他走得比较近。自阮医师去世后，凡有不懂的也总找他问。他的爱人和我相处挺好，常把她做的泡菜送给我吃，真是又香又脆酸辣恰到好处。记得我改做儿科医师后，再轮到门诊观察室三个月期间，张主任分配给我一个任务，外出去看一个病人，这病人是从国外回达州探亲的华侨。这在改革开放初期是少有的，因为是个女病人，所以才派我去出诊。出发前他特别交代，叫我不卑不亢只看病就行。救护车里坐有一位女同志是地区侨联办的，汽车开到一个小巷口路旁停下，她带我走进小巷，进到病人家里，见病人躺在床上，测量体温三十九度，咳嗽剧烈，诉胸痛。仔细听诊发现有肺炎体征，当时她表示出惊讶和一副怀疑与不信任的模样，于是我建议送医院拍胸片，她还是同意了，最后胸片结果证实为肺炎。她带药坐飞机返回异国（具体外居哪国没有过问）。她特别对我强调国内空气差，异国空气好，我想也许是吧。

  冬季门诊病人比夏秋少些，但每次下夜班前要把几个诊室火炉生着。初到这个医院上班几个月后，正好赶上冬季。每天交班前发炉子让我伤透脑筋，因为不会发炉子，天不亮就开始生火，将整个大厅右侧一楼搞得烟雾弥漫，呛得鼻子口来水。有个负责打扫门诊大厅的老人常来帮助我，教我事先把各个冷炉里的灰捅尽，冷炉底还剩有焦炭。然后先敲好无烟焦炭，用少许糊碳放入我值班用的燃炉灶里，等一会再把燃着的糊炭分别送到各个冷炉中，再把糊炭放入有火星的各个炉灶里，再加上无烟焦炭。几个夜班下来我已熟练掌握生燃炉子技巧，每到我交班时各个炉子燃得通红，非常感谢这位老人。我发现他讲话礼貌，用词妥切，穿着朴素而干净，像个有文化有教养之人。我称呼他岳师傅，他小声告诉我，"你今后称呼我'姓岳的'就可以了，全院人都这样叫我'姓岳的'"。后来才知道他是"历史反革命"。原来这个医院前身是德国人建的教会医院，他就在这个医院，分管后勤工作，但时间太久已无法考证。据说解放初期外国人撤退时做了大量破坏工作，他没有干什么坏事就让他留在医院继续工作，"文化大革命"时期，被打成"历史反革命"接受改造。他对我讲过，他学过历史还上过军校，当过战地记者，但从未做过坏事。从闲聊中确能感觉到他是受过高等教育有文化的人。有一天，我上夜班，儿子跟着，刚接班就来了个抢救病人，老岳对我说："张医生你去救病人，我替你看住孩子，你放心，等你处理完病人后我再回家吃饭。"半小时后我才过来，看见老岳正给我儿子讲武松打老虎的故事，一老一小笑个不停。说真的我非常感动，只感觉他是位好人。我说："老岳耽搁你吃饭了，谢谢你。"他回答："不用谢，应当的，大家都是为了病人。"

门诊部高崇礼主任，叫我少与岳家猷搭腔，他属"历史反革命"。高主任是从解放军部队转业下来的干部，北方人高个儿，说话直爽，对人和气。他还告诉我："收发室那个中年男子是个右派分子，除了订报纸杂志，最好远离他些。"感觉高主任是个好领导，在"文革"特殊时期身为中层领导干部，他只能这么做，所以我从心里感激他是在正面提醒我。但生性好奇的我在借取杂志时和这位右派分子闲聊才知他具有大学学历，是法学专业，在法院工作过，1957年反右时因人太年轻，领导叫提意见，他就提意见。他对我说："当时领导强调，不打棍子，不戴帽子，把我们说得心里暖洋洋的，便向领导提了几条意见，还自以为勇敢，敢说真话！没想到提意见后就被划为右派。"用他的话说："当时太年轻太幼稚，阅历太浅。"自从被打成右派后，历次政治运动他都顺理成章成为"运动员"。后送至医院收发室做了工人，接受改造。"文化大革命"期间，又因他的集邮册中有外国邮票，于是罪加一等，说他"里通外国"，划为"三反分子"。他一生未婚，在以阶级斗争为纲的年代有谁敢与右派分子、三反分子结婚呢？用他的话说："不结婚也好，以免后代受到牵连。"

"文革"那些年，门诊工作中我发现一种社会现象非常流行，有三种人喜欢找医生开病假条冒充病号休息：第一是汽车司机，当时最吃香的职业，称"掌握方向

盘的人"；第二是卖猪肉卖蔬菜的；第三是卖粮油的。当时物资供应匮乏，什么东西都按票供应。这些人手里拿点小东西犒劳医生，就可以要求医师开病假条休息，正因物质供应匮乏，还真有个别医师给病人开病假条休息的。记得有个医师给病人开了十天休息证明，冒充病人病休期间犯了法，"病人"所在单位来人调查。结果这个医生还受了批评和处分。我也经常碰到这种情况，病人说："张医生，你明天到我粮店来买好米不用排队，如果没空我给你留二十斤你抽空去取。"然后提出开三天病假休息。我回答她，"我开不了证明。"她满脸不高兴还说了一句，"拽什么拽！"这样的情况让我碰上好几回，有卖菜的，有开车在外面带鸡蛋的，有卖粮油的。结果我总被他们说成"拽"！如今什么都有，超市各种物资应有尽有样样齐全，只要口袋里有钱，想买啥就买啥。医生也不会因为一斤粮油或几斤鸡蛋就开假证明犯错误了。

改做儿科医生

来达州中心医院内科门诊上班七个多月，经过夏季、秋季、冬季，见识过的病人不少，知识有长进，能力有提高，这是我最满意的。1975年，过完春节后院长找我去谈话，有点像征求意见的意思，要我改行做儿科医生。他说："小张医生，你来上班已七个多月，大家对你反映不错，据我们观察你内科基础扎实，又年轻、动作麻利，院里研究认为你改做儿科医师比较合适，听儿科病房反映，你常到病房追踪你收治的病人。目前，儿科医生比较缺，另外领导还考虑到你有两个小孩，全院只有儿科病房设在城内，对你照顾家庭也有好处。你认真考虑一下领导的意见，三天后给我回话。"听完院长的话我有些犹豫，从毕业到现在我做内科医生工作已十年，儿科不熟悉，而且儿科病情变化大，担心自己做不好。周末与丈夫商量，通过反复思量，仔细分析院长的话，我有内科基础，改做儿科医生比较容易上手，加上自己当时也心存小小私心，确实当时医院只有儿科住院部在城内，怎么倒班都可以随时关照我的两个儿子。儿子爸爸表示："你自己的事，自己定。"三天后我找到老院长，同意改行做儿科医师，老院长笑着说："这就对了，好好向儿科前辈学习，他们都是些老同志，临床经验非常丰富，你去了会学到更多知识的。"

其实心里清楚改行并不容易，心里一点没底，同时也暗下了决心，再挑战一回自己。就这样，从此开始了儿科医生的生涯……这也是我人生第二次转折。难忘的1975年春。

开始进入儿科病房上班，分给我管八张床位，当时儿科共有六十张正规床，实际上走廊也常加满病人，尤其是发病旺季。在上班第三天就碰上难题，叫我收治一个克山病儿，当时我全懵了，什么是克山病？我一点也不知晓。看见患儿面色青灰，呼吸急促，颜面浮肿。只好请教殷合久医师，殷医生很乐意帮忙，他帮我开了医嘱，给患儿家属下了病危通知书。患儿很快吸上氧气，同时静脉推注V-c三克，半小时后见患儿有明显好转，同时还口服地高辛。四小时后再推注V-c三克。当天就静推了四次。当病人缓解过来后殷合久医师带着我，对病儿做了全面检查，患儿伴有胸水和腹水，心脏扩大，肝脏平脐。床旁心电图检查显示低电压，QT间期延长，有室性早搏。殷医生说，据病情改善情况，逐日减少V-c注射次数，一般七天左右可停用。殷医师还讲了洋地黄类强心剂的给药方法分三种：第一种，迅速法。适用于急性心衰患者（两周内未用过洋地黄或一周内未服用过地高辛），采用毒毛K或西地兰或地高辛等注射制剂，将负荷量一次或分次静脉注射，以求在数分钟至数小时内迅速控制心衰。第二种，中速法。适用于较重的心衰病人，在四十八小时内给予适量的负荷剂量，一般多采用口服途径给予地高辛。如果病情较重可先静脉注射西地兰或地高辛一至两次，同时给一次衔接量的口服制剂，比如上述病例，用地高辛0.125毫克，在以后应用负荷量时（对已用过的一至两次快速制剂可不必计算在内）。第三，徐缓法。适用于轻度或中度心衰患儿，可在三至五天内控制心衰，然后服维持量。对这类患儿可给予无负荷量用法（即每日维持量疗法），尤其适用于疑有洋地黄过量的心衰患儿。在治疗心衰患儿中，计算强心剂的体存量，必须计划用药。因为了解用药情况与预防中毒具有同等重要意义。一般从维持量开始，每天计算它的排除量和体存量，看什么时候达到饱和量。殷医师还给我讲了有关克山病的特征和临床症状等等，并特别强调克山病是达州地区的常见病、多发病，每年要收治许多这样的病人。最后他将自己的书借给我看。

为了全面掌握儿科疾病知识，我必须有自己的书。下班后直奔书店，想去买本《实用儿科学》，结果书店没有，于是想办法请重庆医科大学带教的周老师帮忙买，很快在重庆书店买到《实用儿科学》第三版。当时这本书我视如珍宝，用两个月时间把儿内科部分通读了两遍。这本书很全面，上面还包含小儿外科学常见疾病、小儿眼科疾患、小儿皮肤科常见病、各类中毒和意外事故危重情况的急救处理。有了这本书，加上我科六十张正规病床，各种病人皆有，我只要不怕苦、不怕

累、多学、多问、多动笔、多看病人，相信自己会很快上手，很快掌握儿科专业知识和技能的。

通过对收治的克山病儿将近一个月的治疗管理全过程，我基本掌握和熟悉克山病的发病原因，发病机理和病理及临床表现及实验室检查和治疗。我第一次收治的这个病儿属亚急性型或慢性型急性发作，据殷医师介绍，一般急性型克山病送到医院后死亡的占多数。

以后的十多年里我确实收治了不少有关心肌病的病人，诊治经验稍有积累。病人心衰纠正后能否坚持长期有效地口服强心药和强的松是至关重要的，计算地高辛剂量，包括体存量、保和量、排除量。地高辛维持量治疗是最重要的。所谓维持量，是指维持体存量，即在体内破坏与从体内排泄之和。以达到稳定的血浆浓度。但洋地黄每日消除量常不是固定的，它与体存量成一定比例，而体存量和疗效又取决于每日所给的维持量，故临床上根据患儿病情给予最合适的维持量尤显重要。但临床观察及实验室检测结果，均表明不仅每个患儿维持量各不相同，即使同一患儿在不同治疗阶段的维持量亦不尽相同，因此临床上不可千篇一律硬性规定。必须据患者病情变化，随时进行调整，尽量用最小剂量的洋地黄来纠正心衰。谨慎做到：保持病儿洋地黄剂量偏不足状态，病情一旦需要时可以随时小剂量追加。要求患儿每周要做一次心电图，因为心电图可以帮助监测洋地黄或不足或过量或适当的情况。心肌病需要长期应用洋地黄治疗，口服地高辛长达一至两年是常态，强的松一般在三月至九月内。但20世纪70年代至80年代初，因经济困难，放弃长期服药和按时门诊随访的病人居多，一旦病情反复，放弃治疗的更不在少数。

儿科队伍很棒

儿科主任罗梦英，广东潮州人，广州医学院毕业，个子不高，五官秀丽，头发总是盘卷于头顶，说话时总带着微笑，给人印象十分亲切。她医龄长，临床经验丰富，业务能力很棒，对人和气公正。科里师哥师姐个个对她信任有加。我暗暗高兴，这么好的条件，只要自己肯下功夫，争取半年入门、一年上路，这样暗暗规划着自己，只等自己下功夫了。

我运气真好，科里师姐师兄对我都很不错，他们从事儿科专业多年，都具有丰富的临床实践经验和较高理论水平。初来时殷合久医师对我的指导和帮助让我终生难忘。其中有位王玉珍师姐，相处时间长了才知道她的医德、医风、医术、人品都是我心中的榜样。我们很快成了知心朋友，工作上她尽力帮我，彼此感觉十分投缘，很快发展成无话不讲的知心朋友。在异乡能交上这样的良师益友感到十分满足，当然更是加以珍惜。

当时国家经济十分困难，加上"文化大革命"时期，工人不做工，农民不种地，达州又处于大巴山地区，算得上四川最贫困山区之一，农村状况更严峻，穷乡僻壤，很多人吃不饱肚子。家里孩子生了病，四处凑钱交了住院费，家长和孩子就没饭吃，常看见他们三餐均以南瓜和野菜度日。我多次看见王玉珍师姐悄悄给病人送饭，被发现后个别受"极左"思潮影响的人，就公开批判师姐是资产阶级施舍行为，这种做法有损社会主义制度和社会主义的光辉形象。没办法她只好把省下来的粮票悄悄送给病人家属。门诊病人中，因吃野菜充饥导致亚硝酸盐中毒的病儿特别多，每天可以看上十多个甚至几十个，仅仅是美兰药品就整箱整箱领放门诊急诊室。经常看见师姐给病儿静脉推注美兰后，将病儿背到自己的家里，煮饭给他们吃，饭后还要送些粮票，对病人像对自己亲人一样。她高尚的人品令我佩服。师姐悄悄对我说："我就说是我家亲戚，看谁还会有什么屁话可说。"她的一言一行我从心里敬佩，真不愧为共产党员。遇见王玉珍师姐让我常常想起部队当兵时的上司张野军医，他们对病人的态度和方式太相像了，都那么让人敬重。记得打倒"四人帮"后，邓小平同志十分重视农村改革，在全国实行家庭联产承包责任制，农民生活有了明显改善。1982年春，有位农民手里提着一桶鱼，鱼儿鲜活，挤在水中不能游动。他找到王师姐，高兴得满脸笑意，至今我还记忆犹新。手里提鱼的农民连声说："终于找到救命恩人了。"他顺手递上那桶鲜活鱼儿，对王医师说："王医师，你肯定记不得我了，四年前闹饥荒，我娃儿差点饿死了，吃神仙土和野菜中了毒，是你救活了他，还给我五斤粮票。当时我跪下流泪是你把我扶站起来的，我终生难忘。去年承包了队里鱼塘，鱼儿长势好，今天进城办事给你顺便捎些鱼来，你千万要收下。"看见他真诚和纯朴的样子，师姐两难了，收下付钱对方不要，直接收下有点不妥。师姐带着他回自己家去，把儿女和自己的衣服收了一堆送给他。王玉珍医生是影响我一生的第二位同行朋友，几十年来我们一直保持联系，我一直尊称她为师姐。

我们科的护士们也都很棒，因长期收治大量的不同病人，她们积累了许多经验，四川人也善于用语言表达，刚到科室我还听不懂，有些不习惯，后来时间长了还很信服她们，工作开展起来比较愉快和默契。比如收治病人时，护士会按排班顺序表安排医生收治病人。叫着某某医师，来了个"萎兮兮"，医生准知道自己将接

收克山病人，因克山病患儿入院时精神特差，面色苍白而浮肿，一副萎靡不振的样子，所以统称"萎兮兮"。再听到叫某某医生，来了个"慢痉疯"，医生准知道自己将收治结核性脑膜炎病人，因为结核性脑膜炎病儿抽搐时确实与其他病抽筋不相同。具体表现为双上肢像划船一样慢慢一前一后，双下肢强直。医护统称"慢痉疯"。有一天通知我收肺炎病儿，还悄声说了一句，是花果山来的。我知是重症营养不良儿得了肺炎，花果山来的是形容瘦猴子，花果山不都是猴儿多嘛。某天来了个昏迷病人，护士长通知某某医生收病人，接着讲了一句："今天大家别吃面条了。"我好奇跟上去看病人，医生诊断病人是肠蛔虫症伴中毒性脑病，我看见当班医师下的医嘱是用氧气驱虫法，让患儿右侧卧位，医师协助护士插上鼻胃管，胃管沿着胃小弯进入，估计接近幽门位置再往前送一段，确定已达十二指肠，接上氧气开到最大氧气量。当时对肠蛔虫症伴脑病患儿一律采用氧气驱虫法，效果挺好，输氧后从肛门排出上百条蛔虫。看到那一股股绞缠成麻花的蛔虫团，我一阵阵想吐，真是不想吃面条了。当时农村未推广化肥，农村使用全是农家肥，加上四川家家都有泡菜坛，吃生菜患肠蛔虫病、钩虫病儿特多。蛔虫寄生肠内多时会产生多种毒素，如溶血毒素、内分泌毒素、过敏毒素、酶性毒素、神经毒素等等，这些毒素连同蛔虫代谢产物被吸收后，引起精神萎靡或兴奋不安、易怒、睡眠不好、易惊、伴瞳孔散大、各种反射减低，有的反复呕吐惊厥至昏迷。肠蛔虫中毒脑病由我科收治。胆道蛔虫症、蛔虫性阑尾炎、蛔虫性腹膜炎、蛔虫性肠梗阻转至外科接受手术治疗。现在这些病少见了，因农业现代化，化肥取代了农家肥，加上生活改善，卫生知识普及，蛔虫病少之又少了，肠蛔虫中毒性脑病更是基本灭绝了。

我们医院是达州中心医院，各县的重危病人都往这里转。加上地域穷，所以病源多，病种多而复杂，病情危重的多。比如各类心肌病包括克山病、心内膜弹力纤维增生症；各种心包积液，风湿热风湿性心脏病，川崎病；各种脑炎，乙型脑炎最多，如结核性脑膜炎、化脓性脑膜炎；各类脑病，如肠蛔虫中毒脑病最多见；钩端螺旋体病、流行性出血热、百日咳、白喉、麻疹、阿米巴痢疾、阿米巴肝脓肿、脓毒败血症、感染性休克、各类型的先天性心脏病、有机农药中毒、小儿溺水溺粪、脊髓灰质炎、急性感染性多发性神经根炎、狂犬病、克汀病、高铁血红蛋白血症、急慢性白血病、恶性组织细胞增生症、肾性尿崩症等等。通过较多临床实践，感觉自己进步很快，心里快乐着。

因为病源多，病种复杂，各种穿刺手术机会多，我专心学习认真操作，很快就熟练掌握了各种穿刺技术。胸穿、腹穿、腰穿、骨穿、心包穿、延池穿、肝穿等等。几个月下来，罗梦英主任分配我做带教老师。每位老师带一个重庆医科大学的实习生，一个第三军医大学的实习生，有时还要加上县里送来进修的医生。带教要比自己单干累多了，对理论要求也高，除了自己懂得还要向学生讲述，从中锻炼了自己的口述能力和表达方式。从小就有理想做教师的我，在带教学生的过程中体验到了当教师的感觉，很快乐。

我常带着实习医生做各种操作，如腰穿、骨穿、心包穿等。有一回，带学生做心包穿刺，一切准备好了，我边讲边示范，学生接过手小心操作着，刚好进入心包，抽出40毫升积液，这时他们三军大带教李文明老师正好碰上，他令学生停止操作。我顺手接过空针，继续抽出将近250毫升积液，很快结束了操作。患儿症状得以缓解，平安进入病房。送检结果很快出了报告，明确是肺吸虫引起的心包积液，当天用上药。事后我才知道，本期三军大是李文明老师负责教学实习，这位老师一表人才，做事稳重，年龄四十岁左右，理论水平比较高，查房时讲得头头是道，令我佩服。但他胆小怕事，在他负责带教期间为求稳不出问题，不主张让学生进行实际操作，只要求学生旁边看老师操作就可以了。那天当着我的面叫学生停止操作让我很难堪。事后我向罗主任汇报了过程，罗主任回答，"我们自己操作更安全，我们没有责任都包教会他们，就按他们老师规定，让学生站旁观看吧。"

我不赞同这样当老师，为了求稳不让学生实际操作。我们自己也曾做过实习医生，记得自己在省医实习那年，老师们会带我们认真操作第一次，下一次只看我们操作，随时纠正操作中出现的毛病，个别老师仔细带到这种程度——教我们如何操作才能让病人感受到你的心灵手巧，让病人对你产生信任。更忘不了当兵做实习军医时，张野军医手把手带我第一次为一个四川籍战士做心包穿刺的情景，五十多年了，还清晰地留存在我记忆里，这样的老师有多好啊！反过来只叫学生跑腿，不让学生具体操作，是极端不负责任的。何况我们医院儿科心包穿刺是常规操作，几乎每天都有这类病人。科里规定，谁的班上收到病人谁就做，包括夜班，收到后马上送检及时治疗。

其实我们当带教老师的，正如罗主任所说："自己操作更快更安全。"但不可为了自身安全而不让学生学到技能，为人老师就应当敢于承担责任。当然各种操作一定要按操作规则进行，这是最基本的原则要求。不可为学而学，不可为操作而操作。学生操作前，老师必须先示范一遍，边做边讲。如果病人状况差，条件不许可，又另当别论了。

20世纪80年代，我们医院随着国家改革开放的发展，每年都有大批青年医生进入，有外面调入的，有工农兵学员，有本科毕业的大学生，为全院各科室输

入新鲜血液。他们有朝气，有上进心，分到我们儿科的基本是重庆医科大儿科系的毕业生。他们专业理论基础好，初分来时我们也是带他们的老师，只需带他们入门，一年转正后个个基本上路。我科的何西琳、安彩霞、秦瑧子、王梅笑、李瑛、卓莉、谭静，相处中我非常喜欢她们。经我带过的年轻医生很多，其中卓莉医生聪明好学，理论基础扎实，写一手好字。我喜欢看改她的病历，带她的一年中，对她有些许偏爱。离开四川达州回贵阳工作后，经常在我的年轻医生中提到她的名字，提到她写的病历。20世纪90年代初，我们贵阳儿童医院送派去北京儿童医院进修的苏守硕医生碰见过卓莉，刚好她也在那儿进修学习，苏守硕回来时提到卓莉满口赞扬她不错！的确很棒！现在那批医师基本都晋升为副主任医师、主任医师了，大多数都成为学科带头人，有的还走上了领导岗位。

罢工大半天

"文化大革命"期间，全国大学一度停办。20世纪70年代盛行"读书无用论"，知识越多越反动。学生组织造反进行全国大串联。毛主席指示：走上海机床厂道路。因形势逆转过快很多人对毛主席指示认识理解有误，当时医师这个职业很不受人尊重，常流行一种说法，"开颅的不如剃头的。"加上1965年6月25日毛主席指示：广大医疗重点要放到基层，不可将80%的卫生技术人员集中在城市。当时毛主席还批评国家卫生部为"老爷卫生部"。随着毛主席指示的传达，当时通过办各种短期培训班后出现了大批赤脚医生，根据当时的情况这确实解决了广大农村缺医少药现象，实现了以预防、医疗、保健于一身的三级（县、乡、村）卫生网络。赤脚医生在当时的历史背景下确实是发挥了巨大的作用，《赤脚医生手册》在全国普及。紧接着，谢晋导演的一部名叫《春苗》的电影放映，影片内容主要讲述当时农村缺医少药，人生病了要把病人送到几十公里的卫生院就医，卫生院的杜院长和钱医生是典型的马屁精，工作极端不认真。有一天送来一个高烧病儿，等了很长间没看见医生，钱医生慢吞吞走过来，借口说病情太重看不了，令家属将病儿转县医院就诊，来不及转诊的病儿当场就死了。公社为了培养自己的赤脚医生，村党支部研究选派了一个思想进步，既年轻又有爱心的女青年田春苗到卫生院去学习三个月。正好卫生院来了一位医科大学毕业生，而且是自愿下到农村来的方医生。方医生思想进步，热心帮助春苗识别常见病、多发病，如肺炎、腰腿痛等疾病的诊治方法，同时还教春苗针灸治疗法。杜院长和钱医生知道后，认为拿锄头的手怎么能拿针？坚决反对，并分配春苗去做扫地抹桌的杂工事。春苗每天早早把卫生院打扫干净。悄悄和方医生学技术，春苗还找来邻村老石匠家里传承下来的专治腰腿痛的中药秘方。村里有个划船老农腰痛几十年，多次找钱医生治过，钱医生每次讲同样的话："你腰痛我头痛，回去加强营养好好休息记住睡硬板床。"老农忍气吞声回到家里。当老农知道自家村里有赤脚医生，他自愿用自己身体做试验，让春苗和方医生大胆进行针灸治疗。最难能可贵的是，春苗以身试药，自己服用祖传方子证实药方没有问题后再让老农吃药，配合针灸，结果老农腰痛得到缓解。

当时人们不能正确看待《春苗》这部电影，城里大医院做医生的很有些失落感，所谓"权威性"受到无形挑战，在这种大环境影响下，医患关系开始出现不融洽，甚至一度紧张。有一天，我们医院儿科的陈医师被病人家属打了，他是刚从部队转业到医院的，北方人，平时为人处事极好，讲话轻言细语。就因他看过的一个发烧病儿次日未退烧，家属找到他，一开口就质问这位医师："你昨天看过的娃儿现在还在发烧，你怎么当医生的？不会看病就别坐在这里，还不如赤脚医生有本事，赤脚医师一根针一把草再难的病也可以治疗！"因为这一句话很伤人，这位医生回答："发烧病人一天不退烧是常见事，今天让我好好检查一下原因就是。"可能对方没听懂，立即动手就打，陈医生还没有反应过来，糊里糊涂被打倒坐在地上，还被踢了几脚。这一来把全院职工激怒了，除外科手术室和产科分娩室及儿科急诊室外，全院职工停止工作。这下可闹大了，地委、行政专署、卫生局、公安局都赶到现场。全体职工提出要上级部门保证医护人员人身安全，要求严肃处理打人肇事者。结果，打人者由公安局暂时拘留，后来通过公安、行署、卫生局多方调解，肇事者写了认错检讨书，贴在医院大门外的最醒目处，并当面向医生赔礼道歉，该事件算得到公正解决。下午三点钟医院正常秩序得以恢复，各就各位开始上班。这位被打的医生不久调回家乡工作。

巡回医疗

20世纪70年代和80年代初，我们经常轮流下乡搞巡回医疗，当时我们医院产科做得最好，经常夜半三更到产妇家里就地接生，宣讲新法接生知识，所以在

当时四川新生儿破伤风比较少见。我非常喜欢下乡巡回医疗，它让我回忆起当兵时下连队锻炼的情景，回忆起曾经救治过的那些淳朴的云南民工，回忆起我的青春美好岁月。下到达州周边乡里，身背药箱和赤脚医生一块走家串户，田边土坎为老百姓看病发药，走到哪里都有人亲切称呼我张医生。有一回，清明节后我和内科大陈医生一块搞巡回医疗，先到田里走一遍，村里有劳力的都集中在田里干活，那时还是集体劳动为挣工分吃饭，很多人朝我跑来大声喊我，他们对我非常友好。陈医生悄声问我，"你才来几年？怎么这么多人与你打招呼？"我半开玩笑半认真回答他，"妒忌了吧！你不看看大部分都是些年轻小妈妈吗？他们的孩子不是常来医院看病吗？当然认识我了。现在农村这么穷，有几个大人往大医院找你们内科看病的，平时生点小病头痛脑热找赤脚医生就解决了。找你们内科医生不都是城里居民和厂矿企业的工人吗？"正说着，上来一对年轻夫妻，男的对我说："张医生谢谢你上回救了我家娃儿，你看他正在土坎边玩哩。"边说边指着自家儿子，我顺着他指的方向看去，一个两岁多男孩正爬在地边捉蟋蟀玩呢。这是一月前那个掉入水田的娃儿，来急诊室时全身冻僵差点没有呼吸，又是保暖又是吸氧还对他进行口对口人工呼吸，抢救时只见夫妇俩哭得死去活来。我们护士长对他夫妇说："别哭了，吉利点，不看我们都在抢救你们娃儿吗？"当夫妇俩听见"吉利"二字立即强忍住哭声，站到一旁。他们因没钱就没收住院，留在观察室输液治疗，几天后就离开了。小妈妈热情地对我说："今天你一定上我家里去吃中午饭，我炒鸡蛋炒蚕豆给你下饭。"当时农村十分穷，炒鸡蛋是很奢侈的，鸡蛋又不能拿出去卖，只留给自家孩子吃。乡里人很淳朴，对人就是个真！当天中午我和陈医生真的去了他们家吃的中午饭。他家有个院坝，打扫得干干净净的，这是四川人勤劳的特征之一，这个院坝秋天可以用来晒谷子。院坝两侧用刺树条搭建成篱笆围墙，篱笆上晒着几件小孩的衣服。房屋北侧岩石缝里种的一窝蚕豆，累累饱满的豆角压弯枝条，据说摘下一窝就够炒一大海碗喷香的蚕豆菜。吃完中饭我们各付了半斤粮票和一角五分钱，他们怎么也不收，推来推去还是陈医生说："这是我们医疗队规矩，到你们队上吃饭也同样是这么开的。"他们才勉强收下。四川人吃苦耐劳，这是四川人最具地域特色的优点和长处。我们亲眼看见房屋四周，只要有泥土的地方都种满各种蔬菜，真是叫见缝插针，田埂两旁全种满蚕豆，长势十分喜人，清晨露水未散，我们从田埂走过，两条裤腿被露水打湿。

  当天下午我要完成一次讲课，只需半小时左右时间。不仅是对赤脚医生更是对所有在田里干活的人。下午两点不到，各队赤脚医生到齐，就利用劳动休息时间在田边讲，主要内容是如何预防钩虫病，因达县周边农村是钩虫病重灾区，患钩虫病导致重度贫血住院治疗患儿非常多。四川农村有个极不好习俗，孩子出生分娩不在床上而是分娩在地上，地上放着家长裤子，娃儿娩出后用地上裤子包裹。平时衣衫尿布晒在自家刺条篱笆上，经常被风吹掉落菜园里，菜园里施用粪池中大小便农家肥，极容易感染钩虫卵。更可怕的是，还把尿片放在田里或田间小沟里洗，更易感染上钩虫卵，一旦患上钩虫病，患儿慢慢贫血，有的患儿入院时血色素才三克，大便呈柏油样，隐血试验（++++）。近年有国内专家报道，每天大便中失血二十毫升左右，大便即会呈柏油样，隐血试验可出现四个加号。慢性贫血严重影响孩子生长发育。我最后特别指导他们用竹竿晒衣裤和尿片，用竹夹夹好，防止被风吹落地，娃儿衣服和尿片绝不可在田里沟里洗，生娃儿要到医院去，来不及就在床上生，绝不可生在地上。我还告诉他们，做到以上这些事项就可以防范钩虫病了。最后还强调，这么简单容易的事希望今后乡亲们都要做到，所有的人都表示早知道这些常识就好了。

我们每次下乡只宣讲一个比较突出的问题。时间一长还是很见效果的，解决了周边常见病以及多发病的预防问题。

政策立场

一天下午我们妇儿支部书记，也是同科室的付兰芳医师找我谈话，她开门见山："小张医生，你应当积极响应国家政策做个好公民。"听她的话我一脸迷茫。见我不理会的样子她补充说："你请的保姆属于下乡对象，不能收留她，赶快把她辞退掉。我们不应当和国家政策对着干。"我回答："她才十五岁，是个小学毕业生，因父母双亡才未进入初中继续读书。她只有一个哥哥，家境十分困难。根据国家政策她不属于下乡对象。而且这个小保姆还是一位居委会负责人帮忙找来的。"为了证实我家小保姆不属下乡对象，我曾跑到地委知青办详细问了有关政策，心里是有数的，既然敢请保姆就应做好准备，我从来不会与国家政策顶碰！我是一个遵纪守法的好公民。付书记每次找我提起此事，我的回答都相同。对此，付书记十分不满意，对我入党申请不屑一顾。我家小保姆一见到她，像老鼠见着猫躲了又躲，连托儿所的吴老师都帮着她避开这位书记。付书记是老红军家属，当时思想极"左"，如果不是因为我是现役军人家属，日子会更难过。

某天她再次提到我家小保姆说："小张医生，我与你讲过多次，你总是躲躲闪

闪，你是个聪明人，应面对现实，何必与国家政策对着干。"听她这席话，我根本不拿它当回事。心想：又碰上一个死盯着我的人了！但还是忍住气好好回答她："付医师，我家小保姆真不是下乡对象，等下夜班休息时，我去她居住街道居委会开个证明，交到政工科。"她一脸的不高兴。

为了证明我没错，我真找到小保姆哥哥，他拿着户籍本找到居民委员会，还算顺利，居委会立即开了证明并盖上居委会印章。开证明的老阿姨还叫她哥哥带上户籍本，到知青办公室再加盖个公章。看见老阿姨认真负责的样子，我很感动。离开办公室时，她对我说："两兄妹爸妈死得早，怪可怜的，部队同志出面来居委会请帮忙找个女娃去帮带小孩，是我推荐的，小姑娘年纪虽小了些，但算懂事乖巧的。"

第二天，我将盖了知青办大红印章证明交到政工科，宋科长看了证明笑了笑，这时老院长正好进来也看到了证明书，随口说了一句，"这下她可没说的了。"我明白老院长指的是付书记。

一波平了又起一波，付书记又来找我说："有人反映，你在门诊时，岳家猷常帮你发炉子？你知道他是'历史反革命'吗？"我回答："他身上没有贴标签，当时我才来不久，怎么清楚谁是谁？"她又说："订报纸杂志那个姓吴的是个老右派，听说你和他很投缘，你是军人家属，千万别站错队，这是大是大非问题，提高来讲是立场问题，你是军属，不是也在争取进步吗？（她指我申请入党，我的入党申请书在她手里。）你工作表现没说的，但政治上要多注意影响，不然对你十分不利。"我心想：在部队提"只专不红"，而今天又上升到"立场"问题高度，看来我还真要好好想想问题出在哪里！物以类聚，人以群分，难道我真是个落后于时代的人么？她说话口气与门诊部高崇礼主任竟如此不同，反倒让我反感透了。因为不认为自己是立场问题，反复思量，怎么看扫地工、收发员，都不像反革命啊！

好事一桩桩

打倒"四人帮"后，好事一桩桩，我从内心发出感叹——感谢伟大的共产党！让全国人民过上正常日子了，庆幸自己又赶上好时候了……

1978年，大批下乡知识青年陆续返城。地委指定我们医院负责完成知青体检工作。当时我正好在门诊上班是体检组成员之一，体检组长是杨如兰副院长，副组长是内科刘主任。刘主任组织大家一块认真学习文件，详细传达了上级精神。读完文件后，我第一个发言："知青回城正当时，不论什么人，我们都应开绿灯，他们被耽搁的时间够多的了。"我的提议得到大家一致认同。

　　大部分知青都还是些大孩子，看起来都偏瘦，但比较结实，一个个黑黝黝的。他们都很兴奋，又很担心，担心体检过不了关回不了城，生怕继续留在乡里吃不饱饭。我们体检组长发话了："大家排好队，安心接受体检，保证人人能过关的。"当时有个知青正患着感冒，咳嗽厉害，体温三十八度，因为担心体检不能过关，他哭了。余冬梅医师将情况汇报给组长，组长回答："写上合格，叫他回去治疗就是了，现在就给他开药服用。"这个知青连声说："谢谢医生，谢谢医生！"看见他的样子，我们都很同情。是呀！才十七岁，十四岁就离开了爹妈够可怜的，这孩子回到城里又能干什么呢？顶替父母上班？小了点！还是继续读书？这个年龄只能念书了。看到这个孩子，让我们联想到前年有个知青被游街示众的情景。有个下到边远山村的知青，因吃不饱肚子，晚上偷了公社书记家一只鸡，被捉个现场，通过派出所和县公安局将他用粗麻绳捆绑，胸部挂上黑牌，站在大卡车上和其他真正坏分子一起游街示众。当时很多医务人员和病人都站在门诊外观看，因为门诊大门正对着大街。观看人中间很多人双眼含着眼泪，肯定都是向着那个知青，只是不敢讲出心里所想而已。我身边一位看病的老婆婆只轻声叨叨："作孽，作孽！可怜还是个孩子哩。"

　　通过两周时间，基本完成体检任务。体检组解散。剩下少数没体检的知青由内科医师继续完成。

　　1978年底到老吴那里去订杂志，我问老吴："政策落实了吗？今后你有什么打算？"他淡定地回答我："这辈子光棍一个，一人吃饱全家饱，我不能回原单位，更谈不上搞自己专业，因为丢了二十一年已经跟不上啦！加上年纪离退休不远，就还是每天做收发报纸吧。我感觉就这样过完下半生挺好的，没有过多奢求了。小张医生，我所有的帽子都揭了，谢谢你的关心。唯有一点要求，想请政府还给我'文革'时期没收我的那六本邮票纪念册，那是我家祖传下来的。"集邮是他继承了自己父亲的爱好，从抗日时期集邮到1965年，一共六册，因为这几本邮册中有外国邮票，为此，"文革"期间老吴被打成"历史反革命"和"里通外国"的罪行。他特别强调"几十年邮册价值连城。"当我离开收发室时，有一种莫名其妙的忧伤和失落感，心想堂堂七尺男儿，到头来只念着那六本邮册。即使退还回来又有啥用？后代又没有一个，但又能怎样呢！人生最美好的青年中年时光都被

耽误了。"反右"时期伤及的人很多,一个老吴错划算个啥!二十一年简单收发工作习惯了,怎么也回不到原来的高度。换成我,也只能混混等到退休了事。此时我联想到自己,庆幸自己因年岁比他小而没被荒废。

关于岳家猷,1982年,经中共达州地委落实政策领导小组批准,撤销错戴给他的"反革命分子"帽子,他不再受群众的监督改造,恢复其政治名誉。

二十四年后我第三次返回达州,找到岳家猷的后代,知道他们的父亲已去世。他大儿子还送我一份2010年5月18日的《达州晚报》,上面登了一版有关他父亲的历史,标题为《一位黄埔"史官"的珍贵记忆》,岳家猷出生在20世纪初,年少怀有梦想,饱读诗书。1937年抗日战争全面爆发,他毅然投笔从戎,阔别家乡湖北汉川县,参军报效国家。1943年6月的他三十岁出头以优异的成绩从黄埔军校十五期战干团六期毕业,毕业后被派往重庆国防部中日战时编纂委员会资料室工作,时任上尉科员,负责收集、整理、编纂中日抗战历史资料,算是记录抗日战争的黄埔"史官"。为力求收集到最真实最丰富的资料,他经常前往前线收集地图、拍摄照片、记录战况,他穿梭在抗日战场的枪林弹雨中,脚踏着血流成河的战场,收集整理编辑中日抗战历史资料。岳家猷夫妇同为黄埔生,他爱人毕业后进入宋美龄在前线创办的一家医院工作。他俩直到1945年日本无条件投降后才完婚。岳家猷转到国民政府国防部副官局工作,长期从事后勤工作。后来携妻到达县定居进入医院工作。"文化大革命"时被定为"历史反革命","文革"结束后终于盼来平反,四个子女都是大专或本科学历,都在城里单位上班,老岳去世那年已九十四岁高龄,去世前还看见大孙儿考上博士,他的晚年是幸福的。这要感谢伟大的党!感谢党有错必纠的政策和胸怀。此次会见岳家猷后代,我对他们说:"你们几兄妹要团结好,努力工作,互勉上进,让你们父亲含笑九泉。"他们连声回答:"是,是,凡是生日、节日我们都聚在一起。相互鼓励相互帮衬着。"与他们兄妹告别后,我和师姐感叹人的一生要经历多少坎坷,几十年风风雨雨,几十年的"阶级斗争"所受到的不公正待遇,总算在晚年得到平反昭雪,这一切确实要感谢伟大的党和邓小平同志!

回部队会诊

1976年春末的一天上午,医务科通知我去铁道兵七师卫生所会诊一个病儿,因为我住在师部大院。当时内心很矛盾，我对曾经待过的医院有反感情绪，于是提出："能否派别的医生去，人事科宋科长最了解我在部队的状况。儿科师兄师姐这么多，我改做儿科医师时间才一年多，我去不合适。"医务科长很为难地说："是你们罗主任点名派你去的。"此时宋科长正好进来，她似乎听见了我们的对话，她拍着我的肩说："小张医生，你代表的是地区医院，不管医院过去对你如何，今天你得去，服从科室安排吧！"宋科长平易近人，从第一次见面我就喜欢她敬重她。我出身成分不好她知道，她曾对我讲过："不要背家庭出身的思想包袱，重在自己表现，你调到我们医院时间虽不长，下面对你反映是不错的。"听她这么一说，我不好再推辞只得服从，坐上部队救护车会诊去了。

坐在车里我的想法很奇妙，盼望能遇见在当军医时的那个"顶级左派"该有多好，我是代表地方医院来会诊的，让她听我是如何分析病人病情的。当时我得意忘形的想法到现在还记得清清楚楚。到了师部卫生所，遇见的却是离部队前找我谈过话的好朋友纯素芝军医，会诊的小病儿是她昨天晚上接诊的。两个卫生员见到我时都惊叫起来："张军医来了。"根本来不及寒暄，我一边看病历一边听纯军医介绍病史，小病儿才两个月左右，刚随母从湖南坐火车到部队探亲，主要表现阵阵憋气，这种现象已有一周多时间，憋气时脸部发红，时间长了就发紫，不抽搐，体温正常，血象白细胞高，淋巴细胞高。我仔细检查病人，体检过程中间就看到病儿憋气的临床症状：他全身青紫不抽搐，时间十多秒钟转红。追问病史，得知病儿所在的湖南老家办满月酒时来人较多，病儿被抱进抱出，接触人中有咳嗽的，办满月酒后半月，病儿表现出异常，还时不时发生呕吐，最近一周出现上述症状。

据病史体征和血象考虑百日咳可能性大。我强调，因病儿年龄太小，容易引起并发症，如百日咳肺炎或者百日咳脑病等，建议最好住院治疗。家属提出住我们专区医院。

会诊完毕，好友纯素芝问我，"啥时改行做儿科医生了？"我回答："才一年多。"她羡慕我并与我详细讨论了该病儿，她问得很详细。其中问道："百日咳主要症状是咳嗽、串咳，有鸡鸣，病儿为什么没有咳嗽？"我回答："病儿太小，咳嗽反射差，加上喉软骨发育薄弱，只能表现阵阵屏气发绀。病史已二周多，目前已进入痉咳期。屏气紫绀有时还会抽搐，严重的还可导致心脏停搏。"

好友纯军医真诚留我吃过中饭再走，借此机会好好聊聊。她说："咱俩分别已四年多了，多难得的机会呀。"我说："没有想到会在此遇见你，真令我高兴，以后有的是见面机会，我们离得这么近。"当她晓得我已搬住部队大院时，高兴得拍

打我肩膀。我还告诉她我家就住特务连旁边。并对她说："我不知你留守卫生所，否则我早来看你了。"她又拍打我，高兴地大声叫："好呀！你够保密的！几个月了怎么一次也没碰见啊？"接着我又悄悄告诉她："我已经生下一个女儿，未满四个月。"她问我，"有谁帮着带？""请了一位小姑娘加上我的婆母。""挺好，你身体恢复真快，一点不像个喂奶妈妈。""呵呵，我没奶，是个干妈哩。还好我们医院有个牛奶场，每天可以打两份鲜奶加上五谷杂粮粉。"我俩讲话中看见患儿父母已准备好随车带的东西，只好结束谈话握手告别。

坐在车里我感慨万千，已经离开部队四年多后又返回师部大院卫生所会诊病人，这是我既熟悉又陌生的地方。当年师领导曾经找我谈过话，离队时后勤部领取东西就是在这儿啊！对部队情缘的淡忘不是因为别的原因，只因自己对专业执着追求，把精力和时间用在学习上，才有今天的淡忘。一下子自己说不清楚此时内心的复杂感受，想到那些年，就因为自己对专业执着，落得个"只专不红"，这个包袱整整让我背了六年，这六年是我最美好的青春年华呀。现在我却代表地方医院回来会诊病人，又在这里碰上好友纯军医和两个老卫生兵，他们仍称呼我"张军医"，听到这声称呼，既亲切又陌生，有一种美滋滋的，又是一种苦涩的感觉。搬住大院已经几个月，工作多是早出晚归，休产假又是待在家里，整整五十六天没有出门，这主要是个人心理在作祟，我从不与人打招呼，正视前方一副傲骨凌人的模样。现在回过头来看过去的自己，感觉好笑极了，真是年轻不懂事，用老话讲是"不知天高地厚"吧。

病情逆转

20世纪70年代，我们经常收到各类感染导致休克的病儿，有的病儿在治疗过程中看着是往好的方向发展，但最后仍发生死亡。我曾收治过一个感染性休克的四岁男孩，咳嗽高烧两天，神志不清一天后入的院，当时面色青灰，双下肢发凉伴有大理石花纹，体温四十度，血压测不出。立即给予上氧、纠酸、扩容、抗炎、降温处理，八小时后患儿四肢转暖花纹消失，血压慢慢回升，体温有下降趋势。血常规白细胞不高，中性粒细胞偏高，床旁X透视结果是肺炎。家属见娃儿有好转很高兴。但到夜里患儿病情极度恶化，表现出气促，呼吸困难，心率加快，表情十分恐惧伴明显鼻扇紫绀，同时出现剧烈的呛咳，咳出血痰。患儿面色再次呈灰白，三凹征明显，两肺闻及水泡音。当时立即静脉推注速尿、加大给氧、静推地塞米松，仍无改善。二次床边X光透视，双肺实变。后抢救无效死亡，死于呼吸窘迫综合征，该病死亡率是很高的。

现在的医疗条件和医学理论都在突飞猛进，氧自由机学说、钙内流现象、再贯注损伤等等都可以用来解释20世纪70年代患儿病情逆转和死亡现象。尤其再贯注损伤，是影响休克病人治疗好转后又逆转的关键环节之一，提与同行们参考。

当然现在有儿童重症监护病房（ＰＩＣＵ），对呼吸衰竭病儿，早期上机及时抢救，会大大降低死亡率。

蒙被综合征

20世纪70年代，每年冬季，我们科会经常收治较多的蒙被综合征病儿，他们多来自城市周边和农村，由于过度保暖或捂闷过久引起。四川农村有个不好习俗，即夜间乳儿，娃娃含着妈妈奶头入睡。病儿来时多有高热、抽搐、昏迷和呼吸循环衰竭表现，入院时多表现为混合性酸中毒，有的因重要器官功能受累而各项酶谱均有升高，部分心电图显示心律失常。本病因起病急、病情重，易累及全身多器官功能障碍，甚至导致急性多脏器功能衰竭，死亡率极高，存活的病儿多留有后遗症。当时达州地区太穷，放弃治疗的不在少数。记得"文革"那十年，我们常下到农村和赤脚医生一块深入农村第一线，专门讲预防新生儿破伤风和预防乳幼儿蒙被综合征的发生。

现在人们生活条件好了，全国人民享受医疗保险，加上优生优育，破伤风基本消灭，很少发生蒙被综合征的，因经济条件好转加上有医疗保险制度，基本不会再有放弃治疗的情况。

两次轮到门诊

1978年从病房轮到门诊上班，门诊部高主任叫我上三个月急诊观察室，这个决定让我好高兴！因为观察室的内科病人最多，我正想回归老本行管管内科病人，曾经还担心过是否会把内科临床忘光了，又是三个月行政班，多美的差

事呀！我愉快地进入急诊观察室，接管了内科医师交下来的病人。这位女医生姓余，是内科中年医师，长得眉清目秀很好看，对人也十分友善。但她胆小还有些信迷信，每次床头交完班后，她会告诉我某床女病人夜间尽说鬼话等等。科里有位护士刚从外面调来不久，比较年轻也很漂亮，说起话来两只大眼睛一闪一闪的，眼睛好像也会说话。科里的护士及护士长却不太喜欢她，说她喜欢向领导打小报告，走上层路线，是个马屁精云云。

某天下午全科开会，需要通过举手表决方式，从两位报名保送读工农兵大学的人员中推选一名，那位漂亮护士正是其中之一。我仔细看了两人简介，两个人表现都好，心想年轻的同志下次还有机会，没多想就对年龄大的那位打了圈。投票结果大出我意外，大伙都投给了他们不喜欢的，很奇怪！我悄声问护士长，她笑嘻嘻告诉我其中奥妙，"正因为不喜欢她，才投她票。她报的不是儿科系吗？将来毕业后是和你们儿科相处！我们惹不起我们躲得起呀！"我才明白大家想法。对此事我没有太在意，谁上都是好事一桩。当时能被领导推荐上工农兵大学，一是凭本人实力，二是凭领导关系和印象。这位漂亮护士却占了大家不喜欢的"便宜"得到多数票通过，也算是一种特殊的机遇了。

我喜欢急诊观察室的所有护士和护士长，她们的静脉穿刺技术都很棒，在抢救病人时就像打仗一样，需用最短时间达到预期效果。护士长邓孝玉，本地人，中等个儿，有点胖，绰号邓胖。她讲话声音大，抢救病人时与医生配合十分到位。某天下午来了一位病人，护士长边叫我边推出洗胃机和矮木架子床。我走出办公室一看，一个较大儿童全身紫绀，正抽搐着，其母弓着背，吃力地背着这孩子，因孩子正在抽搐，四肢僵硬。其母满头大汗，边大声喊医生边说："娃儿上坡玩吃马桑泡中毒了，快救救他！"我和护士王正琼帮着将孩子放在已安好的木床上，很快下了临时口头医嘱，用高锰酸钾1∶4000毫升溶液洗胃，同时输上1/4张溶液，溶液中加入氢化可的松200毫克，又从孟非氏管推入速尿30毫克，肌注鲁米那纳0.1克。洗完胃后从胃管中注入泻剂，将病儿吸上氧袋转交邓护士长护送病儿入住院部。整个过程仅用三十分钟。这样的团队，工作起来很爽。

急诊室有位老护士姓王，个子矮矮的，脾气比较犟，不太合群。但工作一丝不苟，她有两个儿子，老大高三毕业差几分没考上大学，她叫儿子天天跟着我，我猜王护士是想培养儿子对医学的兴趣，将来报考医科大学吧。我没有拒绝她，真的天天带着他查房看病人，当然只是跟班而已。这小子十七岁，高个头偏瘦，很机灵，对人也有礼貌，他每天比我上班早十分钟，把办公室打扫得干干净净，大家对他印象极好。平时他总看些医书。我问他："是否想将来当医生？"他回答："跟着张老师学学，是我父母的意思。晚上我还是复习自己的功课，明年继续考大学，是否学医我还没有想过。"是呀，当时的孩子比较单纯。把自己的愿望强加在孩子身上，是我们中国父母普遍存在的现象。有空时我也与他闲聊，谈些年轻人理想、信仰、追求什么的，三个月下来，我们之间似母子关系，慢慢发现这孩子自我意识很强，我十分喜欢他。之后我离开急诊室他也离开了，年底他跑来告诉我，已报名入伍，当时内心为他感到有点可惜，与他接触三个月，感觉他比较适合当医生，想着他应当上大学的。不过我还是祝贺他，叫他在部队好好干。两年后他提干结婚生了孩子，后来他母亲碰到我时，总提起儿子跟我学习三个月的事。

1988年我第二次轮到门诊上班，改做儿科医生已有十三年，在病房滚打十多年，轮到门诊倍感轻松，经常与内科医师们切磋经验，互相学习，轮到夜班与急诊科护士再次打交道，来了危重病人大家一起动手。我喜欢急诊室里的每一个护士，个个精明能干，抢救病人动作快速利索，工作起来十分顺手和爽快，工作干完有说有笑。

某天接夜班刚查完观察室病人，就送来两个急诊病人，一个是酒醉年轻人，大喊大叫，正处在兴奋期。另一个是掉入粪坑的男孩，护士抬出两台洗胃机，两大桶水，我说："王护士负责酒醉病人，我负责落粪小孩。"护士大声叫着送病人来的同伴们："帮帮忙将病人摁住。"很快给醉酒年轻人插上胃管，麻利地给病人洗着胃。我叫着男孩的家长："快将娃儿抱到自来水管处来。"帮着家长快快脱下男孩衣裤，用自来水冲洗患儿全身，很臭，身上还看见蛆在蠕动，用肥皂从头到脚洗干净，冲洗过程中护士很快过来，给男孩插上胃管，又是洗胃又是拍背，洗胃很快结束，立即给患儿吸上氧气袋，建起静脉通道，输上红霉素和庆大霉素送往病房。（当时庆大霉素用得比较普遍）。患儿来时神志还算清楚，估计掉入茅坑时不是头朝下。据家长讲茅坑不算太大，前几天才掏过粪，但水比较多。当时四川农村用的茅坑是挖个大坑，用石头垒起，茅坑都没有盖子，娃儿掉落茅坑是经常发生的事。这个患儿还好不是头部朝下，否则门诊抢救有一定困难，当时夏天天气也不冷，不然会冻坏的。那边的醉汉，静脉输完一瓶甘露醇后，醒过来一直说头痛，其父赶来将他领回家去，边走边教训着儿子。夜班挂了号的许多病人，看见我们抢救病人正忙，大家也耐心排着队坐在长条凳上等着。一个夜班下来还是很累的。

那年门诊夜班，我碰到两件奇事，把我吓得毛骨悚然。第一件事，发生在夏天，天气很热，夜里十二点钟后，病人已基本看完，我坐着正想小憩一会。突然走进四个穿着大绿衣裤，脚穿白色绣花鞋女子，面部画得赤眉青目，血红大

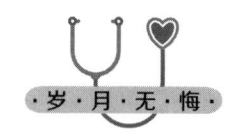

口的。当时把我吓呆了，莫非进来四个女鬼不成？她们看我惊吓的样子，其中一个较大的立即解释，"医生，我们是杂技演员，因为同事肚子痛得厉害……"她用手指着其中一个更小姑娘。接着又补充："我们来不及卸妆，所以就这样赶来了。"听后我慢慢缓过神来。开始询问病史，认真检查腹痛的小姑娘，右下腹肌卫明显伴有反跳痛，腰大肌试验阳性，查血常规血象很高，中性粒细胞也高。带她上二楼外科，外科医师早已上床休息，起身看见病人也表现出惊态，他认真检查了一遍，按急性阑尾炎收治。收病人后外科王医生开玩笑说，"小张医生，这个病人我捡了个㞎㞎①。"我回答，"谁叫我们儿内科设在一楼。"他说："你们儿内科病人多，如果你们设在二楼抢救病人，洗胃就不方便了呀。"接着小声问我："这几个病人没把你吓倒吧！我起床时猛一看把我惊了一下。""我不是惊，而是毛骨悚然。""你应当在急诊室和护士一块有个伴。""谢谢王老师关怀，我走了。"这位王医师是我大学同班同学，他弟弟又是我女儿生物课老师。平常也十分关心我。

　　第二件事发生在初冬，那晚病人不算多，我坐在自己诊断室烤火看书，时不时要起身到观察室去看一下留院观察的病人。每次走出总被一双大脚挡住，每次我都大声对他讲，请你把脚收拢一下嘛！睡得这么死。第二天我早早准备生炉子，看见两个人抬着担架过来，其中一位问我："医生你一点也不觉得害怕吗？"此话一出口，把我吓一大跳，我马上反应过来，原来夜间查房挡我脚的竟是个死人！难怪每次叫他都一动不动呢，一整夜我都陪着他。工人师傅解释说："放人的时候你不在，门是关着的，屋里灯亮着，我们打算暂时放一会就回来抬走，因借不到家什②，所以今天一大清早就来了。"我很生气，问他是怎么病死的，其中一位师傅回答："从工棚上掉下摔死的。"我问："为什么没看见出血？""你们外科医生讲是内脏摔破了，你看他肚子好大，背来时就已断气了。"我没有仔细去看，整夜陪着一个死人，心里挺后怕的。

　　交班时我将这件事讲了，把女医生们吓坏了，男医生开玩笑讲："小张医生，他会变鬼来感谢你的。"从此夜班十点钟后，病人少了我就到观察室和护士在一块，在医护办公室看病人，很长一段时间很多女医生都这么做。虽然明知道这世上没有鬼，但还是心虚。

---

① "㞎"是四川方言，软和，软弱的，此处意思是占便宜。
② 家什，当地方言，此处指抬人的担架。

癔症

　　某次有个六岁左右的学龄前男孩，他患了急性风湿热，入院时高烧，四肢关节红肿热痛，血象高，血沉高，抗O抗体高，心电图正常。按风湿热予正规治疗，住院一个半月，自觉症状消失，各项指标恢复正常，计划带药出院门诊随访。孩子听说要出院，突发屏气胸闷不能呼气，面色苍白青紫，家属十分着急，大声呼叫医生，认为孩子并发了心脏病。当时值班医生立即给他上氧，考虑是否是长期服用阿司匹林引起酸中毒。因为是我管的病人，听着熟悉的喊声立即放下正在写的病历进入病房，患儿看见我，边哭边说："张阿姨快救我，我有心脏病了，我不能出院，张阿姨我不出院。"看见他的样子，我上前靠近对他说："可以，可以不出院再继续治疗一段时期。"他点头表现出高兴的样子，不一会胸闷憋气立即消失，自己拔去上氧鼻导管下床玩耍。当时罗梦英主任看见患儿的表现，考虑患儿是"癔症"，我也这么想的。所谓癔症与精神因素有关，有明显情绪影响，周围人多时，往往发作加重，暗示疗法可中止发作。临床分两型，分离型和转换型，分离型是幼儿表现大哭大闹，屏气、面色青紫、冲动、砸物、打滚等；转换型表现为痉挛发作，瘫痪、失聪、失音，有的还倒地昏迷状，有的四肢强直或呈角弓反张，四肢瘫痪不能动弹，有的症状可在同一个病儿身上先后出现。癔症共同特征有几点，一是症状无器质性病变基础。二是症状变化迅速性、反复性、不符合器质性病变规律。三是以自我为中心，症状具有夸大和表演性。四是暗示性强，容易受自我或周围环境暗示而发作，也可因暗示而加重或好转。治疗的最好方法是心理治疗，这要取得病儿信任和家长的配合，暗示治疗是最有效方法之一，另外可予以针灸治疗。

　　我找他父母谈，希望他们不要当着孩子的面总是问医生："将来是否会发生心脏病？"孩子很聪明，他每天也问同样问题，这对孩子身心健康没好处，今天孩子的表现，医学上诊断为"癔症"。我把有关"癔症"的篇章借给家长看，因为家长是知识分子，孩子住院期间总向我借关于风湿热方面的书去看。另外我直接找孩子交流，住院时间这么长他十分喜欢我，我告诉他："你没有并发心脏病，现在没有，将来也不会有。"孩子听了一副信任的眼神看着我，还与我拉了勾。结果多住了四天，为了安全起见，有意在他邻床收治一个结核性脑膜炎病人，结脑是不传染的。他很机灵，看见那个昏迷不醒的邻床，时时还抽搐又听说是脑膜炎，他怕传染给自己就主动提出要出院，高高兴兴与科里医生护士说了再见！

通过这个患儿的治疗过程，我再次体会到当兵时上级医师张野的话："多接触病人，作好病人的思想工作与服药同等重要"的含义，另外也体会到儿科医生需要高情商，天天与病人打交道而且要接触面对不同层次的家长，对病人病痛和思想要了如指掌，要用最通俗易懂的语言给病人及家长解释病情，常与病人及家属沟通，取得病人及家长信任是最关键的，也是我们做临床医师最该具备的，尤其对儿科医师更重要。

现在风湿热很少见了，风心病患儿更少了，川崎病取代了风湿热，成为儿童期重要的获得性心脏病。

话别老院长

1984年10月一天中午，我和三医大同学一块进食堂吃饭，我们边走边谈笑着。正碰上我们即将退休的老院长，他问我们："讲些啥这么高兴？"不等我回答他的问话。院长接着说："小张医生别打饭了，到我家里吃饭去。"又接着补充一句："邱姨今天炒的虾仁酸豇豆好吃哦！"我不止一次上老院长家吃饭了，看着他真诚慈祥的模样，我立即答应，也想借此机会和他聊聊，老院长满脸的高兴，我顺手接过他提着的重重的一捆书，跟他一块上了医院交通车。到了老院长家，邱姨挺客气，马上摆桌上菜，边吃边聊。老院长问到我的孩子，叮嘱我要好好工作，争取多外出进修学习等等。他问我："你这次重医进修回来感觉收获不小吧？谈给我听听。"我认真详细汇报了一年的收获。听完我的汇报他笑了，只说了一句："我老了退休了，你们年轻正是大干事业的年龄，今后好好干。"我一向像长辈一样敬重院长。今天看得出老院长有些伤感，我装着没事的样子对他说："退休好，您可以带着邱姨全国各处走走，想到哪里就去哪里，邱姨您说是不是？"邱姨不明白我的意思，反而说："他是老土，那儿都不会去的。"邱姨再次讲道："你初来报到时，他还怀疑你不是张有楷。"又谈到有关老院长叫我改行做儿科医师的事等等。邱姨笑他常夸自己没看错人。我知道老院长夫妇喜欢我，夸我聪明，一再强调叫我好好干。邱阿姨没有上班，是位典型的贤妻良母，胖胖的，讲话总带着微笑。他们有个儿子也学医，中专毕业后做了法医工作。王院长全身心投入工作中，赢得全院职工的敬重，口碑极好。

下午上班我一边修改病历，一边想着老院长对我说的话："好好干，儿科和内科不同，娃儿不会讲话，全凭医师技术和爱心。"尽管我的三个孩子还倒大不小，但如果还有机会外出学习我是不会放弃的，现在我们医院条件十分好，病人病种也多，科里师兄师姐个个都很厉害，自己改做儿科医生已满十年，各系统基础理论知识已基本掌握，但与师兄师姐相比还存有差距，今后还得加把劲，如果真还有机会外出学习，我会拼命争取，通过进修再上一层楼。

进修前后的那些事

1980年7月，我老公从部队转业下地方被安排到达州地区检察院工作后，家里多了一个监护人，可以共同管孩子和照顾老人，我的担子轻多了。在这一点上我非常感谢老公，他确实履行了他曾经说过的话："下地方后加倍还上欠你的债。"因为他转业回来，我就有外出学习机会并真正体会到团聚的幸福，有共同的家，共同承担教育儿女，有困难一块想法解决。我们每半月带孩子们出去搞一次野炊，爬一回凤凰山，孩子们在草坪上捉蝴蝶，在达州河里游泳，当时河水还没有污染，清澈见底，进行野炊时可以用河水淘米、洗菜。野炊这项活动是孩子们最高兴的事，三个孩子一齐搬石块砌灶，拾柴火，划火柴点火，个个抢着干，在河边淘米洗好菜，架上铁锅煮饭，最后轮到他们的老爸炒菜。开饭时三个孩子那种高兴劲简直没法形容。我感到幸福极了，那些岁月早在流年中逝去，闲时翻看一下那些小照片，会勾起我许多美好的回忆。

爱人转业回来，我不能太自私，他需要学习和适应地方工作，机会应先让给他。所以我鼓励他常外出学习，频繁参加各种培训班，等他职称、职务都解决了，我才把更多外出学习的机会留给自己。1983年我的婆母走了，保姆小凤也出嫁成家，家务活我们夫妻分着干，孩子们也长大了些，也能帮助家里干些活。我们儿科住院部搬到郊外胡家坝，与其他科室一起便于医院统一管理。我每天坐医院交通车上下班，下班回到家已经比较晚，还要洗全家人的衣服。保姆小凤非常懂事，虽成了家，但还是经常回来帮忙，一直与我们家保持着密切往来。

之后就开始执行自己的规划，我要外出进修学习。当时市面上开始有洗衣机卖了，为了节省时间，更主要因为我要外出进修学习，孩子们衣服全由爱人包干是不放心的，他也很忙很累，身为检察官，担任经济检察科负责人，事情确实比较多而杂，成天忙个不停，于是我与他商量买洗衣机的事，他十分赞成。我们先

后去市场看了好几回，最后买了一台上海产的荷花牌洗衣机，在当时那个小县城算比较时尚的家电，从此结束了用双手洗衣的时代。

1983年9月，我终于离开家到重庆医科大儿童医院进修一年，离家前我拽着爱人去达州河边拍了一张照片。接着下了狠心，把三个孩子交给爱人去管，专心致志啃一年书，因为没有家务事拖累，就连周末休息也去听取别的病房上级医师的查房。一年下来，基础理论知识得到明显提升，大大提高了自己今后的临床查房能力和带教水平。尤其是心血管专家钱应茹教授，我从来没有落下过她的讲授大课和教学查房。还有陈坤华教授的液体疗法，讲得十分精彩，本来水和电解质代谢就很难讲，但她深入浅出讲得非常出彩。液体疗法是儿科医生必须掌握的重要治疗手段之一，听她讲完再去看书易懂多了。

1983年9月离家前与爱人在达州河边合影

进修内二病房时我收管了一个肝脓肿患儿，他一直高烧不退，B超下发现肝脏右叶有一个大脓疱，体检也发现肝肿大，肝前区隆起，血常规白细胞升高，中性粒细胞升高，胸片未发现异常。患儿有阿米巴痢疾史，大便常规未发现异常，三次请外科医生会诊帮助抽出脓液。但重医儿外科特别忙，连走廊上都加满病人。看着患儿每天高烧不退，我只好请示科室徐达主任，由我来进行穿刺。徐主任问："你能抽吗？""我们地区医院凡肝脓肿都自己抽，不像教学医院分得如此细。"徐主任表示同意，并指示："再做一次B超，要求B超室做好记号，探明深度再行操作。"结果我抽出咖啡色脓液75毫升，当天体温下降至正常，化验结果确诊为阿米巴肝脓肿，患儿口服卡巴砷三天，体温稳定后带药出院，疗程十天嘱患儿门诊随诊。

进修期间科室领导分派我带医疗系实习同学，因为1984年他们要参加全国统一考试，儿科虽然只占十五分，院里不让他们丢掉这十五分。每天查完病人抓紧时间改完医嘱，立刻回到办公室关上门与陈教授一块带着医疗系学生解答多选题，通过答题我又长了不少知识。

一天上午带着这批同学查完病房，正坐在护士办公室修改医嘱，来了几位院领导，其中一位女领导指着我问："你是谁？"我礼貌地站起来回答她："我是进修医生。"她又问我："是从哪里来进修的？""我来自达州地区人民医院。"她大声指责我："不准穿高跟鞋上班难道你不知道吗？""不知道。"她接着说"马上换鞋。""我明天上街买了鞋才能换。"她生气地大声说："不行，马上换掉，否则将她退回去。"这句话是对着和她一块进来的同事讲的。听她讲完这话时我火了。当场表示："请退我时说明理由，不是我出医疗差错事故，更不是医德医风出了问题，而是在不知情的情况下穿高跟鞋上班才被退回的。"接着又补充说："请贵院在下达通知书时，写明上班不准穿高跟鞋这一条，我们进修医生是很守规矩的，我明天就办理离院手续。"

她看见我如此认真和强硬也没再继续讲下去，领着他们几个往外走了。说心里话，这位领导差点风度，反倒尴尬了自己。

他们离开后，我看见科室徐达主任和其他医生都出来了，原来她们也都穿的是高跟鞋，都躲进厕所和护士治疗室或病房。于是我对一位总住院医师说："你们也太不够朋友了，让我一个人背黑锅。"徐达主任对我说："她是副院长，又凶又恶，今天听你们对话我们好高兴，这位副院长报复心很强，不过你是进修的，她奈何不了你。"。

当天下午进修生科科长找我去谈话，叫我对陈副院长的话别太认真，陈副院长一向很直率，她是一时生气，不会退你回单位。我也表示："为这点小事不可能退我的。作为进修医师是来学习和提高的，当时我表现也有些过分。我一贯的表现，我们单位领导最清楚，目前进修科室也很清楚。你们院长的做派是有点过分，对一个进修医生如此发火没有这个必要，有点杀鸡给猴子看的意思。我还是那条建议，今后发通知书时应当注明进病房不准穿高跟鞋，让来进修的同志多带些鞋，一般进修医师是十分守规矩和听打招呼的。"并且表示"明天我会上街买双软底无跟鞋的。"夏科长笑了。夏科长是儿科医师出身，他有时也来病房给下级医生查房，口述清楚，解答问题很到位。可能小时候患过小儿麻痹症，走路有点带跛，所以我对他印象很深，也十分尊敬他。

进修到第八个月时，正值院长职务换届选举，这位陈副院长没有继任。听说不是年龄关系，群众的口碑对一个院长还是很重要的。她不做院长回传染科病房继续干临床带教工作，她是位资深教授。而我两个月后就轮转到传染科病房。最初我心里还有些惧怕，她是大专家，专门查危重病儿。有一天她查一个中毒性痢疾昏迷的病人时分析病案很有水平，病机病理讲得十分透彻，条理清晰不乱。讲到临床部分时常提问学生，这次指名点姓叫我回答，看来她对我印象挺深，来传染科之前，我特别用功做足了功课，尤其对今天她要查的两个病儿，事先我看过病历还背了相关理论，因为大专家查房前一天黑板上会事先通知。运气不错都回答正确，我想她该改变对我极坏的印象了吧。

六月份轮到门诊，三周的坐诊、一周急诊观察室。坐诊与他们本院医师等同，每天上下午各看二十个病人。当时对我来讲，做过十六年住院医师，每天看四十个病人是个小问题，而且我来自地区中心医院又是教学基地，病种多，淘了不少临床经验。为了尽快完成这二十个病人任务以便腾出时间关门看书，通过本院老师介绍认识了挂号室的所有同志，他们十分友好，每天优先把我的号挂满，不到十点半我就完成了上午任务，关上门安心读书。某天听见有人敲门，是门诊部周主任，她令我加号，我有礼貌回答周主任，老老实实告诉她，我有三个孩子，离家来进修很不容易，主要任务是来学习提高理论水平的，所以要留点时间学习。她说知道我是达州地区医院来的，那是他们教学基地，病种非常多见，所以希望我每天增加三个号，我点头同意。三周门诊很快结束。轮到去急诊室一周，上的全是夜班急诊室，约定俗成是进修医生承包。这周负责人是个男医师，本院高学历医生，毕业五年，是个上进好学的好苗子，对人很有礼貌，对我们年龄比他大一点的进修医师总是一口一声称呼老师，大家都很喜欢他。他的女友是泸州医学院毕业的，听他说第二年即将调走，好苗子哪儿都需要。

进修期间我的运气最好，七月份最热时正好轮到新生儿科，二十四小时空调，虽然可以整天泡在医生办公室里，但遇到抢救病儿我都参加，帮他们干活，深受医护欢迎。其实我存有私心是第一怕热；第二可以多参与新生儿抢救学习经验。因为我们达州中心医院没有设立新生儿科只有婴儿室，我们又经常被产科邀去会诊新生儿，所以多参与新生儿抢救对以后回去工作是有帮助的，在新生儿科进修的一个月我的收获挺大。

通过一年进修学习，硕果累累。回院后，收治疑难病人、重症病人或到产科会诊新生儿，能做到处治过程思路清晰、有条不紊。

肠原性紫绀症

　　1985年初秋，某天上午正常上班时间，刚上二楼正过天桥时（儿科与门诊有个连结通道，因为是二楼，大家习惯称它为桥），碰上儿科打扫卫生的工人小余对我说："小张医生，你们科正在抢救病人，听说还是你管的59床病人。"于是加快步伐进入办公室快快穿上白大衣，去到抢救室一看，天啊！抢救的病儿正是我管的59床，他不是今天出院吗？怎么会成这样？心里惊了一下，挤进三医大实习医生中间，旁边我带的学生将病历递给我，我没有接病历，因为病人是我管的我对他的病情了如指掌。当时我只想尽快让自己静下心来仔细听他们的李老师分析病情，李老师分析："患儿肺炎住院治疗八天，今日出院，早晨突然出现口唇青紫、呼吸急促、烦躁不安、神智有些恍惚。在加大给氧并三次静脉推注地塞米松情况下毫无改善，考虑合并有心肌炎的可能性最大，李老师指示立即下病危通知书，请化验员来床旁复查血象，做一次床旁心电图，心肌炎明确后再定治疗方案。"听他这么一说我急了，看见患儿全身紫绀，处于濒死状态，我忍不住了，立即提出自己的看法："李老师，这个患儿的表现像是肠原性紫绀症。"话刚出口，就发现我们儿科罗梦英主任也在场，这让我安心了许多。夜班王玉珍医师介绍，"今晨我出办公室就先到对门患儿病房查房（因这间病房正对医生办公室），看见59床患儿被妈妈抱着还好好的，患儿看见我穿白大衣进病房，表现害怕想哭的样子，我还对他说：'小朋友，别害怕，你今天要出院了我不查你的。'等我查到最后一个病房1床时，听见孩子的妈妈大声哭喊起来：'医生，医生，孩子不行了！'听见喊声我立即跑了回来，看见患儿精神软、面色青灰，立即将病儿抱入抢救室吸上氧，同时建起静脉通道，瓶内只是生理盐水。此时三医大李老师带着学生参与抢救（实习医师每天早晨提前一刻钟进病房）。"

　　因为我提到肠原性紫绀症，李老师立即问夜班护士，"是否给患儿服用过非那西汀类退烧药？"夜班护士回答："病儿今天出院，没有口服药。"李老师接着分析："不像肠原性紫绀症，我们曾收治过几十例病人，没有这样重的。"我悄声问值夜班王医生："你看过几例？"她也小声回答："看过几百上千例。"看到这种状况，我更急了，已经顾不得那么多了，立即请示我们罗主任，"罗主任，我要给患儿静脉推注亚甲蓝。"罗主任点头表示同意。我口头医嘱："护士长，请给病儿静推亚甲蓝25毫克。"我们的伍管英护士长配合默契，动作迅速，两分钟不到就已拿到床前，从孟非氏管将亚甲蓝慢慢推入病儿血管，大家看着病儿面色及指甲逐渐变红，睁开双眼，要妈妈抱，并用自己小手扯掉氧气管坐了起来。我请示罗主

任,"病儿吊瓶里没有其他药,我想加入维生素C 1克。"主任再次点头同意。然后撤除病危、拔掉氧气,将病儿抱回病房。

回病房输液过程中,我仔细问孩子妈妈,她才说:"因为今天要出院,昨晚十点孩子爸将奶瓶、奶粉、水果等拿回家了。清晨孩子喊饿要吃东西,我给他吃了一个香蕉。"我打开床头柜抽屉一看,抽屉内确实留有一个香蕉皮。估计香蕉还未熟透,病儿空服后肠内产生大量亚硝酸盐,导致肠原性紫绀症发生。输完液后病人一切正常,按原计划出院。

通过这件事,我非常感谢我们科值夜班的王医师,如果不是她第一时间在场,并清楚讲述突然发病时患儿前后情况,因为发病如此快速,不可能解释为心肌炎,我简直不敢想象后果会是怎样……事后我也反复思考,如果罗主任不在现场,相信自己也会果断处理的。因为20世纪70年代,这种病儿门诊遇得太多太多(邓小平家乡广安来的病儿最多),那时门诊急诊室备用的亚甲蓝,每天要几箱来应对,都是因为那时尤其是广大农村的生活条件都太差了!

一次不同寻常的骨穿

我改做儿科医师已十年,管过的病人中需要做骨穿的病人不少,包括各类贫血,特发性血小板减少症,恶性各型白血病,临床严重感染等等,当时做骨穿对我们医生来讲简直是家常便饭,可我碰见一例非常特殊的患儿。记得是一个三岁多男患儿,因反复高烧、贫血、全身疼痛半月多入院的,血常规检查是全血细胞减少,有重度贫血,肥达氏反应阴性,结核菌素试验阴性,血沉120毫米/小时,血培养阴性。当时罗主任查房,因患儿肝脾淋巴结均肿大,血沉这么快,各关节又无红肿热,暂时排除了再生障碍性贫血和风湿热,考虑是否急性白血病,指示我进行骨髓穿刺明确诊断。病人情况差,当时由我自己进行骨穿操作。根据患儿年龄,我采用髂后棘穿刺术,因此处安全,易获丰富骨髓。因患儿肝脾肿大不适合俯卧,就让患儿左侧卧,我选择患儿右侧髂后上棘进针,常规局部消毒,穿刺点五厘米处皮肤消毒,铺上无菌洞巾,用1%普鲁卡因局部麻醉,用骨穿刺针垂直脊柱稍向外侧倾斜进针。我没用多大劲便感觉穿刺针像刺入破竹席一般,一下子轻松就进入骨髓腔内,没有什么落空感,穿刺针更谈不上直立不倒了,而且很容易就抽吸出一毫升骨髓液。心想,肯定有周围血液混入,立即拔出针头用无菌干纱布压住穿孔处贴好胶布。我将穿刺过程中自己的感受报告罗主任，罗主任指示换个部位再试穿一次，当时家长不同意，所以没有再次骨穿。将抽出骨髓送检。报告很不理想，混入血液多，显示有核细胞减少未见幼稚细胞，建议临床再行骨穿。第二次骨穿换成另一侧，罗主任在旁观看。因前次教训，我小心翼翼，手术操作轻柔，进针感觉同前，只取0.7毫升送检。此次骨髓送检仍未成功。最后请外科取腋下两个淋巴结活检，活检结果报告为恶性增生性网织细胞增生症，临床简称恶网。家长知结果后放弃治疗很快办理了出院手续。此次骨穿太不寻常，之后曾多次请教过许多专家，都回答不好解释。我也查看了很多有关血液病骨穿的资料，没有这方面的报道，是否恶组细胞浸润部位不同，临床有不同的表现？又因恶组呈灶性分布，我选择骨穿部位的骨，是否受到恶组细胞侵蚀？直到目前我还是不清楚，之所以记录下来是想供同行们去考证。

狂犬病

我院内科干部病房刘凤鸣医生是主攻神经内科方向的，她与我们儿内科关系很好，儿科经常请她会诊患儿眼底。我和她私下关系很好。她管的一个五十多岁的男病人发烧抽搐，因为腰椎穿刺术是儿科经常做的常规检查方法，所以请我帮她给病人做一次腰椎穿刺术，以排除结核性脑膜炎的可能性。我爽快答应随她去了内科干部病房。我俩一块看了病人，病人意识清楚答话切题，只诉头痛不能吃东西，一直高烧不退。血象检查显示白细胞升高，中性粒细胞升高，尿检有少量蛋白，神经系统体征各项均为阳性。因为是干部病房，房内就有洗手池和单间卫生间。检查完病人，我正打开水龙头洗手，这时病人突然发生喉痉挛，回头见他异常惊恐，表情十分痛苦，我心里有些谱了，立即关了水龙头，这时看见病人慢慢缓过气来。他指着水池吞吞吐吐对我们说："医生我最怕水，听见水声我感觉出不了气，胸闷到喘不过气来，感觉自己要憋死了一样。"听他这一说我惊了一下，与我直觉相同。此时的刘医师正帮我做腰穿前的准备工作，我悄声对刘医生说："他患的是狂犬病吧？"我这一说把刘医生吓了一跳，她说："哇！我没朝这边想过，昨天我没戴口罩就给他做了眼底检查！我们全科都没朝这方面考虑过。"我俩再仔细追问病史，才知道十九年前他还是干警，下乡时被狗咬伤过腰部，现还留有伤疤，他边讲边用手指向腰部。我俩仔细检查他右腰部确留有三厘米左右不齐整的疤痕。

我还是给他做了腰椎穿刺术，腰穿时压力不高，化验结果为少量蛋白，细胞数每立方毫米几十个。基本可以确诊狂犬病。全科室医护人员变得非常紧张，进病房时穿隔离衣戴口罩，对他的排泄物做了特殊处理。没几天病人死去。临终前只说了一句话："要打狗。"他是县公安局局长。

近十年我们儿科陆续收治了好几例狂犬病儿。一旦明确诊断，转入传染科最后百分之百死亡。记得有一例比较特殊的小病人是我师姐收治的，那时也是早春，患儿因发烧抽搐住院，师姐每天查房，患儿母亲总将一只手压着被子不让揭。家属称"只要一揭开患儿的被子，患儿就会发生抽搐的。"这句话引起师姐高度警惕，是的，狂犬病的临床表现是多种多样，但都有怕风恐水的症状。后来师姐详细追问病史才知道，两月前患儿排完大便后让自家养的狗用舌头舔屁股（当地有这种习俗），狗牙划伤了患儿阴囊。患儿此次住院确诊为狂犬病，几天后患儿死去。狂犬病一旦发病无法医治，死亡率极高，而此病发病的潜伏期可以长达二十多年，就像上面那位公安局长。对这种病，预防才是重中之重。现在已生产出最新的抗狂犬血清疫苗。尽管如此预防还是重中之重，一旦被狗咬伤，必须在二十四小时内注射抗狂犬疫苗，千万不可掉以轻心。

第一次职称改革

1986年2月国务院发布《关于实行专业技术职务聘任制度的规定》指出，实行专业技术职务聘任制度是对专业技术人员管理工作的一项重大改革。要求掌握政策，慎重从事。这一改革由中央职称改革领导小组统一领导，全国各省、自治区、直辖市人民政府成立职称改革领导小组，我们地区职改办设在地区科委。新中国成立以来，卫生系统第一次搞职称评定，真是一件大好事，全院医护人员欢欣鼓舞，说明国家在进步，科学在发展，知识分子的劳动得到认可。"文化大革命"时期排名最末尾的"臭老九"终于扬眉吐气，这一切都要感谢党中央！感谢邓小平同志的改革开放政策！

1986年是标志性的一年，政治体制改革、经济体制改革、对外开放，一切都在发生变化。我们医院很多师兄师姐从事医疗工作几十年，只有年轻医生、中年医生、老医生的区别，今年开始定职称了。根据中央要求，职称评定工作实行专业技术职务聘任制，这是中央的一项重大措施，是科技干部管理制度上的一项重大改革，也是工资制度改革的一个重要组成部分。评定职称后医务工作者方向明确，要求更高。大家从内心感谢党中央、感谢邓小平同志。

难忘的20世纪80年代，全国各行各业都在进行改革，都以突飞猛进的速度变化着，真正称得上形势一片大好。当时是第一次职称评定，竞争力不算太激烈，单以我为例，1965年本科毕业，第一次评定职称时已经四十五岁，住院医师就做了二十一年，可想那些师兄师姐们，有些甚至快到退休年龄。组织上从实际出发，根据医院实际情况，只要平时没医疗差错事故并且身体健康的基本予以晋升为主治医师，当时医院王之珊副院长还对我说："你竟是医院晋升主治医师中最年轻的一个！"现在四十岁的医师，早晋升副主任医师甚至主任医师了。

医院在党委领导下进行职称改革，全院一盘棋，各科室收治了大量病人，诊断率、治愈率都明显提高，死亡率明显下降。第三军医大和重庆医科大对我们医院评价很高，对我院带教医生非常满意，不再向我院各科派出自己的指导老师，今后每届的毕业实习生都由我们医院自己的医生带教。我们各科医师可以免费轮流到三医大进修学习，这样我们医生肩上的担子自然重了，医院的业务水平更进一步得到提升。职称改革明显见到成效。难忘的1986年。

迟到的正名

1987年秋，医院政工科一位同志带来一个中年男子向我介绍说："小张医生，他是你原来部队组织处的同志，现职务是组织处副处长兼落实办公室主任。今天是来给你落实政策的。你们慢慢谈吧，我还有事就回科室了。"这位同志礼貌地向我点了点头并伸出右手，彼此握手后我将他带到主治医师办公室坐下。他简单向我介绍了原部队铁七师现已在1984年改编为铁道部第十七工程局，整理错案时发现，原铁七师师部医院有几名军医处理错误案，根据中央要求落实知识分子政策的精神，局党委指示："要坚决按政策尽快落实。""你的名字排居第一位。"他讲完后将一份函头文件递到我手里，仔细看了一遍，这份文件全名是"铁道部第十七工程局落实知识分子政策领导小组文件"，编号为[1987]政组字01号。关于给张有楷同志按时定级的决定。其内容是："张有楷同志原在我局前身铁道兵第七师医院内科工作，1965年3月（错，应当是6月）由贵阳医学院毕业入伍，1971年10月（错，应当是3月）复员至地方。张有楷同志在军队工作期间，认真钻研医疗业务，积极努力工作，作风正派，团结同志，在工作中做出了

较好成绩，但由于当时军队受'文化大革命'极'左'思潮的影响，错认为张有楷同志摆不正红与专的关系，加之不当地受出身成分的影响，致使在张有楷同志复员前一直未予按规定转正定级，现决定纠正这一错误。并在经济上给予张有楷同志补足两项差额，即按1967年3月按时定级，补发从定级到复员前'工资差额'柒佰捌拾肆元，和已定级后的工资标准计算补发'复员安家费差额'壹佰肆拾柒元，合计人民币玖佰叁拾柒元整（937.00元），此决定抄送组织部（2）财务处，本人档案存档。共印六份。请转本人一份。"这份文件落实对我来讲太迟了，1976年10月10日打倒"四人帮"后，我高兴喝酒醉过，曾盼过部队能予以正名，"四人帮"都打倒十年了，才想到给我落实政策！接着他又取了一张邮政汇款单交到我手里，同时解释道："这笔费用是部队给予的赔偿，当时不给你定级是错误的，这笔费用是1967年定级至1971年你离开部队时几年的差额。"我对此不屑，只是淡淡一笑。心想太晚了！太晚了！他很客气，不断提着各类问题。他问："下地方后对你待遇有影响吗？你对上述处理还有什么要求？"我没加思索肯定回答他，"下地方没有影响，相反待遇提高。下地方报到当天就给我定到该定的级档上。离开部队时我曾说过，脱下军装到地方工作，也是在共产党领导下当医生。"他连说："这就好，这就好。"他又问："你对此处理还有啥意见？"我回答："你问我有啥意见？即使有想法，有意见，说了管用吗？部队都改编了。"我当时不客气指出文件上的两处错误，"第一处错：我大学毕业是1965年6月，新兵训练是7月至9月三个月，落实文件上错写入伍时间是1965年3月，士兵入伍才是3月嘛，我是个士官兵。3月我还在贵州省人民医院做临床实习医生哩。第二处错：我是1971年3月被当士兵复员的，文件错写成1971年10月。错误将我入伍按兵算，退伍按干部算，正好两个错误倒过来就对了。这两个错误错得太离谱了吧？不觉得有些不严肃也不认真吗？同时，也不觉得太晚了点吗？我脱军装整整十六年了，在这十六年里，别人很难体会到我们这些出身成分不好的人是如何熬过'文革'那个人妖颠倒的'血统论'年代的！思想负担有多重！精神压力有多大！付出的要比别人多很多。'文化大革命'整整十年耶！'四人帮'被打倒后形势真正大好了，只要自己努力好好干、只要肯付出，自然得到回报，这些我都要感谢伟大的党！感谢邓小平同志！感谢地方党组织对我的认可。我现在很满足很快乐。1978年百分之四十的职工调整工资，我在其中。去年与大伙一块晋升主治医师后工资又提了两级。这样说吧，自从离开了部队，我能与时俱进，没人再指责我'只专不红'或许算是摆正了吧！再没有领导讲我嚣张。"因为当时情绪有些激动，讲话很快，像打机关枪似的。他说："你没有变化，与当兵时一个样,还是那么坦言直率。你现在看起来更显年轻、朝气。"我问:"当兵时你认识我吗?"他回答:"何止认识,你们下连队锻炼时,还是我替你们四人开的介绍信,那时我在干部处当干事。"交谈了一阵,彼此才刚有点认知感觉,但我要忙着收治病人,只好握手告别。

看着他的背影消失在楼梯转角处,我感慨良多。抚今忆昔,倍感时间易逝无痕,一晃脱军装已整十六年,部队改编已三年,改编三年后,因整理文件时才发现那些因"文化大革命"所谓"阶级斗争"无辜离开部队的一个个知识分子,其中有年轻的、有中年的、有年老的。想想这些同志错在哪里呀?只因父辈,只因血统而放弃自己追求的军医生涯。想想自己还算万幸的!万幸当时自己还年轻,没有在部队被耽搁,万幸自己在部队六年没有虚度年华,虽然落得个"只专不红"的臭名声,现在看来这个臭名声千值万值。刚下地方时尤其是打倒"四人帮"后,我天天盼望部队能早些给我落实政策——证明我是个好同志,因为想早日加入我梦想的党组织,但盼望总归盼望,时间一年年过去。因为盼望无果就不再盼望,直到放弃盼望。有时还会想着法子安慰自己,换位想一想那些年龄比我大的,值得尊敬的老主任和张野军医以及陈军医,他们命运是啥样!肯定比我惨!因为他们年龄比我大。只因"文革"动乱时期大讲阶级斗争,谁都不敢联系对方。只要想起他们,我心里会痛,真想痛痛快快哭一回。"文革"十年,伤及多少无辜的人!不过再想想那些为国家抛头颅洒热血的老革命家们,国家老领导们,都没有逃过这一劫,我们这些又算得了什么?这就是历史吧。我更相信,好人有好报!但愿我的三位上司一生安康!

母校五十周年校庆

1987年,接到母校,贵阳医学院五十周年校庆发来的邀请函,心中无比激动,一晃毕业二十二年了。我们医院贵医毕业的同学共有四人。杨如兰副院长和外科王医师没有去,只有我和师兄王院长去参加。当时只有火车,我们买了达州至贵阳的同车厢硬坐火车票。王院长高我三届,与我姐姐同届。这位师兄院长是个典型的学者,个子不高,戴一副眼镜,说话温和,脾气挺好,处理问题极讲原则。他虽是外科医师出生,但给人印象温文尔雅。"文革"期间武斗厉害,两派都用枪指着他,逼他赶快手术救人,将近两年都日夜待在手术室里,吃饭由爱人送,他爱人是护理

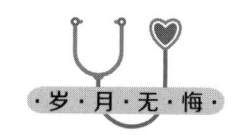

部主任。因为各种枪伤都要求他治疗，所以练得一手好技术。脑科、胸科、腹部外科、骨伤科，样样精通，手术操作起来都能得心应手。武斗结束后，出国援外将近四年。1976年底回国做了大外科主任，1978年做了副院长。他为人正直，从不搞歪门邪道，更谈不上贪污腐败，1984年评为四川省劳动模范，接任院长工作。这次一起回母校虽同一车厢，但因不同座很少交谈。

回到久别的学校倍感亲切，毕业二十多年了，学院环境改变不大，只多了一栋较大的图书馆和微生物大楼，病理生理那座红楼落座依旧。门诊部稍有扩充，整体看拥挤凌乱，四处停满汽车，给人印象乱哄哄的，场景像个卖二手汽车的自由市场。

我分别去拜望了几位年轻时喜爱的老师，其中有陈汉彬老师，陈老师现在已是学院副院长了。陈老师的专业是生物学，是上海华东师范大学毕业的青年教师，当年年轻帅气，讲课语言表达到位，很多同学都十分喜欢他。1960年至1963年的三年困难时期，他大搞小球藻试验，将培养出来的小球藻内加进玉米粉做成发糕，让大家吃了增加营养。当时很多同学都患浮肿病，称三十号病。据我看，吃了小球藻发糕也不管用，浮肿的同学越来越多。学校还想法让浮肿的同学接受熏蒸疗法，只见一个个蒸出来时满脸通红、满头是汗。我当时因个头小没有浮肿，所以没遭这罪。学校领导让这些浮肿同学每天享受半碗黄豆红枣汤。实际汤多黄豆少枣更少，喝了汤的男同学说："半碗汤，几泡尿一屙更球饿！"想想那时的办学条件，正好让我们遇上，再看看现在的大学生，我们这代人不能比啊！国家富裕了，大学生伙食有了保证，个个身强体壮个头高，幸福啊！第二位拜望庄宗杰老师，庄老师当时是我们的病理老师，又是好朋友李实光的丈夫，现在已是学院党委副书记。他和我们有说有笑，还穿着一条时髦的牛仔裤，特显年轻帅气，晚间大型舞会上还分别与我们跳了交谊舞，让我们又回到那美好的学生时代。

这次五十周年校庆，许多师兄、师姐、师弟、师妹都从全国各地赶来参加，场面十分壮观。开完庆祝典礼大会后，剩下的时间各届同学们分别组织活动，大家都疯狂开了。分别几十年，人世沧桑刻在每个人脸上。尤其我们六五届一别二十多年，今日见面仍和当年一样彼此喊着对方绰号，笑声朗朗，倍感亲切，那些不愉快的事早已烟消云散。当时被分到边远山区县城工作的许多好朋友，有的通过考研班，有的是学院在县里办分院，发现他们是人才，分别调回学院。有的同学调到省人民医院，有的被调到中医学院，这些同学分别做了各个专业的业务骨干和负责人，有几位同学还当上院长或副院长。真令人万分感慨时代的变迁，时代的进步！当年留校的，除个别同学发展比较好外，其他的发展并不太好，有些只能在实验室带学生进行小课实习。过去那些年,"唯成分论、唯血统论"的分配方案,已随时代而发生改变,所有的美好都已成现实,所有的努力都会有结果,时代似流水,真所谓大浪淘沙,令人感慨万千。

这次返校参加校庆对我今后的人生有着重大影响,这是之前没有想到的。在校庆五十周年大会上,意外碰见时任省委副书记丁廷模,他作为贵州省主抓文教卫生系统的领导在校庆主席台上发表讲话。丁廷模一直是我们这个年龄段青少年时期的偶像,他年轻时在贵阳市团委工作期间,多次上北京开会学习,受到过毛主席接见。记得1956年他给我们全市学生干部作了一次报告,他的口才棒极了,讲话不用草稿,听者热血沸腾,理想满满,一阵阵掌声常将他的讲话打断,我们的手掌都拍痛了。所有的学生背地里亲切地称他为丁大哥。我们都曾在一中念过书,当时他是学生会主席。能在这里意外碰见他让我很激动,散会后我直接找到他,匆匆谈话中聊到想调回家乡工作。他问我:"早些年干啥去了?现在调动要交城市整容费。你交得起吗?"其实想回家乡工作的念头,也是在这次校庆中突然冒出来的,也许是看到这么多的好老师,这些亲切的同学,一下子有了难于抗拒的思乡之情。这个念头一旦产生就像生了根似的在脑中挥之不去,整个校庆期间我整夜难眠。当然也知道工作调动不是一件容易的事情,尤其是全家人一块调动难度更大,所以只能请丁副书记帮忙试试而已,只要有一丝丝希望我也不会放弃。校庆结束回川之前正好是白天,就直接去了省委副书记办公室找到丁副书记,正式提出想回家乡工作的事情。

丁廷模副书记总算口头答应我,但特别强调了一条:"必须通过医院考试和面试,接收单位认为合格才可以协商调动。"听了这个条件我兴奋极了,同时也安心了许多,考试对我来讲根本不是问题。当天晚上我准时坐上开往重庆的火车,心里想,丁副书记这样做合情合理,是按正规组织程序进行。我当时分析了丁副书记的想法,他虽和我是校友,但分别多年对我的情况并不了解,他提出的上述条件客观看来并不苛刻,且正合我的想法。

我们是主力军

1989年春节后,我回到病房工作。正好赶上三月份开始的第二次职称评定,地区科技委员会下达一个文件,因名额有限,规定只有1963年毕业的本科生才有

资格参评副主任医师。大专毕业生、中专毕业生不参评，我们1964年或1965年毕业的本科生就要等下一班车，但下一班车要等多久领导也不清楚。不像现在，只要符合条件每年都在进行评审。

当时我们这两届毕业生正年富力强、思维活跃、身体健康、不怕苦、不怕累，挑着临床重担，是临床工作的主力军，所以大家对上述那个参评文件的规定很有意见，心里都有些不同看法。我们私下交谈，既然我们挑重担也是主力军那我们就应当向有关部门反映，有理有节讲出我们的想法，更不可以消极怠工处理。因为当时个别人讲怪话说让晋升职称的人多干活云云。中医科曾医生是1964年毕业的，开玩笑讲了一句："由小张医生去找领导汇报大家想法，因为王院长、杨副院长都是你们学校毕业的师哥师姐。"另一位花医师是1965年毕业的，大声表示赞同。我反驳："要找领导汇报想法也不能找医院领导，因为他们手里没有指标一句话就给堵住了。""对，对，对，不是医院说了算数的。"曾医师赞同我的说法，同时还讲："小张医师，你就代表大家写份材料，由你向上面反映情况，你抽时间跑跑吧，有一线希望我们也争取不放弃。"就这样我代表这些同行向上级有关部门写了申请，他们都签了名。一份交到地区职称改革办公室，一份交到地区科委。申请比较详细地阐述了医院的现状，同时还利用下夜班时间去找有关负责人当面汇报大家想法。刚开始他们总是推托说名额有限、领导有困难等等。几经周折，最后科委及职改办终于从地区其他单位挤出六个名额，据说是从农科所、财政局、大专学校要来的名额分给了卫生系统，我们医院分到四个名额，这样我们终于晋升为副主任医师。正式任命是五月，正式聘任是七月。

晋升副主任医师后，更激发了自己对专业的热爱和专注。想到自己的专业，想回家乡去发展的念头更炽热了，加之人到中年，思乡的思绪更加迫切，故乡有亲人、有故人、有朋友、有同学，只因"文革"动乱，我中断了很多亲人朋友的联系，非常想马上回到家乡，重新拾回久违的亲情和友情，更想回家乡做点微薄贡献。

重返故乡路

参加校庆之后就开始为回家乡工作调动的事宜奔忙着。

  1989年的8月至10月，连续三次往返于四川达州和贵阳之间。这是我利用下夜班和休息，再与同科室医生协商调夜班调剂时间回贵阳的，每次只有三个白天能待在贵阳。当时火车票极难买，每次往返只买到站票，都是夜间开车白天到，很辛苦，每次回到医院正好是夜班，双下肢肿得厉害，被细心的学生发现后问："张老师，你双下肢为什么肿？要不要找找原因，去做一次心电图吧，是否心脏出了问题？"我淡淡一笑："没事休息一晚就会好。"我丈夫讽刺我说："算了吧，何必这么辛苦，一家人跨省调动是很难的，加上我们都这把年纪了，哪个单位愿接收。"但我相信事在人为，有志者事竟成。第一次回贵阳联系是八月下旬，市委组织部何任叔副部长提出要通过考试。我回答："考第一人民医院吧。"因二十五年前第一人民医院儿科办得最红火，当时的儿科主任刑恩礼很有水平。何部长听后提醒我："最好多联系几家医院，给自己多一条路。"何部长特别强调要我自己去联系医院。何部长的话有道理，是该多联系几家医院才对。当天我去过三家医院，每次都自我介绍一番，每次都讲同样的话。运气好，看来当时各家医院都缺儿科医生。三家医院院长均同意我来考试。第一家医院是第一人民医院陈学林院长，第二家是妇幼保健院朱世鹏院长，第三家是第二人民医院杨院长。联系好后我马不停蹄返川上班。

  9月中旬我来贵阳接受考试，第一家医院是我退休的医院贵阳市妇幼保健院。上午考试。考试前一天，朱院长带着我去了一趟儿科病房，指定四个病人，一是脑膜炎，二是黄疸原因待查，第三个是疑诊心肌炎，第四个病人是新生儿破伤风的诊断和治疗。我对朱院长说："第四个病人就不考了。"朱院长反问："为什么？很难吗？"我只好如实告之："四川预防新生儿破伤风搞得比较好，一旦有发生的只在门诊脐周注射破伤风抗毒素就让家长抱回去，存活就好，不行也算了。"朱院长同意我只查前三个病人。考试当天由王副院长负责考评，王副院长给我第一印象十分美好，她中等个，大五官，皮肤比常人好，白里透红，我感觉她很漂亮很精干。考前我问过她："我分析病情时可以提问吗？"她回答我可以随时提问，我提出许多有关病情的实验室数据，当时医院的实验室条件很不好，要求做的许多项目都未开展。我只能根据年龄、发病时间、临床表现和简单实验室数据，逐一进行分析，做出我的第一诊断，有的建议进一步检查确诊。

  第一例脑膜炎患儿，一个两岁男孩，发热，精神食欲差，消瘦哭吵十多天，呕吐两天入的院，血常规检查有轻度贫血，白细胞分类基本正常；胸片发现双肺呈现毛玻璃样改变，未见点状影。体检发现患儿消瘦，有明显鼻扇和轻度唇发绀，双肺听不到啰音，心脏听诊正常，腹部软，肝肋下两厘米，质地软，脾不

大；神经系统检查：颈部稍有抵抗，余无阳性体征发现。我考虑是结核性脑膜炎早期。建议立即做腰椎穿刺，常规送检外，最好做涂片抗酸染色，从中找到结核杆菌是诊断的金指标。建议做脑脊液免疫球蛋白测定IGG，如果是结核性脑膜炎则升高明显，并做墨氏染色排除新型隐球菌脑膜炎。最后建议再拍一次胸片，如果明确粟粒型肺结核，立即转结核医院接受抗痨治疗，如果排除了粟粒性结核，可以留本院抗痨治疗。早期抗痨治疗效果显著。

第二个患儿是黄疸原因待查。四个月的女婴，全身发黄，半月前病情加重，五天前入的院，血常规显示中度贫血，血生化报告为血中结合胆红素高，胆红质定性试验呈直接反应，肝功各项转氨酶有轻度升高。尿中尿胆素原少，胆红质大量增加，大便呈陶土色。体检除全身黄疸外，有极度营养不良，肝大平脐质地硬。这个病儿比较典型，考虑先天性胆道闭锁或胆道缺失，不能排除先天性胆总管囊肿，该病临床并不少见，任何年龄均可开始出现症状，儿科以幼儿时期较多，病因是部分胆总管壁先天薄弱和胆总管末端神经结构不正常，以致发生慢性痉挛性部分梗阻，影响胆汁排除，导致管腔内压力增高、胆总管肥厚扩张形成囊肿。临床表现主要腹痛、腹部有肿物和黄疸，建议做腹部B超后，转外科接受手术治疗。当天考试时因为这个患儿症状及实验室检查结果比较典型，我就直接下了诊断，之后想到没有与肝炎、结石、肿瘤三病做鉴别诊断分析而感后悔，就顺其自然吧。

第三个患儿是个一岁半的男娃，因高烧咳嗽一周入院，胸片报告支气管肺炎，记得心电图有轻度异常（具体记不清了），心肌酶谱有轻度升高。当时国内对心肌炎诊断标准已十分严格。诊断心肌炎主要指标有：第一，急慢性心功能不全或心脑综合征。第二，有奔马律或心包摩擦音。第三，心脏扩大。第四，心电图严重心律失常（二度二型以上房室传导阻滞，以及窦房或双束支、三束支传导阻滞或明显ST—T改变或低电压。）这个患儿主要指标中一条都不具备。次要指标有（1）1~3周前有上呼吸道感染史或腹泻病毒感染史。（2）有明显心悸、气短、胸闷、面色发白、多汗、手足发凉、婴儿拒食。（3）安静时心动过速。（4）心电图轻度异常。（5）病程早期血清酶谱（ＣＰＫ.ＣＰＫＭＢ.ＧＯＴ.ＬＤＨ）升高。诊断条件：一是具有主要指标二项或主要指标一项及次要指标二项者（都要求有心电图指标），二是具有病原学三项指标之一者，三是凡不具备上述条件者但临床又高度怀疑心肌炎者可进行长期随诊。结合上述患儿考虑肺炎伴心肌一过性损伤，建议治疗肺炎的同时保护心肌治疗，在治疗中密切观察病情变化。目前不考虑伴有心肌炎。

第二家医院下午考笔试。全是有关新生儿疾病的问题。原来出题人是产科黄主任,她人挺和气,讲话轻言细语,个子高挑,给人印象蛮好。听话音像是北方人。她出题时连声说:"你是儿科副主任医师,我是产科副主任医师,隔行如隔山,外行考内行不好意思,是陈院长指示我出题,我没法推脱。"我立即表态:"新生儿也属儿科范围,您尽管出不要有顾虑。"出于客气吧,她只出了三道十分简单的题目,新生儿黄疸鉴别诊断,新生儿败血症的诊断治疗,新生儿颅内出血的治疗。当天考完,两家医院都是第二天出结果。

第二天上午,我同时拿到两家医院的接收函,先到第一人民医院,直接去到陈学林院长办公室。陈院长说:"我们同意接收你,你先到产科婴儿室上班,等儿科主任退休后你再到儿科上班。"我问:"婴儿室有多少张床位?"院长回答:"有八张床。"我直言:"到婴儿室上班不是高射炮打蚊子吗?"陈院长笑着回答:"只是暂时的,你的态度我欣赏,高射炮打蚊子说得好,底气十足,我们表示欢迎。我们医院住房紧张,你调来贵阳有住房吗?"我回答:"没有。"如果你来后我院锅炉房旁边可以腾出一间库房给你暂时住下。"我问:"陈院长,我不能直接进入儿科上班吗?"陈院长回答:"儿科主任没有退休。""我来是做医师工作的,主任退休不退休与我没关系,我正好在她领导下好好干工作,是不是儿科医师已超编,多一个人就不行?"陈院长回答:"是的,不能超编。"我只好拿着接收函离去,心想八张婴儿床是来养老差不多,不行!绝对不行。

之后又拿着妇幼保健院的接收函,高高兴兴送到市卫生局,市卫生局领导林连华书记叫我回去等通知。当天我是在好友刘洁母亲家吃的晚饭。当时刘洁笑我,"只要人家接收就不错了,你还想什么八张床十张床的,到市一医最好,就在我老妈家附近。"(刘妈妈住市府路)

第三家医院是市二医,我放弃考试,因时间安排太紧,我要买火车票赶回川上班。没有到市二医与杨院长打声招呼就上火车了,当时还为此深感不安。

考试回川后,一边工作,一边等通知,半个月过去了不见动静,十月底我又再次跑回贵阳,卫生局政工科毕同志安慰我,"安心回去等通知吧,两家医院接收函都拿到手了,还担心什么,回贵阳是迟早的事情。"道理是这样,只可惜距离太远,谁也说不清楚中途会发生什么变数。我将自己的担心讲给毕同志听,他也表示理解。我只能老老实实返川了。

三次回贵阳都住在刘洁家中,当时她住乌当区师范学校她爱人单位的宿舍,白天我们各忙各的,只有晚上才能在一块,每晚都要聊到大半夜。每天她忙上班,我抓紧时间联系工作单位。我的好友是个典型的工作狂,是市里指导蔬菜种

植的农学专家，乌当区每个村寨均有她的足迹。我联系工作期间正是盛夏，每天都在她家里吃的晚饭，饭后与她爱人宜中兄坐在院坝乘凉，到九点多钟远远看见月光下穿着白连衣裙的人准是她。我问她："不害怕吗？每天都这么晚才回来。"她的小女儿萍萍说："这几天因为张孃孃你在，我妈回来还早些，平时更晚。"她笑着回答："怕什么，所有农民不分老少都认识我。"她每天早出晚归，公共汽车上草帽不知丢掉了多少个，因为疲劳坐上车就打盹，有时还坐过了站又返回。别看我的好友是学农学专业的，她的穿着比常人讲究、时尚，连衣裙一件件各种颜色和款式，光是高跟鞋一年要穿坏七八双，我这样说一点不夸张。当地农民称她为财神菩萨十分喜爱她，因为她带着大伙致富。

  她的小女儿萍萍当时才十五岁，聪慧、漂亮，给人印象机灵乖巧，怎么看都透出女孩优美的特殊气质。我每次来都住在她家里，当时她还上中学，放学回到家边做作业边煮饭，看她围起白色小围裙的样子，真让我又爱又心痛。

  三次往返坐火车共六趟。每次都坐在过道上，屁股底下垫着自己的提包。每当火车从贵阳开出五六个小站后，坐车的人们开始打瞌睡了，硬座车厢是不熄灯的。有一次火车到一个小站刚停下，就看见两三个男青年上了车，火车一启动他们就开始公开摸包扒窃，是公开的举动哦！没人反抗。当他们跨过我的双腿时还对我说："阿姨你别管，你尽管打自己的瞌睡，我们不会拿你的东西。"我看见他们一个个挨着扒窃，伸手从一个农民模样人的口袋里摸出一张十元钱和火车票，他将火车票放回对方口袋，十元钱装入自己口袋里，再顺着一个个摸，车上看不到警察也看不到服务员。我睡眠本来就差，何况坐在火车过道地板的背包上，看得清清楚楚，心里一点不觉害怕反觉着好笑，他们对我这个中年女知识分子还另眼相看，还称呼一声阿姨，好像我与他们是同伙似的。20世纪80年代我国正处于改革开放初期，虽然形势逐渐转好，但边远山区社会秩序还是混乱，火车上扒窃现象十分盛行，尤其晚上。我六趟往返贵阳和四川的火车上均目睹此乱象。

  同年十一月上旬，贵阳市科委终于发来了我俩的商调函。我兴奋不已，立即发出三封信：一封给了我夫家侄女；另一封发给好朋友刘洁；第三封信发给贵阳市科学技术干部处。当月中旬也陆续收到三封回信。先收到夫家侄女春玲的来信，主要涉及住房困难，当时夫的嫂子已到珠海帮带大孙儿朱泰，住房让给正在热恋中的小侄儿劲松的准媳住着。我们都有儿女，非常理解他们有难处，一个未婚女孩子家，怎么能与一个不相识的叔叔全家三口人住在一个家里。第二封信是好友刘洁的小女儿萍萍代她妈妈写的回信，信的内容让我感动得眼泪汪汪。信内容："张孃，您好，得知你即将调回贵阳这个好消息，我们一家人兴奋至极，也让我不得不佩服你的办事效率，我原感觉一切都很渺茫，还想不知要经历多少周折，而现一切已迎刃而解。每当我听到敲门声，我会感觉是你笑盈盈地站在门口。我爸妈叫你尽快抓紧时间打理好，快些回到贵阳来，我住客厅沙发，哪怕站着贴墙壁也愿意，你是明白的。我不多写了留着话见面时再说。萍萍1990.11.15。"第三封信是贵阳市科技干部处的回信："张有楷同志：谁家都有儿女，祝你二儿子光荣应征入伍，经研究同意你延期来贵阳报到。雷朝富1990.11.13。"

因当时确实赶上二儿子参军体检，好事多磨，只得给发商调函的市科委写了信，市科委担任人事工作的雷朝富同志及时回信，同意儿子参军后再回贵阳报到。当时我和丈夫深受感动，只能回到家乡好好工作来报答组织的理解及宽容。儿子体检总算通过，紧接着部队进行家访。家访时新兵连干部一进门，看到我们家搬动得乱七八糟，我和老公还戴着线手套，就奇怪地问："你们搬家啦？"老公回答："是的，工作调动省外。"那干部说："将来你们儿子异地复员不好安排工作呀！"我回答："随缘吧。"儿子沏茶端椅，那干部挺客气，只站着面试了儿子，问了几个简单问题，高兴地与我们握手告别。

1990年12月送走参军的儿子，我回医院去了一趟党委办公室，正好高崇礼书记和朱本德副书记都在，我去的目的有两方面，一方面与领导告别，另一方面也谈谈自己这十六年的一些想法。两位领导对我的直言和坦率表示认同，对我十多年工作表现及政治立场都予充分肯定。最后谈到我的入党问题，高书记说："现党章新规定，入党前必须通过培训班，你商调函已来一月，即将办理调离手续，来不及在这里参加培训了。"朱副书记补充一段话："小张医生，为你入党问题我曾下到妇儿科支部了解过，你们儿科有同事反映你骄傲，对个别支委有些瞧不起，当然有则改之，无则加勉。党委一直认为你是个好同志，一直追求进步。你要离开医院了，希望在新单位继续努力，创造条件争取早日加入党的队伍。"高书记接着表示："小张医生，要相信组织，我们党委会为你的进步和前途负责任的。既然工作调动了，在新单位如朱副书记所讲，一如既往好好干，要相信党组织是关心每个要求进步的好同志的。你走了我们党委会实事求是把你这十多年的表现寄到你的新单位的。"

这次谈话让我感觉不是滋味，十六年啊！我还有几个十六年？工作变迁频繁，对我政治生命影响有多大？我入党路程有多远？用什么尺度去衡量啊！新到一个单位，一切从零开始，从零开始是什么概念？从零开始意味些什么？对我而

言将有多难？常人是难于理解的。命运注定我一生迁徙，自己就知天乐命吧。道路再坎坷还得勇往直前走下去。这次调动是我一生中第一次由自己确定——离川回家乡要走的路。我已没有退缩机会了。

党委高书记的爱人关兴碧是化验科主任，我们关系十分要好，无话不谈。在她面前我从不谈及我的入党问题。我们相好，完全因为工作关系来往密切，彼此欣赏。她听说我要调走，还专门约我照了一张合影留作纪念，我俩当天不约而同地都穿着红色上衣。

我和丈夫抓紧时间打包装箱，整整搬弄了五天，才到达州一中为女儿办理转学手续。一切办妥了，再到火车站办理托运手续。除我们仨日常生活用品和随身换洗衣服外，其他东西全部装箱办成慢托件。这样可以节省运费，更主要的原因是到了家乡，只能暂住好朋友刘洁家里，一时半会没有地方堆放家具。

当天晚上，带着正上高一的女儿上了火车。坐在回家乡的火车上，心情既激动想法也多。火车有节奏地哐当哐当响，睡上铺的女儿已进入梦乡。我手里拿着分别时与同事们的一张张合影来回翻看，留恋起达州医院来，十六年朝夕相处的同事们，如同兄弟姐妹全在眼前浮现，想得最多的是好友王玉珍师姐和金茂芳护士、年轻医师卓莉医生和秦瑧子医生。全科医护关系那么亲切，今后我会想念他们的。还想到全院各临床科室，辅助科室，为了病人常来常往，工作起来那么顺心，那么顺利。想到门诊急诊科那帮护士。还想到多年来医院领导对我的培养，想到我的组织问题一直没有得到解决，莫名其妙的忧伤和依依不舍的心情交织在一起。"喂，还在想些啥？快睡觉吧。"从中铺传来我丈夫的声音。

收起照片心里想着，我会将这里的好思想、好作风、好技术带回家乡去。将来我会回川看望他们的，四川达州算是我第二故乡吧！一边想一边督促自己快睡觉。

第三章　在故乡医院的岁月

报到上班

回到贵阳，住进好友刘洁家中，几经周折，总算解决了女儿上学读书问题。第三天，我和丈夫一块去到市卫生局报到，我分配到市妇幼保健院，局领导林连华书记说："根据你的专业，你到市妇幼保健院最妥当。"我夫暂留在卫生局帮助工作，实质是待岗再分配适合的工作。还好时间不长，他很快分到市三医做党务工作。

拿着市卫生局介绍函，来到市妇幼保健院人事科报到，人事科任玉珍科长惊讶极了，说了这么一句："你就来啦！好快呀！"我知道她为什么惊讶，因为我的档案材料还锁在她抽屉里。

她带我到院长办公室，院长面对着门坐在一张老板椅上，看样子正在签阅文件，头也没抬说了一声："请坐一会。"我坐在进门右手边一个皮沙发上等着。认真观察了这位院长好一阵，他左手夹着香烟，只见灰蓝色烟气袅袅盘旋而上，因为他背后窗还半开着，有风吹进来，烟被风吹散开有点呛人。心想，大冬天开着空调开着窗，看来他不怕冷哩！这位院长给我第一印象：健康、精干、着装十分讲究。

他放下手中签阅完的文件，看了一眼桌上的介绍函。开门见山对我说："你到我们医院来工作，我表示欢迎。我们是第二次见面了，记得你三个月前来我院考试过。"我点头没有讲话。他说："上班之前，我要讲两件事：第一，你的职称问题，我们医院名额有限，目前儿科已有四个副主任医师，对你的职称不予认可；第二件事，我们医院房源紧缺，住房自己解决。"听完他的话，我心里冰凉。心想，这两件事对我都重要，尤其职称，四川竞争不比贵州小，怎么说不予认可就

岁·月·无·悔

不认可！我回答："如果我比你们四个副主任医师医术略高一筹哩！也不认可吗？有关住房问题，联系工作表上清楚注明有住房呀！"院长问，"怎么办？"他双手一摊一副为难的模样看着我。我说："朱院长，将我退回去吧。"院长问，"退到哪里？""退到市卫生局去。"我心里想着，还好卫生局那里还有另一家医院的接收函，这家医院陈学林院长曾告诉过我，锅炉房旁边还有一间仓库可以腾出作临时住房用，否则麻烦就大了。朱院长看我不慌的样子，"你挺魁嘛。"①我回答："是挺亏的，听说新来的同志三个月不发奖金，亏大了。"（离开家乡二十五年，魁与亏分不清了）此时他拿起电话，估计是给市卫生局领导打的，讲的就是上面两件事。电话结束对我说："回去准备一下，周一来上班。"我愣了一下，前面两问题都悬而未决，怎么就可以来上班？我问："朱院长前面两个问题怎么解决？"他说："以后慢慢想法解决吧。""朱院长，我的行李、所有家具办的都是慢托件，现在还没到达火车站，我们临时住在朋友家里，多给点时间行吗？"院长问："给一周行吗？""给两周吧，我要托人找房，快过年了，刚回家乡，人生地不熟挺难的，就算给两周时间，我还得抓紧时间办才行。"他考虑了一会终于同意给了半个月时间。

1991年1月17日，按朱院长规定的时间，我早早到了医院人事科门口等候。八点整人事科长任玉珍准时上班了。她将我带到医政科，介绍我与毛祖烈科长认识，这位毛科长很和气，五官端正，中等个，身体健康，我对他的第一印象十分好。他知道我是新调来的儿科医生后，立即带我去了儿内科病房，到了病房还未交班，见几个年轻医务人员正吃着早餐，不一会科主任来了，毛科长把我介绍给刘德萱主任和大家后就离开了病房。

别样的考核方式

初到一个新环境一个人也不认识，心里有些微微不安。

朝会一结束，刘主任对我说："张大夫，三楼外儿科请会诊，你去帮会诊一下吧。"我说："刘主任，我还没领白大褂和听诊器，更主要原因是我今天才来报到，还未到药房签字认可，外科去会诊能获认可吗？"刘主任说："你暂穿我的白大衣吧。"边讲边脱着自己的白大衣。当时我第一个反应是，这个医院很不正

---

① 本地方言，指很自大的意思。

规，怎么如此对待一个刚来的新医生。接着又想，就当是对我一次考核吧！我顺从地接过她递过来的白大褂听诊器，拿上会诊单直奔三楼会诊去。

到了外科办公室，拿出会诊单并做了自我介绍。一位外科住院医师带我看了病人，我在会诊病历上写上我的诊断及处理意见。这时一位外科老医师向我走来并接过病历，他看完我的会诊记录，对我点点头微笑着说："与我想法一样。"礼貌地说了声"谢谢。"事后我才知道他是从贵阳市第一人民医院借调来帮助建立儿外科的黎主任，他给我很有学养、很有风度的印象。

回到科室向刘主任作了简单汇报："我会诊的是个六个月的黄疸病儿，据病史体征及实验室检测结果，考虑是婴肝综合征。我建议转传染病院接受保肝治疗。病儿家长表示同意并立即办理了转院手续。"刚汇报完，来了一个高烧抽搐病儿，刘主任叫我顺便将该患儿处理一下。我想，又是一次考核吧。于是抓紧时间采集病史和体检，立即下了口头医嘱，很快患儿吸上氧、肌注镇惊剂鲁米那纳，同时做了物理降温。蔡玉书护士长动作麻利，很快完成了上述医嘱。下完临时医嘱和长期医嘱后，掂量了一下，干脆坐下来把病历及首次病程记录写完算了。办完这一切，正要将白大褂还给刘主任时，她问我："那个抽搐病人看了没有？""我已处理完了。"我边说边脱着白大褂递到刘主任手里。站在旁边的蔡护士长补充说了一句，"连病历都写好了。"护士长带我去领了两件白大褂和听诊器。这位护士长给我的第一印象，她除了动作麻利外，还长得很漂亮，一双大眼睛，眉清目秀，鼻梁直挺，看上去很聪慧。

刘主任将儿科的四十个床一分为二，我和马鸿山副主任医师各管二十个床位，我俩分别上二值班，白天各查自己分管的病人，夜班轮流上。从此刻起我已成为科室一员并努力适应新的环境，同时要求自己尽快融入这个集体中去。一个月下来倍感轻松，因为这里病床比四川少一半，病种和危重病人都少，还有一位高龄的总住院医师，大家都称呼他唐老师。

误会

回到家乡工作心情格外舒畅。

上班一个月，二月中旬的一天朱院长把我叫到办公室，表情严肃，以批评口气对我说："你们科主任汇报工作时，顺便谈到你，说你工作不错，但拒绝修改病

历,有这回事?"不等我回答,朱院长接着说:"这就不对了嘛,她不光是你们科的主任还是你的师姐,应当尊重她才对。"我回答:"朱院长您误会我了,我是上月十七号报到上班的,十七号之前的病历我真的无法修改,有的病历连病程录都没记载,诊断也不规范,加上治疗凌乱,更主要的原因是我没有在岗,没有看过病人是不能乱修改病历的,不修改病历又怎能签字呢!凡十七号上班后的所有病历,都是按时修改和签字的。"

"你在四川工作的医院是怎样操作这一块的?"我详细回答他:"达州那家医院是地区中心医院,是好几所大学的教学基地,病历要求很高。住院医师写住院病历,实习医师写完整病历,三天之内必须有主治医师和副主任医师的查房记录,要求三日确诊率达到百分之九十五以上。每三天医务科收一次病历,出科病历要求打分,上八十五分以上属甲级、八十分属乙级、八十分以下属丙级,丙级是不合格的。当然不允许出现丙级病历,因为有各级岗位责任制度管着,儿科乙级病历都很少见,因为与年终评比挂钩。据我所知,归档的全是甲级病历。"

朱院长听我讲完认真对我说:"张大夫,你要把四川医院的长处带到我们医院来,尤其是在写病历方面,请你把把关。"我点了点头。这时进来财务科黄希志科长,朱院长对我说:"我们再找时间聊聊,你回科上班去吧。"

四季豆中毒事件

感谢医院领导关心,上班六个月后分给我一套周转房,每天步行三分钟到科室上班。某天中午的午休时间,朱院长通知我到门诊去协助刘主任处理一批急诊病儿,不到三分钟赶到现场,见刘主任正在处理这批病儿。送来的是一批幼儿园小朋友,症状表现都是恶心想吐,上腹部不舒服,有几个小朋友吐出中午吃的东西,面色有些苍白。仔细问过情况,他们中餐吃的西红柿炒鸡蛋,瘦肉丝炒四季豆,炒菜师傅将四季豆切成丝与肉丝一起炒的。我看见刘主任给小朋友开输液和止吐处方。因为刚调来不久,我友好地和刘主任商量,这些小朋友不宜止吐,让他们吐出来会更好些。少数呕吐剧烈的,可以适当输予1/2张液,不吐的一般情况是好的,我们做好小朋友思想工作后请家长领回家去。刘主任同意了我的意见。

门外聚集大量家长秩序十分混乱,有的家长开始骂起幼儿园老师和园长,"狗日的一堆窝囊废,如果老子的儿子出了什么问题,我非捏死他们不可。"

我和刘主任都认真为每个小朋友检查身体，他们都表现得很乖很听话，十分配合。慢慢地大多数小朋友面色红润，心率正常。检查完后由我把他们一个个送到家长手里，告诉家长发现自己孩子有何不适立即送来。家长们看见自己孩子高高兴兴的模样，都同意把自己孩子带回家。到最后只留下三至四个小朋友接受门诊输液治疗，输完液后也都安全回了家。

这是一次轻度食物中毒事件，主要由四季豆引起。四季豆含有豆素和皂毒，豆素是毒蛋白，具有凝血作用，加热可破坏。皂毒可刺激胃粘膜，还可以引起溶血，必须加热一百度以上才可破坏，如果食入大量未煮熟的四季豆可致中毒，食后不久则发生胃肠症状，严重的会发生四肢发麻无力。治疗主要是作一般中毒处理和对症治疗。好在这批小朋友吃的四季豆是切成细丝炒的，据炒菜师傅讲述炒的时间还不短，加上每个小朋友吃得不多，所以症状都不重。带回去的小朋友没有一个返回医院再就诊。

据说之后该幼儿园被防疫站下达了整改通知书。

太阳从西边出来

调回贵阳上班才七个多月，某一天，朱院长电话通知我去他的办公室。一到院长办公室，门窗大开，仍感觉烟味浓浓，见我进来，他猛吸一口后将手里的烟头掐灭放入烟灰缸。我问："院长有什么指示？"他严肃地说："你写一份入党申请书交到妇儿支部。"我也严肃回答他，"朱院长，我毕业整整二十六年，我的入党申请书已写过无数次，打倒'四人帮'后又写了一次，因工作单位变换频繁，这些年不知写了多少思想汇报和对党的认识，何况我调来才七个多月，请领导认真考察一段，以后再说吧。"朱院长说："两周前我院党委收到四川转来的你的材料，介绍你表现好，多年来在大是大非面前，立场坚定，旗帜鲜明，积极要求上进，积极靠拢党组织，工作表现也不错。有关你入党问题，是因工作调动，你没有进入党前的培训班。新党章是有规定，入党前必须经过培训。"朱院长接着又说："现经我院党委研究，确定你参加市卫生系统第二期入党积极分子培训班。"朱院长提高嗓门继续说："院里已通知你们科刘德萱主任安排你脱产一周，周一去市卫生局报到。"我说："朱院长，每个单位对调走的人，总是讲优点多缺点少，我才来不久，还是再观察一段吧，我会再写申请书的。"朱院长再次提高嗓门严

肃地说:"写归写,周一去报到,这个决议是医院党委定的,不可更改。"他命令式的口气令我不能再讲些什么。

离开院长办公室眼泪控制不住汩汩流出,真想找个地方痛痛快快哭一回呵!这通知让我感到突然和意外,让我激动不已。党组织终于接纳我了,太阳真的从西边出来了。下楼时与后勤韩德友副科长撞个满怀,他没有问我为啥流泪,只奇怪地瞪着我看并让到一边,我下了楼。

在党的培训班里,有全市各家医院的医护人员,我们医院一共去了十二位同事,各科室都有,看他们一个个比我年龄小许多,在学习会上,我真实讲出自己对党的认识和二十六年不变的信仰追求。大家对我的执着感叹无比。最后我在总结材料中写道:"入党不只是光荣,更重要的是肩上的担子重了,因为共产党员要比一般人付出更多,比一般人做得更好更出色。"

学习班归来,我填写了入党志愿书,成了一名预备党员。当我举起右手在党旗下宣誓:"我自愿加入中国共产党,拥护党的纲领,遵守党的章程,履行党员义务,执行党的决定,严守党的纪律,保守党的秘密,积极工作,为共产主义奋斗终生。随时准备为党和人民牺牲一切,永不叛党。"我坚信自己会按党章要求做一个名副其实的共产党员,无论走到哪里都表里如一,这一点我做到了。次年即1992年我按时转为正式共产党员。一辈子的愿望终于实现,当时的心情无以言表,感谢党、感谢我工作过的党组织没有忘记我。我会按党章要求做一名合格的共产党员。入党后我想起二十二年前"文革"时期,一个极左派战友对我讲过的那句话:"你能入党?除非太阳从西边出来!"这句话始终回荡在我的耳边,也是这句话激励着我,永远朝着自己认定的信仰走去。现在想起来,他也算是我坎坷途中的一位战友,一位激励让我上进的战友。

我的两位入党介绍人,其中一位是同科的师兄覃进庭副主任医师,他已去世多年,我将永远缅怀他。

服从上级调配

上班八个多月,正值盛夏,我们医院新生儿科发生交叉感染,全院上下都十分紧张,朱院长临时将我调往新生儿科协助工作。为什么去?怎样开展工作?朱院长对我都交待得十分详细,指令我要深入临床第一线,包括护理工作也得深入去做，详细调查。主要任务有两件：第一，发现有感染迹象的新生儿，立即转到危重组接受治疗，那里有王宏娟主任负责；第二，尽快找到感染源。最后强调，一旦发现问题，只能在第一时间向他报告，工作中要绝对保密。

进入新生儿科工作后每天认真仔细检查每个新生儿，发现一个转一个，疑似的也转。做完医师工作，我也参与护士给新生儿洗澡的工作，洗完澡处理脐带，几次下来，慢慢发现问题所在。第一，澡池里放的那块厚大而软的泡沫垫，长时间使用未曾换过；第二，脐带消毒液不是每天更换瓶和消毒液。光凭这两项就足以引起感染，认识到后及时向朱院长作了汇报。朱院长知道后立即采取紧急措施，责令更换洗澡方式，不允许新生儿接触泡沫软垫；脐带消毒液要求天天更换，瓶要求天天消毒。之后我结束新生儿科工作回到儿内科病房上班。

当时除了新生儿危重治疗组和原有住院病人外，产科停止收产妇。全部进行彻底整顿。通过三个月全面整顿，一切就绪了，才恢复正常医疗工作。在产科新生儿科停业整顿期间，朱院长思想开放，大胆做出决定，号召大家想办法，补足因停业减少的百分之四十的工资，医院出钱租门面，在那三个多月期间，全院各科室轮流派人外出上门诊挣钱，我们儿内科也不例外。儿内科在本市沙冲路电视机厂附近租了一个门面，大约有十四平方米，每天派出一医一护去坐诊。开始连发票怎么开都不会，每个人首先学习开发票。开始两周，看病的人不多，买药的相对较多，两周后看病的人逐渐增多，病人是冲着市妇幼保健院这块牌子来的，门诊三月结算下来，没有挣到更多的钱。因为病人逐日增多刚有点赢利的时候，院领导下令收摊了。大家回到医院又投入到紧张有序而繁忙的临床工作中。

通过外出坐诊的那些事，使我切身感到妇幼保健院在市民心中占有重要的位置，更感到朱院长不简单，这么大的问题处理得滴水不漏，十分稳妥，这是需要足够的勇气和魄力，更需要有担当，还要有上上下下人际关系的协调能力，这一切他都具备。

苦尽甘来

1990年12月底我们一家三口从四川调回贵阳，当时挤住在我的好友刘洁家里。我丈夫十分着急，虽然是好友，但是时间久了怎么行。尤其看着刘洁的儿子雷雪峰天天睡客厅沙发。刘洁有四个孩子，老大、老二已成家，快过春节了，过

年都得回父母亲家团聚。这种状况下我夫确实着急上火！我们四处托人帮忙。当然主要靠我，因为我在贵阳长大或多或少还有几个朋友可依靠。看到我丈夫每天外出找房总是无果只能安慰他，车到山前必有路，其实我比他还着急。最终还是中学时代的同学文珩帮了大忙，他们夫妇都是学理工科的，单位是省化工研究所，家住贵阳市团坡桥附近，一向人缘好的她周边熟人多。文珩同学青少年时期爱运动，是篮球、排球和游泳高手，是我心中的体育健将。她帮我们在团坡桥水口寺附近找到住房并抽出时间带我们一同去看房，这间房约十四平方米大，是村党支部书记家的私人住房。一进大门是个四合院，倒还干净、安全，看完房后我们当下就与房东谈妥。随后立即到文珩家把家具搬来。当时慢托的所有家具都暂时存放在她家一间小屋里。这间房虽然只有十四个平方米却可以放下一张双人床，一张单人床和一张小条桌，门口还可以放一个烧饭用的火炉，放火炉的地方没有顶棚，遇到下雨天火会被淋熄，下班回来要现生火炉煮饭。当时生活条件十分艰难。

弟弟从铜仁来看我，见了现状笑我调回贵阳全家受苦不值。我笑笑回答他："应当是暂时的吧。"嘴上这么说，那段时期感觉压力挺大心存愧疚，觉得对不起丈夫和女儿。调回家乡是我个人的愿望和主张，却让全家跟着受苦。在四川时不论住部队家属大院或地区检察院，房子都宽大明亮。回贵阳虽然丈夫依顺了我，但我清楚女儿心里不爽。有时我会想是否我太自私？让家人跟着我受累。我作为妻子和母亲心里深感自责，甚至怀疑自己的决定是否正确。所以我加倍疼爱女儿，加倍尊重丈夫，心想只要我肯付出努力一切都会慢慢好起来的。每天上班早出晚归，从水口寺出租房到医院坐公交车有好几站。上白班时没有地方休息，就可以替人代上中午班，所以我经常替刘秋霞师姐上中午班，这样女儿可以到医院来和我一起在食堂吃饭，顺便可以借值班室休息一下。遇到没有病人时我也可以有床午休一会。

"五一"劳动节前，医院要求职工要佩戴上岗证，我想医院开始步入正规化是件好事情。可是一想到朱院长对我的职称不予认可的话，心里很不是滋味。当时由刘主任到医务科帮大家领取上岗证，再逐一发给每个人。当发给我时，拿到手的那瞬间心里特别紧张，专门看了职称那一栏填的是副主任医师，这才把心放了下来。看来朱院长还是为我争取了一个名额。想起刚到院里报到时他那强硬的口气让我郁闷了很长一段时间，现在看来他还是个爱兵之将。我暗自下定决心今后会让您看看我是怎样工作的。

挤坐公交车的日子不到半年，院领导分给我一套临时周转房，周转房共有十八家人居住，由一条过道分开，正好左右各九套。分给我住的这排周转房很有特色，前后两间像是火车两节车厢，当然每节车厢很小，总共加起来刚好二十平方米。当时对我而言已经很满足了，因为刚好可以让女儿与我们夫妇分开住，有自己相对独立的空间。进门第一间可以放个小衣柜，衣柜上正好放下那个黑白小电视机，衣柜旁安放一张单人床，靠窗放一张女儿学习的小长条桌。房子外面靠左侧每家都有一个很小的伙房，生活起来也还方便。家门口过道边有棵香樟树。我上班在医院，女儿上学就在医院附近的贵阳八中，老公上下班有专车接送，大家感觉挺好。

住平房有许多好处，我蛮喜欢。邻里之间相处十分和睦，这里居住的大多是新调进的职工，有医生，有护士，有汽车司机，有电工，大家互相帮助，有说有笑，有时炒菜临时缺点什么作料只需叫一声，对门或隔壁的同事马上递了过来，倍感亲切。有时在外面晒衣晒被遇上刮风下雨会互相帮着收，这正是住平房最大的好处。这种邻里情让我又回到20世纪60年代，那年代人们虽不富裕但邻里间相处朴实而真诚。

1993年底，医院分给我一套一楼的正规住房，是医院托儿所用房，二楼以上整个单元住的都是医院有高级职称的人。这下好了，女儿寒假回来有住处了。当年又赶上二儿子从部队复员回来，都有住处了。我们将房子简单装修就搬了进去。搬家那天下着鹅毛大雪，正好是元旦节。人事科长值班路过我家门口问我，"你算过日子吧？非选择今天搬家不可！"我笑着回她，"今天大家休息，把我亲朋好友都叫来帮忙搬。"当时我的侄儿正在师大读书，叫了一批同学来帮忙。邻居问我："为啥不烧盆炭火，贵阳人搬家都要在新家门口放火盆的，表示今后的生活过得红红火火。"离开家乡二十多年，家乡风俗都不知了，不知也罢。搬进新家光线差又潮湿，于是买了一些生石灰和木炭放在每张床下算是吸潮吧。武汉姐姐和姐夫知道我搬家特从武汉赶来看望，当时又冷又潮，她俩住了三天就被弟弟接走了。

1996年，对我个人而言可喜的事很多。我们医院建了一栋新大楼，有一个单元是专门分配给有高级职称的员工，评院龄当然我不在其中，老龄高知搬进新楼，原来的高知房四楼让给我住，光线比一楼明亮，我挺满意。我和丈夫商量，这一辈子算稳定了，不可能再搬家，那干脆多花些钱好好装修一下。我们省吃俭用下了不少工夫将房装得漂漂亮亮。装修时间用了一个月，每天中午或休息天我都要去当监工。装修前我和丈夫仔细与装修师傅商讨过，所以师傅基本按照我俩要求进一步细化。当时医院很多人家都在装修，我们参观了很多家庭后综合他们的优点，请了其中手艺较高的装修组。一个月房子装修基本完工，我却消瘦了许

多。接下来的事更麻烦，装灯、装窗帘、买家具，统统换成新的，光皮沙发就花了将近一万元，心想这辈子不会再搬迁了。本想让新房多敞放一段时间，但当时医院房源紧缺，工会催着尽快腾出房来让其他人家装修。换位想想也在情理之中。一切就绪，我们高高兴兴搬进了新家。还好是秋末风大，昼夜都将四周门窗统统打开，加上丈夫用纸盒装上许多木炭和生石灰分别放入各间房内，当时家里只有我俩和二儿子，老大和女儿要到春节才回来。女儿寒假回来，有了自己的闺房，三兄妹各住一间，大家都挺满意。

回到家乡六个年头搬了四次家，但一次比一次好。我一生命里注定一直在迁徙，一直在更换工作单位，一直在搬家，已习以为常。同年我晋升主任医师，我的科研课题"中西医结合治疗儿童哮喘"进展顺利，有三篇论文分别在国内期刊上发表。次年课题结题，经专家评审，获市科技进步三等奖。

创爱婴医院

1992年春节刚过，正值创爱婴医院高潮，同时还兼创三甲医院的准备工作，全院职工忙得晕头转向。创爱婴医院目标是大力提倡母乳喂养婴儿，本来母乳喂养是人类与生俱来的本能。但随着时代的发展，女性参加工作增多，因职场竞争压力过大，加上女性审美观发生改变，认为哺乳后乳房下垂影响自身形体美等等诸多因素促使女性哺乳率大幅度下降，尤其城市下降更显著，据统计哺乳率不到百分之三十，所以全国乃至全世界掀起母乳喂养宣传工作。当时我院每人发一本小册子，上面详细介绍母乳喂养好处多。一是母乳营养成分好；二是母乳容易消化吸收；三是母乳中含有大量免疫物质；四是母乳直接喂养不易发生感染；五是母乳喂养可以增加母子情感等等。作为医务工作者应大力参与和全身心投入，全面细致地做好宣传工作。医院规定新生儿科不允许看到有奶瓶和奶粉，这个规定是否合理？如果少数产妇确实没有母乳（不否认遗传因素），有的是早产儿怎么办？医院该怎么处理上述这两种客观存在的状况？就如我当年生下几个孩子就没有奶，服用了多种中药催奶，连民间土方和祖传秘方都用了均无效，就是没奶。曾问过新生儿科护士长，"你们是如何对待的？"回答是："暂与其他有母乳的妈妈一块吃。有的妈妈奶特别多，可以挤出装入奶瓶放入冰箱内保存。"这种做法能坚持多久啊！这项工作虽然开展得轰轰烈烈，有点像一场运动。最后接受全国专家评审，评审结果授予爱婴医院牌子，这块牌子挂在医院最醒目的高处。但愿这不是一场走形式的轰轰烈烈的创爱婴医院运动，但愿爱婴医院一直坚持母乳喂养宣传，让爱婴医院这块牌子永远名副其实，让那些品牌奶粉远离产科病房。

瑞氏综合征（RS）

某天上午正常上班，刚走进儿科医师办公室，我正在穿白大褂就听夜班佘医生告诉我，"病房24床患儿死了，家长还打了我。"听她讲述时声音有些发颤。我立即穿上白大褂走进儿科病房，看见值二班的马副主任医师在刘主任办公室里对我招手，进入刘主任办公室后他小声告诉我："你分管的病区24床今晨四点钟死了，患儿父母打了佘医师，你是分管的上级医师，去了恐怕也要挨打，家长情绪还很激动，你最好暂时回避一下。"我回答："昨天你不是值二班吗？为啥不打你！这个患儿病情本身就很危重，已下过三次病危通知书，我每天查房都与家长讲得清清楚楚，他们应当有思想准备才对，怎么可能会打我？"说完直接朝病房走去，看见患儿父母背对背坐在床的一头大声号哭着。患儿母亲看到我时立即站起来抱着我更大声号哭并连声说："医师，娃儿真的像你讲的那样死了，我该怎么办啊！"我连声劝慰她"你们不要太难过，你们夫妇俩还年轻，可以再生养一个健康宝宝的。"病人家属哭诉："半夜娃儿呕吐好几回，叫佘医生来看后她没有做任何处理，最后一次叫医生时娃娃已经死了，你们医师不负责任啊！"我转身走进输液室看了躺在输液台上的死婴，死婴口里有水往外渗，这可能是抢救时心脏按压引起，腹部明显隆起，我用棉球和纱布将患儿五官处理好，顺手用白垫布单将整个死婴盖上。

我将两位家长请到医师办公室，这时刘主任将朱院长也请来了。我简单向朱院长和刘主任介绍了患儿病情："五个月大的男娃，发烧抽搐呕吐七天嗜睡一天入的院，入院时有严重贫血，神志反应淡漠、心率快、心音低钝、腹胀、肝大平脐，抽血化验肝功能异常、胸片有肺炎、入院诊断瑞氏综合征伴肺炎。入院后立即下了病危，予以降颅压、抗炎、保肝等治疗，病情日重，已下过三次病危通知书了。住院第四天清晨死去。"朱院长边听汇报边走近两位家长，讲了些安慰他们的话，两位家长逐渐冷静下来些。朱院长提出让患儿尸检，两位家长说没

钱，朱院长立即表态"尸检费可以由医院出，连火化费都由医院出。"朱院长特别强调"尸检后找到原因，对你们将来优生有好处，对提高医生诊断治疗也有好处。"家长表示同意。由我和死婴的父亲坐上医院救护车送到市公安局法医科进行尸体解剖。半月后尸检报告结果显示：1. 脑病伴内脏脂肪变性（RS综合征）。2. 急性融合性支气管肺炎。与我科诊断一致。

瑞氏综合征死（RS）亡率很高，患儿发病七天后才来就医，即使治愈也会留下严重后遗症，如智力低下、大脑瘫痪等，这一切是父母不愿接受的。入院时每天都交待病情，其实家长应当有思想准备。这个病我在四川达州中心医院工作时见得比较多，诊治及时也有恢复健康的个例。该病是以急性脑病、肝功能障碍以及随病情而发展的多方面进行性代谢异常为特征的临床病理实体。病因和发病机理迄今仍不十分清楚，目前病因有多种说法，病毒感染、药物、毒素、遗传均有。

死亡讨论会上要求大家吸取教训，对这种病人要多看多记录。一旦家长叫，医生应立即赶到现场，这样对病儿家长也是一种安慰。往往发生医患纠纷，医患双方都缺少些沟通，尤其上级医生平时要主动多担当些。如果平时将病情和预后讲透讲清楚，让病儿家长清楚自家孩子的病情，一旦发生逆转医生又第一时间抢救，我想矛盾不会激化的。

近十年来，这个病随着医学科技进步，发病率逐年锐减。主要原因有二：一是在流感和水痘等病毒感染期间不用阿斯匹林。二是由于科技进步，以往难以诊断的遗传代谢病得到确诊者越来越多，基本采取终止妊娠。上述两个因素是近年来RS发病率下降的主要原因。

接任科主任

1992年初秋，一天上午朱院长通知我到他的办公室去，他左手拿着的香烟正准备点火，看见我连声咳嗽，还真的没有将烟点着。朱院长开门见山地说："今天叫你来是组织上研究决定你担任科副主任，协助刘德萱主任搞好科室工作。"我回答："我可以协助工作但不当副主任。"朱院长说："不当副主任怎么协助工作！不就名不正言不顺了嘛！她下面还有几位老同志哩。"我说："副职只可以帮助正职做好工作，不可能改变科室面貌。"他问："此话怎讲？"我坦率举例回答他，"科里交班前吃早餐，每天是八点十分才开朝会。"听了我的话看他惊讶的表情我心想，在这点上您还存有官僚主义哩。此时电话响起，院长接完电话对我说："你们科来了重病人，刘主任叫你赶快回去处治。今天的谈话你回去认真想想。"回科路上我根本不考虑任什么科副主任，初到一个单位搞好自己专业最重要，何必多些杂务，既干扰我写论文还得罪人。谈话后不到半月，某周二下午全院二级班子会议，人事科通知我去参加，会上宣布我接任刘主任的工作，全面负责科室管理，当时我好尴尬。其实我不想担任什么行政管理工作，只想搞好自己的专业。

接任科主任后，我找朱院长认真交谈过一次，讲出了一些真实想法和看法。"我们儿内科医师必须由本科以上学历的人来担任，中专生是不能胜任儿科临床的。"朱院长问："为什么？""据我所知，全国凡设有儿科的大医院都是这样规定的。""你提到的这条意见我们会认真考虑。至于你提到希望院领导支持你工作，只要是正确的，你大胆去做。你近来是否碰到什么困难了？""困难倒说不上，只是我刚来不久，要改变科室以往的'制度习惯'会受到一些阻力。比如八点交班迟到扣钱问题，下面有些反映，什么新官上任三把火……有天晚上收了一个危重的肺炎病儿，在班医生竭力抢救下无效死亡。第二天朝会上交班我才知道。"对这件事我在朝会上说：'像这类事还是通知我一下为好，以免处理起来被动。'有人背后说：'好嘛，以后大事小事都叫她来处理，她来了莫非不会死吗？'这位老医生说得也对，病情太重谁都没有办法将患儿救过来，当时又没有呼吸机。但作为科室负责人，患儿死亡算桩重要事，病人不扯皮当然好，否则是很被动的。类似这样的事，医院应有正确态度，我才好大胆开展工作。"朱院长立即表态："你今后大胆开展工作，我们院领导会支持的。有的话正确就听，不正确当屁话，可以不理。"朱院长处理问题倒干脆利索，挺让我佩服的。

做科主任工作后接二连三发生几件事，令我不太愉快。第一件事与朱院长有关。一次科干会上朱院长突然宣布王医师从放射科调儿科工作。当时我愣了一下，会上我直言抵了朱院长几句"领导太不公平了，院长做派像蒋介石，把自己部下分为嫡系和杂牌，这位医师在放射科敢打科主任，怎能保证他不会打我？我还是女同志呢！要调入儿科事先也应当通通气，让我心里有个准备，朱院长也太霸道了。"散会后我有些不愉快，还有人对我说："你刚来不久竟敢与朱院长顶撞，而且还是当着大家的面这么讲话，你不怕被穿小脚鞋吗？"我心想，不会吧，朱院长心胸不会这么窄吧！如果真穿小鞋，最多不当科主任，落得轻松有啥不好，干好自己专业工作才是本事。我心里真是这么想。次日朱院长问我，"谁说我会给你穿小鞋？"我回答他："没有呀！"他笑着说："你还挺讲义气嘛。"事

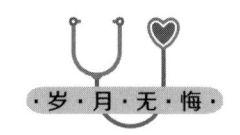

后琢磨昨天的事怎么这么快院长就知道了！我一向不喜欢乱传话的人，更不想知道是谁。只不过通过这件小事不难看出医院自由主义风气还挺严重，今后自己要多加注意，不利于团结的话不说，否则会造成误会从而影响上下级关系，不利于团结，更不利于开展工作。

  说实话这位王医师到我们科工作一段时期后感觉还不错，人很聪明，能说会道，与病人家属沟通方法得当，平时点子还多。因为他不是本地人，又是从外单位调来的，当时分配来医院的大学生挺多，集体宿舍很紧张，为了替他争取一张集体宿舍床位费了不少劲，工会委员讨论时，因他打过架，大家对他印象不太好，都不赞成他搬进集体宿舍。我向院领导多次反映，"既然他已是我们医院职工，又做医生工作，白班夜班倒，从实际工作和管理角度考虑，必须住进医院集体宿舍内。"我的意见院领导是听进去了，最后还是同意挤出一张床给了他。次年又为他"争到"一套刀把房，会上争论也相当大。他来医院上班后不久就与新生儿科一位漂亮护士谈恋爱，分房前他俩又闹分手，按工龄王医师比这位护士短，当时分给谁争论蛮大，考虑他年龄不小，贵阳无家，加上分到儿科后工作表现不错，最后大家还是同意把房子分给了他。他到儿科后积极支持科里工作，积极参与献血，为科室当年完成了献血指标，让我深受感动。他人很聪明，特有经济头脑，在当时那种环境下，为了挣钱他利用业余时间开缝纫店，参与私人诊所看病，经常替人代班等等，过得比一般人辛苦。当时我比较同情和理解他，一个农村青年，能上大学在当时农村是少有的，毕业后单身进入省会城市，一无所有。他只能通过自己努力，才能够在城市中站稳脚步，才能结婚生子，也才能将自己母亲接到城里生活。

  第二件事是门诊杨医师。杨医师给四个月高烧患儿肌注安乃近后，家长抱回家途中死去，找到医院要讨个说法。朱院长指令我和药房何晓霞主任共同去处理。运气好，家长也是学医的，还是武警部队医院医政科干事，开始讲话时虽有些激动，但看得出他十分内行而且是有备而来。何主任给他沏了杯茶，我们三人在医政科办公室坐了下来，他拿出我院杨医师写的门诊病历，我仔细看了病历，"高烧两天。体温39.4℃，检查，咽部充血，心肺无异常。患儿体重六公斤，肌注安乃近50mg"。看完病历后我安心许多，于是先发言："我的医生用药没超过剂量。按国家正规药典说明，婴幼儿慎用退热药而不是禁用。你的儿子来时高烧，用安乃近退烧后，大汗淋漓，结果虚脱导致死亡，纯属个体差异。大家都是学医的，今后我们都应吸取教训，退烧方法很多，实在需用肌肉注射时，可以留院观察，一旦发生虚脱还来得及补救。"他听后也后悔自己当时太急，同意肌注安乃近退烧。交谈中他渐渐平静下来，最后表示同意我们医院意见——吸取教训。这件事发生后我作出规定，今后门诊凡是遇见发烧乳幼儿尤其半岁以下的，一律不准打退烧针，以防万一。

第三件事是临床工作中最怕发生的事，医疗纠纷，这是医生和医院最揪心的事。1994年秋末的某天上午，一个一岁多肺炎患儿在做雾化吸入过程中突发心搏骤停，全身紫绀，经抢救无效而死亡。家属大吵大闹，还想动手打人。此时朱院长赶到现场，我简单将病人状况向院长做了汇报，并强调一般雾化吸入治疗不会导致死亡，此事必须做尸检才能说明问题。朱院长点头表示同意，之后亲自将家属请到办公室做了大量安抚工作后提出走法律程序，先进行尸检，由家属指定尸检单位。费用由医院先垫付，待结果出来后如果是医院的责任，医院负全责。家属声泪俱下，同时喊着要为他们主持公道，最后表态同意尸检。

当天尸检是在省人民医院解剖室，病儿父亲和我在场。尸检时发现，喉部被一颗向日葵籽卡住，向日葵籽已发胀，向日葵籽上还挂有面条，卡住的咽喉两端见有陈旧性创面。此结果表明，家属没有讲真话，向日葵籽绝不是当天吃的，出事时医生反复追问过，是否给病儿喂过东西？家属一一给予否认。尸检结果让家属无语。一周后病理报告：1. 支气管肺炎。2. 气道梗阻（向日葵籽）。这次风波才算得以平息。

通过这件事，我们科吸取了两条深刻教训：第一，凡是做雾化的病人，做雾化前一律告知家属不准吃任何东西，雾化时患儿多数会大声哭闹，张口哭闹对肺泡张合有好处，但吃饱了易发生呕吐，一旦呕吐后果难于预测。上述患儿虽纯属意外，但是可以预防的。第二，住院医生写入院病历时，认真仔细追问病史是重中之重，该患儿吃向日葵已经是入院前就发生了的，发生时还到过省医五官科看过急诊，这段病史被带外孙的外婆隐瞒了。因解剖发现向日葵已发胀，外婆才拿出省医病历。现在想来如果此事发生在今天，我们儿童医院有纤支镜，可以立即夹出向日葵籽，上述悲剧就不会发生。现在我们设有ＰＩＣＵ病房，病人死亡率明显下降。

这件事我很感谢朱院长第一时间来到事发现场，让我科当事刘医生安全离开避免事态扩大。朱院长的这种担当让我从心里敬佩和感谢，再次心服口服。

第四件事是在1993年，那一年特别忙，压力也特别大，院里确定在原有的新生儿科和儿内科基础上，将儿内科分为两个科室即呼吸科和消化科，为成立儿童医院做好前站准备工作。每个科四十张床位，消化科由马鸿山副主任医师负责管理。搬家前我们开了几次会，认真讨论了如何搬家才是最好的方式，听

取大家的意见后，我们确定八点钟开完朝会后将所有原住院病儿按原来床号打好吊瓶，一个接一个送往新病房，以做到对号入座。搬完病人后，立即将腾出的病房彻底打扫卫生，交给消化科接收新病人。搬家正在有序进行时王腾姣副院长突然出现在输液室门口，朝着我大声指责："张主任，今天搬家怎么我不晓得？你眼里还有没有我这个业务院长？"不等我解释她接着又说，"患儿应当搬上去再输液，你看你们护士提着吊瓶、家属抱着孩子像什么样子嘛！"她这一讲，弄得正忙干活的护士们个个搞得茫然不知所措。蔡玉书护士长问我："怎么办？"我回答："按既定安排进行。"王院长听了我的回话生气了，讲了些什么我已记不清了。只记得我当时顶了她几句："搬家是院里确定，医务科通知我今日搬，具体怎么搬我们开会研究过好几回，只有这种方式搬才不易出差错，更不会发生交叉感染。你当业务院长连这么大桩事也不知晓，莫非你在怪我没有向您汇报吗？我只忙着搬家，汇报这事没想过，您是副院长，开会研究时难道您没在场？"她生气离开了科室。不到半小时朱院长来电话叫我去一趟院办，去了才知道她向朱院长告了我的状，院长了解情况后没有多说什么，叫我赶快回去继续抓紧时间搬家。

说实话，不怪王院长生气，要怪还得怪朱院长和医务科负责人，儿科分科搬家这么重要的事分管业务院长不知情，设身处地，换到谁也会生气。

儿童医院正式挂牌

呼吸科和消化科分开后两科主任和护士长都已确定，医护分别都到位上了岗。病人有序收住院治疗，工作开展十分顺利。

1993年9月，儿童医院正式挂牌成立，挂牌仪式很隆重。省卫生厅李家琥副厅长、市里领导司徒桂美副市长、市卫生局几位领导都来了。司徒桂美副市长、省卫生厅副厅长、卫生局曾局长都分别讲了话。

最后朱院长表示："一定大力办好儿童医院，为全市三百多万人民的子女服好务。"（当时贵阳市的统计数据）

各位领导的讲话，迎得了全院职工热烈掌声！

记得那天我们儿科选出十四位年轻漂亮的医生和护士，穿着整齐的新白大褂，肩上斜坡着黄底红字的绶带，绶带上写着"贵阳市儿童医院今天成立啦"，在儿童医院大门外站成两排，一方面表示对来宾的欢迎，更主要的是向全市人民宣传，贵阳市有了自己的儿童医院。

儿童医院发展到今天，分科更细，新生儿科、呼吸科、消化科、血液科、神经科、肾病科，有儿童重症监护室（PICU）、新生儿重症监护室（NICU）。医院的医疗团队中即有医科研究生也有博士生，各科室都有学科带头人。

儿童医院成立

药品推销商

做了科主任工作，自然进入医院药事管理委员会。一般每个季度开一次药事会议，讨论通过进入医院的各类新药。凡是对病人有益并价格合理的，我都赞成进入医院。这么大的医院药品多些，让医生们选择机会也多些。几次下来我才发现有的药商十分缠人，他们每天都朝医院里跑，给医师和主任提成拿回扣推销药品。甚至找到主任办公室，一坐几小时不走，商人般赤裸裸谈生意，要医师们多用他的药，要科主任进他的药品。后来我把办公室紧闭，通知大家有事叫一声张老师，药商来敲门我是不会开门的。我从不喜欢与药商打交道，药商更不喜欢我，与药品推销员打交道是要放下尊严的，自问做不到这一点。有一天在办公室看书，文院长来敲门找我谈事，屋内没任何反应，还是王琴护士长大声叫我才开的门。

某天，刚查完病人正准备进入办公室，有个似曾相识的人找到我，"张主任，我的儿子是毛细支气管炎，昨天他妈妈送来住院的，怎么用那么贵的药？"我问他孩子住几床，之后到护士办公室拿出病历一看，诊断确是毛细支气管炎，用的是噻吗宁。正翻阅病历时，旁边有位医生悄悄告诉我，患儿的爸爸就是药品推销商。我心里暗暗好笑，自己撞到枪口上了！药品推销员推销药品时，巴不得医师们不论病情是否需要，尽量多多用他们推销的贵药，还暗地里给医师们好处费和

提成。轮到他自己儿子头上时，又觉得不对劲了！我告诉他，"你平日里，不是总希望医生多用你们的药吗？"他满面通红勉强回答："确实要根据病情来用药。"我告诉他："今天已经打上吊瓶了，明天我看看病人情况再酌情是否更换。"他表示同意。事后我找到这位管床医师，关上办公室门，狠狠批评了他一顿，叫他自己立即更换治疗方案。毛细支气管炎明明是病毒引起，多见合胞病毒，极少数合并细菌感染，主要给予对症治疗，吸氧解痉抗过敏，抗病毒，最多加用青霉素就可以了。这种泛用广谱抗生素的医疗怪现象，在我国一直是常态，我个人是无法改变的，只有面对。大家都心知肚明，大环境下也只有少数人能坚持，我只能保证我自己和我管的科室不乱用抗生素。

邀我讲课

  1993年6月的某天上午正在查病房，来了两位男士找我，打开办公室门请他们进屋静坐等候。查完病人洗了手，回到办公室后才知道，一位是省医药公司经理，另一位是新药总代理商，近期医药公司进了一批新药要求讲清药理及临床应用，所以想邀请我帮助他们讲一课。我看了一下讲课人的名单，有贵医呼吸科副主任医师、消化科副主任医师；有省医张院长、市一医肝胆外科副主任医师。随后还看到劳务费那一栏，前三位标明讲课费五百元，而市级医院讲课费四百元。我很奇怪，直问："这是什么理由？简直是天方夜谭。"看名单上除了省医张院长标明职务外，其他人都是副主任医师，我就不客气提出了自己的疑问。不等他们回答接着又说："省级单位和市级单位就这么悬殊吗？理由根据是什么？"那位总代理商笑着立即应答："张主任，差额由我补上，都一样，都一样。""不是差额由谁补上的问题，都是副主任医师由你们分等级对待不合情理，你们不是要求讲清药理吗？还未讲课事先就给授课者打了分，说实话如果单讲临床应用推广我还不接受呢，既然是新药哪个都讲不出有什么经验，至于如何应用说明书写得一清二楚。如果讲了是帮你们推广新药吧！"最后统一了认识，他们表示回去重新打印。

  离讲课还有三天，我负责讲的新药是乐力钙的药理和应用。既然答应去讲课总要知道自己的分量，所以利用两个半天做足了功课。首先讲为什么要补钙？人的一生分几个阶段必须强调补钙。乐力钙与其他钙有什么区别？为什么它比其他钙容易吸收？很好笑，讲课那天把我排到最后讲。心想，又是下午，肯定课堂秩序很差，因为听课者都是各医院药房主任，各医院分管业务副院长和各医院的临床医生。大家对补钙知识都很熟悉，可听可不听。但结果完全出乎我的意料，当我开始讲课时，声音一出，会场异常安静，讲了大约半小时后没有说话的没有走动的，整个会场异常安静。讲完我说了一句谢谢大家！当走下讲台时还听见掌声一片。

这出乎大会安排人的意料。当我去领取劳务费时那位经理伸手过来与我握手，大声讲出："谢谢张主任，你讲得真好，整个会场没有人离开没有人讲话，出乎我们的意料，有水平。"我笑着回答他："会场没有人走动不是因为我讲得好，而是大家等着领取纪念品吧！"从此我常被省医药公司邀请讲课。每次讲课我都会十分认真进行备课，因为面对的都是同行们，更因为我代表市级医院。

狠抓业务学习

我们儿科一贯对每周二上午的业务学习抓得比较认真，分配落实到个人，大家轮着讲课，主要讲述当前医学方面的新进展新动向。如果有死亡病例时，就结合病人诊治情况，布置所有的医生结合病人先看书，深挖为什么病儿会死亡？一般分析死亡病儿时大体上从三方面下功夫，首先是病儿病情严重程度，其次是病儿本身防卫机制如何即病儿免疫功能如何，最后是医源性因素，不论前面两个因素如何，只要医源这一块处理到位，责任到位，最后患儿仍死亡，医生才能说已尽到职责。我们要求针对医源这一块要认真下功夫看书，紧密结合每天的病程记录，哪怕一点蛛丝马迹也不能放过。讨论会上大家发表自己看法，从中学到了知识也吸取了教训。

1996年讨论过一个男性死亡病儿，至今记忆犹新。当时他是全身炎症综合征，死于多脏器功能衰竭，死后有尸体解剖证实。入院时高烧咳嗽，解粘液样大便，入院时一般情况极差，双下肢冰凉有花纹，胸片提示为肺门炎症。及时予纠酸、扩容、吸氧、抗炎等治疗。患儿很快进入昏迷状态，紧跟用上甘露醇脱水，整个过程是边补边脱。第三天患儿不见好转最后死去。家长通情达理，看见整个医治过程中，医护人员表现认真负责，没有提出异议，提出尸检没有遭到拒绝。通过认真讨论，大家一致认为患儿感染严重，来时有肺炎，肠炎，导致休克表

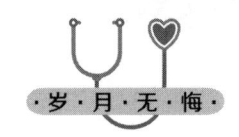

现。机体处于缺血缺氧的低灌注损伤状态，入院后虽得到积极治疗，反而发生一系列缺氧缺血加重的表现，这是由自由基和再灌注损伤引起的，随着钙离子通道开放，则可加重这一病理生理过程。所以缺氧缺血和再灌注，钙离子内流均可激活全身各种细胞各种因子，统称内源性氧化物，具有自由基性质和作用，它们可使平滑肌收缩、血小板聚集，使冠状动脉收缩、心肌收缩力下降。结合患儿才三岁，免疫机制发育不完善受到严重感染，应激反应的内分泌及神经递质分泌产生及释放过多。在高度应激状态下，唯有胰岛素是减少的。所以很多危重患儿入院时，都处在应激性高血糖状态。针对医源这一块，我们下了大工夫认真探讨，在这个患儿的治疗中，任何一种手段都有可能促进各脏器功能障碍增大或使机体防御机制下降的可能性，只可惜患儿病情太重，治疗时间太短，入院第三天死去。尸检报告有多脏器炎症。

通过认真讨论，大家得到提高。记得评三甲医院时，儿科抽五年的死亡病历参加评审，国内专家给我们儿内科打了高分。

胸有成竹

自接任科主任后，省医学会儿科分会每两年要开一次学术研讨会议。我第一次带队参会的情景至今还历历在目。因为是第一次带队，这次学术会内容又比较特殊，是讨论一疑难病人的诊断问题。会前一月，每个医院都收到疑难病人的详细病史、体征、诊断、治疗和最后死亡情况，给一个月的时间准备。接到通知后，分配总住院医师早早把病历复印好，发送到每个医生手里，要求大家分别去看书查阅资料。我们充分利用了四个周二上午业务学习的时间召集大家进行认真讨论，要求每个人都要发表自己的意见和看法，最后选出一个代表在大会上发言。规定代表发言时必须着装严肃，如果是男医生要求打领带，女医生要求化淡妆。一句话，必须端庄大方，因为代表的是儿童医院。我请求院里派车集体送到会场，大家集中坐在大会指定座位上。我们儿童医院抽的签正好是中间发言。当我们的代表卢根医生发言时，条理清楚、依据充分、口述表达能力也强，会场显得格外安静。这位选出的男医生穿着女朋友买的新衬衣，打着蓝色领带，严肃英俊的样子真叫人喜欢。各家医院代表发完言，等待出题方宣布尸解结果，最后我们医院诊断与大会宣布尸体解剖报告一致。这次参会激起大家的学习兴趣，为今后每隔一年的病案讨论打下良好基础，为儿童医院挂牌后打响了第一炮。我打心眼里喜欢我们这个集体，他们年轻、上进、有朝气。当年的发言代表，现已是医学博士、学科带头人、呼吸科主任医师。可惜事隔几年，他们夫妇俩被广州妇幼保健院挖走了，是人才哪儿都是需要的。

其之后，每次省里组织的学术会我们儿童医院的发言都十分出彩，因为我们有备而来，因为我们做足了功课，因为有集体的智慧和辛劳。

第一次申报课题

1992年底，我申报的一项科研课题"中西医结合治疗小儿秋季腹泻"获批后工作更忙了。朱院长对科研很重视，多次下到科室了解情况并要求大家齐心协力，认真扎实按计划落实，详细做好数字统计。朱院长特别对我强调："你调来医院才两年，要虚心向刘德萱主任学习，她的课题即将结题，应当从中学到方法，学会程序。"我感激朱院长的关心，对他深入细致的工作方法和工作态度心存敬意。

我全身心投入临床和科研工作，每天与各级医师一起认真查房并认真修改病历，认真查看每个腹泻病人治疗和登记表，确保科室工作忙而有序。全科人员都积极支持和参与科研工作，蔡玉书护士长每天坚持煎制中药按时按量分发给病人，治疗效果明显，所以课题进展十分顺利。中药处方为车前草30克，马齿苋30克，鱼腥草30克，木香6克，脾虚型患儿加用苍术30克。煎成汤剂100毫升按每次1~1.5毫升/千克每日三次，三天为一个疗程。配伍用天枢和足三里二穴注射654-2，每次0.3~0.5毫克/千克，每天各一次，上午足三里穴，下午天枢穴，两天为一个疗程。对照组用病毒唑，辅以多酶片、巅茄合剂等，同样三天为一疗程。两组都予以输液纠正脱水。两组均不用抗生素。结果下来中西医组不论止泻时间、退热时间、止吐时间三项均优于对照组，两组三项进行比较，均有显著性差异（$P<0.01$）。天枢穴和足三里穴有行气、止吐、止泻功效，同时有提高机体应激能力和增加机体免疫功能作用。654-2可改善微循环，扩张小动脉，提供肠道血运，加快肠粘膜修复，同时还可解除小肠平滑肌痉挛，减少肠蠕动，有利于钠、氯、水的吸收，起到止泻作用，还可缓解患儿腹泻初期的腹痛。上述几种中药价格便宜，治疗方法简单易行疗效高，无毒副作用，药味

不苦，易被患儿接受。

1993年课题结题，经省市专家评审，荣获贵阳市科技进步三等奖，获省科技进步四等奖。论文发表在国内重点核心期刊《中国中西医结合杂志》上，同时被翻译成英文出版。

流行病学调查

1993年我申报的两个课题批下来时朱院长问我："两个课题同时做是否压力太大？能否如期完成？"我回答他："'儿童哮喘流行病学调查'，必须在三个月内完成。另一课题'中西医结合治疗儿童哮喘'计划两年完成。第一个课题调查涉及0～14岁儿童范围较大，全国许多大城市都已完成，我们算第二批次了。实施这项工作包括人力、物力以及经费开支等等，因涉及面广，其中的主要困难是经费问题，市科委批下来的经费太少。"院长当下表态："只要做好，医院方面会大力支持的。""既然院长都表态了，我们会尽全力三个月保质保量完成任务的。"

第一步要办两期学习班。第一期是安排各区妇幼保健院长学习一天。第二期是具体参加调查的医生，包括乡里的赤脚医生，这期人数多要学习两天。在院长支持下，两期学习班的经费开支都由医院支付。第一期各区妇幼保健院长都来了，一天三餐的餐费由院里支付。第二期是参加流行病学调查的医生也都来了，人数很多，乡里赤脚医生来得尤其多，认真培训了两天，吃住均由院里解决。

流调进行中，我们的课题组要不断下到各个区指导工作和复核质量，院长同意我们用医院的救护车。因为有医院的大力支持，我们的课题进行得十分顺利，三个月时间按期结束，完成了20469例0～14岁儿童哮喘流行病学调查。这里还要特别感谢朱院长在司徒副市长那里借来的一本1991年全市儿童户籍统计书，更感谢好友、贵州师范大学地理专业的屠玉麟教授的大力帮助，他帮忙复印了全市厂矿烟囱分布示意图。

贵阳市地处云贵高原，平均海拔1110米，整个城市处于山间盆地内，年平均气温15.2℃，冬无严寒，夏无酷热，四季不甚分明，年平均降水量1190mm，平均湿度77％，全年有220天阴天。我市又是省内重要工业基地，盛产煤矿、铝矿等，民用和工业燃料仍以原煤为主，大多数工厂又是低空排放。人口密度大于国内200个城市。之后的调查结果显示：儿童哮喘患病率为2.88%，男性患病高于女性，两者比较$p<0.05$。哮喘首发年龄集中在三岁以下的占91.4%，农村发病高于城市，两者比较$p<0.01$。哮喘发病诱因以上呼吸道感染和天气变化为主，夜间发病居多。哮喘有一定遗传倾向，但外部环境因素不可低估。哮喘带给患儿身心健康影响和家庭经济负担是巨大的。此外，还发现广大医疗机构医务工作者，泛用抗生素甚至用广谱抗生素现象十分严重。正好我接着要做的课题是"中西医结合治疗儿童哮喘"，希望能论证自己的观点。

经专家评审，课题成果获1996年市科技进步二等奖。论文发表在当年《贵州医药》第6期。现在城市发展很快，许多排污工厂已逐年搬迁远离城市，百分之九十城市居民已用电或天然气做饭以及取暖，哮喘病人少了许多。

为了专业发展

1995年9月为了儿童医院的专业发展，在卫生局曾兴重局长和医院党委书记兼业务副院长文秋生的带领下，我和牙科李立主任一同到广州参加全国专业学术研讨会。

开会前一天下午，我们一同前往白天鹅宾馆看望和感谢谢华真教授（华人，长居加拿大），因为，以他为首的几位华侨人士，以个人名义资助我省部分贫困山区建立保健诊所，另外还把加拿大淘汰的病床运送给我们妇幼保健院。来到宾

左起：张有楷、曾兴重、李立、文秋生

馆时，正碰见我省卫生厅罗厅长也在场。罗厅长这次来广州与参会的谢华真教授会面是专程来汇报受捐助的一笔资金的落实情况。当着我们四个人的面，谢教授把罗厅长臭批了一顿，看来谢教授对这笔资金的使用非常不满意。只看见罗厅长不停用手帕擦着头汗。碰到这场面，大家都感到脸面无光，堂堂一个卫生厅长被批得大汗淋漓，一句话也说不出。当时我起身朝外走，听见曾局长说了几句类似回去加以整改的话才帮罗厅长解了围。

会议三天结束，曾局长特别强调："回去后，一定要把儿童医院各专业尽快发展起来。目前我们与全国儿童医院相比较差距太远。"我们党委书记兼副院长是儿科医师出身，相信在他领导下儿童医院会飞速发展起来的。近十多年来儿童医院分科更细，各专业的发展突飞猛进。

从广州开会回来后，我们就马不停蹄地投入到创建三甲医院的准备工作中。领导要求我们利用工作外的时间，加班加点整理近几年的病历（加班有夜班餐和加班费）并要求大家练习基本功，医师和护士均以医学临床《三基》训练书为主要教材，一切是为了迎接明年秋季全国专家来我院评审三甲医院。我是从心里举双手赞成。自从创完"爱婴医院"后我们科和全院职工一块，除了完成临床工作外，全部精力基本都投进创三甲医院的准备工作中，与前面创爱婴医院有着实质性的不同，因对病人有好处，对提高医护人员技术有好处，对医院建设更有好处，诸多好处人人都会积极参与。朱院长四处向各级政府申请要钱买设备，借此东风全院各科室都添加了许多先进设备，又陆续派人外出进修学习，我们儿科还买了支气管纤维镜，当时是最先进的。还专门派了一位好医师靳蓉上北京儿童医院专门学了半年，基本掌握了小儿支气管纤维镜的操作技能。各科室还不断请全国知名专家来讲课，如武汉儿童医院的董教授、苏州儿童医院的宋教授、重医儿童医院陈教授等等，并组织医护外出参观学习。这样的做法使各科室、医院、每个人都受益多多。当时我把院领导形容是打陀螺人，全院职工就是陀螺，每个人都在不停地转、转、转，当年全院职工团结、上进，一片新气象。

每天面对大量的临床工作、教学任务，加上申报的科研项目，压力甚大。再加上我们年轻医师轮流外出进修学习，老同志外出参加全国性学术交流会议，工作量大人手少，各项工作均要求围绕着创三甲进行。写好病历、改好病历、把好主治医师三日查房制，把好三日确诊关，坚持半月副主任医师教学查房制，坚持每周二上午两小时保质保量的业务学习。同时狠抓服务态度及医德医风。

当时市领导和市卫生局领导非常重视和支持我们创三甲医院准备工作，组织了许多市里其他单位民主党派的老同志成立监察组，随时进行明察暗访。一次二级班子会上宣布监察组要到各科室进行问卷调查，还要给科室打分。听完这个通知我当场提出异议，"监察组要来问卷调查儿科我们表示欢迎，但请调查人员必须上午来，因我们儿科情况特殊，上午查房可能是父母陪同，下午可能换成爷爷奶奶甚至保姆陪伴，他们相互换班时又不了解患儿病情，甚至有可能一问三不知，患儿自己不能言表，其结果势必会影响儿科满意度和评分。这种调查方式和结果不公平。我讲的都是实情，请医院和监察组考虑我的建议。"当时在场参会的有监察小组负责人，个别主任提醒我："你不担心得罪了他们的后果吗？"监察组长是位民主党派人士，很有风度和气度，他笑眯眯在会上答复我："这位主任说得蛮有道理，儿科病人大都是三岁以下不会表达的娃儿。我们一定上午去查看儿科。"他这一表态我就放心了，引得其他科主任羡慕。确实次日上午来了三位老同志给每个病房发了几张问卷，最后得了高分，我们满意，院里满意，检查组也满意。

1995年底，突然传出我们朱院长要调别的医院工作，大家感到十分震惊，明年就是评审的关键时刻，怎么说走就走呢，有些茫然不解。多年相处，尤其工作的上下级关系与朱院长熟了，有些舍不得让他离开医院。在开座谈会之前，我像开玩笑似地对他说："朱院长你冲什么冲！都奔五十岁的人了，还想另起炉灶呀！那个医院工作不好搞哦！我有很多同班同学在那里做医生，各科室都有，他们听说您要调到一医当院长都纷纷向我打听您好不好处？我告诉他们实情。最后还加了一句，时间长了你们会晓得我的话是否对错。"朱院长笑笑说："不是我冲，为了党的工作需要，下级服从上级没法子，我也不想去，但还得高高兴兴去接任。"其实我也晓得，身为共产党员又是这级干部，必须做好准备随时服从上级调配。

后来我们开了茶话会，会上很多人都发了言，我也不知要讲些什么话才好，当天没有发言。最终还是欢欢喜喜送别了老院长，大家合影留念。是的，他确实是位能干活的院长，我背地称呼他为"丐帮帮主"，这可是对他的尊称。因为他会想方设法向上级各主管部门要钱，而且每次都能要到钱，钱用来建设医院恰到好处。我们儿科增添了许多设备，增添了一些新床，有的床还来自加拿大温哥华谢华真教授那里，尽管是国外别人用过的，但在当时物资匮乏的困难期也还是帮我们医院解了燃眉之急，挺实用的，床的质量很好。后来因我们医院发展了，经济条件改善后，我们又将这批国外床送给了乡医院，同样为乡医院解决燃眉之急。

几年后得知朱院长出车祸，我去看过他，左肱骨骨折，但没伤及大血管和神

欢送朱院长。左起：马鸿山、陈锐群、王宏娟、张有楷、韩云飞、朱世鹏、刘德萱、王琴、盛明丽

经；胸部肋骨折了九根，但没伤及肺。当我离开病房时心想：大难不死，是好人有好报！

评上三甲医院

医院创三甲期间我们儿科没有加班加点，分管业务的王腾姣副院长很是冒火，她曾多次批评我："张主任，你不要认为儿科占比例的分数小而掉以轻心，丢分了，总成绩上不去，你可负不起责任。"我没有答话，心里想着，平时不准备临时抱佛脚是不行的。占比例小对儿科来讲更令人担忧，少了一分更突出更明显，但我相信儿科不会丢分的。因为近几年我们是在实干中迎接专家评审，平时已做到有备无患。何况我们儿科医护队伍与全院比较一点不弱啊！

1996年秋季正式接受评审，来自全国几所挺有知名度的妇幼保健院专家和北京儿童医院樊院长，他们都是著名的产科专家、妇科专家、儿科专家，分别对我们进行全方位考核。我们儿科抽查两项：第一项是抽查近五年的（1991~1995）死亡病历共有二十一份。第二项是随机抽四名年轻医师进行口试。被点名的四位医师口试成绩平均85分，这个结果让我们太高兴了，她们太棒了！专家认真查阅我科每份病历,说实话我心里很紧张。评审结果出乎我意料,评语是"病历真实可靠、讨论认真、记录完善。缺点是少数医生字写得歪歪扭扭,太乱太草,有的字体脚伸得很长,不符合病历书写规范,今后加强练字。病历是严肃的,是具有法律依据的。"打分平均91.4分。

就这样我们儿科算顺利通过了。全科医护兴奋极了,我们没有丢分。加上我们儿科有四项科技进步奖,有多篇论文,为创三甲添了积分。当然妇科、产科、新生儿科、口腔科、五官科及门诊部都做得很不错。后勤工作也功不可没。真正称得上全院一盘棋,每个人都尽了力,每个人都做出了贡献。

公布通过三甲医院那天全院职工一片欢腾,全院各科室上台表演了节目,以表示对专家们的感谢和获得三甲医院的喜悦,整个医院职工沉醉在欢乐中。大家心中想的是一样,这个三甲医院实在来之不易,全院职工几年付出的心血得到了回报。全国三甲妇幼保健院只有三家哦!我们可是老少边穷地区的一颗闪亮之星,真是来之不易啊!

评上三甲后,全院职工肩上担子更重了,医德、医风、医术、教学、科研、临床等等都要更上一层楼。医院给每个职工发了奖金,这也是大家最高兴的事。

参加评委会

自1986年职称改革启动后职改已步入正规化,每年都要进行职称评定,这次仍接到市卫生局通知聘我当评委。手里拿着儿童医院即将要晋升的主治医生名单,共六个名额。全市参评人数较多,分别有晋升主治医师、主管护士师、中级技师等类别。分门别类进行资料整理,写出评委个人意见后通过集中举手表决的方式进行裁决,超过半数就算通过。我手中的六个名额,前五个顺利满票通过,第六位黄栋医师,他毕业刚满五年,资料齐全,论文数量够并且质量也高,临床工作表现尤为突出,是个好苗子。让他晋升理由中特别强调是作为年轻医生中的典型代表,因为比他年资高的还大有人在。我刚发完言立即遭到个别人反对,他是四医骨外科主任,也是评委会主任。反对理由是:"我们骨科医院年资比他高几年的多的不是,这位医生太年轻了,他一晋升,工资会比那些人高一大截,怎么摆得平嘛,我代表外科组的医生表示不同意。"举手表决结果为12:12。最后还是掌握会场的倪妙群书记投了一票,倪书记也特别声明:"青年医生表现确实好的应给予鼓励和支持。"我们这位年轻医师总算通过裁决晋升为主治医师。会

议休息时间,这位外科专家讽刺我,说我是中央人民广播电台只会耍嘴皮子。他自认为是外科医生是拿手术刀的,有些自命不凡,其实是分工不同而已,谁也不比谁差。当时听他讽刺我很生气,但又心想,只要道理站得住脚无论你怎么讲,我都将它当作耳边风不去计较,否则有失自尊。晋升的这位年轻医师后来也非常争气,考研读博继续提高自己,现已是儿科专业栋梁。我一直认为,要扶持年轻人,尤其要扶持那些有理想、有追求、有上进心的年轻人。不论哪种职业,千万不能论资排辈,否则无形中会滋生一批混混,混到点自然拿到自己想要的职称,这种现象现实中仍有存在。

  通过参加两届高级职称评定,感慨多多。一般凡晋升正高职称的,按条条款款要经过两关审核,基本合格才将材料送到评委手里,记得某次评委会有一个同行没通过半数票也就没有被评上正高职称。回到医院后接到省卫生厅某个处长打来的电话,质问我看到这位同行的名字否?我老实回答看到了。他又问为什么该同志没有被通过?其实该同志材料不是经我审的。当时我们分工是贵医负责审省医材料,省医负责审我们儿童医院材料,儿童医院负责审贵医材料。记得当时负责评委介绍该同志是儿科临床医师,她的三篇论文来自儿童保健方面的一次流行病学调查资料,评委提问她有关内容时她回答是记不清了。有位内科专家表态,三篇论文来自一次流行病学调查,简直是炒鸡蛋、煮鸡蛋、蒸鸡蛋。当时我还有些坐不住,似乎感到儿科没面子,同时也觉得上面的发言有点过。这很伤人自尊的,大家都同行,何必如此说话。在评定职称问题方面国家应予改革,既不可凭几篇论文,更不可论资排辈,应多倾向临床一线平时有业绩记录的人员。

处分的对错

  1994年秋季,贵阳市患腹泻病的乳幼儿较往年增多。周日休息,我抽空到病房看看,先去到马副主任科室,顺便看了一下桌上放着的医生排班表,怎么表上该来查房的医师一个也没有见着,经问才知道他们私底下换了班,有的请夜班医师和当天上班的医师代查病人,这是病房管理不允许发生的事,严格讲算旷工半天。因为医师资历不同,随便调班出了差错谁都负不起责任。住院医生二十四小时负责制,休息天也要来查看自己的病人,如果碰上特殊情况必须得到科主任同意方可调整班次，如果出了问题由科主任承担责任。周二上午利用大家集中业务学习的时间再强调了组织纪律，事前我问过马副主任，"他们三个医生换班的事知情否？"马副主任回答："不知道。"那么他们的做法是错误的。怎么解决，再三考虑，发生这种事与科主任管理不到位有关，为了严纪扣当月全部奖金。当时七百五十元的奖金是很高的，大大高于本人月工资。有个别医生找到我家里认了错请求少扣一点，当时还有些心软，但仔细考虑再三，话已讲出怎么收回？最后还是坚持这么处理，心想严厉些让大家从中吸取深刻教训，如果我处理错了自己承担责任同样也扣当月一半奖金。马副主任我没有扣他。扣下来的钱作为科室活动经费。最后我再三强调，以后再发生类似情况只扣管理者奖金，这个说法引起管理者极大不满，过了几个月没有听见什么反映。年终领奖个个喜笑颜开，因为他们是满勤。次年来了新医生，其中一位王医生告诉新来的同事，"我们科张老师处理问题，不按医院管理六十条办哦！你们要注意哦！"这话有道理，当时我做得过分了些，如果按医院管理六十条规定上述人员每人只扣当月奖金二十元，但按旷工半天记载，年终奖损失就大了，更主要会影响科室荣誉。被处理的三人中有位邵晓珊博士现已担任副院长职务。通过此事我体会深刻，管理者要做到大小事例管理到位，秩序才会井然。管理要靠严格制度和科学的管理技巧。当他们领到年终奖时，三个人同时喜笑颜开。我反倒赢得大家感激和信赖。

会诊

早春某天上午接到产科邀我会诊病人，原来是一个刚分娩婴儿的产妇，突然哮喘发作。我带着王护士，她拿上装有止喘药物的吸入器一起进入产科单间急救室，这间房里挤满了医护人员，只听见王副院长指挥的声音，还看见了麻醉科赵主任手里拿着气管插管，阵势挺混乱。产妇吸着流量够大的氧气，神情十分恐惧，面色很差。王副院长调头看见了我和带去的护士。她问："张主任，你看怎么治疗？治疗哮喘是你的强项。"我轻声回答她："除了管床医师留下外，其他人统统出去一会。"王副院长问："我也出去吗？"我点头表示是。大家都出去了。我走近病人轻声对她讲："你不要紧张，我是专门医治哮喘的，等会我会教你怎么做，你只要跟我配合学着做就可以了。"病人只是点头，我认真听诊病人肺部，同时叫王护士将吸氧管换成我们带去的吸入器——喘乐宁，边做边示范，病人

十分合作很快安静了许多。她大口大口深吸进喘乐宁，紧接着又吸入了必可酮，三十分钟后患者好了许多。我建议管床医生给患者静脉点滴氨茶碱100毫克，患者哮喘症状明显改善。离开时我告诉她下午你再吸入一次，她高兴笑了，连说了几声谢谢！

抢救病人最惧人多，最惧声大，最惧医护人员表现慌慌张张，尤其是神志清楚的病人，因为病人哮喘发作时胸闷换不过气来，万分惊恐，看见医务人员紧张她会更紧张。医生一定要表现出关心病人且自信和沉着，让病人有安全感，让病人信任自己。我们儿科凡是五岁以上较重的患儿，都不当着病人分析病情而是请家长到办公室交待病情，以免患儿紧张背思想包袱从而影响治疗效果。当然医生尤其是上级医生更要做到沉着、冷静、自信。最重要的是平时在业务上要下苦功夫，正如人们常说的道理"台上一分钟，台下十年功。"

急性细菌性心内膜炎

某天下午电话通知我到急诊室会诊一个病人，来到急诊室看见室内有很多人，有覃敬庭副主任医师，有马鸿山副主任医师，医务科干亚芬科长，还有门诊部负责人毕兴春主任，大家听着家长介绍病史。患儿九岁，因发高烧三天到中医二附院门诊就医，诊断急性化脓性扁桃体炎，每天静脉滴注青霉素800万单位，口服退烧药。治疗三天体温不退。今天中午体温39.5℃，出现畏寒、发抖，抽搐过一次，抽搐时面色青紫，双眼凝视，持续时间约一两分钟。中医二院门诊医生考虑是输液反应，静推了地塞米松10毫克后要求转到儿童医院治疗。毕主任指名点姓叫我讲讲，走近吸着氧气的病人，看了家长手里拿的血常规化验单，白细胞很高，中性粒细胞也很高。我向家长要病历看，家长回答："是通过熟人看的病，没有挂号和写病历。"

揭开病人衣衫正准备体检，发现患者前胸很长一条伤疤，我的心咯噔了一下，追问才知半年前接受过先天性心脏病手术。当时检查心率很快听不清楚有否杂音，腹部扪及肝脏不大，脾肋下三厘米，质地韧伴有触痛，还发现患童双上肢指腹紫红色隆起小结节，脚趾腹也有。当即意识到患童感染的严重性，因半年前做过心脏手术，加之指趾腹出现欧氏小结，患者肯定不是输液反应，更不是高热惊厥，因为高热惊厥的年龄已早过，是严重的急性细菌性心内膜炎。立即下了病危通知书并向家长讲明病情的严重性，同时加用两种广谱抗生素。

据上述持续发烧不退，指趾腹有欧氏小结，患儿抽搐可能是脑部有栓塞引起。看着危重的患者奄奄一息的样子，当医生的很感无助，那时我院没有重症监护室。该患儿当天夜里死去。

通过病例，我总对年轻医师强调，凡经自己看过的病人，不管是什么熟人一定要挂号并认真写好病历，挂了号医生和病人之间就建立了法律关系，写好病历是对病人负责，对医生自己更是负责。另外凡心脏手术病人，三年之内都处在高度危险期，因有疤痕形成，任何严重感染都极易导致急性心内膜炎的发生，一旦发生死亡率很高。当然现在医学突飞猛进，心脏手术多采用微创手术，且现代儿科危重症医学发展很快，很多医院都成立儿科重症监护室（PICU）、新生儿重症监护室（NICU）、外科重症监护室（SICU），上述病人如果得到早期诊断，早期治疗，死亡率会大大降低的。

全力扶持年轻人

1997年，我女儿武汉大学毕业参加工作后，我的经济负担和思想负担都没有了，因此更全身心投入到医疗工作中去。每年频繁外出参加全国各种专业学术会，每次会议常有国外同行参加，国外学者发言全是英语，我只能戴上耳机听同声翻译，许多省外青年医生可用英语与国外学者交流。每次参会回来，我会将全国先进技术传达给每一个医生，并鼓励我科年轻医生学好外语，我省英语口语水平低于全国水平。要求大家忙里偷闲积极设计科研课题，多结合病案撰写论文。我想今后的科研应由年轻人当课题负责人，我会积极参与并大力支持。

医院医疗设备越来越先进，我们年轻医生都赶上了好时候，之后他们分别做了课题负责人。他们的科研课题含金量比我高，科研水平和质量都大有提高，也前后获得市级科技二等奖、三等奖、四等奖。我心里清楚，我们儿科潜力很大，所以常鼓励和支持年轻人外出学习、进修、努力学好英语，为将来考研读博打好基础。儿科学习风气浓、作风正、讲团结，是个蓬勃向上的集体。

当时儿科医疗任务重人员配制少，同意和支持医护外出学习更要承受很大的压力，也曾经引起过风波。卢根医生申请脱产半年外出学习英语，个别领导说他两个姐姐都定居国外，认为有出国倾向，表示不同意。我回答："即便出了国门，

也代表我们医院的水平嘛！""半年儿科的工作，院里不另外派人补充。"我认了，并组织大家统一了认识，每个人多分担一点工作就能让他获得学习机会，这种机会每个人都可以轮到何乐不为。另外我们科有个合同护士包丽提出不要工资自费去上海学习急救，个别领导反映更强烈，认为如果批准合同护士外出学习，那正规护士怎么摆得平！我回答："先决条件是自费，不要工资。如果我们的正式职工可以做到自费不拿工资抢着去学习，我将会发表一篇论文大力宣扬我们医院学习风气如此浓厚，应当可以作为全市乃至全国样板的！"最后经院领导集体研究决定还是同意她去上海儿童医院学急救。这个护士很争气，一年归来，因成绩优秀，医院不但予以报销进修费，还补发了全年基本工资。这件事更重要的意义是带动了全科的学习风气，让合同护士也看到了进步的希望。这就是我们儿科的风范，挺让我感到自豪。

医院每季度开一次差错事故鉴定会，会上各科主任将自己科室出现的差错一一报出，由参会人员发表看法，差错分大、中、小，事故也分大、中、小。每次会上争论激烈，分歧也大。尤其手术科室，忙碌中难免会出点事。一次鉴定会上，青年王勇医生因腹腔镜操作过程中碰伤了患者膀胱，虽然事后处理得当，病人痊愈出院，但会上多数人主张给他严重事故处理，扣当月全奖金。我认为该医师聪明、好学，是我院第一个送出去学腹腔镜的医生，他操作最多时一天要做好几台手术，在这种高频率的操作中出问题的概率要比其他人高很多，这也是外科医生的职业难处，做的手术越多出错的概率就会稍多一点。第一次出了问题就严惩不贷是会打击他工作积极性的，对年轻医生的成长未必有好处。建议领导认真找他谈谈，严肃指出问题的严重性，以此为戒，认真吸取教训。所以我建议只扣除当月奖金的四分之一。我发完言后全场安静许久，大概大家都意识到在年轻人的成长中，医院如何干预确实是个需要更多思考的复杂问题。最后文院长表示同意我的说法。对年轻人平时要严格要求，但更要从心里爱他们，扶持他们，医院的明天全靠他们。该医生现在已成长为妇科负责人之一。回忆我科当时第一个派出到北京儿童医院学习支气管纤维镜的靳医生，半年学习回来对开展此项技术存在顾虑，怕出现问题，我十分理解她。怎么办？这项技术必须开展，请示院级领导同意她到贵医再学两个月，回来后第一、二例均请贵医老师一块做，每次做完后，由科室拿出一点钱作劳务费对贵医老师表示感谢。通过操作，靳医师熟练掌握了小儿支纤镜操作技术。我退休后她接任大科室主任，把科室搞得更加红红火火，专业分科更细、更精。现在她已是省里小儿支纤镜首席专家了。

十多年后的今天儿童医院发展很快，科室精细，培养出大批量研究生、博士医生。那高高十层楼，已跟不上四百多万城市人口的需求，为此市政府已将原来贵阳市卫生学校全部拨给儿童医院重新盖建儿科大楼，形势喜人，当我以退休职工身份回院参加活动时，看见曾一块工作过的年轻一代都分别成为各系统学科带头人，有的走上了领导岗位，我真是欢喜极了，鼓励他们好好干，干出更多成果。

市妇幼保健院已上升为省妇幼保健院了，原来面对全市现要面对全省，担子不轻啊！不过，我相信，不论领导班子还是医护人员，都要面对后浪推前浪的客观的规律。

上法庭

一个一岁零七个月已进入中晚期的结核性脑膜炎男娃，因高烧、头痛、呕吐、阵阵抽搐、神志恍惚半月时间后入院。入院时立即予吸氧、退烧、镇惊，并给家属下了病危通知书。待患儿病情稍有缓解，经家长同意并签了字后，作了腰椎穿刺术，腰穿放出脑积液呈淡米汤样，送检结果证实该患儿是结核性脑膜炎。正规给予抗结核治疗的同时用了甘露醇治疗脑水肿。次日患儿进入昏迷状态，开始上鼻胃管，每四小时注入两百毫升牛奶，二十四小时共注入六次。通过上述治疗患儿体温逐日下降，七天后体温稳定正常，十一天后患儿逐渐转醒有些嗜睡，甘露醇开始减量，第十七天神志基本恢复。医嘱拆除鼻胃管，建议家长将患儿扶坐开始试喂些粥，喂后没有呕吐，全科医护人员及家长都十分高兴。患儿阵阵有些烦躁，这也是常理之中。第十八天停用甘露醇。

患儿住院三十九天出院。带一个月的抗痨药，嘱每月来院复诊一次，并特告知家长服药要坚持一年。出院时患儿表现左上肢有些僵硬，有些不灵活。我特别告诉家长慢慢会恢复的，如果半年不恢复，有可能是结脑后遗症。但家长不办出院手续不结账，欠费四百五十元并开始了无理取闹，认为左上肢僵硬是医院腰穿引起的，提出抗议要求医院退还全部的住院费用，并威吓要起诉医院儿内科卢根医生和张主任，还说我的娃儿将来左上肢恢复不了，要找医院算账。

有一天我在街上碰见这个无理纠缠的家长，建议他起诉，由法院公正判决。他回答："已经起诉了，律师也请好了，你们就等着打官司吧！"

半月后医院接到南明区法院传票，文秋生院长通知我和卢根医生到南明区法院打官司，文院长补充说："病历已被法院提走。"

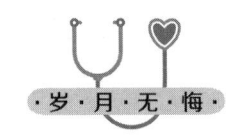

我们都没有打过官司心里有些紧张，但一想到那个自己亲手治疗过的病人，家长应当感恩才是，反而倒打一耙。不过还不错，他走法律程序更好，我满怀自信。

在法庭上我和卢根医生为被告，法官规定问什么我们就回答什么，不要过多解释。对方请了一位中青年律师，法庭上他举例有点可笑，与该案没一丁点关系。他说某个医院切阑尾错把女孩卵巢切了，难说你们会一点错也没有？法官指定我回答，我回答："在治疗这个患儿的问题上，从开始到出院我们没有一点错，病历一一有记载。"

对方律师问："你们腰穿没有取得家长同意怎么就做了呢？"

法官指定卢医生回答，卢根回答："凡做任何穿刺都要和家长谈话沟通并要求家长签字，病历中都有详细记录。"家长很激动，站起身来大声吼道："是你们强迫我签字的，当时娃儿很严重，我无法才签的。"法官当时要阻止他，但他讲得很快、很激动，还想继续讲，被法官制止了。

对方律师又提出一个更搞笑的问题："谁能保证你们没有篡改过病历？"法官指定我回答。我站起来，严肃认真讲述："该患儿是危重病人，病情变化，每天都由在班医生记录，还有我多次的查房记录。现在病历已在法官手里，从病历书写上，有七个不同的医师记载，七种不同的笔迹，还有我教学查房的红笔签字。病人住院时间长达三十九天，所以全科医师都有记录和签名。谁当班谁记录，岂能谈上改写病历！请对方律师讲话注意措辞。"

此时家长又大声吼："出院时娃儿饿得皮包骨，他们哪里打过十多天牛奶！是张口瞎说。"法官指定卢医师回答。卢医师说："长期医嘱上有起止时间。"

法官问："还有证据说明打奶时间吗？"

卢医师回答："有，护士每天交班本上都有详细记载。护士是三班倒，谁的班谁就推注牛奶，推完牛奶都有签名。"此时我打电话叫王琴护士长把今年护士交班本送到法庭来。法官宣布暂时休庭十五分钟。

护士交班本由医院救护车很快送到。经法官仔细查对，医师开奶时间和停止打奶时间与护士记载一致。共打奶十七天，每天准时打奶六次。

最后法官宣布："医院胜诉，原告败诉。由原告承担诉讼费用。"

通过这场官司，让我们今后工作更仔细周到。

儿童群发癔症

某天接到医政科电话，通知我去花溪一乡镇小学会诊病人，那里发生了"服碘丸中毒"事件。市卫生局派车来接我，车上坐有曾兴重局长和市防疫站文琪副站长。我们两点钟准时到达现场，下车后直奔那所学校。学校办公室内已坐了好些同志，有市领导、学校校长、教务处主任、记者、市卫监局工作人员。市的领导是刚上任不到两年的杨泽惠副市长。

杨副市长主持开会，会议一开始就谈到主题，她说话声音清脆，狠狠训斥了校长一顿，质问他："是否从中获取了好处？为什么给学生口服碘丸？服了碘丸学生都出现肚子痛，其中还有一个较重的学生已送进花溪区人民医院住院治疗。"杨副市长的训斥，把这位校长吓坏了，回话时声音发颤，满头是汗。他战战兢兢地回答："服碘丸是镇里指示，由学校派专人去领来的，我可以用党籍保证没有收取什么好处费。"紧接着杨副市长指示："文副站长和儿童医院的医生，请你们俩，先深入学生中去了解一下具体情况后，回来再接着开会讨论。"

我和文副站长走到学生中间，记者也跟随着。学生们正高兴地玩着跳绳，大家一副专注的模样。文副站长走过去问其中一个站着观看跳绳的女学生："小朋友，你今天服碘丸了吗？"她回答："服了。""服后哪里不舒服？"她说："肚子痛。"这时好几个学生同时说肚子痛，并都蹲了下来，连跳绳的也不玩了，都统统说肚子痛。我旁边站着的两位记者还拍了照。我拉着文副站长回办公室，边走边讨论了一会，回到办公室接着开会。

文副站长客气让我先发言。我说："我不认为是碘中毒，碘丸我和文副站长已看过，说明书上剂量、规格、用法、标志清楚，是国家正规生物制品厂家生产的。全国小朋友今年都在服用碘丸。这些学生都说肚子痛，我认为是群体癔症表现，与服碘没有关系更谈不上碘中毒。小朋友都说肚子痛与精神因素和情绪因素相关，这种表现多见学龄儿童，近些年多有报道。这种癔症甚至可以全班学生同时发作，症状表现大同小异，比如该校有一个学生说腹痛，所有学生都可以同时叫腹痛，刚才看见小朋友都在高兴玩着跳绳，文副站长问其中一个站着等跳绳的小女孩，服碘后哪里不舒服？小女孩说腹痛后所有孩子都蹲下，都说肚子痛，连跳绳也不玩了，这是典型癔症流行。还好这次群体癔症表现形式比较单一，只说肚子痛。有的癔症表现屏气、面色苍白，有的倒地抽搐，有的失语，有的瘫痪步态异常，甚而失明、失聪均有表现之。不论哪种表现，都不存在可以解释的器质性病的依据。"文副站长接着发言，观点基本与我相

同，并补充了有关国内服碘现状。

　　这时市委主要领导下达了三项指示：第一，是否碘中毒不能轻易下结论。第二，未出结论之前媒体不做宣传报道，以免引起市民不必要的恐慌。第三，检查一下症状重的，可以住进市里有儿科病房的医院进行观察治疗。我和文琪站长相对而视，心照不宣，算松了口气。

　　散会后曾局长叫我同他一块上花溪区人民医院看一下那个住院的学生。我们坐上车，直开到花溪区人民医院，进入综合病房看了病历，病历诊断肠蛔虫症。曾局长看我一眼什么话也没有说，我们离开区医院回到各自岗位。我感到曾局长有水平，无声胜有声。

掌握医疗原则

　　花溪会诊回来第二天接到市卫生局通知，要腾出病房接收病人，我知晓就是昨天会诊的那些学生，立即召集全科会议，将分给我院的学生分散住入各个病房，住入病房后按住院病人处理。做三大常规检查，即血常规、大便常规、尿常规，同时每个人做一次腹部B超检查。次日结果出来，除部分大便检出蛔虫卵外，其他结果均属正常。

　　管床医生问我怎么对这些学生下诊断？我回答，"检出蛔虫卵的诊断肠蛔虫症。按肠蛔虫病予以驱虫治疗，口服左旋咪唑三天。其他的，统诊断为正常儿，统一给他们口服复合维生素B族，应有益无害。"

　　这些学生每人均由一名家长陪住，医院管吃三餐，由于是群发事件，医院相当慎重，当作"政治任务"认真对待。但我们医生观察几日后发现这些"患儿"三餐进食正常，有的还打着饱嗝用牙签剔着牙齿，一副享受的模样儿。可是每天当医生走进病房时他们都说自己肚痛不能吃东西，家长还提出意见，要求与其他病人一样输液治疗。面对这些没有病的患儿如何恰当处理，还真是个棘手的问题。也有很多人教我，反正有上级政府部门负责结账，你管这么多干啥！每天给他们输液打发过去算了。当时我还真没有太多考虑家长孩子白吃饭不花钱的问题，而是自觉是个医生，他们是能吃能睡的正常儿童，没有病，输液对孩子没有好处。这时我想到了当兵时学过的针灸疗法，在四川工作时也曾学过用针灸，在这特殊时期正好派上用场。我分别与学生及家长做思想工作，告诉他们"如果觉着肚痛，我给你做针灸治疗，针灸治疗腹痛效果是最好的。"孩子就是孩子，一听说要挨针，马上都说肚子不痛了，要求出院。

住院七天我们科蔡护士长有点意见，因为这些学生占了床位，却一点治疗费也没收到。但这批学生能高高兴兴出院，我们科也算功德圆满。当时我们儿科床位确实紧张，外面还有很多真正需要治疗的患儿在等着入院治疗，医院、医生，包括政府都耗不起。

通过这件事，我感到当时贵州乡镇经济比较落后，农民文化水平低，觉悟水平也不高，有便宜想占点是可以理解的。另外，补碘当时是政策性的，全国人民几乎都要补碘，尤其生长发育的娃娃更强调补碘，许多乳幼儿的副食品都添加碘元素，后来通过实践才发现补碘过头了，但这已是后话了。任何事，尤其食品和药品的安全和作用都靠科学说话，不能人云亦云，跟风一边倒。

石骨症纠纷

有个四岁男孩患的是石骨症，临床表现贫血，肝脾肿大，双眼失明，反复多次住入我科输血治疗，每次均要输两三个血。这次是第四次住院，正好碰上刚从门诊轮到病房工作的王健医师值班，当天病危的患者有好几个，她逐一查过后正坐在医师办公室里看有关石骨症方面的书，家属两次叫医师看病人，王医师未及时去看，第三次家属再次喊医师，等她去看病人时，患儿呼吸心跳基本停止，边抢救边通知上级医师，待上级医师赶到时患儿呼吸心跳早已停止。家属大哭大闹，找到院长和医政科长要求严惩值班医师并提出赔偿。

当时恰逢我参加广州学术会归来，听说科里出了事故就慌忙赶到院办。见文院长和医政科干亚芬科长正与患儿家属谈话。家长看到我，马上站起来抱着我号啕大哭，我劝她冷静面对现实，之后对她说："你的孩子多次住院，我查房怎么对你说的？"她回答："我知道他迟早会死，但这回住院我多次喊医生，第三次才看，当时我的娃娃已经不行了，面色乌了。你们医生到现场时才通知值班主任，等主任赶来，娃娃早死了。你们领导非说主任到现场参加抢救的，这一点不是事实，我就是不服啊！"听了家属的陈述，我心里清楚了几分，她就是要扭这把劲。当即提出，请院长、医政科长暂时回避一下，我与家属谈谈，这样做让双方有台阶下。

办公室里只留下我俩，我反复强调她是个伟大母亲。因为我清楚，这个儿子

不是她生的，是她从街上抱养的，已经四年了，在这四年里她花费了许多心血，尤其是近一年的多次住院，不论经济负担和精神压力都承担了许多，这我都十分清楚。每次住院我都做过她的思想工作，要她作最坏打算。这孩子最多只能活到五六岁，每次她都是连连点头。随后看了病历又看了抢救时间，我同意她的说法，患儿死了马主任才到的现场。她激动地大声骂："你们领导睁眼说瞎话，非说主任到场参与抢救的，我闹就是你们值班医师第三次才请到，加上领导说瞎话。张主任，反正我的娃儿迟早也会死，我有啥闹的。你们科年轻医师太缺医德了，人都要死了还坐在那里看书，我几次去请她来看，难道我疯了吗？无事叫医生干什么？"看她激动的样子，我诚恳回答她，"你提得对，我们会改进工作的。"我又劝导她，"好人有好报，你亲生儿子都快大专毕业了，以后找个好工作，将来结婚生子，你就等着当奶奶吧！有事可以找我咨询。"她慢慢想通。问题就这么解决了。

通过这个病人的死亡讨论，大家首先学习了各级医师岗位负责制，医师必须做到病人随喊随到。上级医师值班时重病人必须看一遍，做到心里有数。不要坐等下级医师来请，如果下级医师业务水平低临床经验不足或者责任心不强，中间任何一个环节扣不上都会出大问题。当医生的千万要在医源这一块保证不出任何问题，包括责任和技术两个方面，二者不可缺一。这应引起我们做医生的高度重视。否则我们医生是站不住脚的，会引来没完没了的医疗纠纷。

通过认真讨论后统一了认识，该班两级医师也作了深刻检查，态度十分诚恳。死亡讨论就是要达到这个目的。

石骨症是少见的遗传性疾病，它的特征是钙化的软骨持久存在引起全身广泛骨质硬化，骨髓腔封闭不能造血，患儿严重贫血，因髓外造血而肝脾肿大，多死于感染，一般患儿不能存活过童年。当然，科学发展到今天，该病可以预防，一旦发生，进行骨髓干细胞移植后可以健康存活下来。

我有失误

1998年秋末病人特多，病毒性脑炎就有好几个住在病房。某天收治一个学龄儿童，上课时突然昏迷后由学校老师和学生背来病房。当时病史问不出来，体检发现患儿深度昏迷，双侧瞳孔如针尖样大小，呼吸发出鼾声，面色红润，呼吸和心率均慢，再追问病史，同学都不清楚，只说课间操时都好好的，没有摔跤，上课时伏在桌上打呼噜，老师叫不醒才送来看医生的。入院时即予平卧床上，头部垫高二十度，上氧，静脉推注甘露醇，这时家长才赶到现场，连声问"我的儿子患什么病？"当时患儿处在深昏迷状态不能搬动，医院当时还没有ＣＴ设备，更不能做腰椎穿刺检查（昏迷病人禁忌症），只叫化验室取血做了常规检查，结果正常，血色素没有下降。家长提出转院，当时我请家长签字，并陈述自己的顾虑，担心转院过程中，如果出现意外谁负责？直到晚上家长通过第二人民医院一位熟人用救护车把病童接走，走时在病历上签了字。二医作了ＣＴ显示小脑出血，当晚做了手术。患儿手术后一个月家长找到我们医院，认为我们儿童医院延误了患儿病情诊断，耽搁了大半天手术时间，要讨个说法。我明白这些话主要针对我讲的。病人转走后我查了一些资料显示，小脑血管发育畸形属于临床少见病，只占颅内出血的百分之三。该患儿来时深度昏迷，满面通红，血常规无贫血表现，当时也想到过是否颅内出血，又不能排除非典型性脑炎。因为病史一点不能提供，只能降颅压抗感染治疗，家长当时提出转诊又担心怕转诊途中出事，不怪家长说我耽搁患儿大半天的手术时间。事后不知医院如何处理此事，是否赔了些补养费？

通过这个患儿，自感有些内疚，起码掌握知识不够全面思路仍显狭窄，尽管前面我们处理没有错。当医生风险与成功并存，医生须一生坚持不断刻苦学习，掌握知识必须全面，否则一点忽略就会给病人带来意想不到的后果。当然这个患儿小脑血管有先天畸形，这是病理基础，如果病人处在今天，ＣＴ一做确诊后转外科，不管结果怎样，医生都会心安理得。另外病人家属提出转院时，我就应该向医院领导汇报，请示领导同意转走病人，不管结果如何，病人不会找上门来针对我，真是吃一堑长一智。有的事是自己个人不能担当的，我将吸取深刻教训。

优秀教师有感

当一名教师是我从小的心愿和梦想，虽然因为各种原因，主要是家庭出身不好的原因，所以没有机会实现教师的梦想，但命运也有补偿，中年后步入的两所医院都是教学医院，尤其是四川达州中心医院，病源多，病种多，重病人

多，医院设备齐全，而且还是两所重点医科大学的实习基地，转回家乡工作的医院仍是教学基地。除了临床科研外，我喜欢带教，因为带教逼着自己看书学习、带教逼着自己口述表达。之后将二十多年来积累的一些经验写成一篇有关如何带教现代医科学生的论文，内容主要讲述的是如何带好90后的医科学生。他们聪明上进，大多数人也很专心读书，但他们面临着太多的诱惑，他们生活优越，他们会电脑、会打字，少数人吃苦能力差、贪玩、汉字书写差，还有点好高骛远等等。他们不像我们所处的那些年代，那么单纯，那么死板，要带好他们必须身教重于言教。我所写的论文在贵医教学探讨会上得到许多同行认可，当年被贵阳医学院评为优秀教师，这也圆了我一辈子做教师的梦想，这比得到其他荣誉奖更令我欢喜。

参选贵阳市首届十佳女杰

离退休时间只有两年了，一心只想好好工作，站好最后一班岗。

由市妇联、市精神文明办、市晚报社、市电视台、市广播电台五家合办，开展一场全市妇女评优活动，评优范围包括工、农、商、学、兵、文卫系统。我被医院推荐参加评选，当时工作繁忙根本没有将这件事放在心上。某天看见《贵阳晚报》登了各界参加评选的候选人名单，共有二十份个人简历及介绍，其中也有我。从二十个人中评选出十人为首届十佳女杰。

某天报上用一个版面的篇幅刊登出各位参选人的个人简介，看到其他参选人的个人经历和做出的贡献，我被深深吸引。其中有扎根边远苗乡把毕生心血献给教育事业的乡村教师、有努力钻研施工管理技术为我市城市建设立下汗马功劳的高级工程师、有身残志坚致富不忘社会责任的典型代表、有艰苦奋斗带领农村群众勤劳致富的村委会主任……她们的先进事迹深深吸引我、感化我。其中三位尤为突出。第一位是苗家女教师王大英，十七岁走出校门，就到偏远落后的苗家山寨扎根三十五年，她的教学生涯就像崎岖的山路，她深信人生走过迂回总会见到风景。果真如此，她教育出来的学生数不胜数，各行各业遍地开花，真是桃李满天下。她曾被评为全国优秀班主任，享受国务院特殊津贴，是优秀政协委员。我从心里敬佩，她一生都在奋斗，相比男人要付出更多更多。

第二位是农村致富带头人范启英同志，她是白云区艳山红乡鸡场村人。1984

年改革的春风刚吹进乡村，她辞去民办教师工作，下海干起个体运输，三年后成了村里富裕首户，党的富民政策让她尝到甜头。1994年当选村长时整个村没有一条排水沟，没有一条像样的路，没有一栋像样的房子，村财政没有一分钱，没有一个经济实体，只有三万元水费欠单和人均0.02亩的耕地。范启英用自己的钱交了水费让村民用上水。之后她组织村里有一定泥水工技术的村民成立一个建筑队，承接附近简单基建工程，比如挖土方、修堡坎、建厕所等。一年下来财政收入十多万元；同时办了砖厂，鼓励村民发展家庭经济，搞起拖拉机运输；制定一套村规，那就是无论谁家寻到货源必须由村里协调统一安排，使得家庭经济在起步之初就避免不平衡发展。紧接着解决村民住房问题，由村里砖厂免费提供砖和水泥改建住房，村财政为村民修房花费四十万元，村民住上两层以上砖混结构小楼。村里的路是水泥路，家家户户安了电灯。为了帮助村民早日迈向小康之路，范启英开动脑筋，村里土地不断被征拨后与开发公司合作，在村里成立房地产开发公司。修建金大市场、同心路市场、汽车配件专业市场，这样的合作使农民在土地上获得的收益比过去翻了好几倍。短短几年鸡场村摆脱了贫困，成为白云区有名的运输专业村，以服务业为主的第三产业发展得红红火火，全村有固定资产六百八十余万元。范启英同志说："作为一个党员我只是做了我应该做的事，共同富裕才能体现国家的富强和民主。"一个普通共产党员有如此高的境界，对比起那些贪官——老虎苍蝇，差别多么巨大！

第三位是山村女民警罗林，年仅二十三岁但事迹感人。她在贵阳扎佐镇派出所负责六个村的民警工作时才二十岁，当时六个村经济十分落后，作为村民重要家庭财产的牛和马经常被偷盗，于是村民只能睡在牛圈上，牛马脚与人套在一起。几批男干警均未解决这治安难题就先后调走。罗林来后走家串户与村民同吃同住，发动群众建立自保会调解会，在六个村建立了系统治安防护组织，几个村群众夜里轮流巡逻，治安形势根本好转。帮助村民办理身份证九百个，换户口一千多次，为贫困村民代付工本费一千多元的同时，每月自己还拿出三百元补贴给村联防队员。为了宣传禁毒知识，她自己背着放映设备挨村放映《中华之剑》专题片。定期为三户五保老人和三个贫困孩子入学捐资四千元，为修建马鞍小学操场捐出自己两年工资八千元。农忙时她帮村民插秧收割，赢得村民爱戴。有时夜里接到所里传呼赶回派出所，十几个村妇会打着火把把她安全送去。罗林长期吃苦耐劳工作赢得上级和社会尊重，受到江泽民总书记接见，被评为全国优秀人民警察。小小年纪有如此人格魅力，真令人敬佩。

贵阳市首届十佳女杰评比结果出来了，我荣幸入选，倍感光荣，但自觉与上述优秀者相比差距太大，可惜岁月已逝，如果再年轻十岁该有多美好。

退休前后

从1993年开始卫生系统有个文件，三年连续评为优秀者获升一级工资，我们做科主任的不占科室名额，由院里评定。1995年我提了一级工资。后三年再次评为优秀，感觉不是滋味，工作是大家做的不可好处都自己揽。所以主动退出将名额让给他人，领导支持我的想法。这样做的不止我一个，好几位中层干部都让出了名额，让评优更多倾向一线职工。市卫生系统和院党组织对于我一直以来的工作给予了高度评价，因此获得了许多荣誉。连续六年评为优秀，连续多年评为医院及卫生系统优秀共产党员，被贵阳医学院评为优秀带教老师，曾被聘做市里中级职称评委、省里高级职称评委，评为市里首届十佳女杰，享受国务院特殊津贴等，我感谢组织对我的认可。

离退休时间还有一年多，个别领导人的态度有了微妙变化。每次有关科室问题不先找我却找靳蓉副主任商量。她并不了解我们科室的情况，正副职之间互相尊重，互相支持，许多看法也比较一致。每次她找我科副主任安排工作后副主任回到科里就立即向我汇报，商量如何处理一些事务。当时我很有些不满意，心想我还没到退休时间就如此对我，是不是有点势利了？不行！我要打电话问问是什么意思？对方回答很高明，"张主任，你不要误会，我想你年纪大了，不好叫你跑路。"这个答复令我哭笑皆非。当时五十九岁不到的我自认身强力壮，再干十年也能行动自如，事实上退休后我确实干到七十多岁。作为领导这种做派很不合适，说轻一点有点势利，说重一点是缺乏组织原则。通过几个回合我就看透了，但回过头来仔细想想，自己也不要太小心眼，把好自己大科主任最后一道关，站好最后一班岗才是正途，去计较那些小事，既没心胸又失涵养。

退休前医院领导曾多次找我谈话，叫我选择延聘，延聘就是不退休继续再干三年，工资待遇职务不变，这是很多人都想要的特殊待遇。当时市卫生局已正式同意批准并下了文，我却很感纠结，曾想过再干三五年就为赌一口气，让势利的人看看我是怎样生龙活虎干工作的。但这种赌气的想法只是一瞬间的念头，那并不是我的个性。之后我专门走访了市委干部退休科负责人，得到明确答复："凡到退休年龄有权利自由选择去留。"并认真考虑了我的去留问题并做了全面分析。我们儿童医院近几年发展很快,儿科医生人才辈出,真所谓卧虎藏龙,更相信后来者居上的客观规律,我退休让出位置后可以使更多年轻的人得到发展。急流勇退也是人生一种智慧,所以果断决定退休。办理手续前,组织上曾多次找我谈话挽留,院长提出不愿延聘可以返聘,三天坐门诊,两天查病房。我仔细想了想,搞临床的人都十分清楚,病房工作具有很强的连贯性,身为专家要时时查看危重病人,一旦在病房经我诊治的病儿突然发生病情变化,此时若我又上门诊,而且挂满了号,那我不可能放下门诊病人再回到病房查看病人,如果不进病房看病人不能掌握第一手资料乱下指示更不可以,这种状况让我十分为难。深思熟虑后,我坚决选择彻底退休,离开了从事儿科医生生涯的最后一站——公立医院。

我的三个孩子个个赞成我退休。尤其小女,她说:"给年轻人机会,给年轻人让路,你们儿科人才那么多,你退休后他们会比你干得更好更出色。"我发现女儿成熟许多,讲的道理十分站得住脚,于是我愉快地办理了退休手续。

第四章　退休生活也精彩

我一生热爱自己从事的儿科医生职业,所以不想退休后就像一般人一样坐在家中带孙子或四处游山玩水打发时间。自认身心健康,精力充沛,虽然已进耳顺之年,但中国有句老话说得好:"老牛自知夕阳晚,不待扬鞭自奋蹄。"我决定退休后在人生的又一阶段再挑战一回自己,步入民营企业再干一段基层服务,达到我从四川回家乡时的初衷,回报家乡,为本土企业服务。之后相继走过两家民营医院,它们都是当地人办的私立医院。

求恩医院

第一家是求恩医院。我欣赏该医院管理正规、严格、勤俭办院的作风。该医院是综合医院,各种设备相对齐全,而且各科室请的都是专家把关,有的专家还

是我毕业实习时的带教老师。医院管理者童延龄是贵阳市第一人民医院内科副主任医师,大内科副主任,是我心目中女强人之一。她朴实、善良、对病人好、管理制度严格有序、对医学专家尊敬有加。虽是私企,对就业者要求格外严格,这一条令人心服。

在这家医院工作的三年中大家相处十分融洽,各项工作开展顺利,心情十分愉快。有事共同商量处理,尤其新生儿科,经常因费用与家属发生纠纷,或与产科因新生儿诊断发生分歧等等,我都积极参与协助解决。新生儿科负责人是新生儿科主任医师,真资格的新生儿科专家。这位主任姓李,湖北武汉人,性格温和,为人诚恳、厚道,因是外省人,她语言表达本地人听不太明白,所以沟通方面差些火候。我们平时相处较好,彼此尊重,相互学习,我经常主动帮她解决一些麻烦扯皮事。记得有一回一个新生儿住院十天病愈出院,因欠账反倒投诉医生,理由是入院时下病危通知书,三天后要来院方讨说法,要求医院赔偿精神损失费。李主任将病历转交给我,我拿回家认真看完病历,从诊断治疗到病历书写都十分完整。第三天童延龄院长邀我参会并指定我为主要回答问题的专家。

这位家长很有水平,首先自我介绍是研究生学历,然后讲出为什么要求医院赔偿精神损失费的两个理由:第一,他自己是二婚,爱人年轻,是第一次婚姻,生下这孩子对她十分重要,你们下病危通知书使她精神承受太大压力;第二,医院为什么要下这么多疾病诊断?诊断依据是什么?

当天参会者有产科和新生儿科全体医护人员。童院长既然事先指定我回答问题。我也自我介绍,"我是儿童医院儿科专家,今天听到你是具备较高学历的家属就更放心来回答你提出的每一个问题,我对自己回答你提出的每个问题负全部责任,希望大家做好笔录,家长也做好笔录。你对我回答的每一条问题都可以咨询其他医院专家,甚至可以上网去咨询国内专家。大家都是文化人,交流起来方便得多……"

会开了将近一个半小时,最后家属表示同意办理结账手续。看来他已听懂我的解答。童院长很高兴,还请我们参会人员吃了顿饭,一贯节俭的童院长能请客是很不寻常的事。

我和新生儿科李主任关系一直很好,离开求恩医院后我们仍然保持联系,她有时用电话咨询,内容多半是一些有关病案诊治问题,我总是强调所有意见仅供参考。做临床医生对待疾患一定要严谨,没看到病儿,谁的意见也仅能作为参考来用。

在求恩医院我一直在儿科门诊坐诊,坐诊看病的医生都是些老同行,来自不同医院彼此之间不是十分了解。我常强调工作中尽管各看各的挂号病儿,但我们都是老医师,工作中你丢下的我捡,我丢下的你捡,大家做到互相支持互相尊重,工作开展起来就比较顺利。尤其门诊病历,平均十分钟左右看诊一个病儿,难免会有遗漏甚而发生误诊的。我专门强调是特殊病例的千万做个标志,避免出事,大家都同意我的建议。

我常看的一个三岁多男孩,从一岁开始在重庆儿童医院已明确诊断为心内膜弹力纤维增生症,家长没有按医嘱进行正规治疗和随诊,每逢感冒总来找我开药。我告诉她感冒一次心衰加重一次,如不按照重庆儿童医院医生医嘱执行,你儿子活不到五岁的。她的回答令我震惊:"活一天算一天,他不死我也没办法。"从她回话中我意识到其母有放弃的想法。每次看病提到强心药(地高辛)和强的松,她都回答:"不要开药,家中还有很多。"但我看出她根本没有给患儿每天坚持服用上述两种药。据她自己说"药服久了会中毒。"事实上我看过她手中拿来的重庆儿童医院门诊病历,医生要求坚持用药两三年,每三个月去复查一次。我告诉她:"这个病是治得好的,但必须坚持服药。你按重庆医生讲的去做就好了,这些药不贵又治病。服了会好而且绝不会中毒的。"我每次检查患儿心率总是快无杂音,肝大基本平脐,质地偏硬。每次来就诊,我都劝她回重庆儿科医院住院治疗一段时间,她回答:"治不起。"无奈我每次只能开些对症药给她。

有一天晚饭后,我在家看《百姓关注》电视栏目,看见有位家长好面熟,慢慢回忆,正是那位"治不起"的家长在哭诉,要求某诊所赔偿儿子三十万,指控这家诊所因输液用错了药,将她孩子治死了。这家诊所就在我工作的求恩医院隔壁。周一上班,这位家长把诊所医师输液处方拿过来给我看,输的是氨茶碱,该药具有强心、利尿、平喘的功能,用药并无差错。我劝她:"不要闹了,别人提出给你三万元私了已够意思,要是遇上我,一分钱也不会赔的。"听了我的话,她乖乖离开,到隔壁诊所"私了"拿取三万元。周二我们院医师对我说,"这个病儿差点死在我手里,她挂号找我时已快到下班时间,看到这娃儿咳嗽厉害就开阿奇霉素静脉点滴,不用作皮试夜间安全,处方都开了,我翻了一下前面病历,看见你下的诊断把我吓一跳,上面还写建议去重庆儿童医院住院治疗,于是我只给他开了点口服药对付,收回之前的处方叫她去贵阳儿童医院就诊。没想到她转身就去隔壁诊所,这家诊所真够倒霉的,听说赔了她三万元。"这位老医师是医院儿科主任,年龄比我长几岁,我们相处十分友好,老医师经常帮我解决难题,我家

里有事，也经常同意和我调班看病，很有经验很到位。离开求恩医院时，这位老医师还组织儿科医生请我吃了一顿送别饭。

2003年的某天，童院长邀我参加外科一次医疗事故讨论会，参会的全是手术科室的医生，有外科的、产科的、妇科的、麻醉科的，内科请了饶孟瑜主任医师，儿科邀了我。

会议按程序进行，由住院医师介绍病情，一个三十六岁妇女，因右上肢从小烧伤留下三厘米宽、十四厘米长的一红色疤痕，住进外科要求外科医生切除疤痕夏天可以穿短袖衬衣。患者住院半年出院，出院时留下右上肢尺肌萎缩后遗症，要求医院赔偿三十八万元损失费。

会上争论激烈，外科陈达主任说："这个病人我一直不同意接收更不同意做手术，陈院长表示由他来负责手术，结果手术台上切除了疤痕，勉强将两侧皮肤缝合起来，术后第三天患者诉伤口疼痛加剧，住院医生发现患者手术指端发紫，请示上级医师后将缝线剪开，最后由童院长请贵医专家会诊并由贵医专家做了皮肤移植手术。"陈主任是湖北省铁路医院外科主任医师，平时工作认真负责，对病人态度好，我很敬重他。

陈院长发言："因为是童院长的熟人介绍来住院的，童院长也同意我的手术方案，但万万没有想到会是这样的结果，今后确实要吸取深刻教训。"陈院长是贵州某专区医院院长，贵州十佳院长，胸外科主任医师。

产科、妇科医师们出于情面问题不好表态，都只表示要从中吸取教训，没有更多异议，会议开得有些沉闷。

童院长点名叫我谈谈看法。我讲出自己的意见："第一错是童院长，您是医院老板，不能因是熟人介绍来的病人就统统接收，您是内科行家但不懂外科，您想扩大医院知名度，想提高医院经济效益，这些都是无可厚非的，您签字同意陈院长手术，但术后效果不好，对病人对医院的损失都很大，您应当承担主要责任。但出事后您不追究谁的责任就主动先请来贵医专家会诊，这是从病人利益出发，这一点做得很好。最后为患者做了植皮术，还为患者请了护工，半年的一切费用由医院全负责解决。这些您都做得十分到位，令我佩服。第二错是陈院长，您是童院长请来负责指导全院开展业务工作的院长，您虽是胸外科主任医师，但在皮肤整容上是隔行的，是没有经验的，您不听取陈达主任的反对意见而坚持自己主刀，结果很糟糕，另外您术后没有亲自跟踪患者，术后三天发生指端缺血才拆开缝线，这样的结果您应当担责。第三错是陈达主任，您没有坚持自己的原则，您是外科负责人,自始至终您都不同意给患者做手术,最后不知迫于什么压力,不得已还是让陈院长给病人做了手术。我今天的发言很直白也很得罪人,但我说的都是我的真实看法,今天的发言既是对事又是对人,如果讲得不对的地方请你们原谅我。"

紧接着麻醉科主任,内科主任均表示赞同我的意见。会议开了将近一个半小时,看得出大家都有自己的想法。

离开求恩医院一年后得知,陈院长赔了四万元,陈主任赔了两万元,求恩医院赔了十二万元。两位主任医师也先后离开了求恩医院。

2002年,求恩医院引进人才发展外科,人未到就把名字早早在公布栏里介绍开了。金医师,湖北医科大学研究生毕业,主要从事外科专业,医院还为他专门设置了办公室,新配了办公桌椅。这段时间童院长的心情十分愉悦,想到医院将来的发展,想到有研究生执业,总见她笑眯眯的。之后金医师报到了,中等个,五官清秀,皮肤白白的,对人十分客气。他报到后不久就请他上台做了一次阑尾切除术,大家拭目以待,腹腔打开后怎么也找不到阑尾,金医生着急了,满头大汗,心情十分紧张,赵麻师旁边看着他也干着急,时间一分分过去,最后由赵麻师请来外科张副主任医师洗手上台才算解决了问题。不怪年轻的金医生,病人阑尾异位。

有天中午我与金医生同桌吃饭,我友好地问他研究生毕业为啥不去公立医院就职,公立医院不论条件、设备、病源、上级老师等都比私企好,他回答:"私企自由,我想从事美容专业。"他的回话让我有些吃惊。我接着又说,"我介绍一个小女孩给你做第一位美容病人,小女孩十四岁,脸上有块红色扁平血管瘤,面积不大,约一分硬币大小,此手术要花费多少钱?""你的熟人吗?"我回答他说:"不,我的病人。""大概八千元吧。"当时八千元是很昂贵的,于是回妇幼保健院美容科又问了情况,答复的费用只有他讲的八分之一。

金医生来后坐门诊三个月,来要求美容的病人不多,可能他喊价太离谱,没有一个人来做手术的。有个周五他向童院长请半天假到火车站接他的研究生导师,说导师从广州开学术会结束专程来看望他。当时正好我也在场,对他心里产生了不信任,心想当导师的时间宝贵不应该不坐飞机的。他的作为很快引起部分同行的怀疑,都认为来了几个月不上手术台干坐门诊,来就诊的病人因他喊价昂贵都被吓跑了,他是不是研究生?很多同行都产生了疑问。老板也不傻,提出要看他的毕业证,几天后他交来毕业证,一查湖北医科大学没此人资料,老板直接找他谈话,最

后他自己承认毕业证是爱人在火车站花钱买来的，自己连大学都没上过，曾经当过兵，在部队干过几年卫生员。老板当时就震惊了，果断辞退了他。

　　回忆起这件事真太可怕了！人命关天啊！一张假毕业证，居然将机灵的童延龄院长骗过，白拿了求恩医院八个月的工资，想起来真荒谬。

　　那些年办假证的现象很普遍。各种假证四处泛滥，而且是公开进行买卖，用人单位防不胜防。

　　2005年我离开了求恩医院，其原因是与老板童延龄院长用人理念不同，医院经常更换门诊护士，而且是更换刚毕业的无证护士，可能因为开出工资低，两个实习护士可以顶一个正规有证护士用。让我开展工作感到心里无底，担心会出医疗差错事故。老医师都懂得医护是一条龙服务，临床上光有好医生没有好护士是不行的，一旦出事，病人第一时间只会找到医生。身为儿科专家一定要善始善终，不可出医疗差错事故，如家乡俗语说的，"不能天亮还尿床"。尤其在民企工作硬件设备少，很多疾病只能凭自己多年的临床经验来进行诊治，当时医闹盛行，稍有差错，后果难以预测。

　　有一天上班后，病人总是要求我只看病开方，要将处方拿到隔壁诊所去治疗。当时我还耐心解释说老板请我看病，不是为他人诊所转送病人的。当天就发生了两件事让我下决心离开求恩医院。第一件事，一个六个月患儿因受凉发烧咳嗽服药不见效，我诊断为支气管炎。在输液过程中患儿发生呼吸困难、口吐泡沫、烦躁不安，家长哭兮兮来叫我说儿子快不行了。我立即去看，患儿是因输液速度过快导致左心衰竭，立即予以速尿静脉推注，同时减慢输液速度，予吸氧观察，是否要用强心剂我观察了半小时，还好用速尿后患儿逐渐缓解过来。第二件事，一个中度脱水患儿，输液到第二瓶时，家长跑来叫我说患儿哭得很厉害，检查后发现患儿输的最后一瓶是含钾液，速度很快，当时真把我吓坏了，这样会死人的呀！还好才刚输进五分之一。事发当天我才发现，除了护士长一个人外，其他四个都是新来的，都是刚从贵阳卫校毕业的学生，其中还有三个是男护士。难怪今天看病，总有家长提出要上隔壁诊所去输液哩！仅仅一天就发生两桩事，心想这样下去会出大问题的，我不能继续在这里干下去了。第二天就向童院长提出辞职，因为是临时决定要离开，所以主动放弃一个月的工资，因为事前有规定，要走必须提前一个月打招呼。做人做事都应遵守基本规则，这也是我做人的底线。对我的离去老板无话可讲，彼此都觉得有些遗憾。

　　离开求恩医院后一段时间在家待着，听说我们儿童医院儿科的靳蓉主任要出任医院业务副院长，我真是从心里举双手赞成，不论从个人感情还是从儿科事业发展都是好事。凡碰到儿科同行我都讲出自己观点，儿科发展势态这么好，应当有位儿科出身的专业医师当业务副院长。靳主任也曾打电话邀我回院工作，我诚恳回答她："你做了院领导，我一定回来支持你的工作，支持儿童医院的发展。"毕竟我在那里工作了十多年，有着深深的感情。后来阴差阳错，我们都没有实现彼此间的许诺。

大圳医院

第二家医院是我现在还就职的医院，是政府批准的首家非营利性医院，老板一家人都是乡村医师，有四个儿子两个女儿。他们的外祖父、父亲母亲原来都行医看病，在当地口碑极好。这家医院设备较差，当时请来管理的多是部队医院（贵州军区四十四医院）退居二线的院长、医务科长、护士等，邀我去工作前，我提出先试着上班半月，如病人多我上任，病人少我就不来了。

门诊上班半月下来，感觉还不错，病人还真多。每天八小时两个医生坐诊，每人可以看五十到六十个病儿。休息半月后我就去正式上班了，上班后我才知道请我的主要任务是将儿科病房开展起来，病房设了三十二张床，我手下医生都很年轻，但也都是科班出身。他们多数来自省内医学院校和中医学院，少数是大专毕业生，都很用功。

因为不像公立医院有各级医师负责制，这样我肩上的担子相对沉重。借此机会再挑战一回自己的能力，再当几年老师吧，把自己经验传给年轻一代，善待他们，培养他们，也是人生一大幸事。工作不到一年时间，部队人员陆续离去。这家医院请来贵阳市第一人民医院已退休的朱院长，他也是原来我们妇幼保健院的老领导。朱院长担任这家医院的顾问，作为有关国家医疗方针政策和人事管理的高参。原儿童医院麻醉科主任赵明珍医师担任院长，管理医疗业务和秩序。大家相处融洽，合作愉快，把医院办得也算红火，开展腹部外科手术、骨科手术等。可惜这样的日子不长，大概有两年多吧，医院地址被开发商占去建设居住小区，只好临时租房办院。这样一来办院条件急转直下，环境条件差了许多，因租住的办院场所位于街边，汽车扬起大量灰尘，加上道路年久失修破烂不堪，一到下雨天双脚都会沾满稀泥，很多科室因条件差而被迫停

办，经济收入大受影响。尽管这样，儿科病人还算多，但儿科用药量小，在综合医院儿科只算冰山一角，加之硬件设备差缺，所以盈利非常有限。这种情况让我进退两难。仔细想想，这家医院虽是民企，但老板做人厚道，对请来的专家更是礼遇有加，医院遇到暂时性困难，我不能见风撤退，只能同甘共苦，等开发商将房子修建好后，帮扶医院上个台阶再走。想不到一拖就好几年过去了，还是盼不来新医院，陆续有同事离开医院。我始终没有离开还有另一个原因，我老伴患病一年多反复住院，不论住哪家医院治疗，晚上都要回家住，晚上由儿子车接，早上那一趟儿子在市中心上班离家出发时间太早。这个问题都由我在的医院帮助解决，老伴深感过意不去，总是对我讲"这份情怎么还啊？"我安慰老伴说，"只要我身体健康，能多待些时间，让医院走上正轨就是还了情。"老伴已去世三年多，占医院地盘的开发商可能因资金链问题转手好几家开发商，直到如今未见动静，结果新医院还不了。大家眼睁睁地望着，耐心地等着。这样的结果两败俱伤，医院停了好几个科室，尤其手术科室损失最大。而每月过路费补偿逐年追加百分之十也让开发方叫苦不迭。

党的政策强调要大力扶持民营企业，但工作这许多年深感本土私人企业是在夹缝中求生存，很艰难。尤其每到年终检查部门以各种借口检查，来检查的少数同志年纪轻轻，但态度十分傲慢，这种人素质太差岂能代表一级政府部门下来检查工作？2013年冬季，云岩区卫生监督局下来检查工作，检查工作的目的是发现问题并指导整改提高，本是件好事。但其中有个毛头小子虽穿一身监督制服，说话态度之粗暴无理，让人难以忍受。他先对党办王主任大声训斥："你们门诊病人这么多！火炉生得这么旺！你们不怕患者煤气中毒吗？"命令党办王主任赶快用水去将炉子泼熄。他还说："你知不知道总书记才离开贵阳？你们是在抢贵阳医学院的生意。"把我们党办主任弄得哭笑不得，这位主任是市里某三甲医院党办主任，刚退休请来帮助工作的。总书记离开贵阳与此次他们来检查医院有何干系？这位年轻人太荒谬。紧接着他又走入妇科办公室，对着一位妇科老医师大叫："让开，让开。"把这位老医师弄得莫名其妙，还以为发生了什么事故，刚站起身这位年轻人自己把两个抽屉打开，将所有记录本收走傲慢离去。然后他进入我的办公室，当时我正在看书，他质问我："你是谁？"我看了他一眼，告诉他："我是儿科医生。"他接着问："有医师执照吗？"我将医师胸牌取下放在桌上让他自己看。他没讲什么离去。按我的个性是不能忍受这种态度的，但看在旁边有这家医院的杨波陪同的面上，强忍下我的不满，我看他毛头嫩脑的模样再与他计较，也有失我长者的尊严。这样的素质和人品，怎么能代表区上级主管部门？

　　大坳医院虽然是家私人企业，条件也差（也许是暂时的吧），但它为那么多病儿提供了急需的医疗救护，老板管理非常人性化，且已成常态，尽管盈利不大，但一切按国家政策办事从不做假骗人。通过企业文化建设提高团队凝聚力，每年花一大笔经费给年轻人买五金一险，每年花一笔费用组织全院职工外出春游，每年"七一"党的生日还组织党员集中学习一次。这几年春游到过西江苗寨、金海雪山、清镇清山村寨、镇远古镇、马岭河大峡谷、湄潭茶园、梵净山等景区。全院职工零距离接触，增加了解、增进友谊、增进团结。2009年我搬到金阳新区居住，每周五天上下班均有汽车接送，感觉十分方便和愉快。

　　医院的政治生活也很健康，有团支部、党支部，几年中还发展了五个共产党员，为党输入新鲜血液，同时帮助国家解决一些年轻人的就业问题，民营企业还是为社会做出了很大贡献。而民企的发展与国企相比要困难许多，培养出来的医生护士不断被国家医院挖走或向国企自然流动。国家应给予民办医院政策性扶持，尤其本土民办医院，对那些口碑好、踏实为病人服务，不做假、不骗人的民企医院，应少些为难多些理解和支持。

　　最让我不可理解的事是有关订阅报纸的问题，这么一个小小乡医院，主管部门像是为了完成任务，规定该医院要订《贵阳日报》四份、《贵州日报》四份、《人民日报》四份。这种摊派任务手段有何依据？说心里话，我为老板叫苦连天，认为是浪费国家资源，也让医院浪费。因为人人都有手机，订阅的报纸只有少数人翻翻。更头痛的是负责送报的邮局不是每天准时送报，都是两天送一回，读的基本上是过期报纸。

无理取闹

　　2010年秋天的一个晚上，病房收治一个咳嗽四天发烧三天抽搐两次的病人，诊断为支气管肺炎，脑炎待排除。因夜间不能拍胸片只查了血常规，夜间又不可做皮试，值班医师临时用了三组药：第一组用了阿奇霉素加地塞米松；第二组用氨溴索注射液祛痰；第三组用穿虎宁。患儿输第一瓶阿奇霉素三分之一时，体温未降再次发生抽搐，之后打了退烧针，家长提出转院。住院医生按肺炎合并脑病转至儿童医院，住进儿童医院的重症监护室，治疗八天后病儿死去。

岁 月 无 悔

　　一大清早家长把死者用租来的小棺材抬到我们医院停放在大厅里,并来了很多"医闹"在大厅挂上白布横幅,横幅上写着"还我的儿子"几个大黑体字。又是烧香又是点烛,还有几个扮成亲属的样子在那里假哭号叫,将医院弄得烟雾弥漫,乱七八糟,医院这种情况下根本无法正常开展工作。一直闹腾到晚上九点多钟,医院请来律师在办公室了解情况。

　　此时来了大圳村前任老支书,老支书姓周,个子不高,有点胖,很有魄力,嗓门儿又大。只见他走进人群中间大声说:"天气这么热,如果发生医疫问题,由闹方负全责。"他再提高嗓门问:"哪些人是死者家属,哪些人是医闹,各站一边。并请大家拿出自己的身份证。"边讲边拿起手机往死者改茶村里打电话,通知村里负责人到现场来认领哪些是本地人,哪些是医闹。

　　老支书的讲话和打电话,这下才真正将医闹镇住了!镇呆了!我亲眼看见医闹的人一个个悄悄往外溜。此时周支书大声说道:"不许动!把那些吊丧布扯下来,把死者抬走,你们愿抬哪就抬哪。反正我已通知各级主管部门。"最后周支书又补充了一句:"我们的人不准先动手,只负责用照相机拍下来就行。"死者家属看此情况,心里明白再继续闹下去没有好处,轻声说出:"那么,请你们的人让开一条路。"因为这家医院的老板是大圳村当地人,村里很团结,知道这事后确实来了不少人将大厅围得满满的,连大厅外面的走道上都站满了人。周书记大声说:"大家让出路都回去吧。"此时看见闹方将棺材抬走,有的收拾香蜡烛纸,有的扯下白横幅,很快离开了医院。离开时房东老板还按当地风俗,泼洒了鸡血。

　　这场闹剧总算结束。我对这位老支书的印象非常深刻,十分敬佩他的正气、勇气和担当,党有这样的基层干部真是人们的一大幸事。当时医闹横行,有专门成立的医闹公司,不管哪家医院只要死了人,极短时间内就像上述那样,挂上白横幅点香烧钱纸,甚至还有帮号哭的。医院不可避免会死人,一旦死人就出现医闹,简直是邪气横行。这种歪风、邪气、猖狂了将近二十年之久。

　　死者家属医闹无结果很不服气,两次上诉,第一次市里专家鉴定委员会鉴定结论为死与大圳医院无关。第二次省专家鉴定与市一致。之后会上宣布:我们大圳医院诊断与尸检结果一致,患儿就是肺炎。这场闹剧总算平息。

　　通过这件事,可以看出本地民企医院的难处。病人死了,家属想方设法找民企来闹,目的不过是认为民企好欺,想讹诈几个钱。所以在民企工作的医护工作者,更要高标准要求自己,工作不容有半点失误。做医生难,做儿科医生更难,因为患儿不会讲话,病情全由家长代述,代述者文化差异很大,表达不一定到位，病儿病情变化快，瞬间可以失去抢救机会而死亡。做医生的大半辈子要读书学习，大半辈子要深入临床一线，大半辈子有担当。医生这个职业很伟大！救死扶伤是我们医生的工作核心。我常对病儿家属说，医患之间是朋友，你爱你的子女我也爱我的病人，因为我爱自己的职业名誉。

现在这种情况有些好转，尤其党的十八大后，依法治国的理念逐渐深入人心，一切"法"字当头按国家法律办事，医闹公司基本撤销关门。正气始终会压倒邪气，但法学界对医患这一块要做到细、做到完美，还任重道远。伤害医务人员的事时有发生，但我深信不久的将来，医患和谐必定走向主流。

岁月安然

人的一生充满意外，好似一条船，不到达彼岸，一路的风景总是变化无穷的。我们夫妇俩2007年决定购买一套房子。这辈子想不到还会再买一套更理想的住房。我一生都在搬迁，真称得上四处为家，这次买房应当是我们永久的归宿吧。我的一生与同辈相比算不上过得好，比过着安稳日子的同辈多了许多坎坷，但也从坎坷中深切感悟到很多事。回头看看自己从童年、青年到中年、老年，反倒感觉昔日也美好。退休后在民企上班积攒下来一些钱，孩子们都自立门户不用我们操心，于是我们就在金阳新区购买了一套精装修商品房。该小区远离市中心，环境非常好，各栋楼房之间隔有八十至一百米的距离，草坪多、树多、花多、鸟多，空气好，交通方便，中小学教育也基本配套。小区除环境优美外，管理到位，文化生活也十分健康，生活过得非常舒适。

只是没想到生活总是波澜起伏。2009年8月下旬某天，正值星期五，我刚查完病房上厕所小便时发现血尿，当时把我吓一跳，因为自己是医生，心里清楚地明白无痛性血尿意味着什么！立即请了假到贵医做了膀胱B超，疑似膀胱新生物，立即办理入院手续，因床位紧张只得住在走廊过道上，正赶上周末，全身该检查的都查遍了，周一抽血查乙肝，未等乙肝出结果就进了手术室，当时要求配两份O型血。心想又不是开大刀怎么要输两份血，运气不好，当时医院O型血十分紧缺，又不能从我们儿童医院直接将血送到贵医，没办法只有通过妇幼保健院麻醉科赵主任直接与省血站联系，等从血站送来两份O型血，直接写上我的名字，接到血后才得以手术，实际手术过程中根本没有输血。因是硬

膜外麻醉，整个过程我清清楚楚，用的是尿道膀胱肿瘤电切术，我只请求手术者谷江主任替我把肿瘤处电烙扩大一圈，我这要求明明知道是多余的，谷主任不知做了多少这样的手术，电切后该烙多宽他比病人清楚。手术历经将近一小时，送回病房后有女儿陪伴。术后要背二十四小时的麻醉镇痛泵，我对麻醉中配的几种混合药品不适应，反应特大，阵阵恶心呕吐，硬膜外麻醉后又要平卧四至六小时，无法抬头呕吐，只能去除麻醉泵。这下我惨了，上着导尿管进行膀胱冲洗，右上肢打着吊瓶，左上肢绑着血压器，创面伤口疼痛剧烈难忍，一点动弹不了，整整折腾了二十四小时。

女儿为了陪伴我向学校延了一周假期，一周后病理报告诊断为膀胱上皮癌一级。女儿看了结果有些害怕和担心。我却感觉比我想象中要好。出院后休息一月后一切正常又开始愉快的上班生活。按照医嘱要求，第一年每三月去复查一次膀胱镜，以后半年一次。发现复发，再去做尿道膀胱肿瘤电切术。术后要求作膀胱药物化疗，我只做了几次自动停止，因为我不认同这种治疗方案。生老病死是人生规律，谁也不例外，心态最重要，自从患了膀胱癌后，我更加珍惜生命，注重生活起居规律，注意饮食平衡，保持心情愉快，尤其重视坚持锻炼身体。膀胱癌复发概率比较高，一旦复发再做手术切除。看来我这一生与外科医生真是结上缘了。

坚持走路锻炼

我的闺中好友们个个喜欢锻炼身体。刘洁终年坚持冬泳，是花溪区有名的"五朵金花"之首，实在令我钦佩。屠教授终年坚持晨练太极拳，邓培颖常年坚持跳太空舞，身轻如燕，令我十分惊讶和羡慕。唯有我太懒，患了膀胱癌后才把锻炼身体提到例事日程上来，虽然晚了点，但既然醒悟就该行动起来，持之以恒坚持下去。从此开始拟出锻炼规划，每天晚饭后半小时沿着居住小区内的小跑道快走四圈。

初开始还是冬季，寒风刺骨，将双耳吹得针刺般痛。不能退缩！戴上围巾帽子坚持走下去。冬天着装厚重自己好像一只肥企鹅，两旁路灯闪闪，寒光下可以看见自己呼出的热气。记得二月初的一天，天下着大雪，短时间小路上铺了薄薄的一层雪花，我快步行走，双脚踩着雪花发出轻微的嚓嚓声，让我回想起年轻时参加新兵训练的一次夜行军路上，夏季月色下那是多人脚下发出齐整的嚓嚓声！多么亲切的声音记忆。此刻却是我一个人在黄昏下行走锻炼，时空相隔整整五十年。春夏秋冬往返轮回，而我留下的只有记忆。家乡多年没有下这么大的雪了，次日清晨推窗一看白茫茫一片，早早下楼将雪景拍摄下来，雪花将树枝压得弯弯垂下，草坪厚厚的白雪，那些冬季花朵——白玉兰、紫玉兰、山茶花在雪中绽放，让人一下变得开朗起来，雪景树景让我整天精神愉悦。这样坚持走了两三个月，冬季结束，自我感觉精力充沛许多，抗寒能力大大增加。现在一天不走会感觉差点什么，我仍然在进步。

　　春天来了树绿了，各种花儿争艳绽放，白玉兰、紫玉兰花瓣掉落满草坪，把那些抽芽的小草装扮得更加美丽。我也卸下冬装换上春装，傍晚行走又是另一番心境，步行轻便了心更年轻了。春风阵阵徐来，阵阵泥土香味、青草味、花香味伴着虫的叫声……那些冬季落叶的大树枝开始抽芽，那带刺的大红月季、粉红月季、山茶花绽放着欢喜着，小区内叫不出名字的花真不少。春天感觉真好，整个春天沁入我的心肺，令我浮想联翩。

　　夏季换上薄薄的丝绸装，轻快的脚步满头的汗却使我心旷神怡，让我更觉年轻几岁。傍晚七八点钟还可以看见太阳羞答答地往西边慢慢下移，行走第一圈还可以看见彤红的大圆盘太阳挂在天边，第二圈时太阳已落山，将山的那边云层映得五彩缤纷。夏夜的傍晚多么美丽动人。各类虫子唱着自己的歌，叫声高出几分贝的唧唧声应该是蟋蟀吧，水池边时时传来青蛙的鸣声和跳入池中的咕咚声。夏季傍晚真是虫欢人也欢，小区外广场上大妈们正随着音乐有节拍地跳着现最流行的广场舞。

　　秋季傍晚行走更令人兴奋，秋风送来远处阵阵花香，晚秋夜风咻咻吹过，让人凉爽，尤其在月色下只觉静美！静美！往年这时许多银杏树叶早已飘落满地，金灿灿的。今年十一月下旬一夜秋雨后草坪上才洒满银杏树叶，美丽金色的小叶片在路灯下闪着金光。哦！今年是2012年闰9月啊！有两个9月哩！难怪秋天这么长，秋雨也格外多，成天小雨绵绵，天地时间按时序走着，人生不也是这样吗！刚过"小雪"时节不久，那一块块草坪被花工用除草机剃去小草，让其冬眠，晚间行走时浓浓的长久的草香味悄然入鼻让人陶醉。秋天更是美丽的。

　　人老了才感悟许多事，等悟了又感觉晚了些。退休十年才把锻炼提到例事日程上，真是有些遗憾，醒悟晚总比没有醒悟强，希望我的后代少些许遗憾吧。仔细想想，如果我能活上八十五岁，也还可以再走上十年。小区内环境这么静美，常青树多，路两旁香樟树、广玉兰树、山茶树各季都可见花开，绿油油的草坪伴

上四周一米八宽的黄红两色砖镶嵌而成的平坦小跑道，路面防滑又没有阶梯，多么理想的锻炼行走环境。一圈大约有七百多米，每天走完四圈下来，将近三公里路程，一天有氧运动将近一个小时已足够。我认真测了一下，每次走下来心率可增加百分之二十。长期坚持走下去对心脑肾血管会有极大的益处。

喜欢一个人走路，月光下或夜色朦胧里两旁路灯照亮，脚下宽阔的小路清晰可见，我的心淡定而愉悦。行走时心里常会愉快地想着许多令我快乐的事情，一瞬间会闪出我要写的东西，真是美妙极了。这种感觉真令我愉悦。每天行走时我与路旁每棵树往返交宕，看见每棵树一天天长大，尤其那些常青树、杨梅树、香樟树、广玉兰树、山茶树，它们常年枝叶繁茂，我们彼此熟悉着，冬去春来四季变化着，我逐渐变老，这是宇宙人世间不变的规律。我与树都懂得。

一晃几年过去了，有时调整路线从小区外围走又是另一种心境，小区外环境全修建好了，路面更宽、更平、更亮，也十分安全。碰见的多是小区熟悉的面孔。四个小区走一圈刚好五千多步。我自乐此，不为疲也。

第三篇
我的生活

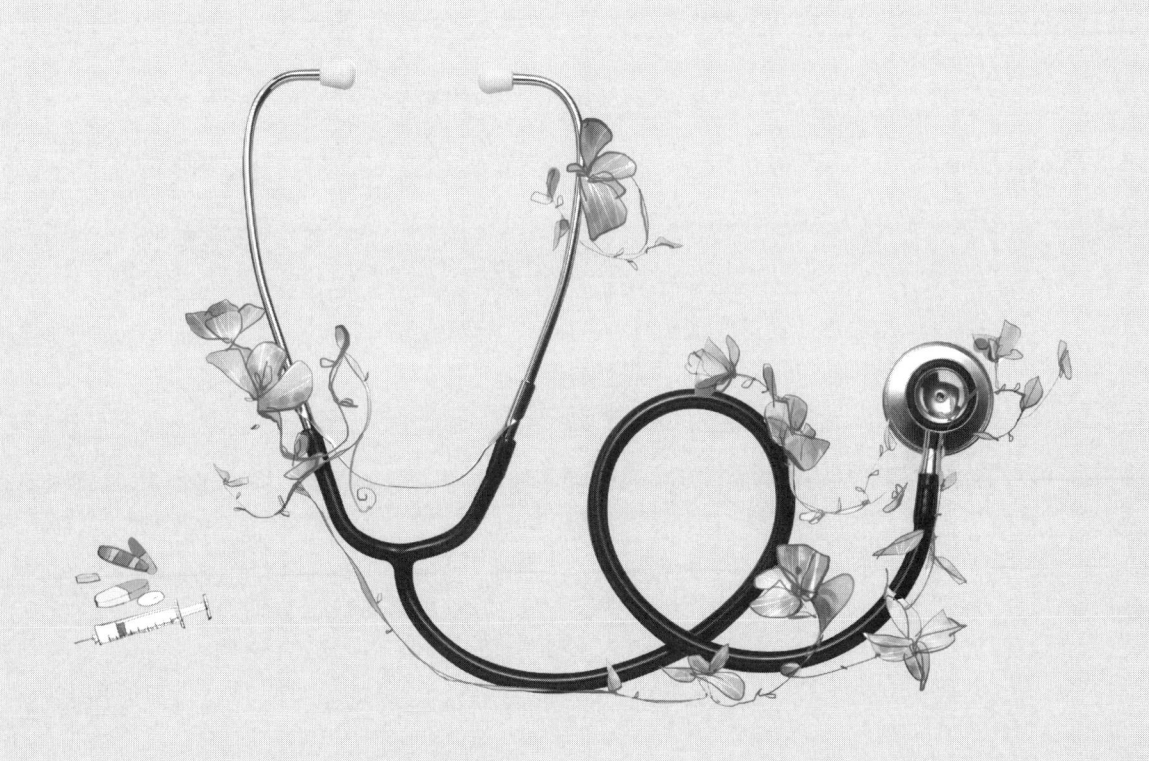

第一章 部队大院的那些人和事

邻里纠纷

1975年秋天，我们家从达州中心医院托儿所搬进部队家属大院。部队大院的住房都很大、很宽、很明亮，但住部队大院的人员却十分复杂，来自全国各省、市、县不同地方的各级干部家属，文化水平参差不齐，常为一些鸡毛蒜皮的小事产生邻里纠纷。

夏季的一天，正值周末，下夜班回家，刚走进大院就碰上一个营长家属告诉我："你家小保姆与邻居家属打架了，领导正在解决哩。"听到此消息，我加快了脚步，远远望去，那里围着许多人，乱哄哄的。好不容易挤进人堆里喊着小保姆的名字："小凤！"所有人朝向我，解决问题的政委朝我走过来，双手一摊，"你看怎么办？"当时我装憨。"什么怎么办？"领导说："你家小保姆打了军人家属啦！"我看着小凤左边红红的脸问："为什么打架？"小凤抱着我的小女儿激动地大声回答我："她！"手指着我家楼下住的老姜阿姨，又说："先伸手打我家弟弟两耳巴（她指的弟弟是我的大儿子），我才还手打她一刮耳。"

我对解决问题的政委表示，"一个五十多岁老阿姨打一个六岁小孩，一个十六岁姑娘打五十多岁老阿姨，打人都不对，我们都回去各作自我批评吧。"此时只听见楼下老阿姨对着我家小保姆大声骂了几声："看家狗！典型的看家狗！"我家小凤也不示弱，顺口回她，"你也是条老花狗。"因为当时那位老姜阿姨正穿着一件大花衬衣，把看热闹的人都逗笑了。解决问题的政委无奈表态："都散开吧，今后大家加强政治学习，各家教育好自己的孩子，尤其管好雇来的保姆。"心想这位解决问题的领导算是说了句人话。

我牵着被打的儿子，朝自家屋子走去，小凤抱着妹妹一起上了楼。

·岁·月·无·悔·

回到家，孩子奶奶问："下面吵啥？乱哄哄的。"儿子告诉奶奶："楼下姜阿姨打我，姐姐打了姜阿姨。"奶奶训了一句："都不像话！"我婆母，不像一些老人唠唠叨叨，一旦讲话很在点上。对这一点我十分欣赏和喜欢。饭后小凤涮碗时还很激动，边涮碗边说："我家张姨从来舍不得打娃儿，她居然打弟弟耳巴，如果下次再打的话，我非扇她几耳巴不可，把她老牙打掉几颗才好，看她还敢不敢耍威风。她认为我是小保姆，她看不起我。哼！我才不吃她这一套哩！"为了安慰小凤，我走近她，悄悄对她说："今天我下夜班明天休息，你可以早些回家，明天可以晚些回来。"她很快回答："我哥去大竹县姨妈家了，这周我不回去，其实我每周回去主要是帮哥哥洗几件衣服，帮他打扫一下屋里卫生。像我这样大的女娃，她们都在当知青，不是我爹妈死得早，我上了中学，也是下乡知青的命。所以你们那个付医生不是总盯我吗！张姨，这是命里注定，老天爷安排你干啥你就干啥，还不能干坏事，人在做老天爷在看。像姜阿姨会招报应的。""你还在想这件事呀，算了不去想了，不一会她的孙儿和两个弟弟又玩在一块了，不信你看看。"她马上调头对着我两个儿子大声训斥："以后和谁都可以一起耍，就是不能和姓皮的屁娃儿耍，不听姐姐的话我就不带你们了。"我的两个儿子直对姐姐点着头。

我家小凤确实不错，她带我的女儿更细心有加，从来没让她出点小差错，反而满三岁入幼儿园后摔跤将头部摔个大洞，流了许多血。当天是我去接，幼儿园老师说了好多遍对不起，当时已经将血衣洗净了，我只觉得不该把血衣洗了，让我无法估计女儿流血多少。回到家小凤看见妹妹头上包扎着纱布条，问："怎么搞的！"连声指责幼儿园老师不负责任，还讲我太软弱，就这样把女儿给接回来了，真便宜了她们。接着补充一句："明天不送了，做点好吃的补补。"奶奶连声附和，奶奶看见孙女这个样也心疼了好几天。

1977年中秋节刚过，楼下老姜阿姨给我们家送来一个糖果盒，我感到很意外，猜想是来讲和的吧。原来是因为她的儿媳要生小孩四处托人找保姆，找来几个都觉不合适，用上几天一个个都走了。今天到我们家来，是想请我家小凤帮她找一个来试试看。当时我家小凤反应强烈，连声说："你们家找不到像我这样的看家狗，你赶快把糖果盒拿走，我家阿姨不缺糖吃。"老阿姨感到有些不好意思，我看她很尴尬，提着礼盒离开。等她走后，我笑小凤还记仇哩！她回答我："张姨我不是记仇，她这叫活该！她对人很势利，瞧不起人，对保姆很不尊重，虽然我很穷，但我志不穷，我穷得硬气，饿得新鲜，如果不是父母车祸，我也会读书上学的。这就是命！"她接着讲，"说真的，当时到你家来前，听夏阿姨介绍（夏阿姨是当时街道委员）你们家只有两个弟弟，你是医生，叔叔当兵的，平时很少回家来，我才决定来的。如果老太太之前就在，我是不会来的。""为什么呀？老人家对人很善良的。"她回答："老人家喜欢唠叨。不过我父母从小教育我要尊老爱幼，反正每天煮好饭递在她手里，嘴巴甜点就行。""是呀，我婆母从来没讲过你些什么，背地里还经常夸奖你对几个小的好哩。"她还补充一句，"自己小小年纪，不是父母车祸，是该上学的。"我十分欣赏我家这个小凤。做人就该有志气，有骨气，这一点上我们还很相同。

一只母鸭子

秋末的一天，刚吃过晚饭，天还没有暗下来，我家小凤又与同排房子住另一头一位家属吵开了，下楼去问了才知道原来是因为我家少了一只母鸭子。当时家中养了六只鸭子，其中只有一只是母鸭，那天小凤下楼关闭鸭棚时发现少了那只母鸭。小凤指着一位家属对我说："是她偷了我们家的母鸭子。"我悄声问小凤："你能肯定吗？"她说："没错就是她。她早就打主意了，平时总盯着我家鸭子看，她养的鸭子全是公鸭。"这时气冲冲的家属和她老公一块找我理论，家属的老公是位营长。我对小凤说的话不完全肯定，但也须应付来势汹汹的两位邻居。我稍冷静了一下并讲出自己的想法："营长，这四排房子，只有我们两家喂养鸭子，你家六只我家也是六只，各人回去数数不就很清楚了吗！我家小凤关鸭棚时发现少了一只，而且少的是唯一的一只母鸭。"听了我的建议，两口子坚决不同意，认为我家小凤太过分，自己没看管好鸭丢了，还赖别人。我又提出第二个方案："各家把鸭子赶出棚来，大家帮着数。"这时四周已围来了许多看热闹的家属。夫妇俩还是不同意，他们的态度惹急了我，我边讲边走："营长，我也当过兵，对不起我自己去看看，如果错怪了，我当着大伙面给你们赔礼道歉。"于是大步走向他们家鸭棚，他们来不及阻拦我已推开鸭棚门走了进去，也顾不上踏上鸭屎，把所有鸭子赶了出来，真是七只鸭，其中一只正是我家小凤描述的那只白花母鸭，赶出来时它大声嘎嘎叫着，声音清脆，公鸭声音是沙哑的。只见它直跑向我家鸭棚，站在我家鸭棚外，里外鸭子都嘎嘎合唱着。我高兴极了，当时去开鸭棚时心里还真没底。这时我轻松地朝水池边走去清洗粘有鸭屎的鞋底。

小凤慢慢过去开了鸭棚门，虽一句话没说，但表情得意地看着大家，一言

不发地跟着我上了楼。小凤与我配合默契，我们并不是那种得理不饶人的人。从此小凤在我们大院小有名气，别人羡慕我请了一位好保姆。鸭子事传了许久，我心里暗中思索很久，为什么一个营级干部，会赶不上一个小姑娘的觉悟，如此缺乏修养？当时感到丢脸的不仅是一个营长和他的家属。其实我当"那个兵"也是个"时代弃儿"，又有什么资格谈及面子！他的做派关我屁事。通过那么多事我与小保姆关系处得越来越好，我上班全靠她管理这个家。说真的，小凤的确很不错，她才十六岁，样子长得很乖巧，五官也长得标致，品行端正，又特别喜欢小孩，三个孩子当时都倒大不小，她每天做饭，背上背着妹妹的同时还要带着两个弟弟玩，真够她累的。

有时她也会与孩子奶奶发生小矛盾，我就在其中扮演调和角色，背着保姆说服奶奶，背着奶奶劝说保姆。看在我和三个孩子面上，每次都能和气解决。大院里家属们都很羡慕我家请有这样好的保姆。周围战士都认为她是我家亲戚，对她也很和气。

红色飞盘

某天，下夜班我在家里休息，晚饭前儿子哭兮兮从外面回来，我问他："哭啥？男孩子家动不动掉眼泪没出息。"儿子说："有个哥哥将我的飞盘踩坏抛上小车班房顶上了。""是我今天买的那个红飞盘吗？""嗯"听到儿子嗯了一声我二话没说牵着儿子手向操场走去，看见那个红色飞盘确实被抛在小车班房顶上。儿子指出篮球场内几个人中的一个："就是那个哥哥弄的。"我对儿子说："你站在原地不要离开。"之后大步走进操场大声喊，"停住！是哪个坏小子把那个飞盘抛上去的？"几个中学生模样的人被我的架势镇住了，老老实实站着不吭声。我指着金毛毛问："是你干的吧？"他得意回答："是我你又能怎么样！"看他盛气凌人的模样还问我又能怎样，我生气极了，上去就打他一刮耳。大声说："你小子不要仗势欺人，我已不是军人，你家老子管不了我啦！"我知道他是金副司令员的儿子。正在这时金毛毛的妈妈已来到操场，他们家就在附近，独门独院与操场只隔一条小路用铁栏隔着，她客气地问我："张军医为啥打他？"这一问我感到有些羞愧，无语回答。我一生从来没有打过孩子，连自己两个儿子调皮时都未伸手打过。今天我怎么啦！是对部队领导积怨太深？还是当时那孩子得意忘形的表现让我反感？或许两种原因都有吧，我竟然不加思索本能伸手打了他。我回答："去问你自己的儿子吧。"转身牵着儿子往家走去。

一个小时左右，我们全家正在吃晚饭，金毛毛手里拿着一个相同的红色飞盘和他妈妈一起来了，金毛毛对我说："阿姨对不起，我错了。"我站起身来双手拉着金毛毛的手流了眼泪："是我不该打你，你还是个孩子，打你后阿姨心里不好受，说对不起的该是阿姨才是。"送走了他们，我没有继续吃饭，心里难受极了。与金副司令员老婆相比我显得好没有修养，她还是个家庭妇女，对部队有情绪怎能在一个中学生身上发泄，这一夜我反思良久。

事隔不久，我和金毛毛的妈妈在卖豆腐房相遇，她主动与我打招呼，仍称呼我"张军医"，"我家老头子（指金副司令员）常提到你，说你是咱七师一位好军医，你复员下地方后又随军调到达州地区医院工作。那天毛毛故意踩坏你儿子飞盘被老头子狠骂了一顿，还强调要我们理解你。当天指令警卫员开车出去买相同的赔上，还要求我亲自陪儿子送来。"她的话让我有点不好意思。我也坦诚表示："那天打毛毛是我不对，我一向不主张打孩子的，只说明自己很没有水平。"女人之间只要真心交流，心就会相近许多。

1982年6月，再次碰见金副司令员的儿子金毛毛时，这孩子长高了，瘦了些。是来我院参加高考体检的。体检结果只有心电图一项有些异常，结论为室性早搏。当时我也是体检组成员之一，他拿着报告单来找我，乍一见差点没认出他是金毛毛，仔细看了心电图是窦性心律，心率在正常范围内，心电图上见有五个室性早搏，每个早搏形态一样，联律间期相等。他很紧张一直追问有没有问题，我拿着心电图找到体检组长（杨如兰副院长），建议让学生增加运动量后再做一次心电图。杨副院长叫他原地跳蹦三十次再做一次心电图，结果早搏消失，S—T波正常，Q—T间期正常。结果写上良性早搏，属于正常。良性早搏多见年轻人，应当不会影响他报考大学。当时看到他激动的样子好可爱，接连说了三声谢谢还对着杨副院长行了三鞠躬。四年后，大学毕业，他分配到达州地委机要科做秘书工作，结婚生子，后来我们成了朋友，这算是缘分吧。

地震

1976年8月中旬，记得是在周末的一个晚上天气十分炎热，我和丈夫正在打

地铺准备睡觉。突然感觉房子在动，电灯摇摆晃动明显。意识到发生地震了，我丈夫赶快抱上九个月大的女儿，边跑边大声喊着隔壁的婆母和两个儿子，见两个儿子光着脚丫跑了出来，周末小凤休息回自己家住，丈夫把女儿递给我，叫我带着三个孩子往楼下跑，他进里屋背婆母很快下了楼，我们和许多邻居一块往特务连操场跑去。这时听见广播声叫大家不必惊慌，可能是周边发生了地震，大家暂时等通知不要回家。天气太热，大家都满头大汗，女儿睁着双眼四处望。丈夫接过女儿，我牵着两个儿子靠近婆母，她老人家是小脚，解放前女人裹脚称三寸金莲。我明显感觉婆母害怕极了在发抖，又不知要等多久才能回家。我叫两个儿子牵着奶奶的手不许乱走动。我朝家跑去，很快抬来两把藤椅和婆母常用的大芭蕉叶扇子，老人坐上椅子稍显安静。特务连战士搬来许多小木板凳，这是战士们平时坐着听课用的，大家都坐上了。大约待了三个小时，广播通知可以回家睡觉了，并建议大家在地面上放些玻璃瓶，强调要倒着放，一旦瓶子倒会发出响声再往外跑。回到家后我们将几瓶酒倒入一个土罐里，每个屋都倒立一个瓶，当天晚上满屋酒香。次日晨我去上班，全家老小都还睡得很香，走到锅炉厂附近时又发生震动，我好担心家里老小，当时又没手机，好在是周末丈夫还在家里。震动几分钟时间就过了。到了医院，大伙议论纷纷，都是昨夜和上午地震话题。下午下班回到家，小凤也从自己家来了。晚上我和丈夫商量这一家老小怎么办？家属大院领导要求所有人晚上一律外宿，外面操场白天被太阳晒得滚烫，挥汗如雨，操场靠山，蚊虫扎堆。丈夫晚饭后离家归队，临走时对我说："暂时按大院规定办，我回教导队想想办法再说。"小凤带上婆婆和两个儿子到操场去睡，铺上凉席，点上蚊香。我带女儿住家里，因为外面人多又热，孩子未满九月不方便，更主要第二天我还得上班。这样对付了两个晚上，大家都疲惫不堪，蚊虫透过纱衣照样叮咬，两个儿子腿上全是大疱，婆母说："你年轻，身边还带着妹儿都不怕死，我一个老太婆今晚我也不去了，就让小凤带两个孙儿外面去睡。"看来外面住宿老人家也受不了啦。其实大院除少数家庭去外宿外，所有的人都不再出去外宿了。连续几天都有大小不等的震动，时间长了也不太害怕了。事隔几天后又来一回大震动，把人们吓坏了。我丈夫干脆将两个儿子和婆母接到覃家坝去住，家中留下小凤、女儿和我。我家小凤说："张姨放心上班吧，我整天背着妹妹外面玩，有事我会往安全的地方跑，不会出事的。"连续好多天都有震动，房里瓶子总是在倒，但部队住房一律只有二层楼，没有垮塌的现象。整个达州城也没有倒房及伤亡的报道。这样过了半个月才显安宁。

最后从报上才知道是四川松潘和平武之间连续十天反复发生地震，震级在7.2

级到6.5级之间，专业称为地震震群型。我们达州是震感范围。此次地震有感范围较大，东至长沙，南至昆明，西至甘肃高台，北至呼和浩特。最大半径1150公里。幸好地震发生在人烟稀少山区，加上震前国家地震局和四川地震局有比较准确的预告，做了一定的准备。因此虽是震群型但造成损失相对比较小。从报上得知遇难41人，重伤156人，轻伤600人。震后连续降雨，出现崩塌、滑坡，泥石流堵塞河道，形成较多堰塞湖。

两周后婆母和儿子从覃家坝回到家里，婆母一见我第一句话："有楷，怎么这么瘦？"我回答婆母，"一天到晚担心你们，上班又忙，加上睡不好觉。"婆母对着她儿子说："好好给你媳妇补一补。"孩子的爸只是笑笑而已。我丈夫是个典型粗线条男人，多年早已习以为常。

也曾宿醉

1976年10月6日，祸国殃民的"四人帮"被打倒，全国上下一片欢腾，全城的酒都卖光了。当天下班刚跨进家门，就听见楼下好友纯素芝军医的声音传来，她叫我去她家喝酒庆贺，二话不说，我顺手拿了两瓶竹叶青酒，这时她已进到我家中小声问我："你那口子没回来吧？""今天不是周末不会回来的。"我们高高兴兴一块出了门。下楼时看见我家小凤正背着睡得很香的女儿在伙房洗菜，我悄声告诉小凤："今晚我不在家吃饭，去纯阿姨家喝酒去，你转告婆婆一声吃饭不用等我。"一进纯军医家，看见家里坐着两个卫生兵，他们立即起身称呼我"张军医"，我们彼此认识，在部队时一起共过事。纯军医的老公也没有回来。

大家一起入席喝酒庆贺，纯军医炒了几个小菜，还炸了一盘花生米。纯军医给大家斟满酒后举起酒杯："今天炒了几个小菜，我的厨艺不高，请大家凑合吃吧。今天特意请张军医来，大家知道在部队时我们相处如同姐妹，不是'四人帮'她不会离开部队的，我们在内科时一直是好战友！"我立刻站起来说："我虽已下地方但我们仍是好朋友。我脱军装已四年多，大家别再称呼我军医了，直呼其名吧，这样更显亲切。"同声喊着"干杯！干杯！"大家都举杯一饮而尽。她又斟满了酒，高高举起酒杯说："今天我心里好痛快，听说打倒'四人帮'，我第一个想到的就是与张军医一块庆贺。"我说："感谢好朋友，干杯！干杯！如果不是好朋友叫来，我只得在家一个人喝闷酒了，再声明一下，叫我张医生，请大家

不加'军'字，我脱军装四年多啦。"边讲边打开另一瓶酒，分别给大伙斟满，大家一齐喊"干杯！"。

两个卫生员，不断讲述过去在部队相处的情景，喝酒吃菜，高声讲话，大家都兴奋极了，话特别多，我们都醉了。

当晚怎样回家的我一点也不清楚，半夜醒来再也睡不着，醉酒后才真体会到台湾作家林清玄先生所言"醉后方知酒浓，爱过方知情重"的含义。"文革"时期在部队那些年，像过电影一样，一件件一桩桩，都历历在目，有爱有恨、酸辣苦甜……毕业当兵对我而言简直是个美丽幻景，残酷的现实是"阶级斗争"，是"只专不红"，是"不予定级"，是"表现嚣张"，三天两头没完没了找去谈话，这一连串，几乎将我击倒……这就叫个人经历吧。仔细想想那些年，我似处于梦与醒之间，但自认没有虚度年华。上级医生的医德医风我已学到而且领会深刻，加上自己刻苦努力深钻业务不断进步，为此特感自豪，所以敢言自己没有虚度青春年华。

第二天清晨起床开门正碰上小凤，她悄悄告诉我："婆婆昨晚等你到半夜一点多钟，看你睡了她才睡的。"我伸了一下舌头，内心暖暖的，知道她老人家是关心我。正说着话，孩子奶奶已起床过来并告诉我："昨晚两个兵背你回来的，以后少喝些酒，女人家喝醉不像话。"我说："昨晚是高兴，因为打倒了'四人帮'！今后不会再醉酒啦。"我婆母和我一样痛恨"四人帮"，"四人帮"令她老人家痛失一个好儿子，我们的四哥，我的大学微生物老师。

抓紧时间洗漱完，拿上一个小凤早早起床蒸好的热馒头，边走边啃着上班去，心里乐滋滋的。小凤在她房里陪着妹儿。一路上我还反复想着孩子奶奶说的话："女人醉酒不像话！"是的，丈夫不在家，醉酒还让两个大兵背回来，不知婆母当晚怎么看我的？是有点不像话！但心里还是挺愉悦的。

幸运的雇主

女儿渐渐长大到两岁多，由我家小凤带着四处玩耍。女儿喜欢猫、狗、小兔、小鸡，我们家都有，夏秋两季每天晚饭后，那个扎着两条小辫、身穿桃色小背心、在大院操场旁草坪上专心玩着小兔的小丫头，就是我的女儿。因为她小，不让她玩猫、玩狗，她很乖很听话。两个哥哥不喜欢带妹妹玩，常常把她逗得哭兮兮的。为此小凤姐姐常批评两个哥哥，我叫小凤可以用最细的条子抽打两个弟弟。我一直为小凤树立权威，对这点婆母很有意见，她老人家存有旧意识，重男轻女思想严重，更觉得保姆没资格打她的孙子，为此常生气。女儿三岁后送进部队幼儿园，小凤轻松了许多。每天除接送三个孩子和煮饭外，她学会踩缝纫机技术，我负责裁衣，她负责打衣锁眼钉纽扣，三个孩子穿得干干净净、漂漂亮亮的。

大院谁提起我家小凤无不羡慕我运气好。回忆当年物资供应匮乏，为了让三个孩子睡好午觉，小凤帮我想了许多办法来管理他们。刚开始时，谁乖乖午休给一分钱，我每天下班回家总看见有一分钱留在盒里，一问总是二儿子，他们各有一个存钱罐，存钱最多数女儿。后来改用花生米作为物质鼓励。一把花生中有三颗的、两颗的、一颗的，小凤先从三颗的分起，一人一颗；再分二颗的，最后分一颗的。三个孩子的眼睛盯着小凤手里的花生，最后多一颗自然分给妹妹。花生没了就分水果糖，每人两颗，小凤总是先让妹妹选她喜欢的花纸糖。有一天我在家，随手拿出六颗糖每人两颗，还说了一句："今天表现都很好，乖乖上学去。"话音刚落地，看见女儿将两颗糖扔到地上，还翘着嘴巴流出眼泪。我叫两个哥哥各人捡一颗快上学去，老大捡起糖高兴走了，老二捡起糖把自己的都交到妹妹手里，她还耍性子不要。当时我使劲拽着把她送进幼儿园。第二天小凤姐姐分糖时，她主动表示："姐姐，我不选糖。"因为昨天晚饭时，我批评小凤把她惯坏了，今后谁选就不分给谁，看来她是把我的话听进去了。

我家小凤人品极好，当时粮票和钱都很缺，尤其是全国粮票。孩子奶奶户口不在四川，每季度从贵阳邮来。我每月发的工资和粮票装在军用包里，军用包挂在床头墙上。有一天下班小凤对我说："张姨你看。"她双手拿着三张已折成三角形的拾元钱，同时还有四张全国粮票，我想一定是我家老大干的好事。我问老大拿钱干什么，他说："打角角用。"我接过来看那钱满是灰尘，原来他把钱当花纸用来在地上打角角，当时的小朋友没有啥好玩的，都是三三两两凑在一块打角角。谁把对方三角打翻转过来就算赢家。全国粮票好看儿子也当作花纸玩。我家小凤提出钱和粮票不能再这么放了，叫我好好数一下钱和粮票少了没有，钱没有少但粮票少了好几张，我担心小凤有思想负担，就说："就差你手中那三张。"小凤去楼下放狗屙尿时，从小水沟又捡回三张粮票。她再三提出不能把包放在墙上了，我说："干脆你来管吧。"她说："张姨还是你自己管吧，婆婆晓得会不高兴的。"没办法我只有找上三个孩子讲道理。"这个包里装的是妈妈的工资，是用来买米买菜买衣的，粮票是用来买米的，今后不准从这里拿东西。"看见两个儿子直点头，看来他们听懂了，最后宣布由小凤姐姐监管。从此再没有出现上述现

象。后来倒看见我两个儿子手里拿着许多花纸折成的三角板,我问:"哪里来的花纸?"两个儿子同声回答:"是姐姐给的。"原来小凤休息天,从她哥哥印刷厂拿来许多剪下的边角料,她细心地剪成长方形替两个弟弟折成像模像样的三角板。我的三个孩子都很喜欢这位小凤姐姐。

骨折

1979年夏天,送大儿子上学后我上班,因赶时间走得很快,走到部队大院操场旁边,我右脚被一棵树桩绊倒,身子朝前冲出两米左右,差点与一棵大树相撞,如果撞到树可能后果更严重。树前我的双膝关节着地,只听见右膝关节发出一声脆响,显然是骨折了。双手掌被地面石砂搓擦脱皮渗血,儿子看见我痛苦的样子便哭了起来。我叫他快去卫生所叫医生,他哭着跑向卫生所,很快来了两位值班医生。大家都是同行彼此熟悉,听我说自己右膝关节着地已骨折了,二话不说立即用部队救护车把我送到地区医院外科急诊室。拍片结果,诊断为右侧髌骨骨折,我看见片子上髌骨已分裂为三块,立即办了住院手续。住院第一天那种疼痛真称得上撕心裂肺,满身大汗,我强忍着。外科医师告诉我得等消肿后才可手术。这三天我痛,用单脚跳着走路,不敢多吃饭,不敢多喝水,因为上厕所困难。保姆小凤不能来照顾我,家里有老有小要她照管。直到第三天,膝关节水肿才消退,水肿消后立即做了手术,手术很成功,用最细钢丝将三块骨缝合起来,术后上了简易夹板,一周后解开夹板拆线,拆完线后再上夹板固定,外科医生给我开了一个月病假条在家休息。

出院回到家,没遵医嘱"三周后拆夹板",我把夹板拆掉,发现右腿明显变细,用手触摸伤腿没有肌肉,肌肉像消失了。我担心夏天气温高,一腿粗一腿细多难看呀!不能穿短裤和裙装了,更主要自己是儿科医师,抢救病人时要跑路呀!我会成跛腿走路吗?下决心天天坚持用右脚上台阶,坚持每天步行一个小时,地点就在我家房后山下。当时有黔剧团借用部队住房,剧团人员也在山下练腿功,有人跑过来问我是哪个剧团的?问得我好尴尬,我笑着回答他们:"因摔断腿,术后需要锻炼恢复。"他们看着我腿上缝了十多针的弯月亮伤疤,都佩服我有毅力。

二十五天下来,效果十分明显,两条腿一样粗,肌肉丰满,我笑了。病假也到期，又开始愉快地往返在上班工作的路上。

这次骨折住院十天，丈夫不在四川，婆母年岁已高，保姆要照顾一家老小，我只能自己照顾自己，每天吃饭都请邻床病友帮忙。最让我感动的是我的师兄院长的爱人，她是医院护理部主任，第一时间来看我，给我送来洗漱用具、木梳、镜子，还经常问我想吃啥，让我十分感动，感觉温暖。她的为人处事、工作方法、对工作的敬业精神、对部下的关心，我从心里敬佩，应该向她学习。在医院她口碑极好，很多同事都说："她和院长是上天注定的'绝配'。"科里同事和学生也常来看望我，我给大家添了许多麻烦。尤其是带过的三军大同学，他们下了班总先来看我，让我特别感动。

通过这次骨折，经历了疼痛难忍、住院、手术、出院以及在家休息强迫自己锻炼的痛苦过程，全部过程都得自己承担，自己坚强面对。我深深体会做军人"家属"的难处和不易，什么苦、什么痛都得自己扛着。心想，我的女儿将来不可让她过这种日子。

声带手术

1982年6月的某天上午查房途中我突然失声，学生帮我倒了一杯凉开水饮后稍有缓解，勉强用嘶哑的声音查完病人后立即去了五官科病房，找到张正健主任，他也刚好查完病人边洗着手边笑眯眯问我："有事呀小张医生？"我用右手指着口说："出大事了。"他看我吃力讲话的样子还笑出声来。平时我们关系甚好，因为都姓张有时还彼此称呼家门。他问声带有问题多久了？"有半年多了。"他当时就替我做了喉镜检查，检查时张开嘴发出"依"的声音，当时根本发不出声音。他边检查边告诉我右侧声带有一谷子样大小的异物，要手术切除。他安排次日上午就替我做手术，我心里挺佩服他的认真和果断（张正健主任技术很高，在达州地区乃至四川省内都很有名气）。离开时他对我强调术后要半月闭声！回到科室，向我的上司罗主任汇报后，罗主任将我管的床位分给大竹县来进修的医生暂时代管，此时三医大学生处在结束回校时间。一切安排妥了后我回家。

告诉家里人我的声带要做手术，术后半月不能讲话，你们有啥事可以告诉我，我用点头或摇头加上手势来表示，必要时用笔写在纸上回答你们。次日像平时上班一样的时间，我早早去到五官科病房，等他们交完班后，张正健主任带我

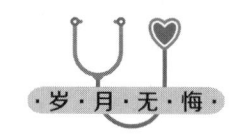

进手术室，让我坐在一张靠背椅上。张主任打开手术包，戴上口罩和手套，令我张大嘴巴插入开口器，助手给我喷入麻药，此时我有点紧张，加上头上那照明灯，照得满头大汗，喷麻药后立即感觉有许多口水吞不下去，像要窒息似的。张主任见状只是安慰我，不用害怕，手术很快就结束。是的，几分钟就将声带上的肿物取了下来，局部擦了点药，取出开口器。此时我还是感觉口水多吞咽不下去，张主任告诉我是麻药的关系，麻药消退后就好了，有口水吐出来就是。他把取出来的肿物给我看，真有谷子那么大，呈白色很光滑，还告诉我"这家伙长在你的右侧声带二分之一处靠下一点的游离沿上，声带可能不会留下疤痕，但愿小张医生还可以继续唱歌。"接着他取下肿物送检并给我开了半月病假闭声休息。半月时间我没有出过家门，借此时间再次通读一遍儿科学，为明年外出进修打下一点理论基础。

假期休完上班，我尽量不大声讲话，后来还试着唱唱歌，发现唱到高音时唱不上去，低音时也不对劲。我感觉很不好，术后两个月后我去找过张正健主任问了情况，他笑嘻嘻地回答我："你讲话声音很清脆嘛，至于唱歌差些，反正你又不是职业歌手就少唱些吧。"为了保护嗓音，更为预防声带息肉复发，今后我决定不再唱歌了。

不到十三年时间我做了四次手术，右侧乳腺包块切除术、妇科结扎术、骨折手术、声带息肉切除，没完没了的外科手术，看来我这辈子与操刀医生真是有缘分啊！

宠物狗

我们家自从搬住部队大院后，因住房比较宽，各房之间又有一长廊，可以考虑养条狗。1976年，大竹县武装部长送我一条小追山狗，全身黄毛。小狗来到我家时才九个月大，狗的妈妈也是追山狗，凡主人打到猎物时，它就为主人叼着猎物回到主人身边，跟随主人满山遍野捕猎，十分机灵，十分健壮。小狗初送来时很幼小，根本不理睬我们一家人，喂饭不吃，给水不喝，横眉恨眼地看着我们。过了好几天瘦了许多，看着它可怜的样子担心它会死掉，一时产生把它送回去的念头。很快情况发生转变，也许是看我们天天为它送吃的感动了还是饿极了，终于开始吃东西了。还是我婆母发现的，我高兴得亲自去喂它，它不仅乖乖吃，还向我第一次摇尾巴，于是我轻轻用手试着摸它的头，它友好地看着我，没有一点退缩的意思。从此我们一家人都十分喜欢它。为了给它起名字全家还认真讨论了一番，最后决定给它起名"飞虎"。这条狗很聪明，从不乱叫。见到外人它会用鼻发出咕、咕的低吼音，双眼直视表现凶恶，和它的狗妈妈一样，不仅会叼猎物还很会看家护院。凡来我家查电表的、串门的，都先站在走廊腰门外喊，等家人把它牵进库房里，查完电表或送走客人后，才能将它放出来，否则它会在走廊上不安地来回走动，把铁链子拖得哗哗响，双眼恨恨的一副不高兴的表情使客人心惊胆战。有一天天气很好，我在走廊看书，它坐在我身旁陪着，让我想起云南当兵时医院养的那只"黄豹"。它突然起身跑向铁栏将头伸出铁栏往下看并发出咕咕声，我心想才带它下去解完大小便，莫非它拉肚子不成？我放下手里的书跟上去朝铁栏往下看，发现我们家晾晒的衣服被风吹落掉进水沟里了，我摸着它的头并解开它的颈链推了它一下，同时给它开了腰门，不一会儿，它用嘴叼着女儿的红衣服上来了。我再摸它的头时，它那高兴得意的样儿真叫人喜欢，太像"黄豹"了，它还不断用舌舔着我的手直摇尾巴。为了表示奖励，我给它一块腊肉骨头，它卧在我旁边慢慢啃吃着。小凤将衣服洗净，重新晾在竹竿上并卡上竹夹。小凤也摸摸它的头，对着它大声说："飞虎你好乖。"它直摇尾巴。只要主人用手摸它的头它会特别高兴。

有一年狂犬病流行，死了好几个病人。为了杜绝和预防狂犬病，公安局发了养狗禁令。我们家可爱的"飞虎"托人带到渠县躲避半月，最终还是逃不过死路一条。部队大院里金副司令员家养的一条名叫"黑皮"的狗也被处理了，那是一条全身黑毛的正宗牧羊犬，是西藏军区一位战友所赠。那狗个子很大，很通人性，我每天上班都要经过司令员住的大院，隔着铁栅栏叫着它的名字，时间久了，它见我总是友好摇着大尾巴，通过栅栏，我常常伸手摸摸它的头。我家打狗那天，是请一位木工师傅帮忙吊死的，全家老小没有去看。我女儿哭闹了好几天，为了安慰她，只能给她买一只玩具狗，她根本不喜欢。好长时间全家人都不习惯。

宠物猫

我家人一贯喜欢养猫，刚调回贵阳分到临时周转房时，我们家就养了一只小黑猫，它长得非常漂亮，全身黑毛，嘴四周是白毛，从前面颈项到腹部有白毛构

1990年从四川调回贵阳分到的周转房

成一个菱形，四只足爪及尾巴尖也呈白色毛。它头挺大，虎头虎脑，这种猫儿品种极少，俗称"乌云压雪"。有了它，十多家平房住户都不必担心再受老鼠的危害，我家猫成了大家的宠儿。隔壁住着一位老裁缝，家中堆放许多布料，最怕老鼠咬烂顾客的衣料，我家小猫白天常到他家去睡觉，他总想法给猫咪腾出一个好位置。猫碗里都有邻居送来好吃的，这位老裁缝送得最多。黑猫每天晚上抓到老鼠并不吃它，只堆放在我家门口那棵香樟树下，也许是它向主人炫耀功绩吧。我们会用火钳将老鼠夹丢在垃圾箱内。我的女儿特爱这只猫，每天晚上猫咪卧在条桌电灯下陪女儿复习功课，一直等女儿功课结束洗漱完毕关灯上床睡觉了，它才外出捉老鼠或找猫朋友游荡玩耍，第二天天快亮准时回家，跳上高衣柜的纸箱上面坐着，不断用右爪慢吞吞地洗自己的脸并用舌头舔毛。等我们起床后，它会跳下来安静地坐在猫碗旁等饭吃，吃饱后又跳回自己窝里睡觉。

某天休息，我在屋里做家务，突然听见猫吹着粗气，大声吼叫的声音，走出来看见我家黑猫弓着背，尾巴翘得又高又粗，正与一只黄猫准备打架，黄猫是来偷吃它的饭。黄猫看见主人吓得跳窗逃跑了。我蹲下摸着它的头，把它抱起来，它还未恢复平静，好像还在生气。我坐下把它放在腿上，过了几分钟才安静下来，发出咕噜咕噜的响声，我用手抚摸它的脖子，它舒服地伸着脖子让我抚摸。我对它说，"你长大了，会打架啦！"它像知道我在表扬它似的，伸长脖子咕噜咕噜地哼着，同时突然站起来在我双腿上，用两只前爪跳着"踢踏舞"。

这只猫咪一直伴我女儿读完高中，女儿高考完那天它就失踪了，因为次日晨没看见它回来，连续三天不见它回家，我们确认它失踪了，多半是被人偷走的。

这只猫让我想起在四川时我们家住地区检察院六楼,因住房靠近的一家酱油厂老鼠很多,于是养了一只灰紫色大头猫,我们全家人都十分喜爱它。达州市卖泥鳅的很多,几角钱就可买到许多,每次买回泥鳅后女儿总是把泥鳅洗干净喂猫,每天给猫吃几条,买不到泥鳅的季节只好喂牛肝。这只灰紫色大头猫品种珍贵而漂亮,爱干净,从不上主人床,每星期给它洗一次澡,冬天也不例外。这只猫经常通过阳台窜走隔壁四家,也同样受到邻居欢迎。我家调离四川时特意为它找了一户爱猫主人续养。

支左与画家

1968年大部队从云南转移四川达州(当时师医院还在云南),全师安顿就绪以后,我丈夫被部队安排到当地一家最大钢铁厂——达州钢铁厂支左两年多,成立革委会接管工厂,他当革委会主任。当时处在"文化大革命"高潮期,武斗十分严重,工厂处于停产状态,两派之间常发生武装冲突,形势十分严峻。我曾在厂中休假一个月。在那里我认识了一批刚分配到厂里来的工农兵大专院校学生,有工科的、有医科的,还有学画的,其中学画的一位学生年龄最小,才二十岁,大家都喜欢他,都亲切称呼他小罗,他专门负责厂里宣传毛泽东思想专栏板,他画的每幅画都十分吸引各派人的眼球。我丈夫更加喜欢他,常在我面前夸他:"这小子将来必成大器。"因为我比他大好几岁就把他当作自家小弟对待,加上我是个女兵又是医生,他对我也很信任。我们相处融洽,非常谈得来,我休假时常去看他画画。记得有一天他叫我看他的日记,他一边说一边递给我一个厚厚的小本子,我接过来犹豫了一下,看还是不看?日记是个人隐私怎能随便看。他笑呵呵地说:"打开看吧,除了日期全是我的画。"我翻开第一页,一个小男孩蜷缩着坐在草堆里,满脸愁容,仔细看就是小罗呀,把我惊呆了,画得棒极了!再一页一页往下翻,全是他自己的劳动写生,尤其他蜷缩在草堆里,愁眉不展的样子可笑极了。我问他:"你愁什么呀?哭兮兮的模样?"他回答:"有点想家。"我感觉他好可爱。当时的这位叫罗中立的小弟,多年以后确实成了中国现代有名的画家,代表作就是享誉世界的油画《父亲》,他如今早已从四川美术学院院长岗位上退下来,我知道他已功成名就,不知道他是否还记得曾经称呼他为"罗小弟"的张军医姐姐?

告别大院

　　1983年6月,我的家将搬离部队家属大院,搬到丈夫工作单位里分配的新宿舍去。周六,我和小凤一同上街多买些菜,请好友小彭和纯军医来家共进晚餐,以示告别更示感激。我家小凤非常懂事,菜买回来后早早把一切洗得干干净净,各样菜切得像模像样,只等叔叔下班回来下锅炒了。

　　下午四点钟丈夫真的提前下班回来了,事先商量好的,回来的主要任务是炒菜。我陪两位好朋友坐在客厅里促膝谈心,一边吃瓜子一边讲话,传出阵阵笑声。小彭说:"你现在多好呀,什么都不缺了,一家人团聚,儿女双全还有婆母三代同堂。我是羡慕死了。"小彭刚讲完纯军医接着起哄:"是呀,我挺佩服她,为了老公事还专门跑一回你们湖南长沙,结果硬是把老公拽了回来,我没有她那本事,以后只得老老实实跟随老公屁股背后走。"我高兴回答他们:"我是被逼得无路可走了,才急中生智想做最后一搏,是被逼上梁山的。"纯军医说:"你这一搏对了,现在的结果多好嘛。"小彭说:"我们的半个老乡在达州口碑不错,听我家老头子说地委对她印象挺好的,当然不希望她走了,当时部队出面去达州地委提到我老乡转业到达州工作时,地委领导满口同意,连声说只要档案一到我们将会接收安排工作。"我们谈得正起劲时,婆母端来一盘刚炒熟的带壳花生进来请大家吃。别看我的婆母已八十三岁的年纪了,牙齿好着哩,平时喜欢吃香脆的东西。她尤其喜欢湖南老乡小彭,陪坐一会起身走了,还说了一句:"你们年轻人说吧,我不掺和了。"当她老人家外出关门时,小彭说:"我看朱婆婆对你挺好,大院那些山东家属说你平时挺拽,走路趾高气扬的样子挺骄傲很难接近,她们不喜欢,但看到你们婆媳关系相处挺好,就凭这点她们还是感觉你不错的。"我说:"她们只看见我每周来回扶老人家看电影而已,在家里我们是处得很好的。"纯军医说:"你们是咋相处的?介绍一下经验,我与老公的娘怎么相处都感觉别扭。"我说:"算我运气好,遇见她老人心态极好,平时又不唠叨,而且我上班早出晚归很少在家。其实也没啥,吃饭时有好吃的先给她夹一点她就挺高兴。与她相处多年下来我才真正体会到,老小老小这两个字的涵义,人老了真的好像小孩,必须像对小孩一个样。比如我每个月发工资当天给她买三包牛肉干已成惯例,叫她自己悄悄吃不让孙儿们看见。发工资后一周,每天下班总看见她和孙儿嘴在动,一问吃啥?异口同声——牛肉干。婆母说'不给他们吃怎么行,他们一看见我嘴巴动就四处翻找。'其实她是要分给孙儿们吃的。有天我买了两根甘蔗带回家,老公将甘蔗剥了皮,分成两节一段,分别递给几个孩子没有分给婆母。当时我就发现婆母满脸不高兴气冲冲走回自己卧室。我悄声问老公：'你没给你娘递甘蔗？'他回答：'甘蔗太硬了。''再硬你得给她，她可以吃的。'他回答：'还有一根甘蔗立在水池边，你剥皮给娘送去。'我赶忙剥皮大声说：'我和婆母吃这根。'我照样切成两节一段。把最中间那一段送到婆母屋去，她高兴取出小刀切成小块吃起来。"小彭和纯军医听我讲的这些故事笑开了。我接着又说："人老了喜欢耍点性子，有天我家小凤起晚了，先给我蒸馒头吃了赶上班。婆母习惯早起床喝新鲜早茶，一般小凤先烧开水泡茶。那天小凤确实起床晚了，她对小凤耍脾气，用力将保温瓶重重放下，结果暖瓶破碎流了满地的水。当时暖瓶供应匮缺，我通过熟人重新买了一个叫小凤暂时保密三天再拿出来，主要想借此机会提醒她老人家一回。我对婆母说暖瓶已托人帮忙买了，但不知什么时候才能买到。之后婆母脾气收敛了许多，不高兴时对大孙儿发发脾气，声音大些而已，起码不会乱摔东西。从内心讲我喜欢婆母干净、不唠叨、不串门，最多与隔壁教导队队长也是湖南老乡的母亲时不时坐坐聊聊，话题都是谈论孙子。"

这时小凤推门进来："张姨开饭了。"小凤带着三个孩子进内屋吃。我们五个大人围坐小圆桌，今天桌上有酒，大家都向婆母敬了酒。她俩异口同声夸老公菜做得好吃，桌上老公表现很好，讲话不多很显斯文，他在女同志面前倒是一向少话。他不会喝酒，反倒我代表老公说："感谢两位七年来对我家的帮助和关怀，我敬两位一杯。"席中婆母很高兴。小彭说："你们家搬走了，我没有出气的地方了。老李没去青海时一喝酒就发酒疯出洋相，你是晓得的，现在我一个人带着四个毛娃子挺艰难的，知道你是大忙人，再忙也要抽空常来陪我聊聊，当自家姐妹走走。"纯军医："我们一直是好战友好朋友，走了会不习惯的，希望常来看看。"小彭："明年我们可能也都会离开达州，听说部队马上要改编，我是一辈子劳苦命，跟着老公屁股追，改编好！一辈子不用再追了。我盼望永远有个安乐窝。像你们一样。"

因为喝酒大家话多起来，老公只顾自己吃饭插不上话，还先放碗，放碗时说了一句："你们慢慢吃。"他坐在我旁边抽起烟来，时不时插一句笑一笑。我们四个女人一老三小边说边吃，今天我婆母表现最好，自始至终陪到底而且十分高兴。这餐饭吃了将近两小时，最后老公陪我送她俩回家。回家路上老公说："小彭确实很辛苦，一个人带四个男孩，又工作又管家实在不容易。"我说："凡是当兵的家属哪个容易？尤其铁道兵家属更不容易！纯军医虽只有一个女儿，但她老公山东人还重男轻女，她平时也很苦恼的。只不过不像小彭那样什么都讲出来而已。她与小彭不熟，今天是因为我请客她才来的。我们一起当兵时就比较要好，我一直把她当大姐

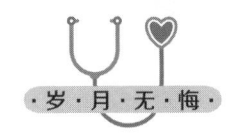

姐看，她上大学时就入党了，对人很真诚的，为人善良厚道。打倒'四人帮'时还请我到她家一块庆贺，别看她个小，但很有些酒量，我十分敬重她。"

第二章　家人与朋友

三个孩子

我现在有三个孩子，老大老二是儿子，老三是女儿。

老大是在我当兵时出世的，因为难产出世时严重缺氧，我一直担心他会有

左起：小女、大儿、二儿

后遗症，感谢苍天他发育正常。小时候他在"文化大革命"中成长，"读书无用论"的大环境对他影响较深，我因工作忙碌也未尽好母职，只顾自己专业发展和政治表现对他的学习帮助不够。

记得我外出进修那一年正值老大小升初考试，有的同事好心劝我："你儿子关键时刻，你不该外出学习这么长时间。"有的背后讲我太自私不像做妈妈的人。当时我也纠结过，最后定下来还是走，因我丈夫已下地方，我已做到先让

他几次外出学习，而且他已定了级别和职务，家务及孩子可以由他管理。学习机会对我来讲太难得！如果这次错过再等下轮排队时间太久，记忆力随着年岁增加是会衰减的。于是下了决心一定外出进修。当时丈夫也十分赞同我的想法。进修期间儿子正常考上达州市二中（属于本市二流中学），这个结果比我想象中要好。一晃中学六年过去，1989年他考上重庆大学大专班，三年后毕业时正赶上下海经商热，他辞掉国有企业的铁饭碗下海去投奔珠海叔伯大哥朱农，从此走上私营企业路。我曾多次劝他复习功课，再继续读书或者回到国有企业上班，还好不容易在贵阳为他联系了一家银行的正式工作，他始终坚持自己的选择，不同意回到贵阳，儿大不由娘，让他走自己的路吧。

大儿子

2003年5月，接到电话知道他要结婚了，我们都非常高兴，尤其他爸那高兴劲简直无法言表，立刻电话通知小女及女婿、老二及女友，要求个个赶赴成都参加大哥的婚庆活动。在老大婚礼上我丈夫代表男方家讲话，他讲得简单、到位、得体。2005年3月，我们的大儿媳提前一月回贵阳待产。四月生下孙女。孙女出世第二天，老大才从成都赶来。儿媳分娩的晚上是我陪同，每隔两小时要调奶喂孙女，因为儿媳是剖腹产伤口一直痛，我昼夜没合眼。现在的年轻人比我们老一代娇气许多，生孩子本是瓜熟蒂落，但非要要求剖腹产不可。老大回来后我只在旁边指导，感觉轻松许多。孙女出世时正赶上小女考博准备中，为了不打扰她，我只好抱着孙女在走廊上来回轻轻走动，小声哼着摇篮曲。满月后他们回了成都。感谢亲家外婆将孙女带到三岁入托。

我大儿是个有责任心、有孝敬心、细心做事的人。他每年都要回家探视父母，凡发现家中缺什么都会给父母一一添补上，即使很细小的事，比如淋浴水管挂的位置高了，考虑冬天水淋下来会降低温度，担心父母着凉感冒，他会立马上街买来挂钩，自己跑到小区住房管理处借来水管分布图及安装工具，重新将水龙头安装在恰到好处的位置上，让父母淋浴起来感觉更舒适；看到家中墙面满是晾毛巾的挂钩，下年回来时随车捎来一大纸箱的钢管和操作工具，将厨房及洗漱间

统统改装为毛巾挂架，室内规范了许多也美观了许多；他知道我写东西用电脑，又买了暖手桌垫邮来。这些虽是小事，但当父母亲的很感欣慰。自他爸去世后对我关心更加周全，帮我换了大屏手机，看我熨衣服时滴汤漏水，立即从网上购买了一架强力蒸汽挂烫机，还帮我换了智能马桶坐垫。偶尔电脑出故障时，总是他从ＱＱ上远程指导我操作。有个孝顺儿子时时关注着，感到特别幸福。对我的孙女他要求严格，培养到位，尽到一个好爸爸的职责，让我的孙女德智体美得以全面发展。

我的二儿子，从小顽皮不好好读书，他本来排行老三（二儿子已夭折），上有哥下有妹，学习成绩平平。爸妈工作忙也顾不上特别关照他，尤其是我做妈妈的内心对他存有愧疚。有时我还为自己开脱，认为读书是各人的天分，如果他读不进再强求也没有用，但品行做人一定要好。老二有很多优点，品行端正，从不撒谎，从小喜欢做手工活，画画也很有天赋，记得有一次，他用墨汁滴入盛有水的小盖里，用毛笔在白纸上随手画了一只骆驼，把我惊呆了，毛茸茸的一只大骆驼，站立在那张白纸上，骆驼漫不经心的眼神看着前方，真是像极了。可惜当时没有经济条件，更主要的因素是对儿子专长缺乏进一步的引导和培养意识，让儿子专长没有得到应有的发挥，现在想起来是追悔莫及，深感可惜。从小家里跑腿活全是他包干，他爸大事小事都喊他做，久而久之习惯成自然。对老二我们做父母的没有尽到职责，只感心存内疚。记得小学二年级夏季的一天，他放学回家较晚，一进门他爸不问青红皂白把他打了一顿。看着瘦弱的儿子被打心好痛，又不能护他。事后我才知道他下午放学不做作业和几个同学一起到州河里学游泳。我问他爸："怎么知道他下河的？""你看他满脸晒得通红，用手划他腿一条条白线。"经他这样一说，我还暗暗欢喜自己长了一点小知识，不难想象他爸小时候也定是个喜欢玩水的货色，要不然怎么会有这知识。想起儿子小学、初中、职校、当兵的情景，至今还历历在目。

1990年12月，儿子报名参军获得通过。新兵离开四川的那天下午，我和他爸一块到火车站去送别，四周挤满了来送儿参军的家长们。我俩挤进人堆，没有看见儿子，找到带兵的连长问，他和气地指向人群最多一处，我们终于看见了他。有位同学替他背着军用背包，看见几个同学不断给他口袋里塞钱。他笑嘻嘻只顾与同学讲着话没有发现我俩，他爸自言自语："没想到这小子与同学关系处得这么好，有这么多同学来送行。"平时因儿子不认真读书，从小不受他爸宠爱，家务活尽喊他做，记得送儿子参军还是我拽着他一同去的。正想和儿子讲讲话时却响起集合哨，个个新兵都集中跑向吹哨的人，按高矮秩序排好队。看着儿子那么瘦小，才十六岁，我心里好难过。送别的人群中有位家长指着我的儿子说："你们看，你们看，那个孩子好小啊！还是个娃娃呢！"儿子看见我和他爸高兴得跳起来向我们招手，接着排队上了火车。看着儿子背影消失在车厢里，我一直站在原处未动，希望儿子上了车后会从车窗向我挥手，但儿子的头一直没有伸出窗口。回家途中我一句话也没有说，总想起儿子上火车时的背影，想着他该向我们挥手道别！

自老二参军入伍后，我的思想负担减轻了许多，也常收到他的来信。第二年他评上优秀士兵还入了党。1993年底，儿子从部队复员回贵阳，因是异地参军，儿子自己回四川达州市和四川省会成都办理迁转证明，按国家规定儿子应安排在父母亲单位，当时办事非常讲关系，但因我们调回贵阳时间不长，没有更多人际关系。我和丈夫所在单位可能不知政策，未予安排，最后由士兵复转办公室将儿子分配在贵阳市自来水公司工作。自到地方工作后，儿子才感到不上大学的后果，只能当工人，后来他自己去读了三年成人大专，混了一张文凭。我的老二为人诚恳，作风正派，无论走到哪里铁哥们特多。因为长相不错，结婚前追他的女孩挺多，有小学教师、有电视台职工、电厂职工，甚至还有在校大专学生，他爸爸暗地笑他文凭不高咋还成了香饽饽。后来通过朋友他自己追上现在的儿媳，这也是缘分。

1995年底我二儿媳分娩，早早向我提出剖腹产要求，预产期正好是冬至，按贵阳习俗家家都要吃羊肉、狗肉或牛肉。那天正好是周末，听说主刀的一把手蒋小娅主任要外出开会一周，不等阵痛发作，既然预产期已到，我只好厚着脸皮通一次后门（两个儿媳都让我做了平时我不喜欢做的事——开后门）。记得当时蒋主任有点不愿意，还补充一句："前几天我才宣布过没有指征不剖腹产。"我求她帮我一回，她无法只好同意。运气还真好，麻醉科又碰上技术好手刘大夫，等他们过完冬至再来手术。手术顺利，母子平安。但孙儿每次喂完奶立即呕吐而且愈来愈厉害，只好转入新生儿科住院观察。儿媳见状成天流眼泪，第一次当妈妈这种反应可以理解。

我担心孙儿是否先天性十二指肠闭锁，找到小儿外科韩云飞主任。我与他平时关系甚好，他首先表示，如果要手术，得请省医一位医师来共同做。我调侃他："没底气了吧？碰上张大姐孙儿就怕担责任了！"我们一块去了放射科，正好碰上我院儿内科蒋新辉医师的爱人陈大夫给孙儿上了鼻试管，慢慢推

入碘照影剂，看见显影剂从食道进入胃，再下到十二指肠通畅无阻，大家都高兴极了。正在这时清楚看见十二指肠痉挛起来，把造影剂逆蠕动进到胃里。但我已经放心了，反正消化道是通畅的，没有畸形就好。知道孙儿呕吐原因后，我次日办理了出院手续，把孙儿抱回了家，给他喂上解痉剂和助胃肠动力药，呕吐逐日见缓解。有一次因呕吐物中带有少许血块，我丈夫吓坏了，小声对我说："我们还是将实情告诉给儿子和儿媳吧，万一出了事，他们才是第一监护人。"我笑答他："你倒懂法了，没有万一，你不见那儿媳成天泪眼婆娑！再对她讲还不知又哭成啥模样，有老二陪着她，我每次送饭去都装着没事的样子，告诉他俩没事过两天就可以出院回家了。你别忘了我可是儿科老医生。你就放一百个心好好当爷爷吧。"

二儿子

我的女儿从小就很乖，大家都称呼她妹妹，满三岁上幼儿园就由保姆小凤姐姐接送。看她聪慧我想让她提前读书。

1981年送女儿上小学，当时她不满六岁，学校认为太小，几经周折学校最后勉强同意暂时收下，观其效果，如果坐不住退回幼儿园大班。开学之前我带她到学校玩过好多回，她知道一年级教室在一楼第一间。第一天上学是我送她进入学校大门的，老师知道她是全班最小的学生，伸手过来牵起她，她乖乖让老师牵着站在校门口，老师教她与妈妈说再见，她两眼看着我，用左手做起再见的姿势，我看见她要哭的样子，老师用眼神叫我快离开，我很快转身不知她哭了否。女儿小巧玲珑，比别人矮一头，坐在第一排，有时下夜班，或下早班，我会悄悄去学校看她上课，看见她乖乖背着两只小手专心听讲的样子心里很是安慰，她终是坐住了。女儿很棒！每次小测验她都在前几名，就这样开始了她的小学生活。下班回家，几次看见女儿在部队操场上疯跑，玩纸飞机，满头是汗，问她作业做完否，她总是边跑边回答："做完了。"有一次回到家看到狗被小凤关在储藏室里，狗听见我的声音高兴得呜呜直叫。小凤告诉我："客厅里坐了妹妹的几个同学，都在做作业。"我推开门一看，几个小朋友都坐着抄写她的作业，有男孩也有女孩，女儿却早就写完出去玩了。女儿作业本上的字写得歪歪扭扭，她真的太小一心想着玩哩。

女儿很犟但成绩好，记得她爸转业下地方我们家搬出部队大院，将她从部队子弟学校转入达州第一小学，当时班主任是位年岁较大的女老师，这位老师对接收部队的转学生存有偏见。她直言："部队子女在部队小学第一名，到了我们学校倒数的学生多着呢。"当时女儿已三年级，能听懂老师说话的意思，她瞪着老师看，一副不服气的模样。三年级上学期考试下来，六十人的班级她排名第七，女儿并不像老师所讲倒数第几名。

有天放学回家她高兴地告诉我，她的班主任退休很多同学去到老师家里告别还买了礼物，就只有她一个人没去。我教育她："这就不对了，她是你的老师。"我还对她说："一日为师终身为父"的道理。我还啰啰唆唆讲了一大堆理由劝她去，她却根本不听。我知道她一直不喜欢这位老师，她对从部队小学转来的女儿始终存在偏见，在处理与其他同学矛盾过程中对待女儿不够公平，而老师不公平的做法很容易伤害到孩子敏感的心灵。女儿同桌的小男生有段时间一直欺负从外转来的她，常常以超越桌面的"三八线"为借口，在桌下推打她，女儿不示弱给予还击，两人常常在桌面下相互推打，有一次动作过大被老师发现，老师竟然不听任何解释，还批评一个巴掌拍不响！老师这种包庇纵容的态度，让那个小男生更加得寸进尺、肆无忌惮地欺负女儿，在陌生的新环境里女儿只觉得老师冷酷无情不能信任，当然不可能建立情感。好在转学半年该老师就退休了，女儿自然暗自庆幸她的退休。后来班主任换成个男老师，年龄也比较大，是教语文的，一来就摸底考试，结果女儿考了全班第一，从此变成班级优等生。她二哥也警告了那个欺负她的男同学，从此那个男同学再不敢招惹她了。

时间过得真快，一晃女儿小学毕业，以优秀成绩考入重点中学达州一中。女儿从小喜欢交友，她小学、初中几个要好同学的名字至今我还叫得出来。她初中班主任周启玉老师常来家访，对这点我十分感激，因为医生职业原因我常缺席开家长座谈会。有一次家访让我感到意外，谈及女儿拒绝参加学校乐队，我甚感讶然。周老师看到我诧异的样子有些不解，我连忙解释："女儿生性犟，自尊心强，我曾听她讲过报名参加学校组织的乐队，负责乐队的老师说她身高不够，她

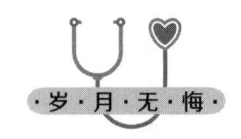

有些不服气，天天回到家一做完作业就拿上一双筷子敲打不停，她奶奶还说吵死人了。她把房门关上一直敲打练习。我问她成天敲打什么？她说，学校音乐老师不让我参加乐队，我偏要把鼓点敲得最好。"周老师笑了："所以我今天来的目的，是想通过家长说服她去报名，这也是乐队老师的意思。""我试试看吧，尽量做她的工作。"晚上我把周老师的来意讲了一遍，话刚讲完她一口拒绝。我问她："音乐老师怎么知道你鼓敲得好呢？""下课教室里我们彼此敲着比赛玩，我比她们敲得好呗。""看在班主任周老师面上，你就报名参加乐队吧！"她认真回答我，"妈妈，我真的不想参加，天天下午练敲鼓太单调而且又影响学习。更主要我不喜欢这位音乐老师。她那天对我的态度也过分了点。"他爸也支持她的决定。

　　再晃又迎来女儿中考，她虽平时成绩优良，但还是希望她考上自己理想的分数线。开学前公布栏上却没有女儿的名字，可把她急坏了。当妈的更不用说。那天我正上主班，匆忙请师姐暂代班两小时，打算跑到学校查问情况，科里一位护士告诉我："你管的53床病儿爸爸就是一中教务处老师，请他帮忙查一下嘛。"53床是我分管范围，但我只知道他父母是知识分子，具体哪个部门不清楚。病儿父亲知道后笑我太正统："张医生，你女儿考一中一点没听你提到过，早些说我可以帮些忙呀，我的儿子住院半月，得到你们认真治疗，过两天就可以出院了，这点忙算什么，我马上回学校帮查查就是。"他立即回校查看考号和家长名字，结果发现公布栏上排名第二的正是我女儿，只是将"朱"姓错写为"米"姓，我立即通过医院电话告知她爸，叫他立刻回家一趟告诉女儿让她放下心来，她考得很好，按分数从高到低排序，女儿考了全校第二名。

　　9月1号开学，女儿被分入重点班。有一天我下夜班在家休息，她放学回家特别早，看她满脸不高兴样子，我问她"为啥不高兴，与同学吵嘴了？"她未开口先哭起来，我认真坐下来问个究竟。原来他们学校处理一批不良学生，班主任通知她和另一个女同学去参加，到了现场才发现周围全是表现极差的学生。原来这是一个对坏学生的批评教育大会，而她和那个女同学成了唯一来观摩受教育的陪伴生。等她明白过来时火冒三丈，没有和任何人打招呼，连班主任也不管，径直回家了。等她慢慢安静下来后我安慰她说："也许班主任只是叫你俩受点反面刺激！"她大声回答"有这种反面教育的吗？"接着宣布："我讨厌这个老师，我不去上学了！"我说："他是重点班的班主任。"她用鼻"哼"了一声，进到自己房里关上门。过了好一阵没听到动静，我轻轻推开一丝门缝看见她正在专心写作业。心想她才十四岁还真是个孩子别再难为她了，今天我休息，正好给她做点好吃的安慰她一下。

第二天她的班主任到医院来进行家访，中年人，很英俊，文质彬彬，听普通话音明显是广东人。当他了解女儿昨日状况时，还做了自我批评，连声说："适得其反，适得其反。"我没表态，因为是上午正忙着查病人，而且事情已过去了。只好与老师告别："请老师多关照，她年龄小不太懂事。"当我查完病房后突然想起昨天女儿提出不上学了，明日是星期天，我今天还得到学校找老师去说说，于是求助一位同事换了个班后直奔她学校。到了学校没碰见上午来找我的那位班主任，却遇见一位负责高一年级的总年级主任，她已经知道全过程并告诉我，高一有两个重点班分别是二班和七班，并客气地说："请家长回去做一下孩子思想工作，实在不行可以从二班调到七班，我就是七班的班主任。"看到这位年级班主任如此认真负责，就答应回家做女儿思想工作。回到家后我和她爸同时与她谈，最后她表示不转班，继续在二班上课学习。

后来因工作变动我们要回贵阳。成天忙于整理行李打包装箱，女儿她每天正常进学校上课，我们到学校提到转学时老师们十分惊讶，班主任建议，女儿可以留在四川办理住校手续继续念书，学校有专门负责住校生生活起居的老师，多次强调要我们放心。校方建议女儿留在四川考大学，当时女儿年岁太小，不放心把她一个人留下。最后校方终于同意办理转学手续。

回到贵阳后一家三口人暂住在好友刘洁家里，安顿下来的第二天立刻忙于给女儿找学校读书，不论现在还是过去，找一所好的重点中学都是一件很困难的事情。女儿在四川上的是地区最好的重点高中，平时成绩优异。她只要求进一所重点中学，我找过一中、六中，回答都一样令人惊奇："要么交高费，要么留一级。"当时一中的校长强调："我们一中不缺升学率，还是上述两个条件。"我心想四川教学质量不比贵州差，怎能让她留一级！交高费我们当时确实很缺钱有困难，真感无助。我又带着她找到八中，算本地二流重点中学，还不错，让女儿简单考了英语和物理，两门都是满分，终于被接收下来。当时我心里很有些想法，很看不惯之前两所学校领导的做派，把钱看得太重，居然叫孩子留一级，才和财在一个天平上，财重得多啊。我很清高，骨子里就轻看这种人，为了女儿我又能怎样办？记得当时的我二话没说转身离开。

我心里十分清楚女儿不满意这所学校，因为不是最好的中学。作为母亲觉得对不起女儿，但也很无奈，毕竟我远离家乡整整二十五年，除了两位好友外其他人没有保持联系。万万没有想到成绩优秀的学生在贵阳居然找不到一所好学校继续读书，这风格与四川大不同，在四川成绩是接受转校生的重要条件之一。当时

我的想法太简单，认为只要通过考试是不会遭到拒绝的，没想到这里的中学竟然这样看重金钱。无奈只好鼓励女儿："好好读书，将来考个重点大学，选个好专业才是正途。"当时女儿还小，比较听话，没有抗拒，乖乖去了八中。从我的好友家步行到八中快走需要走三十分钟路程，她穿的一双不合脚的带绊皮鞋，是在自由市场买的地摊货，皮质很差，晚上放学回来右脚后跟磨破皮渗血把鞋内染红一片。她没吭声，晚上洗脚时被我发现，让我一阵心疼。后来好友的老公任伯伯，把热布放在鞋的后跟处，再用铁锤敲打松软，鞋不再打脚。

　　女儿期末考试名列前茅，总分全年级第二，让我安心许多。但想到寒假心如乱麻。因为女儿才转学过来，朋友少，又住在城郊。还好房东是村党支部书记，他们家有几个女儿，书记老婆勤劳善良，常到我家问寒问暖，算是个好人家。我每天早上离家上班总要提醒她注意安全，到了医院心里还是挂念着放假在家孤单的女儿。

　　1993年7月，女儿考上武汉大学。我们科全体医护人员聚集在老黄山饭店庆贺了一番，感谢大家对女儿的真诚鼓励，我感到十分幸福，但没有人知道我女儿高考前填报志愿那几天差些把我急病了。那些年是考前先填报志愿，从重点大学到二本三本大专学校的多个志愿栏中，她只填报了一所学校，一个专业。武汉大学法学院，其他内容都是空白，是否同意调配专业的一栏，填的全是否！否！否！她不仅自己这样填报，还说动班级另一种子选手同样只填报了自己唯一属意的大学。并放出狂言："以我们的成绩如果今年失手，明年会出两个北大，又何必委屈在一般大学。"为此事，学校、省招生办公室多次找我，要我劝说女儿更稳妥地填报。我的压力比谁都大，调回贵阳才两年多，找个懂行的知心朋友商量一下都找不到。女儿主意已定，对各方劝说只当耳旁风。她老爸一切都顺着她去，最后我也无计可施，只能尊重她本人意愿将志愿表交了上去。考前三天学校放假让学生在家复习功课，这下可好，她天天睡懒觉，十点才看见她披头散发走到科室来上厕所（当时我们家住的周转房没有厕所）。我急得像热锅上的蚂蚁。正考那两天又不敢问她考得好不好？半个月的日子好难熬，最后她被录取的消息还是省招办先得到通知后打电话通知医院的。就因她填报志愿太一意孤行，学校老师和省招办的人都为她捏着一把汗，知她考上后特意打电话通知我单位，请转告家长放心，因为当时家中没有安装电话，更谈不上手机了。记得当时朱世鹏院长还问我有啥后门，怎么招办这样关心我女儿，把我问得哭笑不得，其实只因填报志愿太自负。好在过程虽然令人紧张，但结果还不错，她和她的同学都顺利考入自己属意的学校和专业。知道她考上的消息后下班时悄悄告诉她爸，让他暂时保密。

第三天有同学约她去学校看通知，她去学校很快就回来告诉我，当时我还在上班，看她高兴的样子就问她："怎么样？"她说："考上啦。"我严厉对她说："哪儿也不准去，老老实实在家待着。"我怕她因高兴而出事。去年就曾有一个男学生因考上重点大学，乐极生悲，游泳出了事故，惊动全市。

下班回到家，看见她坐在家里对着那黑白小电视看得津津有味。

当晚我和她爸商量买台彩色电视机，次日我们真的买了一台长虹彩电。之前为了不影响女儿读书，我们每天只能对着那台黑白小电视看新闻联播。

晚上，她津津有味地看起了《花仙子》。吃晚饭时他爸高兴提出："谁送妹儿去武汉大学报名？"她迫不及待回答："妈妈送我。"

1993年8月下旬，我请了几天假送女儿到武汉大学报到。选报武汉大学也是因为我姐姐一家在武汉，想着大学四年有我姐姐和姐夫照顾她。

武大坐落珞珈山东湖旁边，校园占地面积大，参天大树很多，操场平整，跑道宽阔、干净、整洁、学校环境优美，图书馆设施极好，是个学习的好地方。法学院学生宿舍设在桂园楼，真是名副其实，宿舍周围种满了桂花树，当时正值桂花绽放，一阵阵浓郁桂花香随风飘来。一个宿舍住七个女孩，来自不同省份，个个都十分可爱。有位大眼睛女孩来自昆明，因报到通知书搞丢了哭鼻子。陪同我的姐夫（女儿的姨父）不断安慰她，叫她别急慢慢找找，是否和其他东西混在一块了？她把箱子打开一件一件取出，果然发现了大学录取通知书，看她破涕为笑的样子好可爱。女儿的床是上铺不靠窗，当时还是我姐夫帮女儿铺床挂蚊帐。我羡慕女儿考上这么好的学校，将来的路由她自己走了，当妈的只能为她尽力创造条件，平时抽出时间多写信鼓励她。别看这几年天天母女相处在一起，但讲话时间太少，我忙工作她忙学习，况且她还小谈不上思想交流。稍有空闲时间她也好玩，有时批评她几句还引来对我的逆反。女儿这个年龄正好是逆反期，尤其对我。

女儿知道自己考上大学后的第二天开始整理自己的书包，将所有的书摆成两大堆，所有的铅笔、钢笔、橡皮擦，连那快散架的文具盒都统统放在书旁边。只剩下一个空书包。女儿这个书包整整背了四年，是我一九七二年从部队转下地方带来的唯一她用得上的军用品。她初中三年级开始使用，一用就不再更换了，只是每学期结束后将它洗干净再用。高中二年级时书包四周开始磨损，从外面可以隐约看到文具盒，他爸叫我给女儿买个像样一点的书包，她坚决反对就是不赞成买，还说："我就喜欢这个书包。"她爸说："你喜欢军用包，我这儿有新的，换个

新的好不好，你的书包都露书了。"她回答："我就用这个包，这个书包会给我带来好运和吉祥。"把她爸逗笑了。他爸顺便说了一句："小小年纪还信迷信，那你就凑合用吧。"某天下午放学，我在家洗衣服，远远看见女儿放学回来，手里提着一个白色书包，我想她爸真还给女儿买上新书包了，心里感到很诧异。就问女儿："还是想通了，是爸给你买的吧？"她立即回答："才不是呢，是我同桌来了例假，把裤子弄脏了，借我军用包，放长带子后，正好掩盖坐车回家了。"我看着女儿讲话的样子有点想笑。

"妹儿，考上大学整理书包啦？"听到声音知道他爸已下班回来。又用玩笑口气说她："洗干净再拿到武大继续用吧，叫你妈补补再用它四年。要嘛洗干净送博物馆存了去！"见她双手高高举起书包，说了一句："我们可以拜拜了。"

时间似流水，女儿即将面临大学毕业，又给我增添不少忧虑。我的好友建议我女儿去深圳一家航空外企做文书工作。征求她意见后，她不愿意放弃自己热爱的专业。女儿读法学四年，想来她不会改变自己的初衷。我曾找过当时省检察院的胡克惠检察长，她看女儿简历后立即表态接收。胡检察长，中等个，偏瘦，五官清秀，给我第一印象精干、智慧，处事果断有魄力，而且正直。我之前与她不相识，只听别人评价她是"红枪手"，坏人怕她，好人尊敬她，人们对她评价甚高，在老百姓中口碑极好。我抱着一线希望冒失地走到高检她的办公室，她正与一位同志谈着话，客气地叫我坐下等一会。室内简单明亮干净，大约一刻钟时间谈话结束，她向我走过来，我立即站起来，她伸手与我握手，顺便问了一句："你女儿材料带来了吗？"我有些惊讶，立即将手中材料递给她。她快言快语对我说："我昨天接到高教处张处长电话，知道你女儿武大法学毕业，英语过六级，是他向我推荐你的女儿。"我非常感动地说："谢检察长，我女儿才二十一岁，刚走出校门，如果能分在高检是女儿福分，请检察长平时多指导和教育她。"我看检察长很忙，不想多耽搁她的时间，告别了检察长走出办公室。一路上想着女儿将会在这威严的地方上班，还想着女儿穿上检察工作服的小模样，我的心在笑。第三天我又去了一趟高检，这次去是表示歉意的。因为女儿知道被分在高检政策研究室，她不愿意要这份工作，令我和她老爸惊呆了，这份工作多不容易！她却一心要做大学老师，打算边工作边读研。大学教师平时不坐班，出差机会少，搞好教学外有更多时间用来读书。胡检察长听我这么说后立即表示："当老师好啊！女孩当教师更合适呀。你看我们成天忙成啥样子？"在检察长面前我有些不安，不知说什么好。她反倒劝我，"孩子大了由她自己选择吧。"就这样她去了贵州大学法律系。

女儿报到工作不几天，系里安排她下乡支教锻炼一年，地点是贵定一中。贵定是个偏远县城，生活条件比较艰苦。一些朋友劝我走走后门别让女儿下乡受苦，我从心里不赞成"走后门"的做法，也希望从小娇生惯养的女儿能下乡锻炼一下有好处，但也想知道女儿自己有什么想法。晚饭后当着她爸的面问她，让我很高兴的是，她对支教下乡并没有什么特别的委屈或不满，第二天带上简单行李和书，自己坐上学校专车去了目的地。我和她爸十分欣慰。她爸对我说："女儿长大了，别说看她昨晚表现得坦然和淡定，我还挺欣赏的。女儿真是成熟了长大了，看来四年大学没白上。"

女儿下乡一年期间我和她老爸去看望过几次，每次看望回来他爸都要难过好多天。下面条件确实艰苦，县中在山城的一个山头上，两栋教学楼一个操场一栋办公楼。办公楼三层，学校在办公楼一楼临时腾出一间堆放杂物的库房，放了一张单人床，一张旧书桌，一把旧木凳，就成了女儿的临时宿舍。中学学生是不住校的，学生放学教师下班后，校园夜里没人，整座楼黑洞洞的。一楼只有两家人住，一头是我女儿，另一头是一对年轻夫妇。住一楼，过路人可通过玻璃窗，把屋里看得清清楚楚，又没有防护措施。我担心她的安全，当天就上街买了厚厚窗帘布拉上，叫她进屋先拉上窗帘再开电灯，她笑嘻嘻回道："妈妈你放心我会的。"她一个小女孩孤零零住在那里一年，倒也从没说过害怕或者寂寞。

下乡支教并没有安排她上课，只在校办公室担任些行政事务。每次去看她感觉她还比较适应，她爸还把她看成学生娃，总是给她买些好吃的。离开时唠唠叨叨叫她注意安全，出门约个伴，千万不能一个人外出等等。我与她爸开玩笑，你比妈妈还妈妈。与女儿一块下乡支教的还有音乐系的一位女教师，和我女儿同一年由省外大学毕业到贵大，因为志趣相同又有共同支教的经历，后来成了志同道合的好友。我也十分喜爱这个女孩，温柔可爱，长得漂亮甜美。

她支教回校后边教学边读研究生，次年还入了党。读研过程中还考上律师资格。研究生毕业后想继续读博。她爸笑她："一个女娃读这么多书干啥！"为这句话父女争辩许久，她批驳老爸重男轻女。最后她爸宣告："去读去读！我服你了！"边举着双手表示投降。

2004年女儿报考武汉大学法学博士学位，已上分数线但未取得面试资格，她表示明年再考，事不过三。我喜欢女儿这股劲。我们都鼓励她，为她加油。第二年真的获得面试机会，周五乘飞机到武大，周六进入面试。周六整天未收到消

息，我真有些坐不住了，六神无主在家打转转，她爸笑我，"你也会有沉不住气的时候嘛。"好不容易等到周日中午才接到电话已公布名单，女儿榜上有名，我的心才落地。女儿从此离家三年攻读法学博士学位。

小女儿

两位同父异母哥哥

大哥张有谷

大哥整整大我三十六岁。我出生时他已当上国民党空军军官学校教育长、空军第三路司令。从小如雷贯耳的一句话——大哥是好样的，是张氏族中人人学习的标杆。直到1965年我从医学院毕业当兵后，曾收到他的一封祝贺信和寄来的礼物，一支钢笔和一块女式上海表。次年开始了"文化大革命"，他和我都要过关，从此断了联系。直到1989年9月27日接到陕西省政协的一封电报，才知大哥去世的消息，当时正为调回贵阳的事忙于往返贵阳与四川之间，加上经济吃紧没能赶到西安去参加大哥的追悼会。

对自家大哥真正了解始于2015年2月，平坝县人大主任陶兴明先生著书《张有谷将军传》。读完此书才全面认识自己的家庭和自家的大哥。原来大哥是国民党空军元老，1924年航校毕业后在北伐军中服役，1927年调往南京任航空第一队队长，1936年任陕甘空军指挥官。时值"西安事变"，大哥有幸驾机接送周恩来。大哥从"西安事变"到和平解决的参与过程中，深感共产党不念旧恶，以国家民族利益为重，使大哥对共产党有了新的认识。"七·七"事变抗日战争全面爆发，担任空军总指挥部参谋长的大哥经历南京、武汉、南昌、衡阳空军诸战役，不畏强敌，英勇作战。在与苏联飞行员交往中，深为共产党人奋不顾身的国际主义精神所感动，大哥在精神上进一步靠近了共产党。在南京大撤退中，他亲眼目睹蒋介石的惊慌失措，只顾四大家族利益置广大人民利益而不顾，大哥内心十分不满。尤其是1938年5月7日，他目睹蒋介石在汉口用空军名义给日本侵略者写信，欲以牺牲东北换取和平的行径，我大哥内心更不认可其所为。1939年至1941年间大哥先后任航空委员会军令厅副厅长、昆明国民党空军军官学校教育长、成都空军第三路司令。蒋介石为保存实力逃避作战，致使空军失利，在别人的嫁祸和蒋介石迁怒之下，大哥两次入狱，甚至被批处决。此事激起了国民党高级将领的同情，经多方营救，大哥才免于死难。1945年抗日战争结束，大哥任云南省防空副司令，蒋介石威逼龙云下台，而大哥又被解职。这时的蒋介石，为发起内战而多方调兵遣将，大哥面对现实决心离开军界，历任云南宾川县长、鹤庆地区专员。1948年蒋家王朝面临崩溃，南京国防部重新起用我的大哥，任命他任云南保安司令部参谋长，南京国民党妄图纠集力量保住西南一隅。大哥经过认真思考，看清了光明与黑暗、真理与谎言的界限，看清历史发展的必然趋势，1949年12月9日毅然参加了云南起义，走上光明之路。他率领空军两千余人连同十七架飞机参加起义，大哥在云南起义和昆明保卫战中做了大量工作，为解放大西南做出了贡献。

同父异母的大哥张有谷

1950年10月，大哥在东北第七航校任副校长，当时的校长是刘亚楼。他一直在航校工作十一年。在第七航校期间大哥也曾写过入党申请书，报中央军委批复：张有谷同志无论工作、还是信念都是优秀的，但留在党外比留在党内能发挥更大更重要的统战作用。大哥为新中国培养大批空军人才做出了贡献。

1962年转业安排在陕西省林业厅任副厅长，陕西省政协副主席，陕西省航空联谊会顾问，他是中华人民共和国政治协商委员会第二至七届委员。他利用自己的海外关系，积极进行对外宣传、推进"一国两制"方针的实现，为祖国统一大业做了大量工作。他是共产党的挚友、著名的爱国民主人士。这就是我从小知道的张氏族中人人学习的标杆的大哥。

二哥张有民

二哥比我长三十岁，我还未出生他已经北京大学毕业了。真正认识他是新中国成立后他将我们全家，即大母亲和我的母亲及我们三姐弟接到省城的那个时候（在"我的童年"中已提到过）。相处的三年中，我对二哥印象是温文尔雅、为人厚道、工作认真负责。

1953年他调往昆明工作后，从此我们与他失去联系。

1990年我调回贵阳，从亲友那里了解到二哥一部分情况，知道二哥一生也伴着许多坎坷。其实二哥是我们本地张氏族中第一个加入共产党的人。1936年他投身"一二·九"运动，担任中华民族解放先锋队中队长。1937年抗日战争全面爆发，他奔赴抗日前线，参加了薄一波领导的"山西牺牲救国同盟会"，经蒋南翔介绍加入中国共产党。1938年夏天，在一次日寇扫荡中，他从山上跌下，腰椎受重伤回贵州养伤。从此与党组织失去联系。之后分别在遵义师范学校、贵阳教育局工作。1955年审干，因脱党被隔离审查。1957年审查结束，分在贵州省公安厅劳改局做工程师。1983年省公安厅重新审查历史，给予二哥历史清白结论。晋升高级工程师后，由省里在贵阳购置一套商品房进行安置。1986年12月二哥去世。二哥后代一女四男，个个都受过高等教育，都在国家单位上班，有教授、有高级工程师、有党校教师，他们均已退休。孙辈都已大学毕业，成为国家有用之人。二哥九泉下可以安息！

同父异母的二哥张有民

姐姐张有瑜

我的姐姐温顺、善良，从小就是个乖乖女，正是她从小养成事事让人的习惯，长大后个性太温和，给我印象缺少些机灵、敏捷和果断，甚至有点懦弱。童年她是不幸的，曾被送去一家私人缝纫店当学徒工，签订合同是三年出师。因身体弱，年龄小，连缝纫机踏板都踩不到位，这家老板娘够狠的，只叫姐姐当清洁工每天扫地抹桌椅，还给他们家倒尿盆。做不到半月就被老板辞退。后来考进贵州印刷厂当学徒，由此而对文字十分有兴趣，空余时间总是没完没了地阅读，加上勤快，很得师傅们喜欢，进厂一年就加入了共青团。1952年底邮电局大批量招生，由贵州省印刷厂分流一部分青年工人到邮电局去，和她到邮电局去的有几个女同志因家庭出身成分好，分去搞通讯话务。姐姐由于出身不好被分到医疗诊所当了一名助理护士。她勤奋学习，午休时间抓紧时间读书。平时对病人态度极好，对带教她的老护士尊敬有加，样样工作争抢着干，倍受病人和医护喜欢。1955年考进贵阳市卫生学校，学护士专业。三年学生生活连任班长和团支部书记。她学习刻苦，成绩优良，表现又好，在校期间加入了共产党，入党时刚满十八岁，是我们家第二个入党的。1958年毕业时被学校保送进入贵阳医学院临床医学系学习五年。大学时期经人介绍认识我现在的姐夫，大三结婚，毕业时是1963年，生下我的外侄郭健留给我母亲带。当时我姐分配到贵阳市妇幼保健院做了一名儿科医师，后随姐夫调北京。之后经历"文化大革命"，姐夫受令去武汉支左，因受姐出身成分影响，姐夫转业下到地方。姐也随之调入武汉一家国防厂矿医院做了一名内科医师。

姐姐张有瑜和姐夫郭文瑞

打倒"四人帮"后，姐将母亲从乡下接到武汉，母亲同姐一家三口共同生活了好几年。我每年都去武汉探望母亲。姐姐在武汉工作期间年年被医院评为优秀医师、优秀共产党员。1986年卫生部开始职称改革，顺理成章晋升为主治医师。以后每隔五年有一个高级职称名额，凭她实力完全有望拿到职称，但关键时刻她总是谦让别人，连评工资也让。我问姐："你拿那么多先进有啥用？职称才是最重要的呀！"她居然淡淡一笑说："竞争那么大，名额又少，我的竞争对手都是些厂长书记夫人，算了，等有机会再晋升吧。"是的，厂矿医院高级职称名额是少，四十八岁的姐姐就这样在一次次等待中错过晋升机会，最后连个高级知识分子的名分都没有拿到，这就是我的姐姐。

我爱我的姐姐，心目中她是那么善良、淳朴，骨子里那么干净洁白，她这一生只有读书是她自己争来的，对待遇、职称，她总是让、让、让。记得小时候，母亲给我们三姐弟分菜吃饭，弟弟那份比我俩多，我提出异议，姐姐只好将自己碗里的分给我一点，我不接受就用行动反抗，我非从弟弟碗里夹些菜到自己碗里来才甘心。母亲常会说一句话："一个妈生的，怎么就如此不同啊！"姐姐从童年开始就养成心胸宽大而平和的性格。母亲常说她的性格像我们的父亲。

现在的姐姐生活过得十分幸福，孙儿研究生毕业后找了一份理想的工作。每

天有姐夫陪伴着,傍晚在学院大操场上行走五六圈,二十多年来一直坚持着。我的好姐姐估计能活上一百岁。

姐夫郭文瑞

我的姐夫河北沧州人,中等个,五官端正,头发多而黑,是个有勇气、有胆量、有担当的男子汉。他十六岁参军,在部队读过书,写一手好字。一直在贵州军区干部处工作。1964年上调北京总参谋部工作。一生正直、忠于信仰,为国家为人民奉献一生,现在是离休老干部。年轻时爱上我姐,是福是祸他敢担当,打倒"四人帮"后,我母亲与他们生活好几年,母亲对他评价甚高。在那个讲出身成分、讲阶级斗争的年代,他对我姐的爱、对我母亲的情,我将终身感恩,可惜相隔甚远,为了报恩我只能每年在他生日前寄上一份礼物去表示祝福。我知晓他是老革命不喜欢我的做法,但应当能理解姨妹的一片真诚。他已八十岁高龄,但愿与姐同活一百岁。

弟弟张有宜

我和弟弟从小一块长大。他聪明、帅气,身高一米七三,写得一手好字,口才一流,只要他开始讲故事,所有听众会竖起双耳聆听,他最大特点是从小喜欢文学,读古文、中外名著,而且过目不忘。记得他曾讲过"流浪儿"的故事,讲时声音抑扬顿挫,加上表情,使得听者如痴如醉,当然包括我也在其中,途中有人要上卫生间也要请他暂停一会⋯⋯

他的自尊心极强,记得1953年至1955年我俩上小学,我们家还住贵阳三板桥时也是家里生活最艰难时期,我俩每天为对门杨太太家抬两桶水可赚得四分钱。有一天我俩抬完水,他提起两只水桶,我拿着扁担等杨太太拿四分钱,这时杨太太大声说:"钱已放在缸盖上了。"弟弟听了立即转回来揭开缸盖,我俩同时伸头朝缸里看,水里只见我俩的头影在水面晃动,根本没有四个壹分硬币。杨太太再次肯定说就是放在缸盖上了。此时弟弟问我:"姐你看见钱了吗?""没有呀!"我们又仔细看了四周地面,一个硬币也没有发现。这时我弟弟突然放下手里两只桶，接过我手上的扁担用力摔在地上，顺口说出："姐，我们走，不要这四分钱了！以后这水不抬啦。不就四分钱嘛！算送给她白喝。"当时把我吓了一跳，因为扁担被他重重摔在地上，扁担反弹跳得很高差点打着杨太太的脚。这扁担和桶还是我家的，弟提起桶我捡起扁担很不高兴地离开了她家。

我们正吃晚饭时杨太太送来四分钱，一副皮笑肉不笑的表情，连声对我母亲说："对不起，是我记错了。"从那以后我们只给自己家抬水，母亲也不强求我们去做。母亲了解自家孩子，这种时候她不会为难自己孩子的，往往会退让一步。

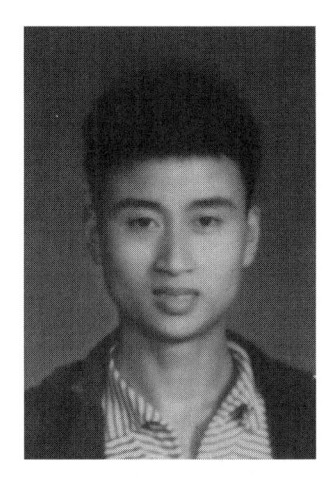

弟弟张有宜

弟弟初中毕业那年是1953年，当时非常讲究出身成分，凡出身成分不好的一律不能进入普通高中。他和我家侄女张世兰都被分入技术学校。当年又偏偏遇到飞行员在贵阳招生，他非常羡慕自己同父异母的大哥，梦想当一名飞行员，他抱着试试看的心理去报名参考，笔试体检都名列前茅，政审被刷下，这对弟弟刺激很大。1963年技校毕业分配在贵州铜仁一〇三地质队工作。

1984年母亲年岁已高，加上哮喘病常犯，要求回到儿子身边度过晚年。母亲回到铜仁，与儿子生活不到一年就去世。弟弟悲伤至极。1986年，弟弟晋升工程师后提前退休离开贵州，去了深圳一家汽修厂打工。这一去好几年，攒了一些钱为三个儿女读书上学、结婚生子铺垫了一定的经济基础。为儿女做贡献是中国父母的传统，弟弟直到他的儿女都参加工作了才回到贵阳，还帮大儿子带孙女，直到孙女上了初中后才结束繁忙的父职工作。他是个典型传统的中国父亲，有二子一女，都在国家单位上班，这几年孙子们都大了，夫妇俩才真正过上幸福的退休日子。

母亲

1985年3月17日，突然接到弟弟发来母亲去世的电报，顿时我哽咽了，瞬息泪水滚滚淌下，朦胧泪眼再看一次电报，悲痛的我放声痛哭起来，我该怎么办？当时我因急性胆管炎发作住进外科病房，是否要接受手术还在观察中，没能赶回贵

州为母亲送行，这是我一生第二憾事，想必母亲不会责怪我。母亲是我生命中最重要的人，也是影响我最深、爱我最多的人。

我的姐姐常对我说，我的性格像母亲，动作、讲话、笑都像母亲，为人处事更像母亲。但母亲的三个儿女中，最没有尽到孝道的是我，在那特殊年代大学毕业阴差阳错当上了铁道兵，"文化大革命"中我成为万只白天鹅中一只丑小鸭，我不知道自己是如何度过那些艰难岁月的。打倒万恶的"四人帮"后，尤其1978年党中央"拨乱反正"以后，全国人民过上正常人的生活，我的日子也好过了，整天忙于工作却快乐着。因为与婆母同住，没有条件把母亲接来一块过日子，没能让她老人家在我身边享过一天福，这是我一生中的第一憾事。

母亲

在"文革"年代，因轰轰烈烈的阶级斗争，母亲担心三个孩子的前程，尤其担心我这个穿着军装的二女儿，整日整夜无法安睡而曾经患过老年精神分裂症，发病时四处寻找弟弟和我，在那特殊年代里，我没有关心母亲的能力，更没有关心母亲的胆量！因为自己也在水深火热中。我感谢姐姐和姐夫，自打倒"四人帮"后将母亲接到武汉，让母亲过了几年舒心日子。因母亲想念自家儿子，姐夫就亲自将母亲送回贵州铜仁弟弟家，母亲算是实现了和自己儿子度过晚年的心愿。

母亲走了，永远离开了，我的痛谁能理解？我常在梦境中出现大学毕业离家时母亲送别的情景，我结婚去看母亲后村口分别时的情景，1971年我脱下军装下地方后悄悄去看母亲时的情景，母亲每次与我分别时不掉眼泪的样子，每次母亲不哭的表情总令我难受、令我心疼、更令我敬佩。在那动乱的"文革"年代，我的自尊心受到践踏，内心痛苦但我从不掉眼泪。之后送儿子当兵，送儿女外出读书分别，我也不掉眼泪，这要感谢母亲给我做出的榜样。我一生勤劳，对战士、对云南民工的真情医患关系，这点更要感谢我母亲的基因遗传。有其母必有其女，我做到了。但与母亲的坚强、隐忍、宽容、善良、厚道、感恩等比较，我差她老人不少。

母亲，如果还有来世，我愿再做一回您的女儿，把我欠下的许多一一补上。您的子孙都争气！您可以理直气壮，安安心心地含笑九泉。

婆母

忙忙碌碌，转眼间，我丈夫转业到四川达州地区检察院已经两年多，中层干部分了一套六楼的新房子，宽敞明亮。1983年6月，我们全家从部队家属大院搬到检察院新房，孩子们也转到地方上学，保姆小凤也嫁人了。搬家后不多久，婆母对新家不熟悉，卧室与走廊之间有两厘米高台阶，她踩空跌了一跤，因疼痛卧床不起。当时请我们医院放射科医师来家里做了床旁透视没有发现骨折，还请中医科医师到家看病，开中药内服、外敷，结果不见好转，进食逐日减少。这一切与她老人家年岁有关，都八十四岁的老人了。我和丈夫十分着急，为了更好服侍她老人，我只好换成连续上夜班，利用白天替她老人家煮粥及打点滴。看着婆母一天天消瘦下去，心里好痛，劝她老人家去住院治疗，她坚决不同意。我知道她怕在医院去世。卧床期间她最念叨的一件事是我前面提到的嫂子，埋怨她为什么不能来看看，我多次向她老人家解释，嫂子在国外援外医疗，路程远又不能请假。看得出她老人家内心很失望，不难看出她老人家多么喜欢我家嫂子。

病中婆母想吃鸡，我下夜班去菜场选好一只仔鸡带回家，我丈夫说："等老娘好些再煮。"我没有听他的，只要老妈想吃就做。煨的时间好长，煨好鸡后我盛满一碗，她老人家只喝了两口汤就不要了。我告诉婆母："鸡煨得炉极了您可以吃一些。"她望着我，细声回答："我一点也吞不下，你吃吧，看你也瘦了许多。"我把鸡汤端进灶房轻轻放在桌上悄悄地流下眼泪，我知道婆母不行了，撑不了多久了，心里难过只能背着她流泪。一只鸡全都留给几个孩子吃了，为此老公还笑我没有听他的。下午婆母告诉我她想吃杏子，六月间杏子早过市，我抱一线希望跑了许多路，好不容易在地委大门口买到一斤，拿回家她老人家只吃了一个杏子的四分之一，剩下的也都是我和孩子们吃。当时没有冰箱无法保鲜储存食物。我告诉丈夫，凡老妈想吃啥，都想方设法去买。他似乎明白我的意思不再吭声。

调班第六天下午正准备去上夜班，出门时，她对我说："有楷，你明天早些回来。"（平时我下夜班习惯买些菜带回来）我回答她："我下班就回来。"当天夜班我心里很不踏实，莫名其妙有一种不好的预感。接班时我对罗主任说："明天一早我请进修医师替我交班，我婆母很不对劲有些异常。"主任同意我提

婆母杨国光

前下班。回家上楼梯时正好看见我丈夫手里拿着口杯，他对我说："娘想吃油条豆浆。"边讲边把口杯递给我，我说："让我先回家看看再说。"接过杯快步爬楼，走到婆母床前，她已讲不出话，可能长期卧床发生了脑血管栓塞，她老人家用手指着枕边一个布包，然后又指我，我将布包打开里面装着七十四元钱，是几年来给她的零花钱，她一直舍不得用攒下来的，我明白她的意思是将钱送给我。老人吃力地用手指着樟木箱子，今天她真是不能讲话了，我知道她的老衣装在木箱里，含着眼泪直对她点头，眼泪洒在她老人家脸上。我直奔走廊大声对着楼下喊着我丈夫大名，朱清江快回来，老妈已经不行了，他刚走到一楼转弯处。

我又立即跑回床边大声对她老人家说："我会替您洗身换上那些衣服的。"她听明白点头闭上了双眼。她去世时仍十分清醒。这时检察院很多人都上来了，我边哭边倒温热水替老妈洗着脸，擦着身，帮她套着早年就准备就绪的三件套以及棉袜和布鞋，最后帮她梳好头。邻居罗副检察长爱人也帮着我。大家帮忙抬来木板架好，将老人安放好，又买来几大箱冰，木板床下放了几个大盆接冰水。我丈夫给侄儿侄女发加急电报，第三天全赶到。这三天中用得最多的是冰块。全家人在悲痛中送走了我的婆母，送走了孩子们的奶奶。婆母的骨灰盒一直安放于家中书桌上陪伴我们一起过日子，直到调回贵阳，才将骨灰盒安葬在贵阳森林公园的公墓里，真正做到了让她老人家入土为安。

老伴

老伴永远地走了，再不能携手共度人生，你能听见孩子们的哭声吗？我却没有泪，一点泪也没有。因为我面对的不是突如其来的意外，你患病将近两年，近一年你卧病在床的日子，你很寂寞，又懒于言语，看到你吃不下东西在病床上的辗转，看见你痛苦的样子，作为医生作为妻子我心痛又很无助，我整夜不能入睡，安眠药总是加了又加。在你病危期间，在重症监护室里对儿子说的那些话，我看见儿子走出来时泪流满面的样子，我知道你是和儿子作无奈的诀别。你累了，闭上双眼永远走了……

人生最大的痛苦就是看着身边的亲人濒临死亡，却没有任何办法挽救他。我虽是医生，见惯了许多生离死别，依旧无法做到淡定自若。头脑一片空白，你是我的伴侣。看到你的样子，我内心好痛却没有一滴眼泪。我明白生死离别，悲欢

老伴朱清江

离合是人生的真味，也是人世间的规则，我们无力改变只能遵从，或许人到诀别时痛而无泪吧。

你走了，一切都灰飞烟灭，你与世间可以无任何瓜葛，可留下我好孤独，我把你的骨灰盒放在枕边床头柜整整十天，因为你住院期间哪怕病再重，每一天都坚持回家来住。按照中国习俗，入土为安。看好日子后将你安居在清镇艺术陵园公墓，你旁边留有我的位置，这是儿女们安排决定的。

为了减轻悲痛，我给自己放了长假，去了上海、武汉、成都。到武汉姐姐家，看见姐姐和姐夫，一跨进门就痛快地大哭了一场，姐夫说："哭出来就好。"他让姐不要劝我。之后在姐家住了十天，姐姐和姐夫生活规律，饮食结构偏素但搭配十分合理。每天上午姐与同单位同事锻炼身体，锻炼结束，夫妇共同上街买菜，晚饭后两人一块去学院操场快步走三五圈。姐夫都快八十了，看见他身心健康，我为姐姐感到欣慰。十天很快过去，与姐和姐夫分别时坐上车，我又痛哭了一回。我一生是很少哭的。这次去姐姐家痛快哭了两回，不知为什么？你走了我感觉空落落的，离开姐姐那一刹那让我想起母亲，姐姐看似母亲吧，可能这是我痛痛快快哭了两回的原因。

到了儿女家，儿女都很懂事，尽量不提及父亲，只陪我四处玩耍。在女儿家，我参观了女儿工作的地方——同济大学，还在法学院大楼前拍了照。女儿还带我参观了华东政法大学，这所文科大学很有文化底蕴。女儿女婿还抽空陪我到上海周边游玩，朱家角、周庄、崇明岛等。看到女儿新搬的家装修典雅大方、设计完美，夫妇各有自己的书房，甚感高兴。这一切你都来不及感受就走了。在儿子家，平时陪

孙女读书，周末把成都四周玩遍了，孙女聪明可爱，比小时懂事许多。

　　回到贵阳的家，房子空空荡荡，看着你的遗像，那挥之不去的思绪总跟着我。人们都说："时间是世上最好的良药，它可以治愈你的伤痛，让伤痛变得模糊淡逝。"我不能让自己沉沦下去，必须要坚强。尽快忘记伤痛，最好的方法是让自己忙碌，忙到自己没时间去回忆。所以我又开始上班，从容面对现实，从容朝明天走去。

　　老伴，你走了，你知道你欠我什么吗？你培养我的懒散，你培养我对你的依赖。我常乱放东西，桌面上摆放的书乱七八糟，你经常帮我整理，时不时也批评我几句，为此我们还常拌嘴。有时一旦要用书时，总是你帮着找到，上班出门时忘带手机，有时找不着眼镜，这一切是常有的事。你走了，我会很长时间不能适应，会丢三落四，所以要尽快学会有章法地过日子，尽快做到让自己的生活井然有序，虽然会让我感到伤神，但我没有别的路可走。

　　老伴，我们曾经许有诺言，结婚五十周年，我们去拍金婚照。结婚才四十四周年，你提前走了留下我一个人，我会孤单会害怕。如果不是留有三个儿女，我会孤独地活在彼岸。我们还曾许诺过，去成都二王庙再参拜李冰父子，没有你陪同我也无心再去了。

　　老伴，你节俭一辈子，从来不打出租车，为了办免费老年乘车证，每年换证，你自己排队几小时。记得有一次还淋着小雨排队，回来时衣衫湿透，为此事我俩还吵了嘴。当时我就想，我这辈子不办理什么老年乘车证。但近两年各小区均可办理，半小时搞定。我办了但很少坐。

　　老伴，在那"文革"动乱年代，我们相依为命。我更感谢你顶着"风浪"，陪我回乡看望我的母亲。想到这点，我好感激你，真的好感激你。

　　老伴，你一生纯粹而干净，我与你相伴一生，无怨无悔。

　　老伴，你走好，在天堂过好每一天。在天之灵，保佑好你的儿孙们。每年清明节，我会携子牵孙来看你。一定！一定！

我的几位好友

　　我的好友林丽娜，民主人士，原贵阳市云岩区人大常委会副主任。

　　她个子不高，属小巧玲珑类，五官精致秀雅，一双长辫，说话时常带微笑，给人非常甜美的感觉。她一直居住贵阳。四处漂泊的我，走得再远难舍的仍然是家乡的一群伙伴。她是台湾高山族人，不仅聪慧漂亮而且成绩优良，家庭经济条件好，她有个哥哥是省人民医院内科医生，有两个侄儿两个侄女，长得都帅气和美丽。

中学时我每天上学都要经过她家门口，喊一声她的名字，她就立即跑下楼来和我一块走，这时候总听见她妈叫着我的名字，回头一看，林妈妈手里拿着好吃的东西送给我，我告诉丽娜："叫你妈以后别总拿东西给我吃，每天早上要在家吃饱才可上学，这是我家习惯和规矩。"她回答："我也不知为什么我妈就是喜欢你，为此我还有点嫉妒你。这周日，她叫我一定带上你到我们家来吃螺和蟹，我表嫂从广州捎来的，好多耶。"高中时，往往为了一道数学题我们可以做上一个小时，有时是她先解出有时是我先解出，但无论是谁先解出来我们都会两手相拍大声喊叫。记得这种时候，总被林妈妈笑骂我俩是一对疯女子。

好友林丽娜

大学她考上师大，我考上医学院，大学毕业各奔东西，次年碰上"文革"，我们失去联系。一晃二十年，直到1991年，已是中年，我调回贵阳后我们才得重聚。这时的她已是云岩区人大常委会副主任，凡有空闲总常来看我。虽然很多年不曾联系，见面了却有说不完的话要讲，甚至一个眼神彼此都晓得。初到贵阳时她看我住周转房就老对我说如果缺啥要对她讲，我说："缺少林丽娜行不？"她拍打我肩膀两人大笑，和童年一样顽皮友好。

1993年我搬进高知房一楼，安装了电话，常见面也常通电话，她有何身心不适或不愉快，总是向我倾诉或咨询，每次打电话总是很长。有一天她提来一大箩筐水果，五花八门品种齐全，还没等我开口她先讲话："你是大忙人需要水果润养，哪种好吃你就电话告诉我，我再送来。"原来她家侄儿是学果蔬专业的，每周回来从农场捎来许多水果给她，从此我不知吃了多少她转来的水果。

某天我登门拜望她，她高兴得像个孩子，打开门笑盈盈朝我大声说："来得正是时候，我明天就去新马泰旅游，今晚陪我吃完晚饭再走。"她老公确实买了很多菜，厨艺也高。我对她两口子说："三十夜洗脚好，真的走运[①]。我今天就等吃这餐美食了。"

随后看了一下她旅行包，发现带了许多药，我问："这干吗？"她说："最近胆

[①] 本地俗语，意思是运气特别好。

囊老是发炎，带些消炎药和利胆醇。"我边开玩笑边叫她老老实实躺下我来检查一下。她老公连忙随声应和着："对对，让有楷仔细摸摸。"天啊！当我手触及胆区时把我吓一跳，肝那么大而且硬，我叫她尽快上医院检查，以后再去新马泰。她连忙说："回来再去检查，只去七天就飞回来了。"看她兴致那么高，也不敢对她讲出实情怕吓坏她。晚饭时见她吃得很少，她老公说："最近一段都这样。"在饭桌上她一个劲替我夹菜，那餐饭我吃得很慢，出于医生的职业敏感我开始为她担心，离开时心里很不是滋味。出门时还对她讲："丽娜，回来后去医院做个体检，不要自己乱买药吃。"她笑眯眯爽快答应："放心啦，一定会去的。"她夫妇俩送我到楼下。

一周后果然回来了，电话那边兴奋告诉我，周末要到我家里来，要我看她的照片。周末我早早起床，到病房转了一圈，上街买些菜迎接好友归来。下午三点钟她来了，我见她脸色极差，有些黑黄消瘦，我的心抽痛了一下。陪她看完那许多相片，有高空坐降落伞的、有海边游泳的、有沙滩晒太阳的，反正一大堆。看完相片她取出一个精美胸花送给我，笑嘻嘻地说："这枚胸花你最配，我选了很久才选中，冬天戴在毛衣上。"（这枚胸花我冬季常戴，曾经弄坏过，针与花脱了节，我四处找店终于修复，这是我永远的纪念品。）我说了几声"谢谢"，然后转入严肃话题："丽娜，去住院全面检查一下身体行吗？我看你又黑又瘦的，不美啊。"她仍嘻嘻哈哈不以为然。"明天上班报个到，请好假就去看病，如果叫住院我就乖乖住院接受治疗就是。这么多年我极少看医生，去年看过一回，做B超说是胆囊发炎，我连油炸食品都不敢吃，凡油腻的东西都不吃了。"送她后回家路上我想了许多，看来她的病已有一段时间了。

四天后接到她老公打来电话，检查结果已出来，肝癌晚期，已转移扩散。我拿着电话筒无言，对方问："有楷，听见没有？"我好半天才回过神来，我问她老公："她本人晓得不？"对方回答："不敢告诉她。"当晚我去看她，见她疲惫极了，白床单上躺着的她更显黄瘦。她对我说："我想转中医二附院吃中药治疗。"第二天转到中医二附院。中医二附院距我工作的单位比较近，有空就去看她，每次去都给她带去一点儿快乐，但我每去一次都感到她逐日衰弱无力，我心好痛还要佯装啥事都没发生一样。隔三天再去看她时她已经不认识我了，我知道她已经不行了，约了好友培颖同去，当天晚上她逝世，才五十二岁。我为失去她痛惜不已。

丽娜，是我的好友，我们从小一块长大相交莫逆，虽时分时合，我们总是心心相印。儿时的友谊，青年的同窗，中年的重聚，我们彼此都格外珍惜岁月洗礼中的情谊。病魔夺去她的生命，我是她的好友又是医生，眼睁睁地看着好友离世，我好无助好心痛，今后我们只能梦中相遇，我会永远记住她而且永远向她学习！学习她的聪慧勇敢，在坏人面前敢冲上前喊出正义！尤其在那动乱时期，我读到关于她夜行路上与坏分子搏斗的事迹，我为有她这样的朋友感到骄傲！只可惜我们正当"兰花"年龄，她就将生命交还给了岁月，让我好痛惜！

    我的好友刘洁，共产党员，原贵阳市花溪区副区长，享受国务院津贴的农业专家，退休后仍活跃在农业战线上。贵阳科协每周五的活动她必参与，是个实实在在的工作狂。她一生热爱生活，直到老年一直坚持冬泳。平时总喜欢穿一身中国旗袍或大花碎花长裙装，显得格外年轻美丽。从背影看她像一个二十岁的年轻姑娘。我欣赏她热爱生活、积极向上的精神。

    我俩从小同学，一块长大，我虽因家庭变迁时常转学，但我俩从未中断联系。她初中与我同班，我性格活泼开朗，她温柔善良。两人家境都不好，她父亲是个文化人，当时有些怀才不遇，加之身体不好，多是在家闲养，全靠母亲干活养育六个姐弟。我是家庭出身成分不好，靠同父异母哥嫂养活。后来因哥嫂工作调动远离贵阳，母亲自立门户领别人家孩子家中带。我俩共同点是家境贫寒但读书用功，成绩优秀。我常去她家吃饭，菜是包谷和辣椒，她到我家吃饭是四季豆米和辣椒，尽管这样我们却快乐着。

    高中我们又曾同校同班，她长我一岁，我们亲如姐妹。那时的校规远比现在宽松，高中时就开始谈恋爱了，她与恋人约会，鸿雁传书，很多次都由我送去。她的恋情最终开花结果，有三个漂亮如花的女儿和一个帅儿子，幸福一生。

    高中毕业我选择学医，她选择学农，对她选择"毕生吃苦耐劳的农学专业"我并不惊讶，因为初中时她曾写过一篇作文，题目是《我的理想——中国米丘林》。文章生动朴实，将她儿时对苏联农业学家米丘林的敬仰和倾慕写得酣畅淋漓，做中国伟大农学家的理想早在那时已在她心中孕育生长。她一生都执着于自己的专业梦想，努力成为最优秀的农业学家。这篇作文因为写得真实感人，被老师作为课堂范文讲评，我俩高兴极了，还一块去她家炒玉米花吃来庆贺。

    大学毕业我们各自走上自己的工作岗位，我去了部队做了一名"只专不红"的军医，她留在家乡成了一名勤勤恳恳的农业工作者。"文革"时期我们失去了联系。一生多次迁移远离故土的我，直到中年才得以回家乡发展。初回来时得到她大力帮助，帮我度过最艰难时期，令我终身难以忘怀。人生如白驹过隙，再次相见虽已人过中年，儿女成群，但依然相见甚欢，犹如昨日。

    为了回家乡工作三次两省往返都住宿在她家里，为了帮我调回，她不遗余力。

我的好友。左起：刘洁、张有楷、邓培颖、屠教授

调动成功后，全家三口二十多天都挤住在她家里，委屈她唯一的儿子睡客厅沙发。我们的友情像美酒，历久弥新。

她是贵阳市的农业专家，是乌当区农民心目中带领他们发财致富的财神菩萨。后调任贵阳市花溪区副任区长直到退休。我们彼此鼓励、共同努力、共同进步。几次在市科技奖大会上碰面，有说有笑，彼此鼓励再接再厉。

现在我们都步入老年，工作上她仍活跃在农业第一线发挥余热，生活中她一直坚持冬泳直到今天。

之后她老伴逝世对她打击很大，但我们彼此劝慰，把精力转移到工作上去，相信有能力生活好，美满一生。她的人格魅力令我喜欢和敬重。

我的好友邓培颖，共产党员，原贵州省铝业公司下属一所医院——贵州铝矿医院内科副主任医师（已退休）。在我们那个年代算高个，一双大眼睛，说话声音大，发出笑声时哈哈音会传至很远，中学时代一直是团支部书记。

她曾是我中学时代好友，高中"拔白旗"时得她保护过我们一小批成绩好的同学。记得当时她对班主任说："她们只是考分靠前，平时表现不差。我还挺羡慕她们的，我怎么努力也赶不上她们。单看成绩批评她们'只专不红'有点重了。"当时那个年代敢这样表态的，纯属罕见！我们几个从心里感激她。

我们考上大学后虽然在一个学校，但我与她同级不同班。她家庭出身是三代工人阶级，根正苗红，兄弟姐妹共九个，她排老二，唯有她一个上了大学，家庭主要靠父亲和她的大哥工资生活。她读书非常用功刻苦，因为学习方法稍欠缺，学习成绩不太理想。但她思想单纯，对人耿直，工作积极上进，这些优点令大家诚服，这与她的家庭教育和父母的言传身教分不开。她的父亲虽文化程度不高，但为人正派，忠厚纯朴，工作认真负责，在市里某个工商银行担任收发工作。担任收发工作几十年无一差错，经常被单位评为先进工作者。伯父对九个儿女的教育十分严格。记得三年困难时期，大家都吃不饱饭，伯父把她几个妹妹和一个小弟弟关锁在家里不让外出游逛，担心他们外面学坏。我非常敬重伯父的人品，伯母勤劳节俭，是中国典型的家庭主妇，贤妻良母。

"文革"期间培颖参加造反派，当时我在部队，造反派同学给部队写信揭发我（前面已讲过）。那个年代写封揭发信，我对之不屑能理解，但信中有她的签名，这对我打击很大，真可谓当头一棒！但奇怪的是我一直对她恨不起来，童年那份真情，青年时的同窗友谊，是人生忘不了的。因为那些美好不可复制所以我格外珍惜。回到家乡，我又联系上她，好朋友就是好朋友，我问她为什么签字揭发我，她哈哈大笑回答说："'文革'期间大家都是疯子，我看都没看信的内容叫签就拿起笔签了。"我相信她讲的完全是真心话，她想问题一贯比较简单。分别多年后第一次见面前，我想象中她可能会像她的母亲那样胖，哪知她显年轻，穿着得体而且不胖，不难看出她过得很幸福。她有两个女儿，都已结婚生子，现外孙正上着大学。她的丈夫曾经当过兵，转业后考入外语院校，毕业后做过苏联专家翻译。"文革"时期被打成"三反分子"（反共产党，反社会主义，反毛泽东思想），还加上一条里通外国罪，后改行做中学外语老师。据她介绍她老公是位模范丈夫，看得出他们几十年共同生活把我的好朋友调教得温文尔雅、和蔼可亲，还比较有女人味。可真应了古人所讲"嫁鸡随鸡嫁狗随狗"这句话，可惜我一直没见过她丈夫。

从小培颖母亲邓妈妈非常喜欢我，记得那时最喜欢吃邓妈妈炒的土豆丝，邓妈妈去世时，我去悼念过，悼念活动办得很隆重，完全按照贵州习俗。我还参与守夜、绕棺，长达四个小时。

现在她很健康，我们经常来往保持终生友谊。

我的好友屠教授，贵州师范大学地理系首席专家，研究生导师，享受国务院津贴。退休后仍担任省环境保护局鉴定专家，著书《独特的文化摇篮——喀斯特与贵州文化》。别看他是理科出身，图书内容除深厚的专业知识功底外，文字叙述非常优美。但凡省内旅游我必先读这本书，慢慢就成为我的省内旅游指南。

我们高中开始认识，他高个英俊，喜爱运动，却又温文儒雅，脑子聪明。中

学时代成绩优秀，担任学生会主席，大家对他十分崇拜。那时我主动追求他，我曾转学到昆明读高中的那一年我们都保持着通信联络。当时是一种非常纯洁的友谊，但内心我深深爱着他。对他我们家里人都十分认可，尤其我当军干的姐夫很欣赏他的人品。

1960年我考入贵阳医学院临床医学系，我们关系一直很好。每到周末不是他来找我就是我去师大找他，不是一块回他们家就是在我们学院跳舞。大家都默认他是我的男朋友。读到大二时，"出身成分论"开始影响当时人们的择偶观。他父亲是"右派"，而我出生"地主阶级家庭"，当时我家一位在省里任职的亲戚建议我俩的关系不能再发展下去，否则会影响彼此前途。他聪慧、敏感、清高，对他用不着讲出理由，一个苍白的借口他明白转身，从此不再往来。当时的男女不像现在，双方并没有表白什么，彼此之间更没有任何承诺，就这样分手了。

1962年6月他毕业前曾给我来过一封信，信中提到学校要他留校工作，似有征求意见的意思或有意告知我。我把信反复读了许多遍，背着同学跑到走廊上掉了眼泪，最后下决心不予回信，因为害怕自己回不了头。我心里清楚，不能给自己留任何退路，当然就没有资格表态和建议了。但我一生将他藏在心的最深处，能与他遥遥相望，默默欣赏，也不失为我的一种幸福。

记得1963年秋季的某天，刚吃完中饭，有位男士到学院女生宿舍找到我，此人不修边幅，一副吊儿郎当的样子，一见面就对我说："你是屠老师女友吗？他与我的爱人有暧昧关系，我们共同告他一状行吗？"突如其来的讲法，引起我极大反感。我不加思索回答他："你爱人是有夫之妇，怎么说到有暧昧关系？况且我和他已分手，如果不分手的话不是你来找我而应该是我来找你才是。凡我自己择中的事和人我不会诋毁的，即使真有这回事我也不屑于做这种事。"看到对方一脸茫然，我接着说："对不起我要午休了，下午还要上课。"讲完转身回到集体宿舍关上门。当天下午我没有集中精力上好大课，有一种莫名的忧伤。毕竟他是我的初恋，命运注定天涯相忘。但曾经爱过，很难真正做到淡定从容，况且是我离他而去，又怎能做到坦然自若！只能把他藏在心里一生如影随形。有时梦境中还清楚出现他与大学同班同学台上表演过的舞蹈《花儿与少年》，当时我在台下看得津津乐道、浮想联翩，有时梦境中还会出现月色下我和他在黔灵公园曾走过的山径小路……

1972年我复员回到贵阳后我们有了联系，与他夫妇相接触后知道他们婚后没有孩子，我为他们深感遗憾。我很喜欢他的妻子，小学教师，个子小巧，大眼睛很漂亮，善良、贤惠、热情、能干集于一身，日子过得很幸福。

1987年我从四川回贵阳参加医学院五十周年校庆,约上好友同去看望过他们夫妇。次年为我调回贵阳曾劳他费过心,百忙中他认真帮助过我,为我跑过许多路,他所做的一切出于过往的友谊,我从心里感激他。我对他的情感我的老公最清楚,因为婚前我早把与他的相识相知相恋分手像说故事一样讲述得清清楚楚,还强调我欠他的太多。我老公表态:"谁都有过去,我也有过去,大姑娘没有男朋友才叫怪,对爱人不信任怎么做夫妻?"我老公的心胸肚量赢得我的敬重。自我们全家调回贵阳后两家人和几个闺密经常聚会常来常往,十分友好和愉快。记得有一次我们夫妇俩上他们家吃饭,他们做的八宝饭挺好吃,临别时我还打了包带走,走出学院大门老公悄悄对我说:"你真有意思,吃了还打包,一点面子也不给我。"我笑着回答:"好朋友怕什么?你又不会做八宝饭。"

　　屠教授一生发展是这么好,教授、研究生导师、"全国五一劳动奖章"获得者,享受国务院津贴,是省里知名专家,退休后一直停不下来。他一生的成就用他的话"有妻子一半功劳。"

师姐王玉珍

　　追忆是美好的。在四川达州中心医院工作十六年,我和师姐王玉珍一直是铁"哥们"。

　　记得某天我上班,师姐下夜班,交班完后她悄声对我说:"明天请你来我家里吃中饭。"我问:"为什么?"她笑答:"老公请了他们厂工宣队来家里聚聚,都是些女同志,你来陪她们吃饭最合适。"我高兴回答:"好啊,有好菜肴又有好酒一定来。"当时各单位尤其是大型企业,都有自己的工人宣传队,主要宣传毛泽东思想。

　　中午十二点钟我准时赴宴,一走进他们家,呵呵,全是一群大姑娘,个个长得婀娜美丽。一桌坐得满满的只差我一个了。我坐在师姐和她老公之间。寒暄了几句,师姐老公将我介绍给她们:"这位张阿姨是我爱人好友,她来了就开饭。"一声令下,她们大家礼节性敬了师姐、敬了厂长、敬了我。饮酒后大家比

师姐王玉珍

较兴奋，姑娘们开始嬉笑、逗闹、有的还与师姐老公开着玩笑，有的玩笑开得有点过分，我悄悄对师姐说："如果是我的老公，不准带女的到家里来吃饭，尤其是大姑娘。"师姐笑了，并轻声说我是个醋坛子。当时我有好多想法，认为师姐感觉有些迟钝。联想我的爱人是当兵的，部队除了医院和通讯连外，很少有女兵，男人多数见到漂亮女人，绝对目不转睛盯着看，这是男人共有的德性。有时候几个男人凑在一起还会给女人打分，这种状况在当时还比较时髦和流行了一段。

师姐是个坦坦荡荡的人，她的爱除了给病人、给工作、给朋友，全给了家人。她勤俭持家，穿着朴素，孝敬父母，支持老公工作，把老公打扮得帅气十足，总是西装革履，庄重稳妥。从她身上看不到一点官太太架子。我非常喜欢她、尊敬她，有时还心疼她。她个子比较高，平时穿着又太朴素，她带的三军大实习医生对她开玩笑说："王老师脱了白大褂，好像个工人师傅。"（言下之意说明她不讲究穿着）她笑笑而已，转头悄悄问我，"我像工人师傅吗？"我笑着故意大声回答她："像极了！"她追打我，我大声叫着："好痛啊！是像嘛！不岂止像，就是个真正的工人师傅！"她追着笑着要打我，她是师姐，站着让她打吧！但她是不会真打我的。

我和师姐在穿衣打扮观念上有所不同，我比较前卫，喜欢打扮自己，因老公当兵，他穿的是军服不用花钱，省下来的钱补贴了我的置装费用，我喜欢买漂亮的裙装。女人嘛，除了搞好工作和家庭外，应当把自己打扮得漂漂亮亮的，说实话谁家爱人不喜欢自己老婆穿得漂亮点。所以我的穿着一直比较前卫得体，夏季裙装，秋季旗袍或西装，冬季外加呢大衣。

但师姐工作方面没得说的，上文已谈及她是同行中第二个影响我一生的长者。我们一直保持联系，情同姐妹。

痛失三位年轻医师

我接任科主任后，我们儿科在短短几年里就逝世三位年轻医师，好令我心痛。

第一位是江文医师

江医师离世时才二十八岁，她是个争强好胜的女医师，人也长得漂亮，平时工作认真，学习刻苦，唯有一点不足之处是和同行相处有些小心眼，有时总是像俗话说的那样哪壶不开提哪壶。上级医师查房时，她总习惯站在上级医师旁边，双眼盯着别人写的病历，会悄声提醒上级老师，没有及时记录病程什么的……这个小缺点惹同行们不甚喜欢。某次因受凉咳嗽，胸片发现纵膈上有个橄榄样大小的圆形包块，经过一般抗炎治疗后咳嗽好转，但为了得到武汉儿童医院进修名额，她不顾自己纵膈上小包块是啥性质，勇敢去了武汉儿童医院进修。我曾多次劝告她，拿掉包块再去进修最好。她坚定回答我："观察一段时期，正好进修满一年，回来再做手术也不迟。"她很快办理好各种手续去了武汉。一年归来时还怀了孩子，这个孩子怀得真不容易，让她感觉胸闷气促，常在上班时吸氧改善状况。见她怀孕才六个月，爬楼梯到三楼上班就气喘吁吁，莫非怀了双胞胎？职业习惯告诉我这不像正常怀孕。所以建议她到产科看看，产科给她做了Ｂ超证实是单胎，同时发现有胸水，抽胸水化验结果只发现少许白细胞，门诊按结核性胸膜炎治疗。治疗过程中还去过贵医，贵医门诊做了胸部ＣＴ，结果诊断纵膈包块性质待定。她入住我院产科继续抗痨治疗。住院过程中，王副院长请了全市内科专家会诊，会诊意见仍是"结核性胸膜炎"，建议积极抗痨治疗。她住院一个多月病情日渐加重，胸水越抽越多。每天输予脂肪乳、血清等支持疗法。最后发展到颈部多个淋巴结肿大压迫了气道，那时她发音困难基本上讲不出话，但头脑还十分清醒，慢慢神志开始恍惚最后进入昏迷。

她去世那天正是我的三值班，夜里十二点钟去看她，在没有消毒铺敷的情况下我给她抽了将近一千毫升淡红色胸水，目的是让她暂时好过一些，能等到丈夫去县城接来父母看最后一眼，那时大家心里都清楚她不是结核，是恶性肿瘤并已转移至脑部。可惜她在凌晨五点就逝世了。死后父母赶到，按父母要求将腹中胎儿剖腹取出，早上八点钟前用医院救护车送往家乡按当地习俗安葬。

记得我院评审三甲医院时有全国著名专家来我院，我拿出江文的ＣＴ胸片请几位专家看，他们异口同声说："胸腺肿瘤。"想起一年前江文住院期间省内专家会诊结果是始终坚持按结核治疗。贵州医学水平与其他省份相比真是存在相当大的差距，不服不行啊！

第二位是姜文燕医师

姜医师离世时才三十二岁。她是新生儿科高龄住院医师转行做儿内科医师的，当时我还以为她调入我科是与王副院长发生过争执有关，我是为姜医师将来

晋升主治医师考虑，王副院长表态："尽快想法帮她联系外出进修。"我问："进修哪个科？"王副院长回答："当然是儿内科。"我提出异议："她这些年从事新生儿科，正规教学医院是不会接收转行医师进修的。"果真联系进修迟迟没有结果。她却患了胸腺癌，有前例教训，这次ＣＴ做出明确诊断。发病不到三个月就逝世，留下一个可爱的三岁男孩，令人惋惜。

第三位张立医师

张立医师是从保健科调入我科的，是位极其优秀、好学、上进的年轻医师，她个儿不高，长得白白净净，见人脸上总带笑容，非常讨人喜欢，她与全科人相处融洽。我非常器重她，觉得是棵好苗子。到我科不到两年，正赶上她晋升主治医师，刚好我是市里中评委，把她晋升为儿内科主治医师，晋升后不久王副院长又将她调回儿保科。当时我与王副院长还争论了一回，王副院长坚决不同意。她说："儿保科也需要好医师，你也不要太自私了。"王副院长对我的批评也对，好医师哪科都抢着要。

张立医师调回儿保科后不到三个月，患了急性黄疸型肝炎。她主要表现为高烧、身软、皮肤发黄。但她主观认为自己患了伤寒病，只是临床表现像肝炎，所以每天到儿科来输消炎药。我发现后建议她住传染医院明确诊断。当时正赶上医院职工分房打分，她担心分不到房，所以迟迟不去做检查，一直按伤寒病进行治疗。我为了迫使她去住院，只好在科室朝会上宣布："不准许她来科室输液，如果出于私交硬要帮她输液治疗，请直接去她宿舍帮她，如果肝炎在儿科传染开来，谁也负不起责任，如果科室真的发生交叉感染医院领导要追责的。"第三天我看见她在马主任科室输液，她看见我就往大办公室里躲。次日她还替儿科几位护士当枪手——考英语。我一直忘不了她替考回来对我讲的话："张老师，我考完试下楼时发现我的铅笔丢在桌上了，我连上楼的力气都没有了。明天是周五我领了新房钥匙就去办理住院手续。我知道你是关心我，谢谢张老师。"周五她领了新房钥匙才去传染病院办理了住院手续。住院次日确诊为急性重症肝炎，下了病危通知书。我去看她时她对我说："谢谢张老师，我该早听你的话，管床医师说我不该私下乱用消炎药，消炎药对肝损伤严重。"看见她疲惫的样子我好心痛，只能叫她好好卧床休息。第二天我和黄景霞医师去看她，她的兴奋多话表现就是一种异常，为了让她少讲话我俩只好早些离开。走出病房黄医师对我说："张老师，她的表现很不正常，太亢奋了。"我心里明白，她的病已经很危险了。第三天转到贵阳医学院传染科接受更好的治疗，当我和王副院长再去看她时她已处于半昏迷状态，已经不认识我，看着她内心只有痛，我清楚知道她已救不回来了。过几天她离世。她真是走得太早，这么年轻，人生才刚刚开始，她还处在恋爱中，恋人在广州。

我常想，张立医师帮助过的那几位护士，每年清明节该去为她扫扫墓！要永远缅怀张立医师。

三次返川

二十年前我曾经许过愿，一定要回四川去看望大家。

2010年春节前几天女儿寒假回来后陪我回了一趟四川，本想要我的老伴随同回到我工作过十六年的地方，但他身体欠佳，正患老年类风湿病，所以就没有同去。

到了达州感觉变化很大，城市扩大后漂亮多了，高楼酒店增添许多，大街小巷干净了，小吃店四处可见，达州河水虽没过去清澈，但河床被人工加宽加深还筑有规范堤，新建了两座大桥，河里有提供游人玩的小船。最明显的变化是人们富了，腰包鼓起来了，这些变化让我感到又惊又喜。我家原来住的检察院宿舍改成托儿所，整个公检法、市政府、重点中学，都搬迁到西外，统称达州西外新城。

我的师兄师姐们都已退休，听说我回来看望大家，认识我的朋友都早早集聚在公园一个大厅里，不全是我们儿科的，还有急诊科的、药房的、检验科的、放射科的、挂号室的，见了这么多老朋友让我激动流泪。分别二十年，彼此有讲不完的话，谈着笑着欢喜着。有的人带孙子，有的人陪孙辈学琴学画，有的早晨锻炼身体唱歌跳舞，有的和我一样还在继续工作，大家都乐在其中。

整个大厅像办喜酒一样，摆了整整六桌。我高举酒杯祝大家身体健康！并向大家汇报别后二十年自己的状况："我加入了中国共产党，我把这里的好思想、好作风、好技术带回了家乡，这一切要感谢在座的师兄、师姐和朋友们当年对我的帮助和支持，没有过去那十六年的磨炼，不会有今天的我。"讲完大家掌声表示对我再次鼓励。中饭后大家合影留念，当晚我很激动，那难忘的十六年的岁月，一桩桩，一件件，历历在目。

第二天我拜望了院长师兄夫妇，他们也退休了。师兄被达州第二人民医院聘

第一排左起：金茂芳、伍管英、赵万清、陈善玉、张有楷、付兰芳、王玉珍、殷合久、吴淑贤

第二排左起：向玉华、屈克兰、谢玉芳、邓孝玉、卓　莉、肖国珍、王正琼、李白玉、李永星、朱玉珍

第三排左起：赵成志、何代英、余志成、张　兰、毕应杰、张正贤、赵鹏君、冯英贤、何华源

第四排左起：张朝忠

用，身为外科专家，我想他是闲不下来的。当我问及他俩的儿子小波时（我曾带过的实习医生），夫妇俩笑容满面，说他现已是医学博士，现在重庆某大医院做外科医生工作。大家感叹时间如流水，我们再回不到昨天，话别彼此保重。

前任老王院长现已逝世，我心里很难过，只能在心里缅怀他。

我们儿科最高龄者已近八十岁，我发现没有一个耳聋的，个个健康、快活。做儿科医师职业好处多多！娃娃不会主诉病痛，全靠我们医生的两只耳朵听诊，如果你一直坚持工作，听神经一定会很发达不会萎缩！所以没有一个耳聋的。

我陪女儿到她曾经读过书的小学、中学以及曾住过的部队大院转了一圈。大院变化很大，自部队改编后，多数房子出租，只留下原金副司令员住的大院，今已改做老干招待所。进入老干所找到原老干所陈福龙政委，他年轻时是师组织科干事，对我和我的老伴都十分了解，我谈及写回忆录一事，他还将铁七师一位转业到贵阳的老同志介绍给我认识,他在贵州省人事厅任职副厅长(已退休)。这次与陈政委见面,给我提供了很多写书需要的资料。

第三天由好友、原急诊科邓孝玉护士长的儿子派车,当时还小小的波儿现在已是旅游局负责人了,带我们去了当地名山——凤凰山。这座山,是孩子们幼童时常去爬山玩耍的好地方!尤其每年二月初九登高节是必去的,这也是我家保姆小凤养成的习惯。今日修建得更好,车路一直通向山顶,现已成为达州市旅游胜地。站在山顶可以俯瞰全城,整个城市尽收眼底。途中参观了张爱萍将军故居。达州是个老革命根据地,山上有几座红军坟,这里有很多关于红军的英雄故事,每年登高节人们会登山缅怀离世的革命先烈。过去的大巴山区很穷,现在盛产天然气,国家政策稳定,地域变富,人们的精神面貌也大不同了,听师姐介绍过去那些传染病、风湿热很少见了,克山病基本消失。这一切都归于党的改革开放政策,归于邓小平同志的高瞻远瞩,据说达州天然气产量在亚洲排第二、全国排第一,这一资源让达州经济腾飞。达州还产牛肉干,灯影牛肉,都是赫赫有名的四川特产。

2012年"十一"国庆小长假,老伴已去世一年多,大儿一家三口陪我坐上高铁又去达州一回,我还再次联系上老干招待所的陈政委,从他那里又了解到铁道兵七师部分老同志近况。之后我们还拍了张合影。

2014年"五一"劳动节小长假,小儿子家三口陪同,开车自驾第三次返回达州,考证一些我写书的有关资料,此次收获满满。达州城一次次变化让我震惊,这次正赶上春季,汽车下了高速直接进入达州西外新城,绿树成荫、处处草坪、

易全模(左)和张有楷(右)

左起：赵成志、王玉珍、张有楷、金茂芳

座座广场，高楼林立，真是名副其实的达州西外新城。儿子的很多战友来了，小伙子们都开着私家车，他们日子过得很富裕，都当上爸爸。很好笑，我儿子从小在这里读书，从这里入伍当兵，退伍后也曾带着妻儿来过几回，但达州沧海桑田般的巨变，儿子居然连路都找不着方向了。

  第二天上午下着小雨，我去西外新城老年公寓看望医院前任人事科宋科长，她已九十岁高龄，患有老年痴呆症，住特殊单间，有护工陪伴。见到她时穿着干净，面色红润。我们到时正是中餐时间，护工将馒头用肉汤泡软，用勺喂她。护工说："宋科长咽喉处长了一个小肿瘤，吃米饭吞咽困难，平时不能发出声音。"因为不能交流，我们只待了半小时就告别了，也让她老人家正常午休。返回的路上忆起1974年，我调到达州中心医院接待我时的宋科长，她是那么和蔼可亲，聪慧伶俐，在我们相处的十六年里她对我的关心和呵护令我终生难忘，她常找我谈心，每次都强调要我放下家庭出身的思想包袱，鼓励我上进，我对她非常感激和尊敬。可惜现在她患了老年痴呆症已不认识我，也不能向她汇报别后的一切。让我感觉心痛和惋惜，人生总是充满许多的遗憾。

后记

写回忆录纯属偶然，自老伴走后在家按时间顺序整理家人照片，花了很长时间结果都不满意，突发奇想，干脆用文字写出来吧，女儿第一个站出来支持。花了三年晚上和周末的时间，是从大学毕业写起，原稿写完后请贾里宁先生看，他建议我从童年写起才完整。于是添写了远去的童年记忆。这本书稿记录我1949年至2015年跨度达大半个世纪的生活点滴，有亲人、有朋友、有同事、有几家医院、有各时期的领导。凡是我写的都是我不该忘却的，也是真实的故事，它们都真实反映了我的思想，我的立场观点，我的憎与爱。故事内容没有催人泪下的经历，但我相信自

第一排左起：旷世钱、张有楷、陈南蓉、裴家惠、陈开显、毛俊英、罗丽琳
第二排左起：施敏芳、徐志蓉、宋家龙、邱青华、周碧琴、陈　萍、刘素华、秦秀琴、项筱玲、钟德芳、王爱荣

1992年大学一小班同学聚会。
第一排左起：吴仲明、张先云、牟梅、苏吉华、刘宏珍、张有楷
第二排左起：向德华、梁文兰、尧昌新、陶寿竹、吴桂芳
第三排左起：刘兴健、王子坚、廖元成、陈权章

2008年全家福

己度过了有意义的一生，所以书名定为《岁月无悔》。希望这本书能带动年轻读者去实践自己的人生，朝着自己的信仰勇往直前，当你回头审视自己时会感叹："哇，我没有虚度年华。"这本书的内容或许过于琐碎，这与我的生活经历和工作多变有关，更与我的文字水平有关。

书中多次提及我的母亲，当我有能力反哺她时正值"文革"，我只能把对母亲的这份爱转移到我的婆母身上。

回到故乡实现了我的初衷，我要为本土人服务。我找回了亲人，找回了同学，找回了许多老朋友，我感到十分幸福。

这本书能顺利出版，要感谢陶兴民先生和韦安礼先生为本书写序，要感谢贾里宁先生指正与修改并提了许多好的建议，感谢四川达州中心医院的王时美院长、王玉珍医师、金茂芳护士提供资料，感谢原铁道兵七师老干所陈福龙政委的补充资料。

张有楷

2016年12月

全家福